挖掘机五十铃电喷柴油机构造与拆装维修

李 波 主编

化学工业出版社

·北京·

本书全面介绍了挖掘机五十铃电喷柴油机系统的结构组成、工作原理和工作过程，重点介绍了电喷柴油机控制系统的维护、维修及故障诊断与排除。书中采用了大量的图片，结合现场工作中出现的问题给出了故障诊断的方法、故障诊断的程序，帮助挖掘机维修、保养技术人员快速、准确地排除故障，资料翔实，实用性强。

可供工程机械维修技术人员，特别是挖掘机维修技术人员、售后服务人员使用和参考。

图书在版编目（CIP）数据

挖掘机五十铃电喷柴油机构造与拆装维修/李波主编 . —北京：化学工业出版社，2011.10
ISBN 978-7-122-11970-4

Ⅰ. 挖…　Ⅱ. 李…　Ⅲ.①挖掘机-电子控制-柴油机-构造②挖掘机-电子控制-柴油机-维修　Ⅳ. TU621

中国版本图书馆 CIP 数据核字（2010）第 151196 号

责任编辑：张兴辉　　　　　　　文字编辑：韩亚南
责任校对：周梦华　　　　　　　装帧设计：王晓宇

出版发行：化学工业出版社（北京市东城区青年湖南街 13 号　邮政编码 100011）
印　　装：三河市延风印装厂
787mm×1092mm　1/16　印张 20¼　字数 505 千字　　2012 年 1 月北京第 1 版第 1 次印刷

购书咨询：010-64518888（传真：010-64519686）　　售后服务：010-64518899
网　　址：http://www.cip.com.cn
凡购买本书，如有缺损质量问题，本社销售中心负责调换。

定　　价：79.00 元

前 言

当前，随着我国国民经济的快速发展，工程机械行业的技术水平有了较大提高，挖掘机也得到了飞快的发展。挖掘机由原来的全进口到目前的基本国产化，由原来的个别品牌到现在的多品牌、多种类、多型号，挖掘机的性能也由开始的机液化，发展为机、液、电一体化高科技产品。

目前，挖掘机机、液、电一体化技术的发展，对挖掘机的使用、维护与修理提出了更高的要求，特别是电子控制技术已广泛应用于挖掘机的各主要系统。挖掘机的源动力系统电控柴油机的应用，使挖掘机的结构、效能、使用寿命等有了较大的提高，对挖掘机降低消耗、减少环境污染起到了关键作用。电控发动机的应用，无疑对维修人员提出了一个新的挑战。维修人员惟有不断地巩固和拓展知识，才能适应当代挖掘机维修的需要。

为了更快、更好、更高地掌握这一技术，我们编写了这本《挖掘机五十铃电喷柴油机构造维修速查手册》。本手册讲述了五十铃电喷柴油机在日本住友挖掘机上的配置应用，主要帮助读者全面了解挖掘机电喷柴油机系统的发展过程，具体讲述了五十铃电喷柴油机系统的结构组成、工作原理和工作过程，又重点具体介绍了电喷柴油机控制系统的维护、维修及故障诊断与排除。为了读者平时维修的方便性和可查性，书中采用了大量的图片，结合实际工作中出现的问题给出了故障诊断的方法、故障诊断的程序，帮助挖掘机维修、保养技术人员快速、准确地排除故障。

本书由李波主编，李文强、李秋、朱永杰、徐文秀、马志梅等人参与编写工作。

由于编者水平有限，在编写过程中难免出现不足与纰漏之处，恳请广大读者批评指正。

编　者

目 录 CONTENTS

第 1 章　　　　　　　　　　　　　　　　　　　　　　PAGE

五十铃电喷柴油机类型　　　　　　　　　　　　　　　**001**

1.1　五十铃电喷柴油机的发展阶段及特点　　　　　001

1.1.1　柴油机的发展　　　　　　　　　　　　001

1.1.2　柴油机燃油喷射技术的发展　　　　　　002

1.1.3　燃油喷射的几种形式　　　　　　　　　003

1.1.4　共轨燃油喷射系统　　　　　　　　　　005

1.2　电喷发动机的类型及特点　　　　　　　　　　007

1.2.1　电喷发动机的类型　　　　　　　　　　007

1.2.2　电喷发动机的品牌　　　　　　　　　　009

1.2.3　电喷发动机的特点　　　　　　　　　　010

1.2.4　使用中的维护事项　　　　　　　　　　012

第 2 章　　　　　　　　　　　　　　　　　　　　　　PAGE

五十铃 4HK 电喷柴油机原理及特点　　　　　　　　　**014**

2.1　电喷柴油机原理　　　　　　　　　　　　　　014

2.1.1　电喷原理　　　　　　　　　　　　　　014

2.1.2　4HK 电喷共轨燃油系统　　　　　　　　016

2.2　4HK 柴油机的特点　　　　　　　　　　　　　017

2.2.1　4HK 燃油系统特点　　　　　　　　　　017

2.2.2　4HK1 电喷柴油发动机与普通柴油机的主要区别　　017

2.2.3　4HK1 电喷发动机与 6BG1 普通发动机性能参数的比较　　023

2.2.4　4HK 电喷工作过程　　　　　　　　　　024

第 3 章　　　　　　　　　　　　　　　　　　　　　　PAGE

4HK 电喷柴油机的构造组成　　　　　　　　　　　　**026**

3.1　电喷柴油机喷油系统　　　　　　　　　　　　026

3.1.1　电喷喷油系统　　　　　　　　　　　　026

3.1.2　喷油系统总成件的功能　　　　　　　　026

3.1.3　燃油喷射系统（共轨式）主要部件　　　026

3.2　电控管理系统 036
　　3.2.1　控制器 036
　　3.2.2　ECM 对燃油系统的八大控制 038
　　3.2.3　传感器 044
　　3.2.4　执行器的电控制 049
　　3.2.5　发动机控制信息的反馈功能 053
　　3.2.6　显示器 056
3.3　4HK1 电控柴油发动机机械部分 059
　　3.3.1　曲轴连杆机构 060
　　3.3.2　配气机构 063
　　3.3.3　冷却系统 065
　　3.3.4　润滑系统 067
　　3.3.5　进排气系统 070

第 4 章 PAGE
电喷柴油机的拆装与维修 **072**

4.1　燃油电喷系统拆装与维修 072
4.2　电控器件拆装与维修 090
　　4.2.1　拆装要点 090
　　4.2.2　故障诊断的基本原则 091
　　4.2.3　ECM 维修的几种方法 092
　　4.2.4　发动机电控 ECM（电脑板）的维修步骤 094
　　4.2.5　发动机 ECM 装车后的测试 095
　　4.2.6　电控器件传感器拆装与维修 096
　　4.2.7　电气系统发电机拆卸与安装 097
4.3　传统机械部分拆装与维修 099
　　4.3.1　曲轴的拆装维修要点 099
　　4.3.2　配气机构的拆装维修要点 102
　　4.3.3　特定部位的螺栓或螺母群 105
　　4.3.4　发动机润滑系统 107

第 5 章 PAGE
故障诊断 **109**

5.1　电控发动机故障诊断的一般原则 109
5.2　故障诊断方法 110
　　5.2.1　4HK 故障流程图诊断方法 110
　　5.2.2　挖掘机现场故障诊断法 115

5.2.3　使用检测工具诊断故障法 | 120

5.3　4HK 发动机故障诊断的内容 | 126

5.3.1　控制系统的故障诊断 | 126

5.3.2　九大电路图 | 130

5.3.3　发动机线束分布图 | 132

5.3.4　E-H 端子编号 | 132

5.3.5　电控机械系统故障诊断方法 | 140

5.3.6　发动机故障检查方法二例 | 150

5.4　发动机 DTC 故障代码 | 154

5.4.1　发动机 DTC 故障一览表 | 154

5.4.2　故障修复 | 164

5.4.3　发动机主要故障症状特征一览表 | 167

5.4.4　各装置参考值 | 167

第6章 | PAGE

住友 210-5五十铃4HK1X故障排除 | 169

6.1　故障排除步骤的说明 | 169

6.1.1　故障排除内容的说明 | 169

6.1.2　故障代码及故障名序列 | 170

6.2　故障排除 | 172

参考文献 ·· 317

第 **1** 章　Chapter 1
五十铃电喷柴油机类型

1.1　五十铃电喷柴油机的发展阶段及特点

1.1.1　柴油机的发展

（1）柴油机电控技术三个阶段

柴油机电控技术是在解决能源危机和排放污染两大难题的背景下在飞速发展的电子技术控制平台上发展起来的。汽油机电控制技术的发展为柴油机电控制技术的发展提供了宝贵经验。

具体说来，柴油机电控技术发展大致分为三个阶段：位置控制、时间控制、时间-压力控制（压力控制）。

柴油机电控三个阶段 { 第一代　位置控制　常规压力电控喷油系统　喷油泵-高压管-喷油嘴系统
第二代　时间控制　高压电磁阀直接控制高压燃油的喷射　喷油泵-高压管-喷油嘴系统
第三代　时间-压力控制（压力控制）　高压电控喷油系统　电子控制共轨器

第一代柴油机电控燃油喷射系统即为常规压力电控喷油系统，其特点是结构不需要改动，生产继承性好，便于对现有柴油机进行升级换代，但缺点是系统响应慢，控制频率低，控制自由度小，控制精度不高，喷油压力无法独立控制。

第二代电控燃油喷射系统称为时间控制式，是指用高速电磁阀直接控制高压燃油的适时喷射。时间控制式可以是保留原来的喷油泵-高压管-喷油嘴系统，也可以采用新型的产生高压的燃油系统，用高压电磁阀直接控制高压燃油的喷射，喷油始点取决于电磁阀关闭时刻，喷油量取决于电磁阀关闭时间的长短。一般情况下，电磁阀关闭，执行喷油；电磁阀打开，喷油结束。因此，时间控制式既可实现喷油量控制又可以实现喷油定时的控制。时间控制式电控喷油系统中，喷油泵仍采取传统直列泵、单体泵、分配泵的原理，即通过由柴油机曲轴驱动的喷油泵凸轮轴，使柱塞压缩燃油，从而产生高压脉冲，这一脉冲以压力波的形式传至喷油嘴，并顶开针阀。柱塞只承担供油加压的功能。供油量、供油时刻则由高速电磁阀单独完成。因此，供油加压与供油调节在结构上就相互独立。

电控分配泵上采用时间控制式的有：日本丰田公司的 ECD-2 型，电装公司的 ECD-V3 型等；电控泵喷嘴上采用时间控制式的有：德国 Robert Bosch 公司研制的电控泵喷嘴系统；电控单体泵上采用时间控制式的有：德国 Robert Bosch 公司研制的电控单体泵。

第三代柴油机电控燃油喷射系统称为时间-压力控制式（高压电控喷油系统），是目前国际上最先进的燃油系统。其改变了传统燃油供给系统的组成和结构，主要以电子控制共轨（各种喷油器共用一个高压油管）式喷油系统为特征，直接对喷油器的喷油量、喷油正时、喷油率、喷油规律、喷油压力等进行"时间-压力控制"或"压力控制"。

通过设置传感器、电控单元、高速电磁阀和相关电/液控制执行元件等，组成数字式高频调节系统，由电磁阀的通、断电时刻和通、断电时间控制喷油泵的供油量和供油压时。但供油压力还无法独立控制。

共轨喷油系统摒弃了以往传统使用的泵-管-嘴脉动供油的形式，而拥有一个高压油泵，在柴油机的驱动下，以一定的速比连续将高压燃油输送到共轨（即公共容器）内，高压燃油再由共轨送入各缸喷油器。在这里，高压油泵并不直接控制喷油，而仅仅是向共轨供油以维持所需的共轨压力，并通过连续调节共轨压力来控制喷射压力，采用压力-时间式燃油计量原理，用高速电磁阀控制喷射过程。喷油压力、喷油量及喷油定时由电控单元（ECU）灵活控制。电控共轨喷射系统代表着未来柴油机燃油系统的一个发展方向，这是因为它具有如下鲜明的特点。

① 可实现高压喷射。

② 喷射压力独立于发动机转速，可以改善发动机低速／低负荷性能。

③ 可以实现预喷射，调节喷油速率形状，实现理想喷射规律。

④ 喷油定时和喷油量可自由选定。

⑤ 具有良好的喷射特征。

⑥ 结构简单，可靠性好，适应性强。

（2）按产生高压燃油的机构分类

柴油机电控喷油系统除了上述分类之外，还可以根据其产生高压燃油的机构，分为直列泵电控喷射系统、电控分配泵喷射系统、泵喷嘴电控喷射系统、单体泵电控喷射系统、共轨式电控喷射系统。

1.1.2　柴油机燃油喷射技术的发展

柴油机燃油喷射系统是柴油机的核心，对柴油机的动力性、经济性和排放性能都有着决定性的影响，所以柴油机的技术进步，大多都与喷油系统的进步有着密切的关系。因而柴油机喷油系统在它的发展过程中出现了各种各样的技术。

① 高喷射压力。高喷油压力对于柴油机的工作过程有着重要的影响，提高喷油压力为解决 NO_x 和 PM（微粒）排放的折中关系、同时降低 NO_x 和 PM 排放创造了先决条件。这是因为提高喷油系统压力一方面可以使喷雾细化，另一方面可以增加喷雾的动量，增加了喷雾内部的紊流程度和吸入的空气量，这些都极大地加强了燃油和空气的混合，阻止形成过浓的混合气，降低了 PM 的排放量。另一方面，增加喷油压力可以加快缸内的燃烧过程，所以可以采用较小喷油提前角，缩短滞燃期，从而减少了在滞燃期内生成的大量的 NO_x 和炭烟。

② 油压不受发动机工况影响。传统的泵-管-嘴系统喷油压力受发动机转速的影响很大，所以低速时由于喷油压力低，燃油雾化质量差，使发动机的燃烧恶化，炭烟排放增加，同时限制了发动机空气的利用率，使发动机的低速转矩急剧恶化。采用先进的喷油系统（如共轨燃油系统）可以克服这一缺点，使发动机的排放性能和动力性能得到改善。

③ 高度柔性的调节能力（喷油压力、喷油量、喷油定时、喷油率）。由于柴油机的燃烧过程是边混合、边燃烧，所以喷油过程对柴油机的燃烧过程有着很大的影响，甚至是决定性的影响。只有实现对喷油系统高度柔性调节，才能根据发动机的工况，控制燃烧过程，控制缸内的温度和压力，使发动机的排放和其他性能得到综合最优。

④ 多次喷射和小喷油量的精确控制。多次喷射一方面是一种控制柴油机放热率曲线的

有效手段，另一方面也是采用先进燃烧概念和先进尾气后处理技术（如吸附型 NO_x 催化转换器）的必要手段。随着喷油压力的不断提高，给喷油量的控制，特别是小油量的精确控制带来了很大的困难，所以小油量的精确控制是未来柴油机电子控制技术的重要内容，对保证柴油机的工作均匀性具有决定性的意义。

随着柴油机技术和电子控制技术的不断进步，柴油机的燃油供给系统发生了巨大的变化，在发展过程中表现了下列特点。

① 燃油系统出现了多种结构：包括直列泵，可变预行程直列泵，转子泵（轴向压缩、径向压缩），泵喷嘴（EUI、UIS），单体泵（EUP、UPS），共轨系统 CRS（蓄压式、液压式、高压共轨）等。

② 燃油加压原理：由受发动机转速影响的脉动式的喷油加压原理发展为与发动机转速无关的稳定压力喷油。

③ 喷油量控制方式：由传统的位置式控制，发展到时间控制和压力-时间控制方式。

1.1.3 燃油喷射的几种形式

EUI 已被许多主要的发动机制造商广泛采用，如 Detroit Diesel、Caterpillar、John Deere、Cummins、MTU 和 Volvo 等公司。目前，单体式喷油器向燃烧室喷油的压力可以达到 193.1～206.8MPa，各种电控单体式喷油器的电磁阀都由 ECM（电子控制模块）发出的脉冲电信号进行控制，由 ECM 决定喷油的速率、定时、持续时间和结束时刻。

有许多发动机制造商采用了电子控制单体式喷油泵（EUP），采用单体式喷油泵的主要发动机制造商有 Mercedes-Benz、Volvo/Renault Ⅵ/Mack、MTU/DDC 等公司。单体式喷油泵就是发动机的每个汽缸单独使用一个喷油泵，每个单体式喷油泵都由发动机的凸轮轴进行驱动，只用很短的高压油管将燃油输送给安装在发动机汽缸盖上的喷油嘴，每个电控单体式喷油泵的电磁阀都由发动机 ECM 发出的脉冲电信号进行控制，由 ECM 决定喷油的速率、持续时间和结束时刻。

目前，全世界仍有数百家发动机制造商采用 Bosch 公司从 1927 年就开始批量生产的基本喷油泵和调速器，当然，现在的喷油泵和喷油器都实现了电子控制，尽管许多仍然还是通过凸轮轴和推杆或顶置凸轮轴进行机械驱动，将燃油压力升高到足以开启喷油嘴或喷油器内由弹簧加载的喷油阀。由 International 公司和 Caterpillar 公司联合设计的液压驱动电子控制单体式喷油器（HEUI）被广泛用于其各自的发动机产品上，在 HEUI 中无须机械驱动，而是由发动机产生的高压润滑油进行驱动。

在柴油机上已经使用的四种基本的机械或电子控制燃油喷射系统是：弹簧加压或蓄能器燃油喷射系统；源于 Bosch 结构的脉动式喷油泵燃油喷射系统；分配泵燃油喷射系统。恒压或共轨燃油喷射系统。

电子控制分配泵燃油喷射系统是根据各种传感器的信息检测出发动机的实际状态，由计算机完成如下控制：一是喷油量控制；二是喷油时间控制；三是怠速转速控制。此外，还有两项附加控制功能：一是故障诊断功能；二是故障应急功能。

根据不同的机型电子控制的具体内容不同。有些机型可以实现上述的喷油量、喷油时间、怠速转速三项控制，有些机型仅对喷油时间进行控制。从原理方面来说，电控分配泵燃油系统的构成，除喷油泵外，和直列泵系统几乎一样。电控分配泵系统按喷油量、喷油时间的控制方法可分为两类：一类是位置控制式；另一类是时间控制式。

① 位置控制式电控分配泵系统　就是将 VE 分配泵（机械分配泵系列）中的机械调速器换成电子控制的执行机构，在博世公司和杰克赛尔公司都曾大量生产。

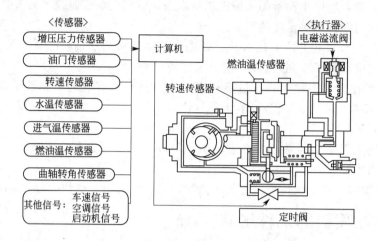

图 1-1　典型的电控分配泵的系统图

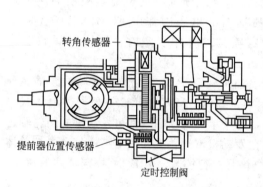

图 1-2　电控分配泵——位置控制式

位置控制式电控分配泵系统的结构如图 1-1 所示。采用旋转螺线圈式执行机构，由于转子的旋转，改变轴下端的偏心球的位置来控制溢油环的位置。工作原理如图 1-2 所示。

② 时间控制式电控分配泵系统（图 1-3）微型计算机内设有时钟，通过时钟，控制喷油终了时间，从而控制喷油量。控制喷油终了的执行机构是电磁阀，对每次喷油都可以进行控制，因此，可以取消其他的喷油量控制机构。另外，在时间控制方式中，电子回路比较简单。

典型的时间控制式分配泵产品有：日本电装公司的 ECD-V3 型分配泵、德国博世公司的 VP44 型分配泵等。

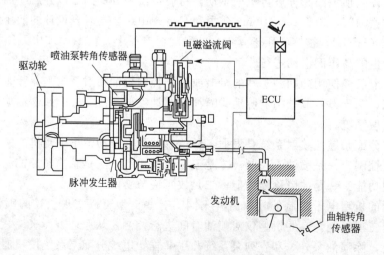

图 1-3　时间控制式电控分配泵系统

　③ 电控高压共轨燃油系统　20 世纪 90 年代研制出了一种全新的燃油喷射系统——电控共轨燃油系统。在其问世不久，就显示出巨大的优越性。

　通过各种传感器检测出发动机的实际运行状态，通过计算机的计算和处理，可以对喷油量、喷油时间、喷油压力和喷油率进行最佳控制。

　典型的高压电控共轨燃油系统到目前为止，最具有代表性的有：图 1-4 所示的日本电装公司的 ECD-U2 系统和图 1-5 所示的 UNIJET 系统等。

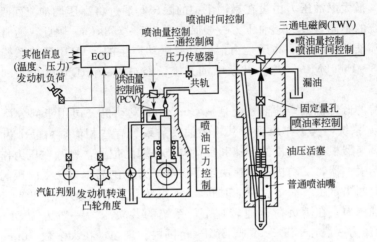

图 1-4　ECD-U2 共轨系统（早期）

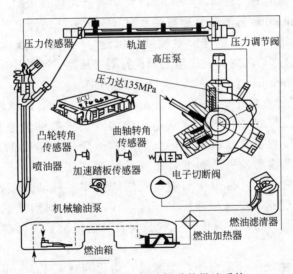

图 1-5　UNIJET 型电控共轨燃油系统

1.1.4　共轨燃油喷射系统

　目前，最广泛采用的一种燃油喷射系统是电子控制共轨燃油喷射系统，现在全球许多主要的发动机制造商都在这一点达成共识。

　"共轨"一词大约与柴油机同时出现，其基本含义是将燃油从共同油管或油轨以高压供给所有喷油嘴或喷油器。在 Diesel 的原型发动机上，利用高压空气将经过机械机构计量的柴油以细碎的油雾带入发动机汽缸，美国最早出现的机械式共轨喷油系统发动机是由 Atlaslmperial 柴油机公司于 1919 年制造的。多柱塞泵将燃油输送到蓄能器中，由限压阀将公共油轨中的燃油压力保持在 344～758kPa。

类似的共轨燃油喷射系统已经被使用了很多年，该系统有进油和回油两根油管，进油管向喷油器总成供应高压燃油，回油管接收由喷油器总成溢流的燃油。早期的发动机将两根油管平行固定在汽缸盖的外部，后来的发动机将两根油管沿着汽缸盖长度方向铸造在汽缸盖中。进油管中的燃油压力随发动机的转速而变，因为由齿轮驱动的油泵的流量与发动机的转速成比例变化，最大燃油压力由设在燃油泵中的限压阀通过将高压燃油流回吸油口一侧进行控制，根据系统的不同，最大燃油压力一般保持在 345～758kPa。因此，通常将其归类为低压燃油系统，喷油器内的喷油高压是由摇臂总成驱动产生的。MUI 喷油系统喷油压力的范围一般是 129.3～156.5MPa，这些共轨喷油系统已经被 DetroitDiesel 公司和 Caterpillar 公司使用了多年。

另一种独特的低压机械式喷油系统是被 Cummins 发动机公司用于部分型号发动机上的压力时间（PT）系统，其工作原理与共轨燃油喷射系统有些相似，由一个齿轮泵向旋转柱塞供油，机械调速器根据发动机的转速和负荷调节柱塞的位置，燃油在压力作用下通过汽缸盖中的油道供给喷油器，发动机的转速决定了供油压力，供油压力又受限压阀控制，喷油器中的燃油计量时间决定了喷油量和喷油时间，PT 系统还能通过改变燃油泵的燃油旁通截面尺寸来改变燃油压力，在满负荷调速转速下，系统的共轨压力一般为 1034～2068kPa，而 PT 系统的喷油压力一般在 129.3～149.6MPa 范围内。现在，在大多数 Cummins 发动机上，PT 燃油系统已被新型电子控制燃油系统所取代。

① 蓄能器燃油喷射系统　目前，Cummins 发动机公司在其 ISC、QSC 8.3 和 ISL 等型号发动机上采用了 Cummins 蓄能器燃油喷射系统（CAPS），这种电子控制喷油系统的供油压力范围为 34～102MPa，该系统能够对喷油量和定时（开始、持续和结束）进行电子控制，该系统还能在低怠速与高怠速设定值之间进行调速控制。系统中采用了许多发动机传感器，这些传感器与 Cummins 电子控制模块（ECM）相连。

② 脉动式喷油泵燃油系统　由 Bosch 公司及其授权公司自 1927 年开始生产的喷油泵-高压油管-喷油嘴（PLZ）燃油喷射系统就是典型的脉动式喷油泵系统。这些机械控制或电子控制的喷油泵有一根由发动机驱动的凸轮轴，凸轮轴位于喷油泵壳体底座内，在多缸发动机上，凸轮的凸起驱动一系列垂直布置的泵油柱塞进行上下运动，将燃油压力提升到足够高后输送给喷油嘴，再由喷油嘴喷入燃烧室中。脉动式喷油泵系统经过多年使用，其喷油压力范围已达 103.4～137.9MPa，可以配用不同形式的机械调速器或 Bosch 公司的电子柴油机控制（EDC）系统，这种最为普及的燃油系统已经并将继续被广泛地用于全球的柴油机上。

③ 分配式喷油泵系统　分配泵小巧而紧凑，由比利时人 Francois Feyens 于 1914 年获得专利，这种喷油系统利用一个旋转的分配转子将经过计量的燃油送入汽缸，其设计原理源于汽油机上的分电器转子，但它分配的不是高压电，而是按照发动机发火次序将高压柴油供给各缸喷油嘴。有些分配式喷油泵采用两个或多个泵油柱塞来产生所需的喷油高压，另有一些分配式喷油泵则采用一边做往复运动一边做旋转运动的单个泵油柱塞向喷油嘴供油。目前，分配式喷油泵被用于轻型、小功率、小排量柴油车以及小到中功率工业用柴油机，这些分配式喷油泵（由于尺寸太小）的泵油能力受到限制，喷油压力大约只及电子控制单体式喷油器的一半，新型分配式喷油泵已经实现了电子控制，喷油压力大约为 96.5MPa。

1.2 电喷发动机的类型及特点

1.2.1 电喷发动机的类型

表 1-1 所示是三种典型的先进柔性高压喷油系统的原理。分别是 Bosch 公司的增压活塞共轨系统（APCRS 系统）、卡特彼勒公司的 HEUI-CRD 系统以及 Delphi（德尔福）公司的 E3-EUI 系统。这几个系统具有下列共同的特点。

表 1-1 三种典型先进柔性高压喷油系统原理

厂 牌	特 点	系 统 图
Bosch 喷油系统的不同技术概念	①带压力放大的共轨系统 ②每缸两阀 ③油轨，压力可达 1000bar，灵活选择 ④2000bar（具有2400bar的潜力）	Bosch 的 APCRS 系统（增压活塞共轨系统）
卡特（CAT）喷油系统的不同技术概念	①带压力放大的共轨系统 ②每缸两阀 ③机油油轨，压力可达 380bar，灵活选择 ④2000 bar（具有2400bar的潜力）	卡特彼勒公司的 HEUI-CRD 系统（液压驱动电与控制泵喷嘴，RDI 减少直径）
德尔福（Delphi）喷油系统的不同技术概念	①凸轮驱动系统 ②每缸两阀 ③凸轮，不可灵活选择，取决于转速和负荷 ④2000bar（具有2400bar的潜力）	Delphi 公司的 E3-EUI 系统（电子控制泵喷嘴）

① 在结构上都采用了两个控制电磁阀，一个用于喷油压力的控制（PCV），另一个用于喷油时刻和喷油量的控制（SCV）。

② 都具有超过 2000bar（$1bar = 10^5 Pa$）的喷油压力，并具有达到 2400bar 喷油压力的潜力。

③ 具有实现多次喷射的能力。

④ 与共轨喷油系统相比，喷油压力控制的瞬态响应很快，在发出控制指令的下一个循环就可以实现对喷油压力的控制，因而避免了传统共轨系统中变工况时因油轨压力滞后产生的油量控制误差和转速的瞬时波动。

⑤ 通过两个控电磁阀的配合可以实现喷射速率的柔性调节。

图 1-6 是高压共轨系统组成图，图 1-7 是高压共轨系统控制系统组成和控制功能图。

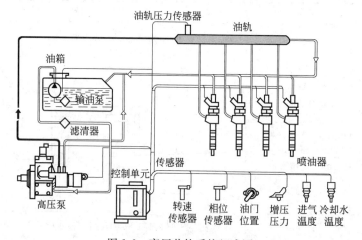

图 1-6　高压共轨系统组成图

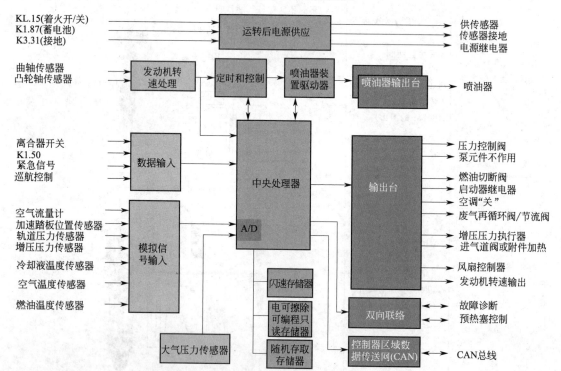

图 1-7　高压共轨系统控制系统组成和控制功能图

　　图 1-8 是 Bosch 的增压活塞共轨系统（APCRS 系统）的原理图。燃油经加压后进入油轨，然后经高压管进入各缸的喷油器。燃油在喷油器内分为两路：一路进入增压活塞上部的油腔并经节流孔进入增压活塞内部，后经喷油压力控制阀流回油箱；另一路经单向阀进入增压活塞小头的油腔、针阀压力室并经节流孔流入控制活塞上部的控制油腔内。由于增压活塞的增压作用，被单向阀隔离的部分燃油压力升高，使喷油压力可以达到 2000bar 以上，由于高压部分位于喷油器内，所以提高了系统的可靠性。喷油压力的控制是通过喷油压力控制阀（PCV）实现的，改变控制信号就可以控制增压活塞大头上、下油腔的压力差大小，从而控制作用在增压活塞小头油腔内燃油上的压力，使针阀压力室内的喷射油压发生改变。喷油控制阀（SCV）的工作原理与普通的共轨系统的高速电磁阀的工作原理相同，即当 SCV 断电时，由于燃油压力产生的作用于控制活塞上部的压力大于作用于针阀承压面上的压力，所以喷油器不喷油；当 SCV 通电时，由于控制活塞上部油腔进油节流孔小于出油节流孔，所以控制活塞上部油腔内油压降低，控制活塞上部的压力迅速减小，针阀迅速开启并喷油。通过多次接通 SCV，就可以实现多次喷油。如果与压力控制阀（PCV，也称供油泵控制阀）配合，就可以实现不同形状的主喷射速率曲线。

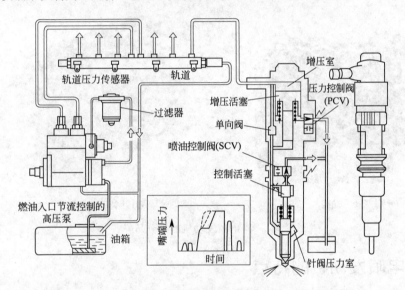

图 1-8　Bosch 的增压活塞共轨系统（APCRS 系统）原理图

1.2.2　电喷发动机的品牌

　　电喷发动机的部分品牌如图 1-9 所示。

　　品牌发动机在挖掘机上的配置见表 1-2。

表 1-2　品牌发动机在挖掘机上的配置

品　牌	小松 PC200-8	小松 PC200-7	日立 ZX200-3	卡特 320D	神钢 SK200-8
发动机厂家	小松	小松	五十菱	卡特	日野
发动机型号	SAA6D107E-1	SAA6D102E-2	AI-4HK1X	3066TA	J05E
净马力	110kW/2000r · min^{-1} (150PS/2000r · min^{-1})	107kW/1950r · min^{-1} (145PS/1950r · min^{-1})	122kW/2000r · min^{-1} (166PS/2000r · min^{-1})	103kW/1800r · min^{-1} (140PS/1800r · min^{-1})	114kW/2000r · min^{-1} (155PS/1800r · min^{-1})
汽缸数量	6	6	4	6	4
排量/L	6.69	5.883	5.19	6.37	5.12
符合的排放法规	三级	二级	三级	二级	三级

(a) 康明斯SAA6D107E-1发动机　　　　　　(b) 五十铃6HK1X发动机

(c) 日野J08发动机　　　　　　　　(d) 卡特C9发动机

图 1-9　电喷发动机的部分品牌

1.2.3　电喷发动机的特点

　　燃油喷射系统是柴油机的核心，无论低速、中速和高速柴油机都是利用高压将适量燃油在活塞上止点前的适当角度喷入燃烧室，以提高柴油机的热效率并降低废气排放。到目前为止，在结构和控制方面属于常规压力电控技术的柴油机，其最终必将会被电子控制燃油系统完全取代。与采用普通机械式燃油系统的柴油机相比，电控共轨柴油机有如下重要的不同之处。

　　① 用供油泵代替了原来的喷油泵。利用发动机的转动，通过供油泵将燃油加压，并送入共轨中。在供油泵上配置了供油泵控制阀（PCV，pump control valve），在 ECU 指令的控制下，调节供入共轨中的燃油量。此外，供油泵带有输油泵。输油泵的作用是从油箱中抽油，并将燃油供入供油泵的柱塞腔中。

　　② 取消了调速器和提前器；增加了储存高压燃油的共轨组件；由于采用共轨式电控燃油系统，原来安装喷油泵的托架变更了。

　　③ 机械式喷油器变更为电控式喷油器，可以最佳地控制喷油量、喷油时间和喷油率。

　　④ 高压配管（即高压油管）的形状变更了（图 1-10）。高压配管外径由 $\phi 6.35$mm 变更为 $\phi 8$mm，内径由 $\phi 2.0$mm 变更为 $\phi 4.0$mm。

日本五十铃公司 6HK1-TC 型发动机的燃油喷射系统的概念图如图 1-11 所示。燃油从油箱经输油泵供入供油泵中，在供油泵中提升压力之后，送入共轨。共轨内的燃油压力始终保持在 25～120MPa。由 ECU 发出的指令，通过 PCV（供油泵控制阀）控制送入共轨中的燃油量。共轨内的高压燃油供给各个汽缸所对应的喷油器，设置在电控喷油器上的电磁阀严格按照 ECU 发来的指令动作，控制各个汽缸的喷油时间和喷油量，向各个汽缸内喷射最适量的燃油。

将发动机转速、发动机负荷等各种传感器信息、各种开关的信号送入电控单元 ECU，ECU 根据这些信息，经过预先编制好的计算处理程序，经计算处理以后向供油泵、喷油器等执行器发出控制指令，从而实现对燃油喷射过程进行最佳控制。因此，电控共轨系统和传统的机械式燃

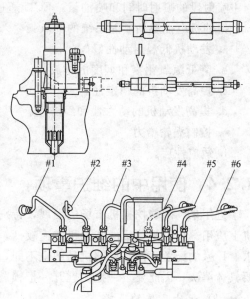

图 1-10　6HK1-TC 型发动机高压配管

油喷射系统的最大不同之处是：自由控制喷油压力；自由控制每循环的喷油量；自由控制喷油时间；自由控制喷油率。

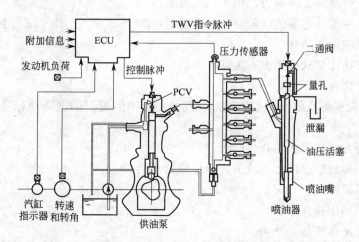

图 1-11　6HK1-TC 型发动机电控共轨燃油系统概念图

① 喷油量控制方法　为了控制最佳喷油量，主要以发动机转速、加速踏板开度等信息为基础，控制二通阀（TWV）的开启与关闭，从而控制最佳喷油量。

② 喷油压力控制方法　通过控制共轨内的燃油压力，控制喷油压力。共轨内的燃油压力是根据发动机的转速和喷油量等参数计算出来的，通过控制供油泵，使之供出适量的燃油，并压送到共轨内。

③ 喷油时间控制方法　电控共轨系统的部分功能取代了机械式燃油系统中的提前器。共轨系统根据发动机转速和喷油量等参数，计算出适当的喷油时间，通过控制喷油器，实现最佳喷油时间的控制。

④ 喷油率控制方法　为了提高发动机汽缸内的燃烧质量，在喷射初始阶段以很少量的燃油进行"引导喷射"、着火；在着火完成的时候，再进行第二段喷射——主喷射，为了控

制主喷射段的喷射时间和喷油量，ECU 通过 TWV 直接控制喷油器进行喷油。

柴油机电控燃油喷射系统的优点：

a. 发动机低温启动性好。

b. 降低氮氧化物和烟度的排放。

c. 提高发动机的稳定性。

d. 提高发动机的动力性和经济性。

e. 控制涡轮增力。

f. 适应性广。

1.2.4 使用中的维护事项

近年来，随着挖掘机市场的发展，特别是国外挖掘机的大量进口，电控柴油机已在挖掘机上应用。挖掘机使用的柴油机转速较低，因此挖掘机上使用的电控柴油机也有它独特的要求。厂家的配置不同，发动机品牌也不同，特别是电控系统中的数字稍一改变，具体问题就要具体解决，因此要"一把钥匙开一把锁"。

（1）柴油品质的选择

柴油是一种在 533～625K 的温度范围内由石油提炼出来的碳氢化合物。柴油的使用性能指标如下。

① 发光性：燃油的自燃能力，用十六烷值表示。

② 蒸发性：由燃油的蒸馏试验确定，需要测定 50％、90％、95％馏出温度。

③ 黏度：燃油的流动性。

④ 凝点：柴油冷却到开始失去流动性的温度。

⑤ 柴油的净化程度。

柴油的标号根据凝点或十六烷值编定（我国按柴油的凝点编定柴油标号）。柴油的选择应注意以下几点。

① 使用符合发动机要求的合格燃油。

② 燃油加入前要经过沉淀和滤清，保证燃油清洁。

③ 加油用具要清洁。

④ 严禁在柴油中掺入汽油。

（2）环境温度与柴油的选择

燃油选择还应考虑环境温度的要素。5 号轻柴油：适用于风险率为 10％的最低气温在 8℃以上的地区使用。0 号轻柴油：适用于风险率为 10％的最低气温在 4℃以上的地区使用。10 号轻柴油：适用于风险率为 10％的最低气温在－5℃以上的地区使用。20 号轻柴油：适用于风险率为 10％的最低气温在－14℃以上的地区使用。35 号轻柴油：适用于风险率为 10％的最低气温在－29℃以上的地区使用。50 号轻柴油：适用于风险率为 10％的最低气温在－44℃以上的地区使用。

（3）柴油添加剂的使用

目前国内柴油燃料质量不能完全满足柴油发动机使用要求，生产厂家建议使用柴油添加剂定期清洗燃油系统。具体使用方法如下。

① 在油箱内油量少于 10L 时，先将一罐添加剂加入油箱，然后加满柴油。

② 随车携带的添加剂（6 罐，用 6 次），在走合期内连续使用。

（4）电控柴油机使用应注意的问题

①发动机长时间高速运转后切勿立即关机，应以怠速继续运转约 2min，待温度降低后方可关机。

② 油箱中无油，添加燃油后，需将供油系统内的空气排掉，方可启动发动机。

③ 一般电控柴油发动机均装有预热塞指示灯，该指示灯亮起提示预热塞正在加热。当发动机处于冷态时，打开点火开关，该灯亮起，指示灯熄灭时即可启动发动机。若发动机处于暖态，则该灯不亮，可直接启动发动机。同时，该灯还具有报警功能，在行驶过程中，该指示灯闪亮，则表明发动机管理系统发生故障，须尽快检修。

（5）维修应注意的事项

为了防止损伤喷油和预热系统，应注意以下几点。

① 在断开喷油和预热系统导线和插接器之前，必须关闭点火开关。

② 进行缸压检查之前，必须拔掉喷油泵的插头。

③ 在断开或连接蓄电池电缆之前，必须关闭点火开关，否则可能损坏柴油机电控单元。

④ 对于带防盗密码的音响系统，在断开或连接蓄电池电缆之前，应先获得音响系统的防盗密码。

（6）对废气涡轮增压系统维修时的清洁规则

① 松开零部件前，清洁连接部位及其周围。

② 拆下零部件置于干净处，注意不用有绒毛的抹布。

③ 打开的部件要盖好。

④ 只能装用干净的部件，安装前才能打开备件包装，不能使用散放的零件。

⑤ 尽可能不使用压缩空气，尽可能不移动车辆。

第2章 Chapter 2

五十铃 4HK 电喷柴油机原理及特点

2.1 电喷柴油机原理

2.1.1 电喷原理

（1）4HK 电控共轨柴油机

电子控制柴油共轨喷射系统由柴油供给系统、电子控制系统两大部分组成。如图 2-1 所示。

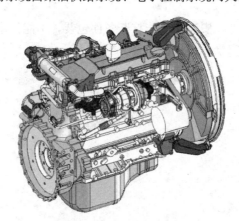

图 2-1 4HK 电控柴油机

（2）柴油供给系统。

电子控制共轨喷射系统如图 2-2 所示。

（3）电子控制系统传感器的配置

传感器位置如图 2-3 所示。

（4）电控共轨原理（见图 2-4）

电控共轨系统的工作原理是：燃油在油箱中，供油泵将燃油加压后供入共轨中。这时，供油泵控制阀（PCV）根据 ECM 来的控制指令严格控制供入共轨中的燃油量。从而控制共轨中的燃油压力，也就是控制共轨系统的喷油压力。各类传感器将收集到的信号输送到发动机 ECM。ECM 对输入的信号进行处理、分析、计算、比较，并向执行器输出指令。执行器执行发动机 ECM 的指令，某些执行器执行信号反馈回发动机 ECM。

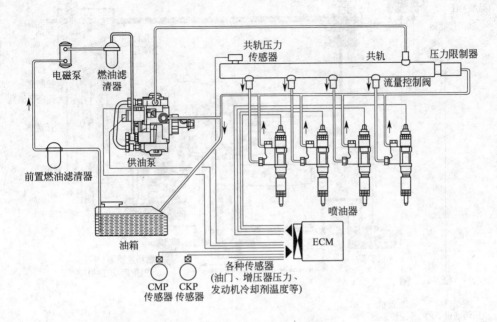

图 2-2 电子控制共轨喷射系统

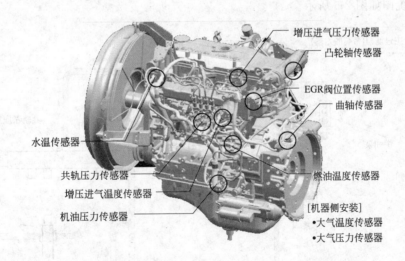

图 2-3 传感器位置

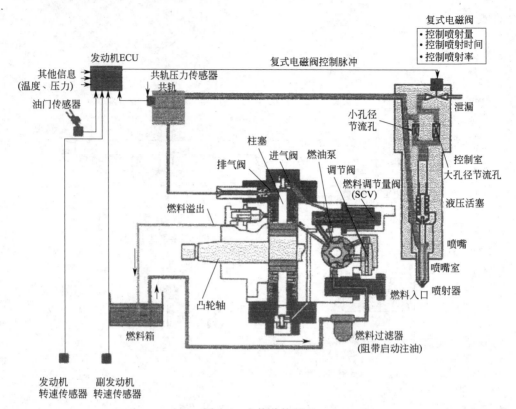

图 2-4　电控共轨原理

2.1.2　4HK 电喷共轨燃油系统

燃油系统图如图 2-5 所示。

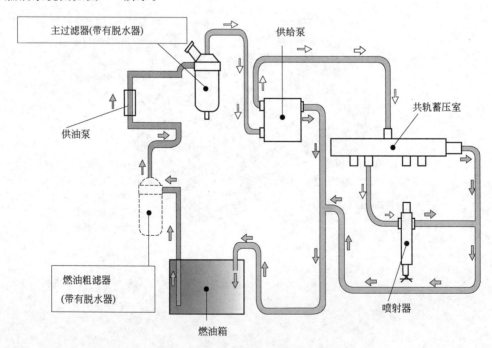

图 2-5　燃油系统图

2.2 4HK 柴油机的特点

2.2.1 4HK 燃油系统特点

电控高压共轨系统的特点可以归纳为如下几点。

① 自由调节喷油压力（共轨压力控制） 通过控制共轨压力而控制喷油压力。利用共轨压力传感器测量燃油压力，从而调整供油泵的供油量、调整共轨压力。此外，还可以根据发动机转速、喷油量的大小与设定了的最佳值（指令值）始终一致地进行反馈控制。

② 自由调节喷油量 以发动机的转速及油门开度信号为基础，计算机计算出最佳喷油量，并控制喷油器的通断电时间。

③ 自由调节喷油率形状 根据发动机用途的需要，设置并控制喷油率形状：预喷射、后喷射、多段喷射等。

④ 自由调节喷油时间 根据发动机的转速和喷油量等参数，计算出最佳喷油时间，并控制电控喷油器在适当的时刻开启，在适当的时刻关闭等，从而准确控制喷油时间。

在电控共轨系统中，由各种传感器（发动机转速传感器、油门开度传感器、各种温度传感器等）实时检测出发动机的实际运行状态，由微型计算机根据预先设计的计算程序进行计算后，定出适合于该运行状态的喷油量、喷油时间、喷油率模型等参数，使发动机始终都能在最佳状态下工作。

计算机具有自我诊断功能，对系统的主要零部件进行技术诊断，如果某个零件产生了故障，则诊断系统会向驾驶员发出警报，并根据故障情况自动做出处理；或使发动机停止运行，即故障应急功能；或切换控制方法，使车辆继续行驶到安全的地方。

传统的泵管嘴燃油系统中，喷油压力与发动机的转速和负荷有关，不是一个独立变量。在高压电控共轨系统中，喷油压力（共轨压力）与发动机的转速和负荷无关，是可以独立控制的。由共轨压力传感器测出燃油压力，并与设定的目标燃油压力比较后进行反馈控制。

2.2.2 4HK1 电喷柴油发动机与普通柴油机的主要区别

（1）喷射方式的变更点（调整器、共轨）

喷射方式的区别如图 2-6 所示。

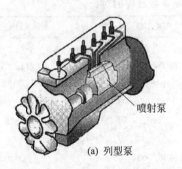
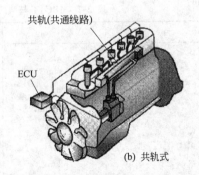

图 2-6 喷射方式的区别

（2）电喷柴油发动机与普通柴油机的主要区别

电喷柴油发动机与普通柴油机的主要区别见表 2-1。

表 2-1　电喷柴油发动机与普通柴油机的主要区别

系　　统	直 列 式	共轨系统	系　　统	直 列 式	共轨系统
喷射量的调节	泵（调节器）	ECM、喷油器	分配方式	泵	共轨
喷射正时的调整	泵（正时器）	ECM、喷油器	喷射压力的调整	根据转速和喷射量	输油泵（SCV）
压力的上升	泵	输油泵			

（3）发动机噪声比较（4HK1X 与 6BG1TC）

发动机噪声比较如图 2-7 所示。

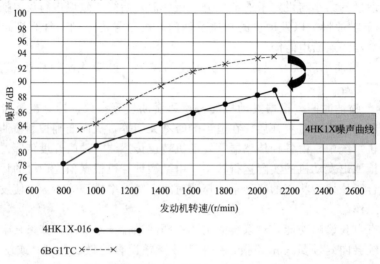

4HK1X-016 ●——●
6BG1TC ×-----×

图 2-7　发动机噪声比较

（4）燃油喷射的比较

燃油喷射着火点的比较如图 2-8 所示。

（5）发动机机油消耗量比较（4HK1X 与 6BG1TC）

发动机机油消耗量的比较如图 2-9 所示。

（6）6BG1T 与 4HK1T 主要参数改善的对比

6BG1T 与 4HK1T 的主要参数与结构见表 2-2 及图 2-10、图 2-11。

表 2-2　6BG1T 与 4HK1T 主要参数改善的对比

项　　目	单　位	6BG1T	4HK1X
汽缸数	个	6	4
缸径及行程	mm	$\phi105\times125$	$\phi115\times125$
总排气量	mL	6494	5193
最高功率	kW/r·min^{-1}	103/1950	117/1800
燃料消耗量	g/kW	243	229
机油消耗量	mL/h	28	14
耐久性	km	400.000	500.000
噪声	dB	93	88
尺寸（长×高×宽）	mm	1203×768×961	1020×829×1023
质量	kg	484	478

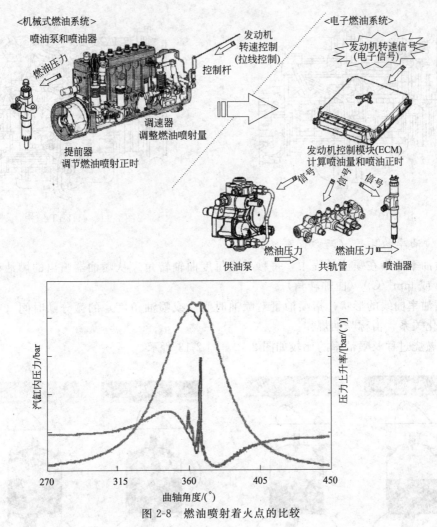

图 2-8　燃油喷射着火点的比较

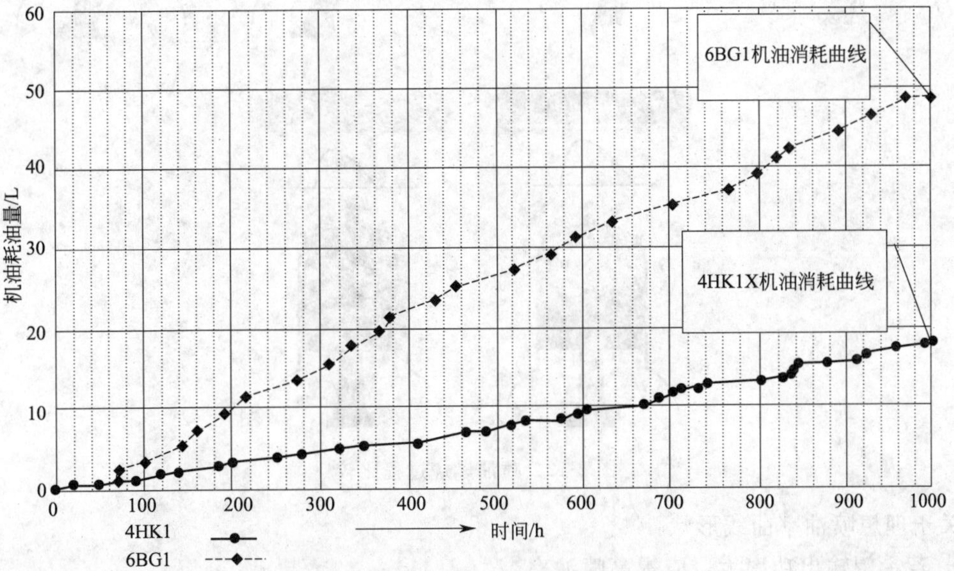

图 2-9　发动机机油消耗量比较

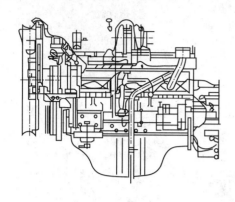

图 2-10　6BG1T 结构

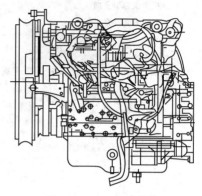

图 2-11　4HK1T 结构

（7）喷油率的比较（两方面含义）

① 喷油率是指在喷油过程中，每秒（或每度曲轴转角）从喷油器喷出的燃油量，单位为 mm^3/s 或 mm^3/CA（曲轴转角）。

② 喷油率曲线的形状，指喷油量对喷油时间（或喷油角度）的微分随时间（或曲轴转角）的变化关系，俗称喷油规律。

喷油燃烧过程及喷油率的比较如图 2-12、图 2-13 所示。

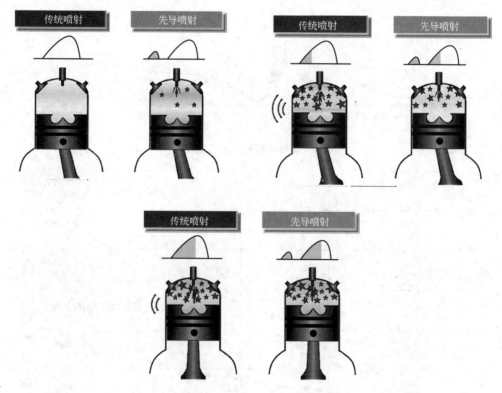

图 2-12　喷油燃烧过程比较

关于理想喷油率曲线形状：

a. 若希望输出功率大，应提高喷油率。

b. 若希望排放指标好，则要求初期喷油率低，后期喷油率高，喷油结束时收油迅速。

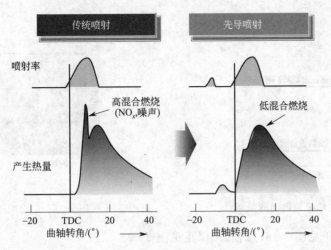

图 2-13 喷油率的比较

c. 若希望燃油消耗低，则要求适当的喷油延迟角，并结合高的喷油率。

d. 若希望降低噪声，则应初期喷油率低。

以往普通直列泵采用一次喷射率，喷油压力只达到中压喷射，见图 2-14。

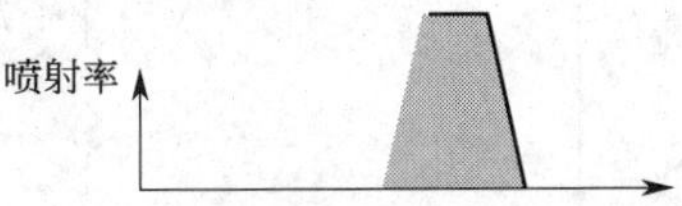

当提高喷油压力、减小供油提前角，可使 NO_x 排放明显降低。这是由于喷油始点较接近压缩上止点，着火滞燃期缩短，预混合燃油量比例减少，使初始放热率降低，燃烧温度得到控制，抑制 NO_x 的产生。

图 2-14 普通直列泵的喷油率

现在共轨式喷射，高压达到 160MPa 以上，而且是多次喷射，喷射率得到了较理想的控制，见图 2-15。

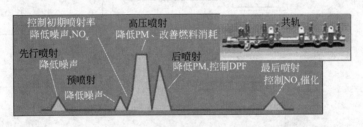

图 2-15 多次喷射示意图

另外，发动机在启动时，由喷油器启动 Q 调值，修正发动机的启动转速和喷油量关系。如图 2-16、图 2-17 所示。

（8）喷油量控制、修正及预热控制

QOS（快速启动/急速启动）系统。ECM 根据发动机冷却液温度决定预热（启动前预热、预热、启动后预热）时间，控制预热塞继电器和 QOS 指示灯的操作。QOS 系统是一种可使低温启动变得更容易，同时降低启动后白烟和噪声的系统。将钥匙开关置于 ON 后，ECM 将根据发动机冷却液温度（ECT）传感器发出的信号检测出发动机冷却液的温度，通过调节预热发光时间，在各种条件下都可获得适当的启动条件。另外，利用启动后预热功能，也可使刚启动后的急速运转更加平稳。

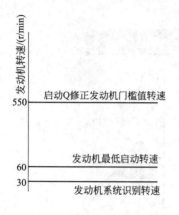

图 2-16 发动机与启动的关系

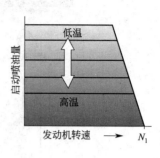

图 2-17 启动喷油量图

喷油量控制修正见图 2-18，高海拔修正见图 2-19。

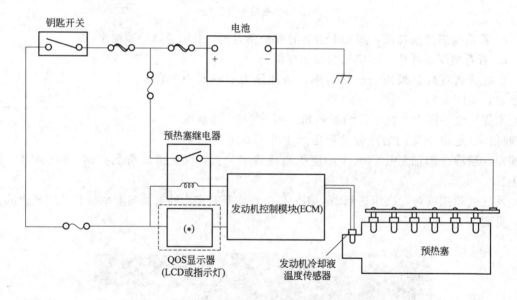

图 2-18 喷油量控制修正

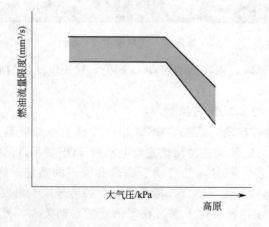

图 2-19 高海拔修正

2.2.3 4HK1电喷发动机与6BG1普通发动机性能参数的比较

（1）电喷柴油发动机与普通柴油机主要规格对照（表2-3）

表2-3 电喷柴油发动机与普通柴油机主要规格对照

项　　目	单位	SH210-5（3号标准）	SH200-3（尾气排放2号标准）
发动机名称	—	ISUZU 4HK1	ISUZU 6BG1
型号	—	4冲程水冷式顶置凸轮值，直列直喷式	水冷4冲程直列头上阀，直列直喷式
质量	kg	480	484
排气量	mL	5193	6494
汽缸数-缸径×行程	—	4-115mm×125mm	6-105mm×125mm
压缩比		17.5	18.0
额定输出功率	kW/(r/min)	117kW、1800r/min	103.0kW、1950r/min
最大转矩	N·m/(r/min)	628N·m/1500r/min	532N·m/1600r/min
无负荷最高转速	r/min	1800	2000
无负荷最低转速（急速）	r/min	1000	900
额定油耗	g/(kW·h)	小于229.3	小于243.0
燃油装置	—	电装制造的共轨HP3型	博世制造的ADS型直列机泵
控制装置	—	TRANSTRON制造（ECM）	博世制造（ECU）
冷却风扇	—	7N-进气-φ650mm树脂制	7N-进气-φ650mm树脂制
锥形口风扇保护装置	—	有	有
风扇带	—	多槽带1根驱动	B型三角带2根
交流发电机	—	日兴电机制造50A-24V	三菱电机制造50A-24V
启动机	—	日兴电机制造5.0kW·A-24V	日兴电机制造4.5kW·A-24V
涡轮	—	IHI制造RHF55型	IHI制造RHG6型
预热装置	—	QOS-Ⅱ	QOS-Ⅱ
中间冷却器	—	有	无
燃油冷却器	—	有	无
电磁泵	—	有	无
燃油滤清器	—	带水分离功能4μ主机遥控式	带水分离功能20μ在发动机上
燃油预滤器	—	带水分离功能10μ主机遥控式	—
油底壳容量	—	遥控式	在发动机上
燃油滤清器	—	13.0～20.5	16.4～21.5
油底壳排放旋塞	—	有	无

（2）4HK1X柴油发动机技术参数（表2-4）

表2-4 4HK1X柴油发动机技术参数

项　　目	SH210-5/SH210LC-5	SH240-5
零件编号	KRH10840	KBH10740
名称	ISUZU 4HK1X柴油发动机	ISUZU 4HK1X柴油发动机
类型	4冲程水冷顶置凸轮轴式，直列直接喷射式（电子控制型）	4冲程水冷顶置凸轮轴式，直列直接喷射式（电子控制型）
汽缸数-缸径-行程	4-φ115mm-125mm	4-φ115mm-125mm
总排气量	5.193L	5.193L

续表

项　目	SH210-5/SH210LC-5	SH240-5
压缩比	17.5	17.5
额定输出功率	117.3kW/1800r/min	134.4kW/1800r/min
最大转矩	628N·m/约1500r/min	636N·m/约1500r/min
油耗	低于229.3g/kW·h	低于228.6g/kW·h
发动机质量	约480kg	约480kg
尺寸(长×宽×高)	1020.4mm×829mm×1011.8mm	1020.4mm×829mm×1011.8mm
油底壳	可全方向35°倾斜	可全方向35°倾斜
冷却风扇	φ650mm-吸入式-7片树脂扇叶带锥形口风扇保护装置	φ650mm-吸入式-7片树脂扇叶带锥形口风扇保护装置
带轮转动比	0.85(减速)	0.85(减速)
充电发电机	24V　50V　交流式	24V　50V　交流式
启动机	24V　5kW　减速型	24V　5kW　减速型
冷却液量	14.0L	14.0L
油底壳容量	最大:20.5L 最小:13L(不包含滤油器)	最大:20.5L 最小:13L(不包含滤油器)
回转方向	右(从风扇一侧观察)根据 JIS D0006—2000 标准	右(从风扇一侧观察)根据 JIS D0006—2000 标准

2.2.4　4HK 电喷工作过程

共轨系统将燃油高压化，使雾化燃油在汽缸内大范围地喷射，从而增加了燃油和空气接触的面积，改善了燃烧状态。电控高压共轨式燃油系统的基本组成如图 2-20 所示。从功能方面分析，电控共轨系统可以分成两大部分。

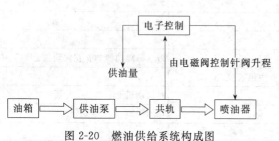

图 2-20　燃油供给系统构成图

① 控制系统　电控共轨系统可以分成三大部分：传感器、计算机和执行器。计算机是电控共轨燃油系统的核心部分。

根据各个传感器的信息，计算机进行计算、完成各种处理后，求出最佳喷油时间和最合适的喷油量，并且计算出在什么时刻、在多长的时间范围内向喷油器发出开启电磁阀或关闭电磁阀的指令等，从而精确控制发动机的工作过程。

电子控制系统的核心是 ECU——电子控制单元（electric control unit）。ECU 就是一个微型计算机。ECU 的输入是安装在车辆和发动机上的各种传感器和开关；ECU 的输出是送往各个执行机构的电子信息。

共轨系统的控制框图如图 2-21 所示。

② 燃料供给系统　主要组成部分如图 2-22 所示。由图可见，燃油供给系统的主要构成是供油泵、共轨和喷油器。

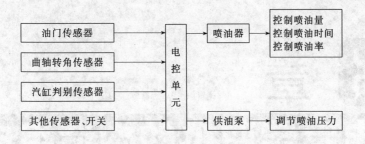

图 2-21 共轨系统的控制框图

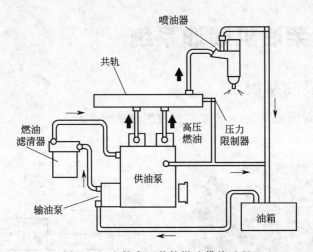

图 2-22 电控高压共轨燃油供给过程

燃油供给系统的基本工作原理是：供油泵将燃油加压成高压，供入共轨内；共轨实际上是一种燃油分配管。储存在共轨内的燃油在适当的时刻通过喷油器喷入发动机汽缸内。电控共轨系统中的喷油器是一种由电磁阀控制的喷油阀，电磁阀的开启和关闭由计算机控制。

第 3 章　Chapter 3
4HK 电喷柴油机的构造组成

3.1　电喷柴油机喷油系统

3.1.1　电喷喷油系统

4HK 发动机系统图见图 3-1，发动机系统组成见图 3-2。

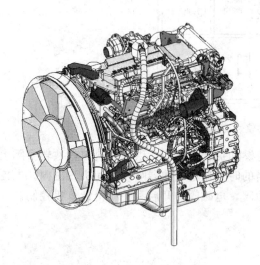

图 3-1　4HK 发动机系统图

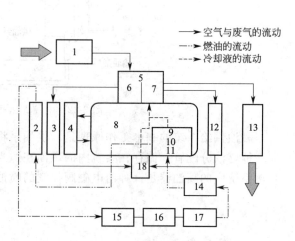

图 3-2　发动机系统组成

1—空气滤清器；2—燃油冷却器；3—中间冷却器；
4—散热器；5—涡轮；6—压缩机一侧；
7—涡轮机一侧；8—发动机；9—喷油器；
10—共轨；11—输油泵；12—EGR 冷却器；
13—消声器；14—燃油主滤器；15—燃油箱；
16—燃油预滤器；17—电磁泵；18—进气支管

3.1.2　喷油系统总成件的功能

主要总成件的功能见表 3-1。

3.1.3　燃油喷射系统（共轨式）主要部件

驱动轴的动力使高压泵转动，从燃油箱中将燃油吸上来。在高压泵中经过加压处理的燃油，经过调整阀，使供油压力脉冲趋于稳定，其中一部分燃油流入进气控制阀，余下的燃油用来润滑柱塞和凸轮，经过溢流，回到燃油箱。

表 3-1　主要总成件功能说明一览表

序号	名　称	功　能
1	共轨	输油泵将高压燃油泵送至共轨内，共轨保持燃油压力，并将燃油分配给各个喷油器
2	压力限制器（共轨内零件）	在共轨内出现异常高压时，压力限制器动作，并释放共轨内的压力
3	流量调节器（共轨内零件）	流量调节器安装在共轨中各喷油器的喷油口上，限制共轨内的压力脉冲，并且在配管破损时停止向喷油器供应燃油
4	共轨压力传感器（共轨内零件）	用来检测共轨内的燃油压力，并将该压力转换为电压的形式发送给 ECM
5	喷油器	受 ECM 控制进行燃油喷射
6	输油泵	利用发动机的回转力，增加燃油压力，将其泵送到共轨中
7	SCV（进气控制阀，输油泵内零件）	控制向共轨中泵送的燃油量，ECM 控制 SCV 的通电时间，进一步增加或减少燃油泵送量
8	燃油温度传感器（输油泵内零件）	检测出燃油温度，并将该信号发送给 ECM，用来进行输油泵等的控制
9	EGR	使一部分尾气在进气歧管中再循环，将 EGR 废气混入吸进空气中，从而降低燃烧温度，减少 NO_x 的含量
10	EGR 阀（EGR 位置传感器）	根据 ECM 发出的信号控制 EGR 阀的作动（开闭）时间以及抬升量
11	EGR 冷却器	用发动机冷却液来冷却高温的 EGR 废气
12	单向阀	抑制 EGR 废气的逆向流动，使其只朝一个方向流动，从而增加废气再循环量
13	ECM（发动机快速启动系统）	随时监控从各个传感器发送过来的信息，对发动机系统进行控制
14	QOS（发动机快速启动系统）	根据发动机冷却温度的变化调整预热时间，使预热继电器作动，提高发动机在低温时的启动性能，同时也能够减少发动机启动后马上出现的白烟和噪声
15	CKP 传感器（曲轴位置传感器）	发动机飞轮的凸轮部位将通过传感器时的信号发送给 ECM，ECM 根据所接收到的传感器信号，识别汽缸、决定曲轴角度，从而对燃油喷射进行控制，并计算出发动机的转速。CKP 传感器发生故障时，CMP 传感器也可作为备用传感器发挥功能
16	机油压力传感器	检测出机油压力，并将该信号发送给 ECM，在油压不足时发出警报
17	发动机冷却液温度传感器	检测出发动机冷却液温度，并将该信号发送给 ECM。在进行燃油喷射控制和 QOS 控制等时使用
18	CMP 传感器（凸轮轴位置传感器）	发动机凸轮轴的凸轮部位将通过传感器时的信号发送给 ECM，ECM 根据所接收到的传感器信号，识别汽缸、决定曲轴角度，从而对燃油喷射进行控制，并计算出发动机的转速。此外，在 CKP 传感器发生故障时，凸轮轴位置传感器能作为备用传感器发挥功能。但是，CMP 传感器系统发生故障时在运转中的发动机不会发生什么变化，但是发动机停止后很难再次启动
19	大气压力传感器	检测出大气压力，并将该信号发送给 ECM，将燃油喷射控制在最佳状态
20	增压前进气温度传感器	检测出进气空气温度，并将该信号发送给 ECM，将燃油喷射量控制在最佳状态
21	增压后进气压力传感器	检测出进气管内的增压后进气压力，并将该信号发送到 ECM，根据增压压力，进行燃油喷射等控制
22	增压温度传感器	检测出增压后进气温度，并将该信号发送给 ECM。该传感器用来进行燃油喷射等的控制

ECM 信号被输入到进气控制阀，根据通电量使控制阀开启行程发生变化。燃油的量会根据行程而变化，然后燃油被泵送至进气阀，被柱塞压缩后变成高压燃油。被柱塞高压处理

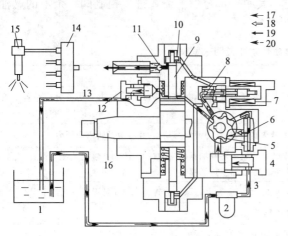

图 3-3　燃油喷射系统（共轨式）的主要部件

1—燃油箱；2—燃油滤清器；3—吸入；4—进油口；5—供油泵；6—调整阀；7—进气控制阀；8—回油弹簧；9—柱塞；10—进气阀；11—输油阀；12—溢流；13—回油；14—共轨；15—喷油器；16—驱动轴；17—吸入压力；18—供油压力；19—高压；20—回油压力

后的燃油通过输油阀，被泵送至共轨内。燃油在共轨内暂时存储后，被分配至各汽缸的喷油器。燃油喷射系统（共轨式）主要部件见图 3-3。

（1）高压泵组成功用及工作原理

① 高压泵功用　高压油泵的主要作用是将低压燃油加压成高压燃油，储存在共轨内，等待 ECU 的指令。供油压力可以通过压力限制器进行设定。所以，在共轨系统中可以自由地控制喷油压力。

高压泵连接在低压油路和高压油路之间，它的作用是在机械所有工作范围和整个使用寿命期间准备足够的、已被压缩了的燃油。除了供给高压燃油之外，它的作用还在于保证在快速启动过程和共轨中压力迅速上升所需要的燃油储备、持续产生高压燃油存储器（共轨）所需的系统压力。图 3-4 所示为高压泵的主要部件及实物图。

② 高压泵的组成　见图 3-5。

③ 高压泵的工作原理　高压油泵产生的高压燃油被直接送到燃油蓄能器或油轨中，高压油泵由发动机通过联轴器、齿轮、链条或齿形带驱动且以发动机转速的一半转动。高压油泵工作原理如图 3-6 所示，在高压油泵总成中有三个泵油柱塞，泵油柱塞由驱动轴上的凸轮驱动进行往复运动，每个泵油柱塞都有弹簧对其施加作用力，以免泵油柱塞发生冲击振动，并使泵油柱塞始终与驱动轴上的凸轮接触。当泵油柱塞向下运动时，即通常所称的吸油行程，进油单向阀开启，允许低压燃油进入泵油腔，在泵油柱塞到达下止点时，进油阀关闭，泵油腔内的燃油在向上运动的泵油柱塞作用下被加压后泵送到蓄能油轨中，高压燃油被存储在蓄能油轨中等待喷射。

图 3-4　高压泵的主要部件及实物图

1—进气阀；2—柱塞；3—凸轮环；4—输油阀；5—进气控制阀；6—供油泵；7—燃油温度传感器

此外高压泵上安装有 SCV、燃油温度传感器以及供油泵。SCV 被安装在输油泵上，控制向共轨中泵送燃油的量。ECM 控制 SCV 的通电时间，进一步控制燃油泵输送量。

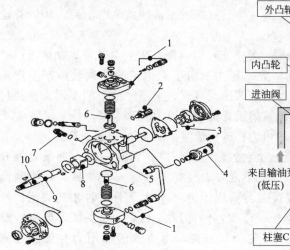

图 3-5 高压泵的组成

1—输油阀；2—燃油温度传感器；3—供油泵；
4—SCV（进气控制阀）；5—液压泵壳；6—柱塞；
7—调整阀；8—凸轮环；9—偏心凸轮；10—凸轮轴

图 3-6 高压泵工作原理

（2）共轨系统

① 共轨器总成

a. 共轨器总成如图 3-7 所示。

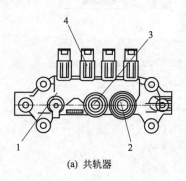

(a) 共轨器

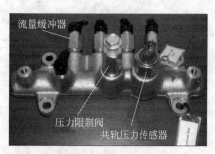

(b) 实物位置图

图 3-7 共轨器总成

1—共轨；2—共轨压力传感器；3—压力限制阀；4—流量缓冲器

b. 共轨的作用。燃油共轨是将供油泵提供的高压燃油经稳压、滤波后，分配到各喷油器中，起蓄压器的作用。它的容积应削减高压油泵的供油压力波动和每个喷油器由喷油过程引起的压力震荡，以便高压油轨中的压力波动控制在 5MPa 之下。但其容积又不能太大，以保证燃油轨有足够的压力响应速度以快速跟踪柴油机工况的变化。

共轨上安装了共轨流量缓冲器、压力传感阀和压力限制器。

② 流量缓冲器的工作过程　流量缓冲器的作用是根据发动机的负荷状况调整和保持共轨压力。当共轨压力过高时，流量缓冲器打开，一部分燃油经集油管流回油箱；当共轨压力过低时，流量缓冲器关闭，高压端对低压端密封。图 3-8 所示为流量缓冲器实物图，图 3-9 所示为流量缓冲器结构。

图 3-8　流量缓冲器实物图

流量缓冲器有两个调节回路：一个是低速电子调节回路，用于调整共轨中可变化的平均压力值；另一个是高速机械液压式调节回路，用以补偿高频压力波动。

a. 发动机停机。流量缓冲器不工作时（图 3-9）：共轨或供油泵出口处的压力高于流量缓冲器进口处的压力。由于无电流的电磁铁不产生作用力，当燃油压力大于弹簧力时，调压阀打开，根据输油量的不同，保持打开程度大一些或小一些，弹簧的设计负荷约为 10MPa。

发动机停机时，弹簧的张力将球和活塞推向共轨一侧。

b. 发动机启动（节流）。流量缓冲器工作时（图 3-10）：如果要提升高压回路中的压力，除了弹簧力之外，还需要再建立一个磁力。控制流量缓冲器，直至磁力和弹簧力与高压压力之间达到平衡时才被关闭。然后流量缓冲器停留在某个开启位置，保持压力不变。当供油泵改变，燃油经喷油器从高压部分流出时，通过不同的开度予以补偿。电磁铁的作用力与控制电流成正比。控制电流的变化通过脉宽调制来实现。调制频率为 1kHz 时，可以避免电枢的干扰运动和共轨中的压力波动。

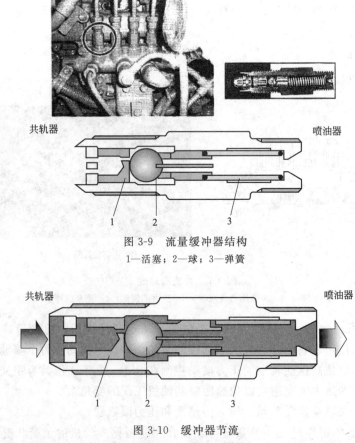

图 3-9　流量缓冲器结构
1—活塞；2—球；3—弹簧

图 3-10　缓冲器节流
1—活塞；2—球；3—弹簧

发动机启动后，共轨一侧的燃油压力被施加到活塞和球上，将其推向喷油器一侧，燃油脉冲（节流）被弹簧吸收。

c. 燃油异常流出。当燃油从位于喷油器一侧的喷油管等处异常流出时，喷油器一侧的压力将变得非常低，该压力盒共轨压力之间的压差将活塞和球推出，使球被密封在流量缓冲器内（图 3-11），避免燃油从共轨一侧流入。

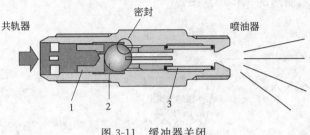

图 3-11　缓冲器关闭

1—活塞；2—球；3—弹簧

③ 压力限制阀（见图 3-7）

a. 压力限制阀简称限压阀，用于控制燃油轨中的压力，防止燃油压力过大，相当于安全阀，当共轨中燃油压力过高时，打开放油孔卸压。

b. 电控共轨系统限压阀主要由球阀、阀座、压力弹簧及回油孔等组成。其安装位置如图 3-12 所示，实物图如图 3-13 所示。

图 3-12　限压阀安装位置图

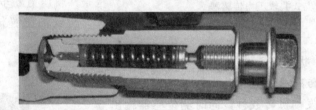

图 3-13　限压阀实物图

当燃油轨油道内的油压大于压力弹簧的压力时，燃油推开球阀，柴油通过卸压孔和回油油路流回燃油箱中。当燃油轨油道内的油压不超过压力弹簧，球阀始终关闭卸压孔，以保持油道内的油压的稳定。

当共轨内部压力达到 200MPa 时，为确保安全，压力限制阀打开，燃油回到燃油箱。此外，当压力低于 30MPa 时，阀门关闭，回复到

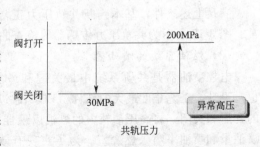

图 3-14　共轨压力图

原来的状态。如图 3-14 所示。

压力限制阀的功用是相当于安全阀，但并不控制压力，可以限制共轨中的压力过高或过低。该阀常闭，当共轨油压超过设定值时，阀开始溢流，使压力降低，以维持共轨内压力。图 3-15 所示为压力限制阀的工作示意图。

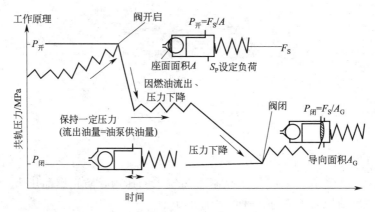

图 3-15　压力限制阀工作示意图

④ 共轨压力传感器（压电式）　共轨压力传感器作用时，共轨内部压力以电压信号的形式发送给 ECM。ECM 根据所接收的信号计算出实际的共轨压力，并对燃油喷射进行控制。

压电式共轨压力传感器（图 3-16）的工作原理是压电效原理：当某些物质沿其某一方向施加机械力时，会产生变形，此时在某些表面将产生电荷；当去掉外力后，它又重新回到不带电状态，这种现象称为压电效应。

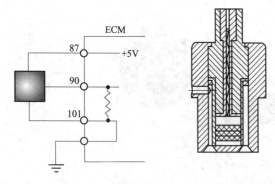

图 3-16　压电式共轨压力传感器

⑤ 检查共轨压力的步骤

a. 拔下凸轮轴位置传感器（在 OFF 状态下操作）。

b. 置于"ON"状态。

c. 测共轨压力传感器输出电压，应为 1V。

d. 用启动机带发动机转数秒，同时测传感器输出电压，应为 1～2.3V。

满足上述条件，基本判断共轨压力正常，供油泵正常。图 3-17 所示为共轨压力传感器的检查曲线。

（3）燃油系统的喷油器

电控喷油器是共轨系统中最关键和最复杂的部件，也是设计、工艺难度最大的部件。ECU 通过控制电磁阀的开启和关闭，将高压油轨中的燃油以最佳的喷油定时、喷油量和喷油率喷入燃烧室。为了实现有效地控制喷油始点和精确的喷油量，共轨系统采用了带有液压伺服系

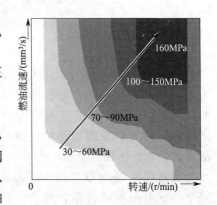

图 3-17　共轨压力传感器的检查曲线

统和电子控制元件（电磁阀）的专用喷油器。

喷油器可分为几个功能组件：孔式喷油器、液压伺服系统和电磁阀等。

① 共轨喷油系统的组成　如图 3-18 所示。

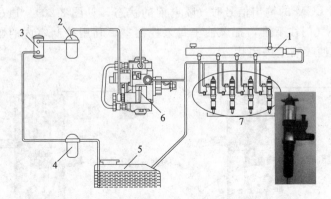

图 3-18　共轨喷油系统

1—共轨；2—燃油滤清器；3—电磁泵；4—油水滤清器；

5—燃油箱；6—供油泵；7—喷油器

② 喷油器的组成（图 3-19）和作用　喷油器安装在汽缸盖上，通过 ECM 对燃油喷射进行控制。在 ECM 内部使喷油器驱动电压升高（118V），并将该电压施加到喷油器上，控制喷油器的通电时间，从而控制喷射以及喷射正时等。

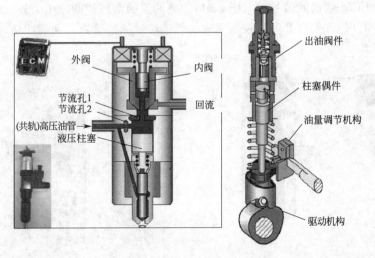

图 3-19　喷油器的组成

③ 喷油器工作原理　燃油从高压接头经进油通道送往喷油嘴，经进油节流孔送入控制室。控制室通过由电磁阀打开的回油节流孔与回油孔连接。

回油节流孔在关闭状态时，作用在控制活塞上的液压力大于作用在喷油嘴针阀承压面上的力，因此喷油嘴针阀被压在座面上，从而没有燃油进入燃烧室。

电磁阀动作时，打开回油节流孔，控制室内的压力下降，当作用在控制活塞上的液压力低于作用在喷油嘴针阀承压面上的作用力时，喷油嘴针阀立即开启，燃油通过喷油孔喷入燃烧室。由于电磁阀不能直接产生迅速关闭针阀所需的力，因此，经过一个液力放大系统实现针阀的这种间接控制。在这个过程中，除喷入燃烧室的燃油量之外，还有附加的控制油量经控制室的节流孔进入回油通道。

④ 喷油器的工作过程　在发动机和供油泵工作时，喷油器可分为喷油器关闭（以存有高压）、喷油器打开（喷油开始）、喷油器关闭（喷油结束）三个工作状态。

a. 没有接收到 ECM 的输出信号时（喷射前的状态，见图 3-20）。通过位于喷油器的弹簧 A 的推力，将外气门往下推，把燃油密封入控制室。利用控制室内的燃油，将液压活塞和弹簧 B 往下推，使喷嘴呈关闭状态。

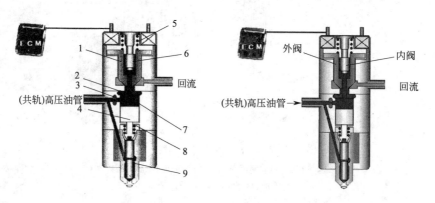

图 3-20　喷射前无信号状态

1—外气门；2—节流孔1；3—节流孔2；4—液压活塞；5—弹簧 A；

6—内气门；7—控制室；8—弹簧 B；9—喷嘴

b. 接收到 ECM 输出的信号时（图 3-21）。喷油器的电磁线圈通电，外气门推动弹簧 A，使其往上方移动。外气门打开时，控制室内的燃油经过回油管路，回到油箱。

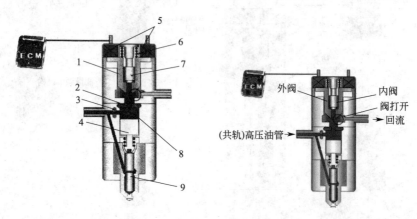

图 3-21　输入信号状态

1—外气门；2—节流孔1；3—节流孔2；4—液压活塞；5—电磁线圈；

6—弹簧 A；7—内气门；8—控制室；9—喷嘴

c. 喷射开始的状态（图 3-22）。控制室内的燃油流入回油管路，在液压活塞、喷嘴同控制室之间形成压差，该压差使喷嘴打开，开始喷射燃油。

d. ECM 输出信号被切断时（图 3-23）。当喷油器的电磁线圈的电流被切断时，弹簧 A 的推力将外气门朝下方推回去，外气门将回油管路通路切断。

e. 喷射停止的状态（喷射完成，见图 3-24）。由于通往回油管路的燃油被封闭，因此在控制室内再次充满燃油。燃油将液压活塞和弹簧 B 向下方压，从而关闭了喷嘴。

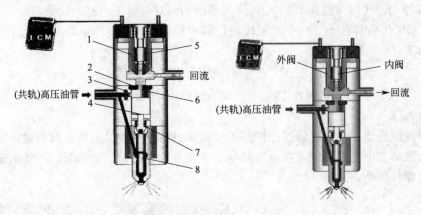

图 3-22 喷射开始状态

1—外气门；2—节流孔 1；3—节流孔 2；4—液压活塞；5—内气门；

6—控制室；7—弹簧 B；8—喷嘴

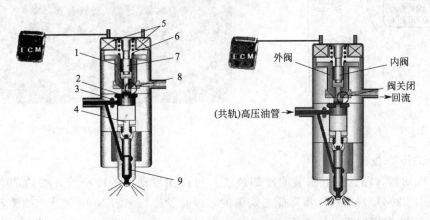

图 3-23 信号被切断状态

1—外气门；2—节流孔 1；3—节流孔 2；4—液压活塞；5—电磁线圈；

6—弹簧 A；7—内气门；8—气门关闭；9—喷嘴

通过以上作动过程，燃油喷射完成。

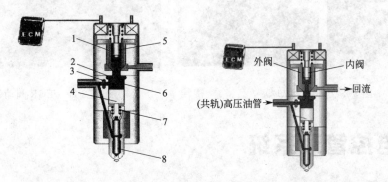

图 3-24 喷射停止状态

1—外气门；2—节流孔 1；3—节流孔 2；4—液压活塞；5—内气门；

6—控制室；7—弹簧 B；8—喷嘴

f. 喷油器 QR 代码（图 3-25）。QR 代码是喷油器对应每个汽缸的代码，如 1～4 号汽缸就有 4 个。QR 代码共有 24 位 16 进制代码，其中前 22 位反映喷油器性能，后 2 位为检验码。示例如下：

5A　52701E35DD2157001F5A　BD

机种代码　　　　QR 代码　　　　检验码

（4）电磁泵

由于对燃油滤清器和预滤器遥控控制，所以从燃油箱至供油泵的距离变短。因此，为帮助将燃油从燃油箱中吸出来以及在整修时易于排出空气，加设了电磁泵。此外电磁泵在钥匙开关打开时保持作动，见图 3-26。

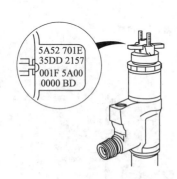

图 3-25　QR 代码图　　　　　　　　图 3-26　钥匙开关打开

（5）EGR 冷却器

EGR 冷却器（在通路上安装的冷却装置）可以用发动机的冷却液，将约 700℃ 高温的排气冷却到约 200℃，更进一步降低燃烧温度，以减少排气中的 NO_x 含量。如图 3-27 所示。

根据 ECM 发出的信号控制 EGR 阀的动作（抬升量），见图 3-28。可以采用测线圈电阻、电压，或者看波形进行分析和判断其状态。

图 3-27　EGR 冷却器　　　　　　　　图 3-28　EGR 阀动作

3.2　电控管理系统

3.2.1　控制器

（1）ECM（发动机控制模块，见图 3-29）

ECM 的 3 个作用如下。

① ECM 随时监控各种传感器所发送的信号，控制动力传动系统中的各系统。

② ECM 对系统功能进行诊断，检测出系统作动时的故障，发出故障警报信号，警告操作人员，并且将故障代码"记忆"下来。通过故障代码可以识别问题发生的区域，以帮助维修人员进行维修作业。

③ ECM 可以输出 5V 等的电压，向各种传感器或开关供电。ECM 可以通过任意一个装置控制地线或电源回路，进一步控制输出回路。

ECM 实物图如图 3-30 所示。

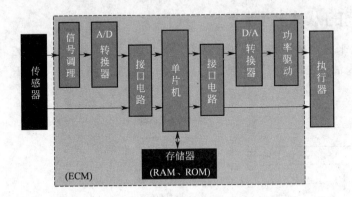

图 3-29 ECM 的组成

图 3-30 ECM 实物图

（2）ECM 工作过程（图 3-31）

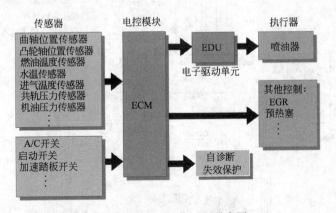

图 3-31 ECM 工作过程示意图

电控各种传感器和开关检测出发动机的实际运行状态，通过发动机 ECM 计算和处理后，对喷油量、喷油时间、喷油压力和喷油率等进行最佳控制。

发动机 ECM 按照预先设计的程序计算各种传感器送来的信息。经过处理以后，并把各个参数限制在允许的电压电平上，再发送给各相关的执行机构，执行各种预定的控制功能。

微处理器根据输入数据和存储在 RAM 中的数据，计算喷油时间、喷油量、喷油率和喷油定时等，并将这些参数转换为与发动机运行匹配的随时间变化的电量。由于发动机的工作是高速变化的，而且要求计算精度高，处理速度快，因此 ECM 的性能应当随发动机技术的发展而发展，微处理器的内存越来越大、信息处理能力越来越高。

（3）ECM 主要功能

喷油方式控制——多次喷射（现用的为主喷射和预喷射两次）。

喷油量控制——预喷射量控制、减速断油控制。

喷油正时控制——主喷正时、预喷正时、正时补偿。

轨压控制——正常和快速轨压控制、轨压建立、喷油器卸压控制。

转矩控制——瞬态转矩、加速转矩、低速转矩补偿、最大转矩控制、瞬态冒烟控制、增压器保护控制。

其他控制——过热保护、各缸平衡控制、EGR控制、辅助启动控制（电动机和预热塞）、系统状态管理、电源管理、故障诊断。

3.2.2 ECM对燃油系统的八大控制

ECM（发动机控制模块）接收来自传感器和MC（总电脑控制模块）的信号。如图3-32所示。ECM处理并驱动二通阀、吸油控制阀和EGR马达，以控制供油泵、喷油泵和EGR（排气再循环）阀。

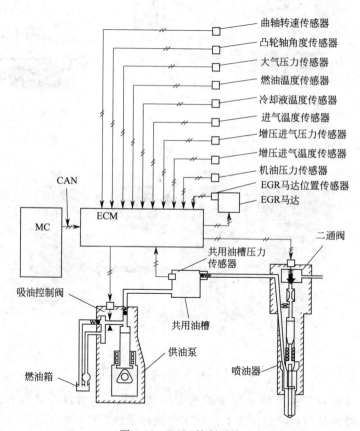

图 3-32　ECM 控制系统

（1）喷油控制（图 3-33）

ECM根据来自各传感器和MC的信号，检测发动机运转况并控制喷油量、喷射压力、喷射正时和喷射率。

①二通阀控制。包括以下几项：

a. 喷油量控制。

b. 喷油正时控制。

c. 喷油率控制。

② 吸油控制阀控制。

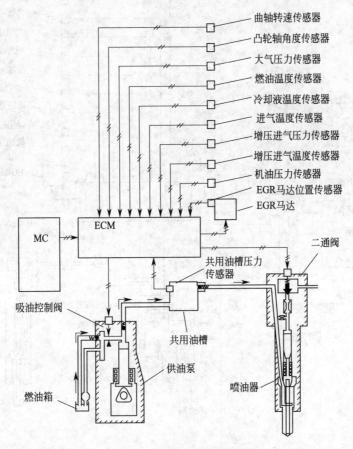

图 3-33 喷油控制系统

（2）**喷油量控制**

作用：控制最佳喷油量。如图 3-34 所示。

具体操作如下。

a. ECM 根据来自曲轴转速传感器和凸轮轴角度传感器的信号，检测发动机转速。

b. MC 根据来自发动机控制旋钮、传感器和开关的信号计算目标发动机转速并利用 CAN 通信向 ECM 发出信号。

c. ECM 根据发动机转速和来自 MC 的信号，通过打开/关闭喷油器内的二通阀主要控制喷油量。

（3）**喷油压力控制**

作用：根据共用油槽内的燃油压力，控制燃油喷射压力。

具体操作如下。

a. 根据发动机转速和来自 MC 的信号，通过 CAN 通信，ECM 计算燃油喷射量。

b. 根据共用油槽内的压力，共轨压力传感器向 ECM 发送信号。

c. 根据发动机转速、喷油量和共用油槽压力的信号，ECM 计算最佳燃油压力。ECM 驱动供油泵内的吸油控制阀并向共用油槽提供最佳的燃油量。

d. 根据共用油槽内的燃油压力，燃油从共用油槽提供给喷油器，使燃油喷射压力得到

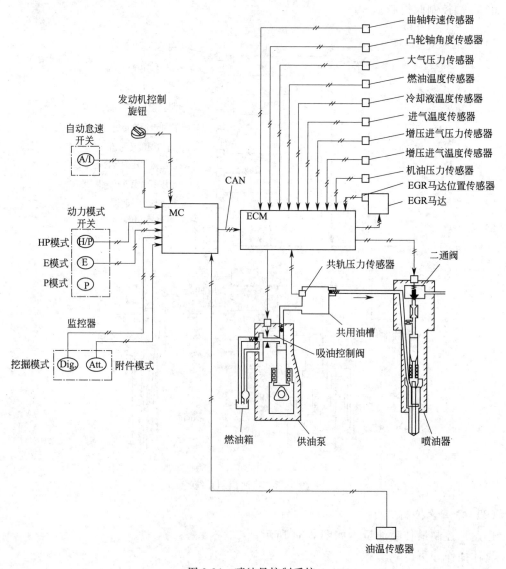

图 3-34　喷油量控制系统

控制。

（4）燃油控制

① 喷油正时控制　作用：计算最佳的燃油喷射正时。

具体操作如下。

a. ECM 根据发动机转速和燃油喷射量，计算燃油喷射正时。

b. 根据燃油喷射正时，ECM 通过打开/关闭，控制喷油器内的二通阀。

② 喷油率控制　作用：改善发动机汽缸内的燃烧状况。

具体操作如下。

a. 喷油器首先喷射少量燃油（先导喷射）并点火。

b. 点火后，喷油器喷射燃油（主喷射）。ECM 通过打开/关闭喷油器内的二通阀来控制燃油喷射正时和燃油喷射量。

③ 燃油喷射

a. 喷油器内的喷嘴始终是加压的。如图 3-35（a）所示。

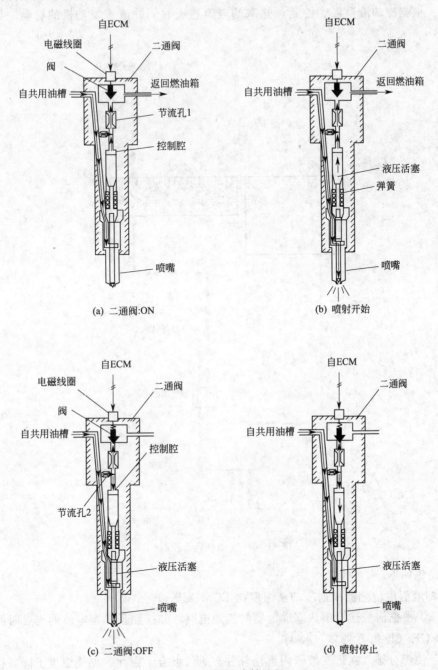

图 3-35　燃油喷射过程

b. 当接通二通阀内的电磁线圈时，控制腔内的高压燃油通过节流孔 1 返回燃油箱。

c. 液压活塞上移，喷嘴打开，使喷射开始。如图 3-35（b）所示。

d. 当断开二通阀内的电磁线圈时，此阀被关闭，而且至燃油箱的油路也被关闭。来自共用油槽的压力油通过节流孔 2 流向控制腔。如图 3-35（c）所示。

e. 当高压燃油流向控制腔时，液压活塞被压力差作用降下，使喷射停止。如图 3-35（d）所示。

（5）发动机启动控制

作用：根据冷却液温度、控制预热塞的电流连通时间并改善发动机的启动。如图 3-36
所示。

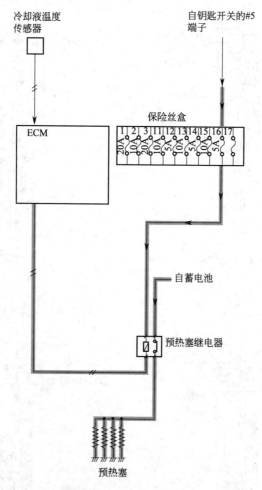

图 3-36　发动机启动控制

具体操作如下。

a. 冷却液温度传感器根据冷却液温度向 ECM 发送信号。

b. ECM 根据信号连接预热塞继电器的接地电路，并控制预热塞电流的连通时间。

（6）EGR（排气再循环）控制

作用：使部分排气在进气歧管内再循环并与进气混合。因此，燃烧温度下降并控制氮氧
化物（NO_x）的产生。如图 3-37 所示。

具体操作如下。

① EGR 气量控制

a. ECM 根据发动机转速、燃油流量、冷却液温度、大气压力和进气温度确定 EGR
气量。

b. ECM 驱动 EGR 马达，打开 EGR 阀并根据发动机情况把 EGR 气输送到进气歧管，
使 EGR 气与进气混合。

c. 同时，ECM 利用 EGR 马达位置传感器确定 EGR 阀的开启量。

② EGR 气冷却　EGR 气通过 EGR 气通道中的冷却系统冷却。冷却的 EGR 气与进气混合，使燃烧温度下降并且产生温度低于一般 EGR 气的氮氧化物。

③ 引导阀　防止新鲜空气进入 EGR 气通道并防止 EGR 气从相反方向流动。因此，EGR 气流向一个方向并且 EGR 气量增加。

（7）燃油喷射量修正

具体操作如下。

① 大气压力传感器根据大气条件，向 ECM 发出信号。如图 3-38 所示。

② ECM 根据信号计算大气压力，控制喷油器内的二通阀并修正燃油喷射量。

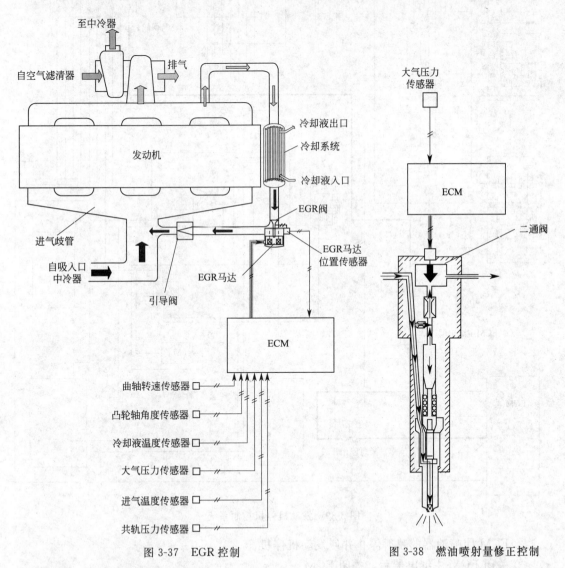

图 3-37　EGR 控制　　　　　　图 3-38　燃油喷射量修正控制

（8）发动机停机控制

具体操作如下。

① 打开紧急停止开关时，来自蓄电池的电流通过 8 号保险丝和 ECM 主继电器流向 ECM 中的 1～47 号端子。如图 3-39 所示。

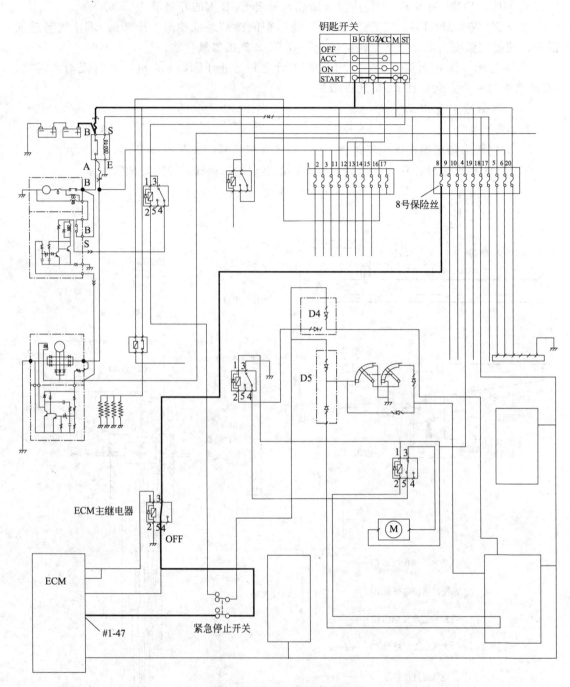

图 3-39　发动机停机控制系统

　　② ECM 使喷油器的喷射停止并使发动机停机。

　　③ 关闭 ECM 主继电器后，关闭 ECM。

3.2.3　传感器

　　电控系统的传感器是一种转换器，它的作用是进行信号转换。把测得的非电量信号转换成电信号。它在柴油机电控系统中，向控制器实时提供各种必要的、准确的信息，是柴油机电控系统中的关键部分之一。

柴油机电控系统中需要各种传感器,其测量范围、测量精度、工作环境都有很大区别,很难以同一类型的传感器来同时满足不同的要求。随着柴油机电控系统的深入发展,对传感器要求不断提高。在光、电、磁、机械等各门学科的推动下,各种超精密加工、特种加工及特种表面处理等先进工艺相继产生,促进了传感器持续向高、精、尖方向迈进。近年来,传感器在小型化、集成化、智能化等方面不断取得突破,并在各种高温、高压、振动的环境下工作都能保持高度的适应性,获得高响应速度、高可靠性及高测量精度。

4HK传感器主要有:速度(位置)传感器、共轨压力传感器、温度传感器、曲轴(CKP)传感器等类型,见图2-3。

(1)曲轴(CKP)传感器(磁电式)

曲轴传感器主要用于测量发动机转速及曲轴位置(即确定活塞位置)。

通过曲轴传感器的信号频率,可计算出发动机转速,因此,转速传感器的信号是电控发动机控制系统中最重要的信号之一。其实物图见图3-40。

发动机飞轮的凸出部位可以将通过传感器时的信号发送给ECM。ECM根据所接收到的传感器信号判断汽缸位置、决定曲轴角度,从而对燃油喷射进行控制,并计算出发动机的转速。

图3-40 曲轴(CKP)
传感器实物图

曲轴传感器的结构(图3-41)和工作原理(图3-42)如下:传感器安装在铁磁性测速齿盘6的对面,中间由空气气隙隔开,传感器上有一软铁芯4,在其外围绕有线圈5,软铁芯与永久磁铁1相连,磁铁产生的磁场通过软铁芯4和线圈5,延伸到测速齿盘6。

齿盘固定在曲轴上,随曲轴旋转,各齿与软铁芯相对运动,切割磁力线,使线圈中的磁通量发生变化,会产生感应电动势。齿盘在旋转时,当齿顶正对软铁芯4时,气隙最小,磁通密集,能切割更多的磁力线,线圈内会产生较大的感应电动势。

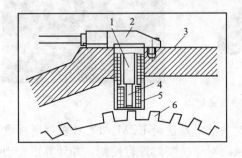

图3-41 曲轴传感器结构图
1—永久磁铁;2—壳体;3—缸体;4—软铁芯;
5—线圈;6—测速齿盘

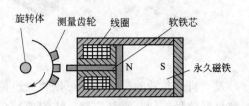

图3-42 曲轴传感器原理

缺齿电压信号不仅能表达曲轴转速,同时还能反映发动机旋转时,曲轴所处的转角及对应的活塞位置,为此能通过缺齿的电压信号,求取基准缸活塞的位置(通常以发动机第一缸为基准缸)。

输出电压波形图中,当齿根正对软铁芯时,气隙最大,磁通量稀疏,只能切割少量的磁力线,感应电压较小。上述变化会在线圈内产生近似正弦波的交变输出电压(图3-43)。交变电压的幅值与转速成正比,其振幅随转速升高而加大。当转速约为30r/min时,就能产生足够大的幅值和输出电压。电压的产生,几乎能在控制器内同时获取。控制器内的测量电路，可将不同幅值的近似正弦波电压，转换成具有恒定幅值的矩形波电压，在控制器的微处理器内进行分析和运算，能实时求得当时的转速。

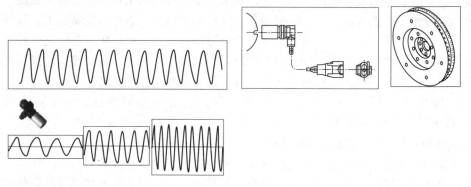

图 3-43　曲轴传感器信号

（2）凸轮轴（CMP）传感器（霍尔式）

凸轮轴控制着发动机的进、排气门，在四冲程柴油机中其转速为曲轴转速的一半。当活塞向上止点方向运动时，首先应判别是压缩上止点还是排气上止点，只有确认了汽缸是处于活塞压缩行程上止点时才能喷油。

凸轮轴传感器是一种利用霍尔效应的磁敏传感器，是把磁信号转换成电信号的传感器，这种传感器既能测量凸轮轴转速，又能确定凸轮轴位置。其实物图见图 3-44。

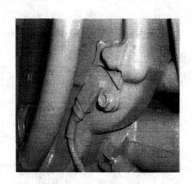

图 3-44　凸轮轴传感器实物图

发动机凸轮轴的凸轮部位可以将通过传感器时的信号发送给 ECM。ECM 根据所接收到的传感器信号，判断汽缸位置、决定曲轴角度，从而对燃油喷射进行控制，并计算出发动机的转速。此外，在 CKP 传感器发生故障时，凸轮轴位置传感器能作为备用传感器发挥功能。但是 CMP 传感器系统发生故障时在运转中的发动机不会发生变化，然而在发动机停止后很难再次启动。

下面介绍霍尔凸轮轴（CMP）传感器的原理。

金属或半导体薄片置于磁场中，当有电流通过时，在垂直于电流和磁场的方向上将产生电动势，这种物理现象称为霍尔效应。凸轮轴旋转时，当转子上的齿旋转进入永久磁铁的磁场时，霍尔元件磁路中的磁阻会发生变化，霍尔电动势也随之而变，每转一圈霍尔元件会产生一个电压脉冲，并周期性出现。从电压脉冲信号的频率就能求得凸轮轴的转速。同时由于转子上的齿相对凸轮轴有一个固定的相位（即第一缸压缩位置），因此电压脉冲产生即表明第一缸活塞已进入压缩行程。

凸轮轴传感器位置信号及输送图如图 3-45、图 3-46 所示。

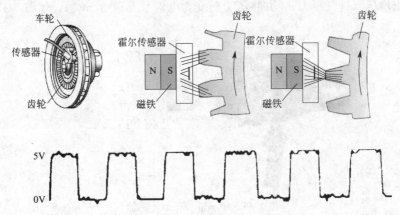

图 3-45 凸轮轴传感器位置图信号图

（3）压力传感器（压阻式）

压力传感器是力传感器的一种，在柴油机电控系统中应用甚广，如进气压力、机油压力、汽缸工作压力、高压共轨轨道压力等多处均需要用压力传感器进行检测、监控。其所测压力范围变化很大，如高压共轨轨道压力、高压油管压力一般都超过 100MPa，最高可超过 200MPa，而进气压力通常不足 0.1MPa，即使增压柴油机其进气压力也只有零点几兆帕，量程范围差别很大，如用同一类型传感器难以获得良好的测量精度。因此，测量高压共轨系统中轨道的高压燃油压力时，采用能适用于高压的传感器，而测量进气压力、机油压力等低压压力时，采用能适用于低压的传感器。

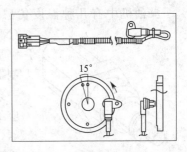

图 3-46 凸轮轴传感器
位置信号输送图

大气压力传感器包括增压前进气压力传感器、增压后进气压力传感器。

① 机油压力传感器（压阻式） 安装在汽缸体的热敏电阻器附近，用来检测机油压力，并将压力转变成电气信号发送给 ECM。其实物位置图如图 3-47 所示。

发动机机油温度传感器信号用于测定机油温度的高低，其测量温度范围为 -40~170℃。

② 大气压力传感器（压阻式） 安装在驾驶室内。ECM 将大气压力转变为电压信号，然后根据电压信号计算出大气压力，并根据大气压力进行燃油喷射量的校正。如图 3-48 所示。

图 3-47 机油压力传感器实物位置图

图 3-48 大气压力传感器

③ 增压进气压力传感器（压阻式） 可以使用增压后进气压力传感器和进气管之间的压力软管检测出增压（进气压力），并将压力转变为电信号发送给 ECM。如图 3-49 所示。

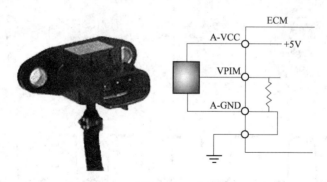

图 3-49　增压进气压力传感器

(4) 温度传感器（热敏电阻式）

柴油机中有几种温度传感器，分别安装在不同的位置，其中大部分采用负温系数（NTC）热敏电阻，该热敏电阻连接在 5V 电源的分压电路中。测量电阻上的电压和温度有关，并通过 A/D 模数转换器输入控制器（ECM），作为一个温度的尺度。在 ECU 微处理器中存有一条温度传感器的特性曲线，在曲线中每个电阻值就有一个对应的温度值。温度传感器有如下几种：发动机冷却液温度传感器、进气温度（IAT）传感器、增压前进气温度传感器、增压后进气温度传感器。

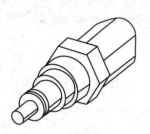

图 3-50　冷却液温度
传感器立体图

① 发动机冷却液温度传感器 安装在汽缸上，其热敏电阻器根据温度的变化来调节电阻值。发动机冷却温度变高时电阻值变小，冷却液温度变低时电阻值变大。从 ECM 电压的变化计算出发动机冷却液的温度，对燃油喷射等进行各种控制。其立体图如图 3-50 所示，传感器信号如图 3-51 所示。

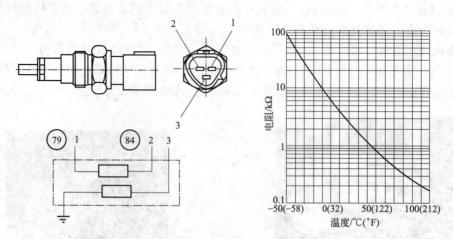

图 3-51　冷却液温度传感器信号
1—传感器 GND（用于发动机）；2—传感器信号（用于发动机控制）；
3—传感器信号（用于仪表控制）

自动故障防护：不正常情况发生时，自动转换到 80℃。

过热控制（图 3-52）：过热控制时，为了保护发动机，当发动机冷却液温度超过 108℃（226℉）时开始限制燃油流量。发动机冷却液温度进一步上升时，将进一步控制燃油流量。120℃（248℉）温度附近，则限制为一定的燃油流量（根据机器不同，设定也会不同）。有些机器系统被设计为温度达到 105℃（221℉）时开始报警。在报警的同时，通过降低机器负载，可避免进入限制燃油流量的运转状态。

② 进气温度（IAT）传感器（热敏电阻式） 其信号如图 3-53 所示。

③ 增压前进气温度传感器（图 3-54） 安装在进气管的中段，用来检测进气温度，将燃油喷射量控制在最佳状态。

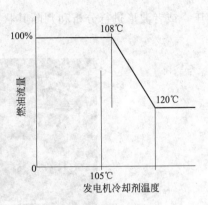

图 3-52 过热控制

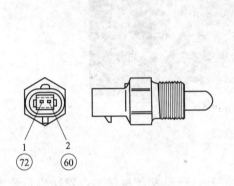
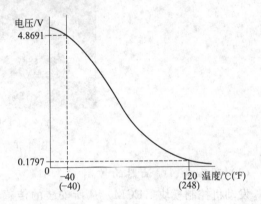

图 3-53 进气温度（IAT）传感器信号
1—信号 2—GND（地）

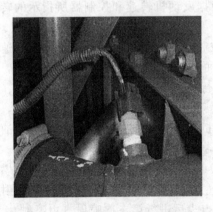

图 3-54 增压前进气温度传感器实物位置图　　图 3-55 增压后进气温度传感器实物位置图

④ 增压后进气温度传感器（图 3-55） 安装在进气歧管的 EGR 阀上游。传感器采用热敏电阻器的方式，根据温度的变化，调节传感器内部的电阻值。

3.2.4 执行器的电控制

主要执行器件共同特点：都是通过 ECM 控制其通、断电。可以采用测线圈电阻、电压，或者波形进行分析和判断其状态。执行器如图 3-56 所示。

(a) SCV

(b) 喷油器

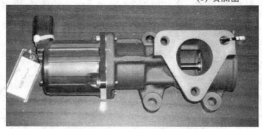
(c) SCV EGR马达

图 3-56　执行器

（1）高压泵、喷油器的控制

发动机控制模块（ECM）从所安装的传感器信号，获得发动机转速、发动机负荷等信息，根据这些信息将电气信号发送至输油泵、喷油器等，适当控制每个汽缸的燃油喷射量和喷射正时。

① 喷射量控制　为了获得最佳喷射量，主要根据发动机转速和控制器所指示的转速控制喷油器和燃油喷射量。

② 喷射压力控制　通过对共轨内燃油压力的控制来控制喷射压力。从发动机转速和燃油喷射量等数据计算出共轨内的适当压力，控制输油泵，从而使系统喷出适量的燃油，泵送至共轨进行控制。

③ 喷射正时控制　具有正时器的功能，主要根据发动机转速和喷射量计算出适当的燃油喷射正时，控制喷油器。

④ 喷射率控制　为提高汽缸内燃油的燃烧效率，在喷射初期只喷射少量的燃油（预喷射）使其点火，点火后进行第二次喷射（主喷射）。该喷射正时对喷射量的控制是通过控制喷油器来实现的。

（2）尾气排放的控制

① 共轨技术，见图 3-57。

② 多段燃油喷射（多次喷射），见图 3-58～图 3-60。

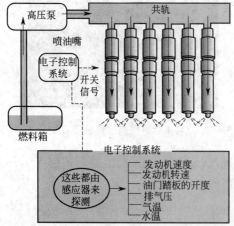

图 3-57　共轨技术

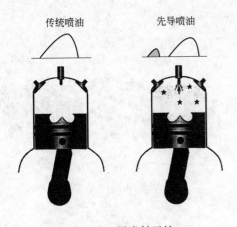

图 3-58 预喷射开始

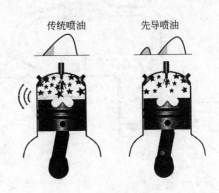

图 3-59 预喷射点火

传统型为无喷射状态，共轨型从预喷射开始点火。而共轨型则经过预喷射点火，开始第二次喷射（主喷射）。

图 3-60 第二次喷射

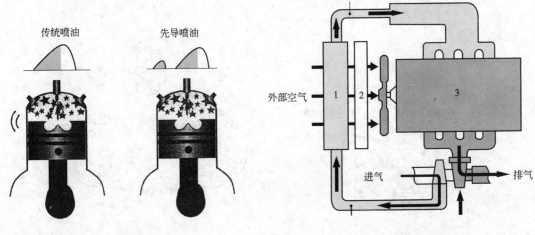

图 3-61 中间冷却器系统

1—中间冷却器；2—散热器；3—发动机

共轨型分数次喷射高压燃油，可以使燃烧室内呈均匀的完全燃烧状态，从而更进一步降低发动机噪声和振动。

(3) 中间冷却器（图 3-61）

① EGR（废气再循环） 该装置利用将部分排放的尾气混合于进气中，控制燃烧室中氧气浓度，减缓燃烧过程，从而达到降低燃烧温度的目的，以抑制 NO_x 的产生。如图 3-62 所示。

② EGR 马达工作原理 EGR 系统使一部分废气在进气歧管内循环，将惰性气体混入进气中，降低燃烧温度，抑制氮氧化合物（NO_x）的生成。EGR 通过设置在排气歧管和进气歧管之间 EGR 阀（图 3-63）的作动（开闭）进行控制。工作过程如图 3-64 所示。

EGR 马达采用步进电动机通电方式，如表 3-2 所示。

单——指每次切换前后只有一相绕组通电。

双——指每次切换前后有两相绕组同时通电。

拍——从一种通电状态转换到另一种通电状态的过程。

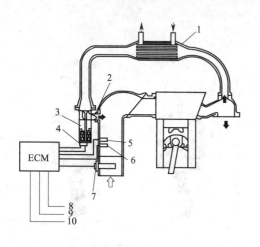

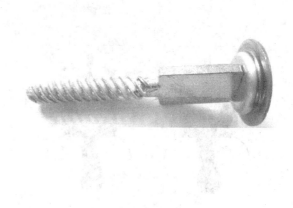

图 3-62　废气再循环系统

图 3-63　EGR 阀外形图

1—EGR 冷却器；2—止回阀；3—EGR 阀；4—EGR
位置传感器；5—增压温度传感器；6—增压压力
传感器；7—进气温度传感器；8—发动机转速；
9—发动机冷却液温度；10—发动机负荷

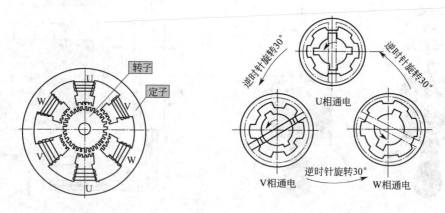

图 3-64　EGR 马达工作过程图

表 3-2　EGR 马达工作方式

工作方式	励磁绕组通电顺序	步距角
三相单三拍	U→V→W→U→…	30°
三相双三拍	UV→VW→WU→UV→…	30°
三相六拍	U→UV→V→VW→W→WU→U→…	15°

　　ECM 根据发动机转速和发动机负荷状态控制马达的运转，控制 EGR 阀的开度。阀门的开度可由 EGR 位置传感器检测。见图 3-65。

　　图 3-66 中颜色较浓的部分表示阀门的开度较大，最浓的部分表示开度接近 100％。

　　根据发动机转速和发动机负荷率（燃油喷射量）来决定废气再循环量，使 EGR 阀作动，对废气再循环量进行控制。在 EGR 废气通路上安装装置（EGR 冷却器），该冷却器可以冷却高温的 EGR 废气，并使其和新吸入空气混合，因此与普通的 EGR 相比，可以更好地降低温度，减少 NO_x，冷却 EGR，如图 3-66 所示。

　　此外，该 EGR 系统还采用了止回阀，可以抑制 EGR 排气的逆流，使其只向一个方向流动。

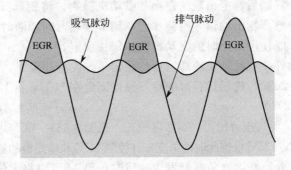

图 3-65 止回阀

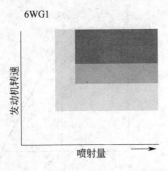
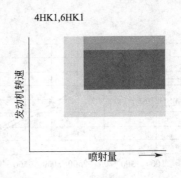

图 3-66 阀门开度比较

ECM 可以根据发动机转速、发动机负荷等发动机状态，使马达动作，从而控制 EGR 阀的抬升量。EGR 阀的抬升量由 EGR 位置传感器检测出来。图 3-67 中深色部分表示 EGR 阀的抬升量大，最深的部分表示抬升量接近 100%。

3.2.5 发动机控制信息的反馈功能

（1）发动机控制说明

① 燃油喷射量校正 ECM 根据节气门开度、增压后进气压力传感器、CKP 传感器和 CMP 传感器等发出的信号，计算出基本喷射量。

图 3-67 止回阀

ECM 根据此时的共轨压力和发动机冷却液温度等条件，控制 SCV 以及喷油器的通电时间，对喷射正时和喷射量进行最佳校正。

② 启动调值 Q 校正 当发动机怠速转速达到 $+\alpha$r/min 时，停止校正发动机启动时的喷射量（α 根据水温而变化）此外，当发动机转速低于 30r/min，ECM 系统无法识别发动机的转速，不能进行发动机启动喷射量的校正，发动机也无法启动。

发动机启动的最低转速为 60r/min。

③ 预热控制（QOS 快速启动） ECM 根据发动机冷却液温度，决定预热时间（预热前、预热中、预热后），使预热继电器动作。QOS 系统能够使发动机在低温易于启动，并可

以减少启动后马上出现的白烟和发动机噪声。将钥匙开关转到 ON 后，ECM 根据发动机冷却液传感器输出的信号检测水温，调节预热时间，随时保证最佳的预热时间。并且其预热后功能，能使刚启动时的发动机转速保持稳定。

此外，在发动机冷却温度传感器系统发生故障时，可以将发动机启动时的冷却液温度固定在 −20℃，机器运行时的冷却温度固定在 80℃，并且停止 EGR 控制（恒温器阀打开的温度为 82℃）

④ 大气压力校正（高纬度校正，见图 3-68）　ECM 根据大气压力传感器信号，计算出当前的纬度。ECM 根据此时的纬度条件控制 SCV 和喷油器的通电时间，将燃油量校正到最佳状态。

此外，在大气传感器发生故障时，ECM 可以将大气压力固定在 80kPa（相当于 2000m）进行控制，同时停止 EGR 的控制。

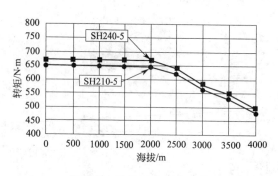

图 3-68　大气压力校正曲线

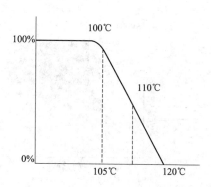

图 3-69　过热控制曲线

⑤ 过热时的控制　为了在发生过热时保护发动机，在发动机冷却液温度超过 100℃时对燃油流量进行控制。当温度进一步上升时，也会进一步控制燃油流量，见图 3-69。当冷却液温度上升到 120℃时，使发动机停机。如表 3-3 所示。

此外，该保护功能从发动机启动 1min 后开始（为了检测出稳定的水温）。

表 3-3　发动机水温对启动的影响

设定	判断时间	发动机控制	复位条件
100℃	—	ECM：燃油喷射量减少	—
105℃	水温刻度为 8	SH 控制器：正常	
110℃	5s	ECM：燃油喷射量减少 SH 控制器：急速	水温刻度低于 7
120℃	5s	ECM：燃油喷射量减少 SH 控制器：发动机停机	发动机停机后，钥匙置于 ON

当出现下列故障代码时，该保护功能不起作用：

0117（水温传感器电压异常低）

0118（水温传感器电压异常高）

2104（CAN 总线异常）

2106（CAN 超时异常）

0090（CAN 通信故障）

⑥ 增压后进气温度上升时的控制　增压后温度超过 80℃时，开始限制燃油流量。温度超过 90℃时，发动机停机。见表 3-4。

此外，该保护功能从发动机启动 1min 后开始（为了检测出稳定的增压后进气温度）。

表 3-4 发动机增压进气温度对启动的影响

设定	判断时间	发动机控制	复位条件
80℃	5s	ECM：正常 SH 控制器：怠速控制	低于 70℃ 的状态持续 30s
90℃	5s	SH 控制器：发动机停机控制	发动机停机后，钥匙置于 ON

当出现下列故障代码时，该保护功能不起作用：

1112（增压后进气温度传感器电压异常低）

1113（增压后进气温度传感器电压异常高）

2104（CAN 总线异常）

2106（CAN 超时异常）

0090（CAN 通信故障）

⑦ 发动机压力低时的控制 发动机机油压力（发动机油压）很低时，使发动机停机，以防止发动机损坏，如表 3-5 所示。

此外，该保护功能从发动机启动 30s 后开始（为了检测出稳定的发动机油压力）。

表 3-5 发动机机油压力对启动的影响

设定	判断时间	发动机控制	复位条件
40kPa	5s	ECM：正常 SH 控制器：发动机停机控制	发动机停机后，钥匙置于 ON

当出现下列故障代码时，该保护功能不起作用：

0522（机油压力传感器电压异常低）

0522（机油压力传感器电压异常高）

2104（CAN 总线异常）

2106（CAN 超时异常）

0090（CAN 通信故障）

1633（5V 电源 3/传感器用电源电压异常）

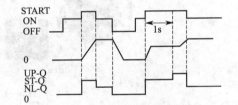

图 3-70 时间转动控制

⑧ 启动控制（水温遥控） 水温低于 0℃ 时，根据水温进行相应的燃油喷射控制，确保低温时的发动机启动性能。

⑨ 长时间转动控制（图 3-70） 为了减少发动机启动时的黑烟，同时作为解决因喷油器磨损等原因而无法获得足够的启动燃油喷射量的备用方法，在发动机开始转动并经过一定时间后，仅增加所规定的启动燃油喷射量，提高启动性能。

⑩ 汽缸减少时的启动控制 通过故障诊断检查出有的喷油器不工作（检查出故障代码，为了紧急处理保证发动机的启动性能），对燃油喷射量进行校正。

（2）喷油器故障处理

将发生故障的喷油器的喷射量平均分配到其他正常的喷油器上（总喷射量保持一致）。喷油器的校正系数见表 3-6。

表 3-6 喷油器校正系数

正常汽缸数	4	3	2	1	0
校正系数	1.0	1.33	2.0	1.0	1.0

注意：3个以上的喷油器发生故障时不会进行控制；喷油器发生机械故障时不会进行控制；发动机正常停机（钥匙开关OFF的动作）。

分配喷射量的步骤如下。

① 关闭点火开关。

② ECM识别出点火开关关闭后，同时进行③～⑤的操作。

③ 停止喷油器喷射量的计算。

④ 发出进气控制阀（SCV）全闭的指示。

⑤ 发出EGR阀全闭的指示，对EGR阀的初始点进行校正。

⑥ ③～⑤的操作完成后，将故障记录写入ECM中的EEPROM。

⑦ 关闭主继电器，切断通向ECM的电源。

（3）发动机启动和停机判断

根据ECM用CAN通信方式发出的发动机转速信息，来判断发动机的启动和停机，见图3-71。

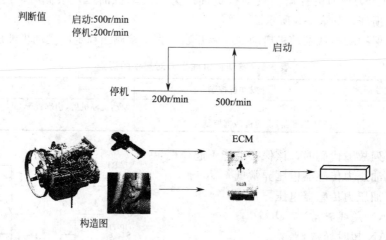

图 3-71 启动和停机判断过程

3.2.6 显示器

（1）显示发动机信息画面（图3-72）

① 显示器显示 当更换ECM或喷油器时，ECM将发动机信息保存下来，使该信息（燃油喷射量调整、QR代码、发动机序列号）可以被复制到新的ECM中。

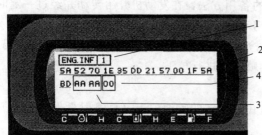

图 3-72 发动机信息画面
1—页次；2—QR代码24位数；3—所显示的模式（当前控制器A中的信息）；4—故障代码

② 发动机信息画面的进入方法 按照维修操作要点操作。

③ 发动机启动的限制 在出现画面时，发动机无法启动。

④ 画面 可以用以下的方法确认保存在控制器A中的发动机信息。根据说明的方法切换显示模式，可以确认ECM中的信息（1～4页：喷油器1～4号汽缸的QR代码；5和6页没有使用，无法输入）。

⑤ 燃油喷射量调整数据 见图3-73。

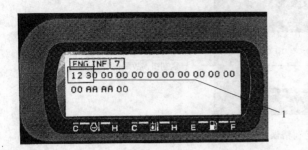

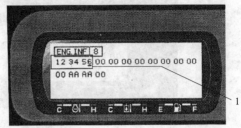

图3-73 燃油喷射量调整数据（3位数）

图3-74 发动机序列号（6位数）

⑥ 发动机序列号（第8页） 见图3-74。

（2）监控器的操作方法

① 浏览模式（图3-75）。

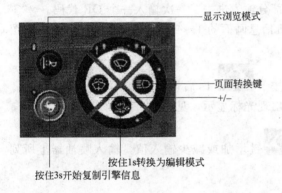

图3-75 浏览模式

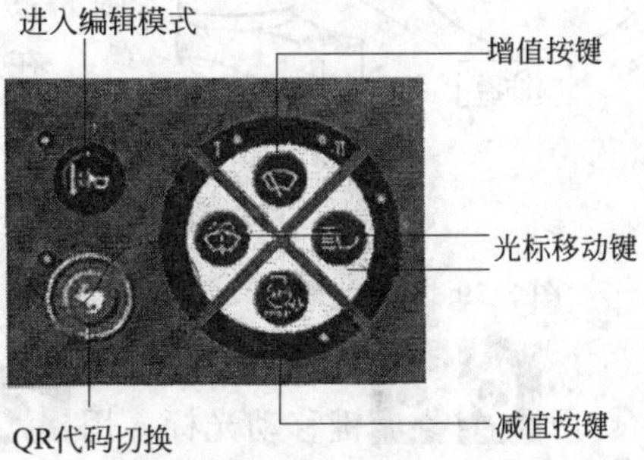

图3-76 编辑模式

② 编辑模式（图3-76）。仅在显示QR代码时可以变换到该模式。

（3）发动机信息（燃油喷射量调整、QR代码、发动机序列号）复制方法

在因某种原因更换新的ECM时，必须按照以下步骤复制发动机信息。

① 准备维修用ECM。发动机信息只能被复制到维修用ECM中。

② 连接维修用ECM，确认以下事项。

a. 控制器A内存有旧的ECM的信息。

b. 该ECM和机种匹配。

c. 控制器A的EEPROM以及ECM的EEPROM没有出现异常。

③ 进入发动机信息画面后持续按下 ⬤ 3s，在听到蜂鸣声即开始复制（图3-77）。

在1～8页以及显示模式（控制器A、ECM）下都可以进行。

复制过程中，在记录时，故障代码显示为99（图3-78），等待约10s。在复制正常完成后，故障代码将显示为00。如复制出现错误异常中止，出现故障代码。

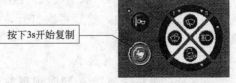

图3-77 复制发动机信息

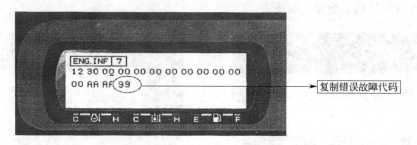

图 3-78　复制错误故障代码

④ 复制正常完成后，将钥匙开关关闭一次，然后打开，确认已经被信息复制。

图 3-79　QR 代码

（4）喷油器 QR 代码的重新输入

更换喷油器时，应按照以下步骤输入 QR 代码，进行替换。

① 准备更换用的喷油器。将喷油器上所列的文字中的图 3-79 所示部分输入进去。一次输入一个 QR 代码。

在发动机信息画面的 1～4 页对应每个喷油器号码（图 3-80）。

② 持续按下 [图标] 1s 后切换到编辑模式，见图 3-81。

③ 此时出现光标显示，见图 3-82。

④ 用 [图标] [图标] 键移动光标，用 [图标] [图标] 键增加或减少输入值，输入喷油器上所列的 QR 代码（图 3-83）。

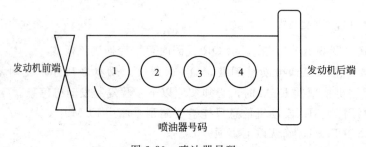

图 3-80　喷油器号码

⑤ QR 代码输入完毕后，按下 [图标] 键。蜂鸣器在一声鸣响后，开始写入。

在写入时，故障代码显示为 99。如正常完成，则故障代码显示为 00；如出现错误异常中止，则出现故障代码（取消输入时按 [图标] 键）。

⑥ 关闭钥匙开关，然后再次打开，确认 QR 代码已经被替换。

（5）同时更换控制器 A

如果 ECM 和控制器 A 同时出现故障，存储在 A 中的发动机信息无法使用时，应按照以下步骤恢

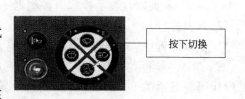

图 3-81　切换

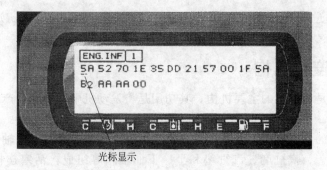

图 3-82 光标显示

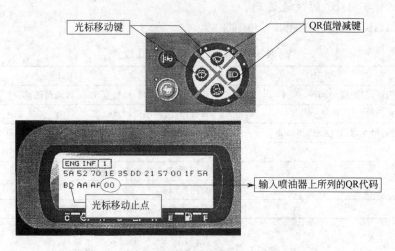

图 3-83 输入喷油器 QR 代码

复信息。

① 不要使用维修用 ECM，而要准备已经写入了发动机信息的 ECM，进行更换。已经写入发动机信息的 ECM 是指通过 EMPS 写入喷射量调整数据的 ECM。

② 一次输入一个喷油器 QR 代码（根据前面所述步骤）。获取发动机信息的时间：在工厂组装后，第一次打开点火开关获取一次发动机信息。重新获取发动机信息：在发动机信息画面持续按下 和

图 3-84 异常显示

 键 10s 后，可以重新获得发动机信息。

（6）异常时的显示

在 ECM 超时、CAN 通信异常和 EEPROM 异常时，发动机信息无法正常显示，所有的显示都为 F，如图 3-84 所示。

3.3 4HK1 电控柴油发动机机械部分

由于电控柴油机燃烧压力和温度都很高，因此电控柴油机与普通柴油机在结构上有所不同。其主要是燃油供给系统和电控系统是新设计的；而曲柄连杆机构、配气机构、冷却系统

是在原有基础上改进的；有些系统基本和原有普通发动机基本相同，如润滑系统、启动系统。

3.3.1 曲轴连杆机构

曲柄连杆机构是内燃机的主要机构，其功用是将发动机中燃料燃烧产生的热能转变为机械能。

曲柄连杆机构的主要零件可以分成三组：机体组、活塞连杆组、曲轴飞轮组。机体组主要由汽缸体、汽缸盖、汽缸套、汽缸垫和上、下曲轴箱等组成；活塞连杆组由活塞、活塞环、活塞销、连杆等组成；曲轴飞轮组由曲轴和飞轮等组成。

（1）4HK1 与 6GB1 的改进区别

6GB1 和 4HK1 的比较见表 3-7 和图 3-85。

表 3-7　6GB1 和 4HK1 的比较

序号	6GB1	4HK1
1	镀铬内衬，粗糙度 5μm	磷酸盐镀膜内衬，粗糙度 3μm（机油消耗减少）
2	挺杆式凸轮	顶置凸轮（高刚度的汽缸盖）
3	曲轴销/轴颈销，直径 φ80/64mm	曲轴销/轴颈销，直径 φ82/73mm（高输出功率）
4		滚轮摇臂（润滑耐磨性能提高）
5		气门（燃烧性能改善，高输出功率和高刚度）
6		高刚性汽缸
7		汽缸体和梯形车架（高刚度和高输出功率）

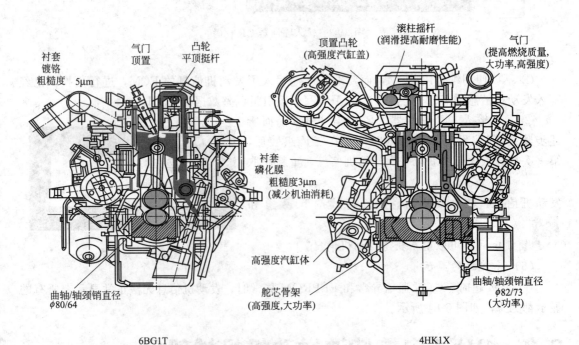

图 3-85　6GB1 和 4HK1 的比较

（2）机体与下曲轴箱

机体是汽缸体、曲轴箱、机座、主轴承盖及飞轮罩壳等固定零件的总称。它是一个刚性构件，作为安装内燃机其他零部件的支承骨架。

4HK梯形车架的构造使曲轴轴承受到框架的支承，使其成为一个整体骨架结构，提高了发动机刚性，并减少了噪声。如图3-86所示。

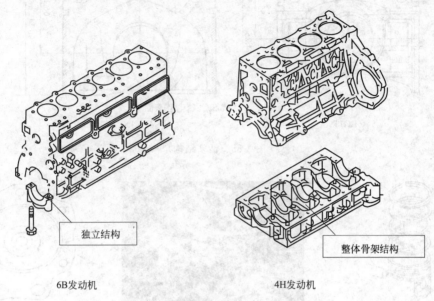

独立结构

整体骨架结构

6B发动机 4H发动机

图 3-86 机体对比

（3）活塞连杆组

活塞连杆组是曲柄连杆机构的三大组件之一，主要包括活塞、连杆、活塞销、活塞环等。其结构如图3-87所示。

活塞组由活塞、活塞环、活塞销、活塞销卡环等组成。

① 活塞的功用。

a. 与汽缸盖、汽缸臂共同组成燃烧室；承受汽缸中气体压力并将此力通过活塞销传给连杆，推动曲轴转动对外做功。

b. 密封汽缸，防止燃气泄漏及润滑油窜入燃烧室；把燃气热量传给活塞环和汽缸臂，再传给冷却液。

② 结构与材料。活塞采用共晶硅铝合金制成，结构如图3-88所示。它由顶部、头部和裙部组成。

活塞头部即活塞环槽以上的部分，共有3道环槽，上面2道用以安装气环，下面一道用以安装油环，如图3-89所示。

活塞裙部是从油环槽下端面起至活塞底面的一段。它的作用主要是对活塞在汽缸内的运动加以导向，故又称为导向部。此外它还承受侧压力。柴油机由于燃气压力高，侧压力大，所以裙部也比较长，以减小单位面积上的压力和磨损。

（4）汽缸垫

在汽缸盖与汽缸体之间装有汽缸垫，其功用是保证汽缸盖与汽缸体接触面的密封，防止燃气泄漏。汽缸垫在汽缸盖的压紧力作用下产生塑性变形，以此来补偿结合面的不平度，堵塞气体、液体泄漏的通路。汽缸垫定标点及位置见图3-90和图3-91。

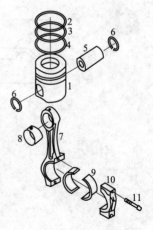

图 3-87 活塞连杆组

1—活塞；2—第一道活塞环；3—第二道活塞环；4—油环；5—塞销；6—卡环；7—连杆；8—连杆小头衬套；9—连杆轴承；10—连杆盖；11—连杆螺栓

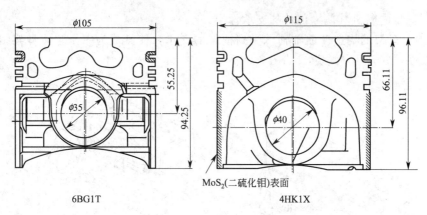

6BG1T   4HK1X

图 3-88 活塞结构

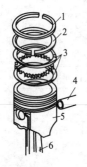

图 3-89 活塞头及活塞环

1—第1道气环；2—第2道气环；

3—油环；4—活塞销；

5—活塞；6—连杆

图 3-90 汽缸垫定标点

1~4—定标点

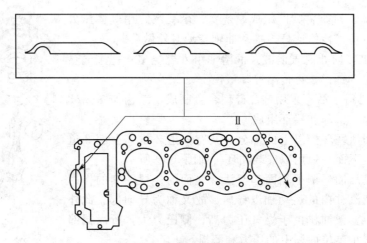

图 3-91 汽缸垫位置图

（5）曲轴飞轮组

曲轴飞轮组主要由曲轴、飞轮和扭转减振器等零件组成，如图 3-92 和图 3-93 所示。

曲轴的功用是将连杆传来的气体压力转变为转矩，作为动力而输出做功，并驱动柴油机本身的配气机构等各辅助装置。

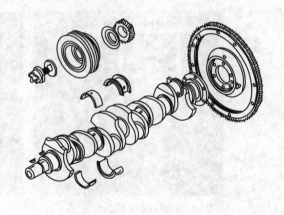

图 3-92　曲轴　　　　　　　　　　　　　图 3-93　曲轴飞轮组

3.3.2　配气机构

　　配气机构的功用是按照发动机每个汽缸内所进行的工作循环和发火次序的要求，定时开启和关闭各汽缸的进、排气门。

　　4HK 气门式配气机构由气门组和气门传动组组成。配气机构可以从不同角度分类。按气门的布置方式——气门顶置式；按凸轮轴的布置位置——凸轮轴上置式；按曲轴和凸轮轴的传动方式——齿轮传动式。柴油机工作时，凸轮轴是由曲轴通过正时齿轮驱动的。当凸轮的凸起部分顶压摇臂时，通过摇臂摆动、调整螺钉使气门座压缩气门弹簧，使气门开启或关闭。

　　四行程柴油机每完成一个工作循环，曲轴转两周，各缸的进、排气门各开启一次，即凸轮轴只需转一周。因此，曲轴与凸轮轴的转速比为 2∶1。

　　顶置气门式配气机构的突出优点是燃烧室比较紧凑，并有利于充气，所以柴油机和多数汽油机广泛采用这种结构类型。其缺点是由于汽缸盖上增加了许多机构，使发动机的高度增加。

　　（1）凸轮轴布置位置的区别

　　顶置凸轮轴式配气机构，是指凸轮轴和曲轴的距离最远，装在汽缸盖上，故称顶置凸轮轴式配气机构，如图 3-94 所示。

　　顶置气门式配气机构与侧置气门式配气机构相比，虽然其结构较为复杂，如增加了推杆、摇臂和摇臂轴等零件，但它的燃烧室紧凑，有利于提高压缩比，减小进排气阻力，因此，现代柴油机和汽油机均采用顶置气门式配气机构。顶置气门式配气机构的凸轮轴可以下置、中置和顶置，侧置气门式配气机构的凸轮轴只能下置。大型运输车辆发动机配气机构一般是气门顶置、凸轮轴中置或下置。

　　无论哪种配气机构，它们都是由气门驱动组（也称凸轮轴传动组）和气门组两部分组成的。

　　气门驱动组包括凸轮轴正时齿轮（或链条、链轮）带轮、正时带等，其功用是定时驱动气门使其启闭。它的组成视配气机构的形式不同而异，如顶置气门式主要由正时齿轮、凸轮轴、挺杆、推杆、摇臂、摇臂轴及支架等组成。

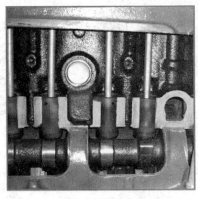

(a) 6BG1T 侧置式   (b) 4HK 凸轮轴顶置式

图 3-94　凸轮轴布置位置

（2）曲轴与凸轮轴的传动方式（齿轮传动）

① 配气机构齿轮系的装配。当曲轴、凸轮轴正时齿轮总成及喷油泵传动齿轮安装好以后，把第 2 正时惰轮套入第 1 正时惰轮，再将其装在第 1 齿轮轴上。把 O 形密封圈装在该轴的环槽内，并把该轴装在汽缸体后端面上的相应孔中，然后用套有弹簧垫圈的螺栓紧固，其拧紧力矩为 60～70N·m。用弹簧垫圈及螺栓将第 2 齿轮轴紧固在汽缸体后端面的相应位置上，拧紧力矩为 30～40N·m。再将第 3 正时惰轮及垫圈装在轴上，然后将卡环装入该轴的相应槽内。传动齿轮系平面布置如图 3-95 所示。

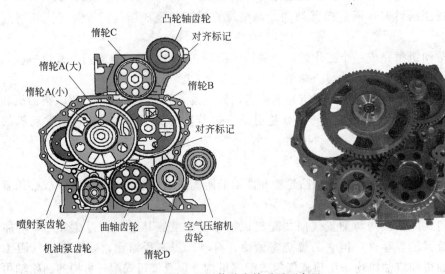

图 3-95　传动齿轮系平面布置

② 气门组的组成与配气机构的形式基本无关而大致相同，它包括气门、气门座、气门导管、气门弹簧、气门弹簧座、锁片（或销）等，其功用主要是维持气门的关闭。

4HK 每个汽缸有四个气门，气门组的组成与配气机构的形式基本无关而组成大致相同，如图 3-96 所示。它包括气门、气门座、气门导管、气门弹簧、气门弹簧座、锁片（或销）等。其功用主要是维持气门的关闭，即它的默认状态是关闭，它的工作状态是开启。

3.3.3 冷却系统

发动机温度的高低一般用冷却介质的温度来衡量，正常的工作温度是 80～90℃，或高或低都会产生一些不良后果。发动机冷却系统的作用就是以水或空气流为介质，将发动机的热量适量传送出来，以保证发动机的正常运转。

图 3-96 气门组位置图

（1）冷却系统

发动机的冷却系统采用通过水泵强制冷却水循环的水冷方式。在冷却系统内设置了 EGR 阀和 EGR 冷却器。通过冷却风扇在散热器芯子内经过冷却的冷却水，从散热器下部通过软管经由节温器进入冷却泵。从冷却泵排出的冷却水进入机油冷却器，在与机油冷却器进行热交换的同时流入缸体。被送到缸体的冷却水再进入水冷套冷却各缸套，并上升到缸头。经过缸头中的冷却阀门间隙进入入口位置之后，经过壳和盖回到散热器。缸体内的一部分冷却水，因为是冷却 EGR，所以通过 EGR 冷却器冷却排出气体之后再回到热盖。冷却循环系统如图 3-97 所示。

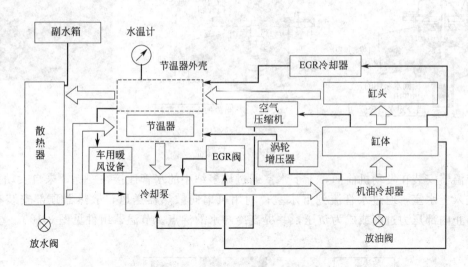

图 3-97 冷却循环系统

节温器的开启温度在冷却水温度以上，当发动机刚启动之后，在冷却水温度不足 82℃时节温器敞开，没有把冷却水送到散热器而直接回流到冷却泵并在发动机内部行程。这样可防止发动机过冷。

（2）冷却泵

冷却泵安装在缸体的前端位置，通过 V 带来传动，如图 3-98 所示。

冷却泵为了防止漏水在叶片和外壳上安装了冷却水封，叶片一侧的陶瓷板和与外壳一侧的特殊炭精片板之间的滑动也有防止漏水的功用。

燃油在汽缸内燃烧产生高温，为防止缸盖、缸套、缸体因高温产生裂痕或活塞烧伤，须进行冷却。最佳水温为 78～93℃；水温低于 65℃ 为过冷运转；冷却水必须加防冻液防止冻结。

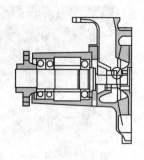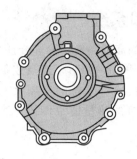

图 3-98　冷却泵

（3）节温器

节温器内部有热敏元件（热胀冷缩的石蜡），可根据温度的不同上下移动，见图 3-99。当冷却水温度较低时石蜡收缩，将去散热器的水道口关闭，同时打开去水泵侧的开口；水温上升一定程度时石蜡膨胀，将去散热器的水道口开启，同时关闭去水泵侧的开口。

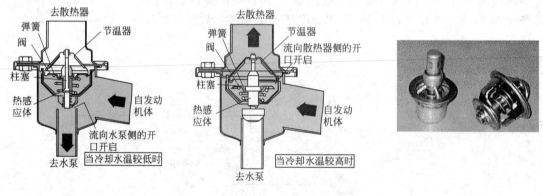

图 3-99　节温器

节温器安装在发动机前面，上下水室通过许多细小的水管连接在一起；来自发动机的冷却水进入上水室，通过水管流到下水室；利用风扇向散热器送风，散热器顶部安装有减压阀，防止内部压力过高或成为负压，并提高冷却水的沸点。节温器组件见图 3-100。

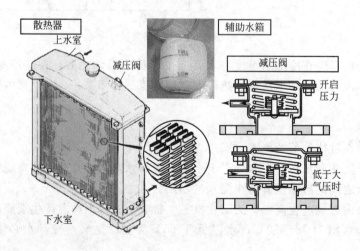

图 3-100　节温器组件

3.3.4 润滑系统

（1）润滑系统

润滑系统由油底壳、油泵、油冷器、滤油器、活塞冷却喷嘴等组成。

① 润滑系统的组成和工作流程 润滑系统的基本组成为：机油泵、机油滤清器、机油冷却器、仪表与信号装置。

润滑油路（图 3-101）中润滑油的基本流向见图 3-102。

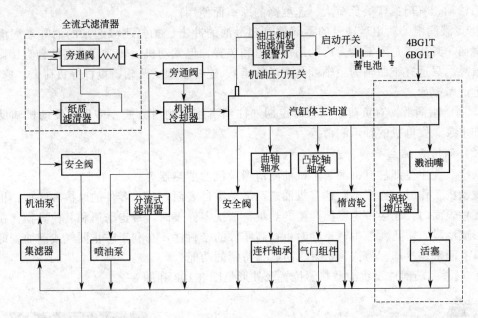

图 3-101 柴油机润滑油路

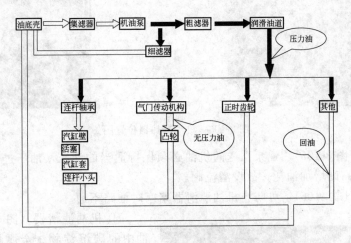

图 3-102 润滑油路方框图

发动机中曲轴主轴承是滑动轴承，在润滑系统中有一组油道，将有压力的润滑油送至该处保证润滑。

润滑系统有以下 5 大作用。

a. 减轻零件表面间的磨损。

b. 清洗摩擦件表面。

c. 冷却摩擦件表面。

d. 密封或弥补各零件间的配合间隙，提高配合精度。

e. 防止金属表面间直接接触，改善摩擦条件。

② 发动机采用的润滑方式

a. 压力润滑：具有一定压力的润滑油通过专用油道强制输送到摩擦面间形成油膜来确保润滑的方式。其特点是可靠性好，作为发动机的主要润滑方式，在曲轴的主轴颈、连杆轴颈、凸轮轴、气门摇臂等负荷大、速度高的摩擦面使用。

b. 飞溅润滑：利用运动着的零部件对润滑油的冲击、拍打飞溅起来的油雾来润滑零件的摩擦面。其优点是不需要专门的润滑油道和装置，但发动机运转速度的高低会直接影响润滑的效果。只适宜于曲轴的主轴颈（滚动轴承）、连杆轴颈、凸轮、挺杆等负荷大、速度高、距离远的摩擦面。

c. 润滑脂润滑：对负荷小而只需定期加注润滑脂的润滑方式。多用于发动机辅助系统中，如水泵、发电机的轴承润滑等。

（2）润滑系统主要部件

润滑系统主要部件有机油泵、机油滤清器及机油散热器等。

发动机工作时，连续不断地将机油送至运动零件表面，减小零件的摩擦和磨损；机油流经各零件表面时，还会带走摩擦产生的热量，清洗零件表面，带走磨屑和其他异物；在零件表面形成油膜，防止腐蚀生锈；同时也提高零件的密封性，有利于防止漏气或漏油。即润滑系统具有润滑、冷却、清洁、密封、防腐、防锈的功能。

① 润滑系统部件　机油散热器位置及外形见图 3-103 和图 3-104。

图 3-103　机油散热器位置图

② 溢流阀（图 3-105）　油泵泵送的机油必须保持适当的油压，油压过低则不能到各润滑部位，油压过高则增加油耗，故设溢流阀。

③ 安全阀（图 3-106）　可防止机油滤清器堵塞时油路不通。

④ 机油滤清器（图 3-107）　可清除油中的碳沉淀物、金属粉末、污垢，防止被污染的油再次流进润滑部位。滤纸被叠成褶状，以扩大油通过的面积。应定期更换机油滤芯。

⑤ 活塞冷却喷嘴（图 3-108）　喷出机油冷却活塞，防止活塞烧结。

图 3-104　机油散热器

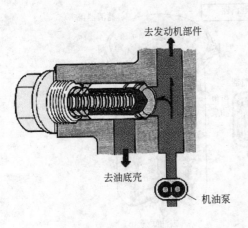

图 3-105 溢流阀

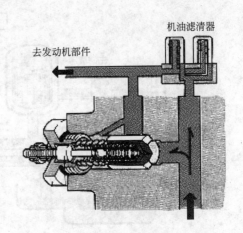

图 3-106 安全阀

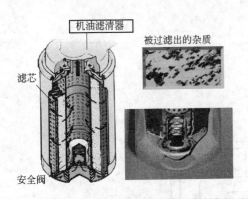

图 3-107 机油滤清器

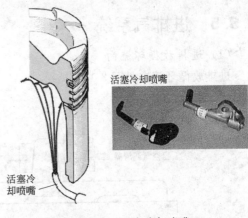

图 3-108 活塞冷却喷嘴

⑥ 机油冷却器（图 3-109） 用于降低油温，防止机油高温裂化。

⑦ 旁通滤清器（图 3-110） 使机油得到充分过滤，降低机油污染程度。

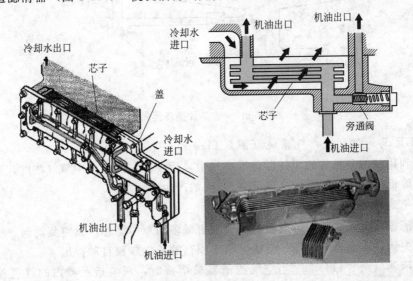

图 3-109 机油冷却器

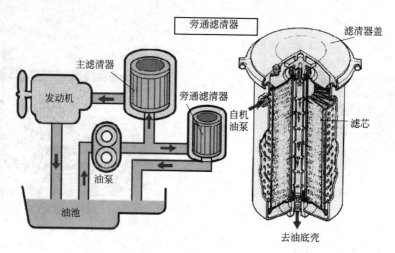

图 3-110　旁通滤清器

3.3.5　进排气系统

（1）进排放循环流向

进排放循环流向见图 3-111。

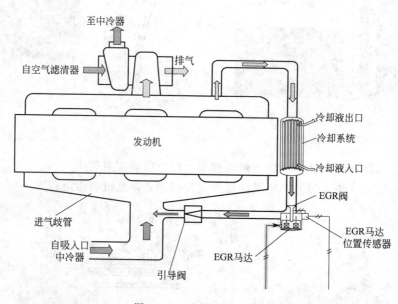

图 3-111　进排放循环流向

（2）EGR 马达控制进排气系统（图 3-112）

该装置利用将部分排放的尾气混合于进气中，用于控制燃烧室中氧气浓度，减缓燃烧过程从而达到降低燃烧温度的目的，以抑制 NO_x 的产生。

（3）空气滤清器（图 3-113）

空气滤清器可控制空气的流通面积，工程机械多用双层滤芯。真空集动阀——当发动机停机负压消失后，该阀自动打开，将集尘箱中积存的灰尘颗粒自动排出。

灰尘指示器（图 3-114）——当空气滤清器被堵塞时，灰尘指示器内的红色柱塞则被弹出，以提醒驾驶员清理或更换空气滤芯。

（4）消声器（图 3-115）

废气如果由排气歧管直接排放到大气中会产生较大的噪声，因此使用消声器可以减小这种噪声。

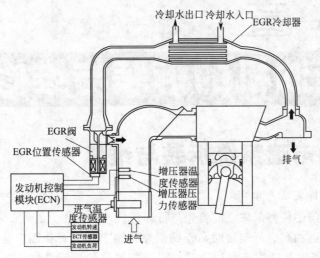

图 3-112　EGR 马达控制进排气系统

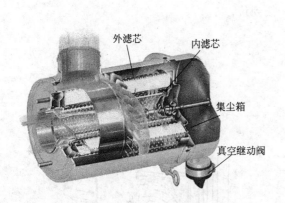

图 3-113　空气滤清器

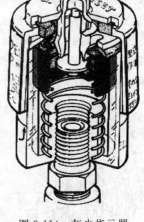

图 3-114　灰尘指示器

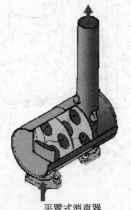

平置式消声器

竖置式消声器

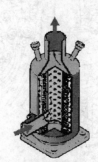

催化式消声器

图 3-115　消声器

第 **4** 章　Chapter 4
电喷柴油机的拆装与维修

4.1　燃油电喷系统拆装与维修

（1）燃油系统拆装注意事项

① 拆装燃油系统的任何部件之前要先进行卸压。

② 在更换新的燃油泵进行安装时，要确保燃油泵上部有管和固定盖无漏油。要确保固定盖与油箱接口处密封良好防止漏油。最好将油箱加满油进行路试，之后再检查有无漏油现象。

③ 在更换柴油滤清器、柴油管或清洗喷油器安装完后，一定要启动后检查是否漏油。

④ 确保喷油器和柴油泵插接头连接良好，插到位。

（2）燃油滤清器拆卸与安装

① 拧紧龙头塞（图 4-1 中 1）。

② 准备废油罐（图 4-2 中 2）。

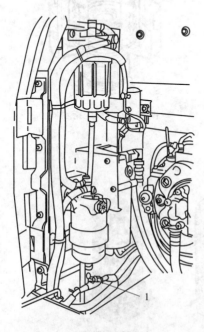

图 4-1　拧紧龙头塞

1—龙头塞

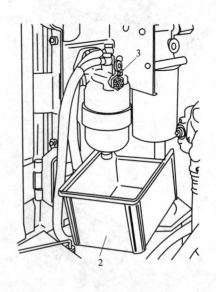

图 4-2　拧松排气旋塞

2—废油罐；3—排气旋塞

③ 用扳手（22mm）拧松排气旋塞（图4-2中3）。

④ 拆下排放旋塞（图4-3中4）。

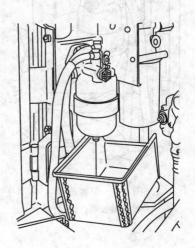

图4-3 拆下排放旋塞

4—排放旋塞

图4-4 排出燃油

⑤ 排出燃油（图4-4）。

⑥ 用滤清器扳手（图4-5中5）拆下盖罩（图4-5中6）。

图4-5 拆下滤清器盖罩

5—滤清器扳手；6—盖罩

图4-6 更换滤芯

7—滤芯；8—O形圈

⑦ 更换滤芯（图4-6中7）和O形圈（图4-6中8）。不能重复使用O形圈，必须更换新的O形圈。

⑧ 更换滤清器后，用滤清器扳手（图4-7中5）安装盖罩（图4-7中6）。

⑨ 用扳手（10mm）拧松排气旋塞（图4-8中3）。

⑩ 按照箭头指示方向转动滤清器壳的启动注油泵（图4-8中9）后，旋钮弹出。

按下并松开启动注油泵，直到燃油滤清器注满燃油（超过10次）。

如果燃油渗入滤清器壳内，轻轻拧紧排气旋塞。旋塞拧紧后，按几次旋钮。

最后，按住旋钮并稍微拧松排气旋塞。燃油从软管（图4-9中10）中以泡状渗出。

⑪ 重复⑩的操作直到无气泡渗出为止。

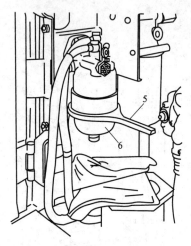

图 4-7 安装盖罩

5—滤清器扳手；6—盖罩

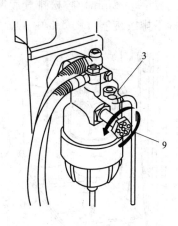

图 4-8 启动注油泵

3—排气旋塞；9—启动注油泵

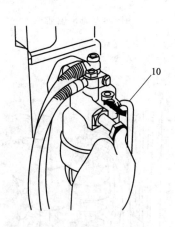

图 4-9 排放低压燃油路的气体

10—软管

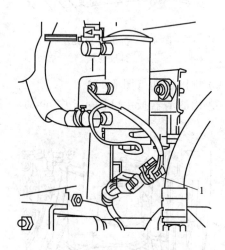

图 4-10 拆电磁泵滤清器接头

1—接头

⑫ 拧紧排气旋塞，转动旋钮，将其锁止。

（3）电磁泵滤清器拆卸与安装

① 拆下接头（图 4-10 中 1）。

② 用夹钳或其他工具松开软管扎带（图 4-11 中 2），然后拆下软管（图 4-11 中 3 和 4）。
应注意：用盖帽盖住电磁泵滤清器和软管，以防止水、灰尘或污物进入。

③ 用扳手（10mm）拆下 2 个安装螺栓（图 4-12 中 5），然后向左转动滤清器盖（图 4-13 中 7）拆下滤芯（图 4-13 中 6）。

（4）输油泵的拆卸

① 用扳手（10mm）拆下螺栓（图 4-14 中 1），然后拆下孔盖（图 4-14 中 2）。

② 以正确的旋转方向转动曲轴，使 1 号和 4 号汽缸上的参考标记对准压缩上止点中心位置，见图 4-15。

③ 用扳手（8mm）松开软管扎带（图 4-16 中 3），然后拆下空气软管（图 4-16 中 4）。
注意：用盖帽和旋塞盖住软管和管路，以防止水、灰尘或污物进入。

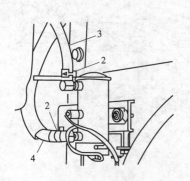

图 4-11 拆下软管

2—软管扎带；3，4—软管

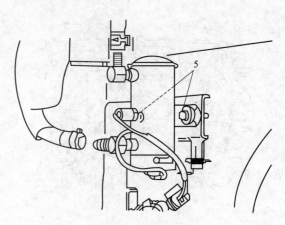

图 4-12 拆安装螺栓

5—螺栓

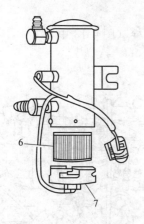

图 4-13 拆滤清器芯

6—滤芯；7—滤清器盖

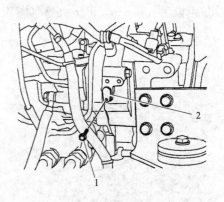

图 4-14 拆输油泵

1—螺栓；2—孔盖

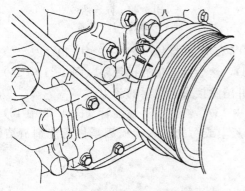

图 4-15 转动曲轴校准 1 号和
4 号汽缸上的参考标记

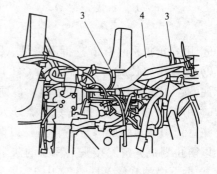

图 4-16 拆空气软管

3—软管扎带；4—空气软管

④ 拆下接头（图 4-17 中 5）。

⑤ 用套筒扳手（12mm）拆下 3 个螺栓，然后拆下进油管（图 4-18 中 7）。

注意：盖住管路，以防止水、灰尘或污物进入。喷洒零件清洁剂清洁管路，以防止划痕

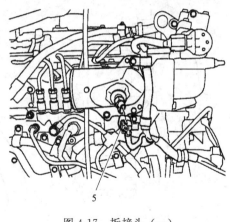

图 4-17　拆接头（一）

5—接头

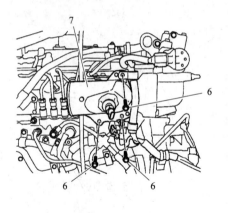

图 4-18　拆进油管

6—螺栓；7—进油管

并清除接头上积累的灰尘。

⑥ 用扳手（10mm）拆下夹箍（图 4-19 中 8）上的螺栓（图 4-18 中 6）。

⑦ 拆下接头（图 4-19 中 9 和 10）。

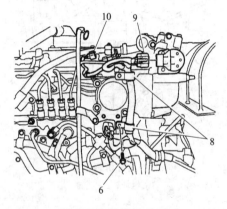

图 4-19　拆接头（二）

6—螺栓；8—夹箍；9，10—接头

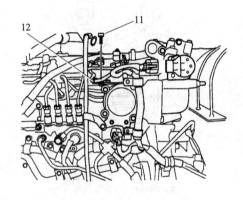

图 4-20　拆夹箍

11—螺栓；12—夹箍

⑧ 用六角扳手（4mm）拆下夹箍（图 4-20 中 12）上的螺栓（图 4-20 中 11）。

⑨ 用扳手（12mm）拆下螺栓（图 4-21 中 13），然后拆下量油尺管路（图 4-21 中 14）。

注意：用盖帽和旋塞盖住管路，以防止划痕并清除接头上积累的灰尘。

⑩ 用扳手（19mm）拆下套筒螺母（图 4-22 中 15），然后拆下喷油管（图 4-22 中 16）。

注意：用盖帽和旋塞盖住管路，以防止水、灰尘或污物进入。喷洒零件清洗剂清洁管路，以防止划痕并清除接头上积累的灰尘。

⑪ 拆下燃油软管（图 4-23 中 17）。

注意：用盖帽和旋塞盖住管路，以防止水、灰尘或污物进入。

⑫ 用扳手（10mm）拆下出油管（图 4-24 中 20）上的螺栓（图 4-24 中 19）。

⑬ 用扳手（12mm）拆下出油管（图 4-24 中 20）上的吊环螺栓（图 4-24 中 18）。

⑭ 用扳手（14mm）拆下出油管（图 4-25 中 20）上的吊环螺栓（图 4-25 中 21 和 22）。

⑮ 拆下出油管（图 4-26 中 20）。

注意：用盖帽和旋塞盖住管路，以防止水、灰尘或污物进入。喷洒零件清洁剂清洁管

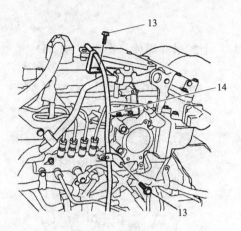

图 4-21　拆量油尺管路
13—螺栓；14—量油尺管路

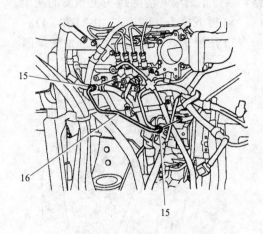

图 4-22　拆喷油器套筒螺母及喷油管
15—套筒螺母；16—喷油管

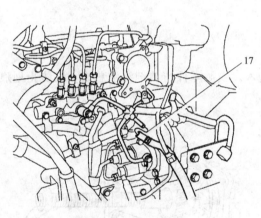

图 4-23　拆燃油软管
17—燃油软管

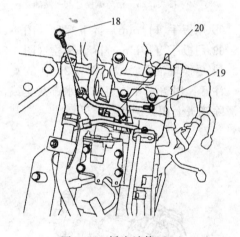

图 4-24　拆出油管（一）
18—吊环螺栓；19—螺栓；20—出油管

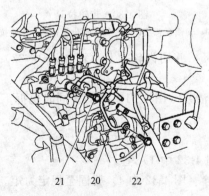

图 4-25　拆出油管（二）
20—出油管；21,22—吊环螺栓

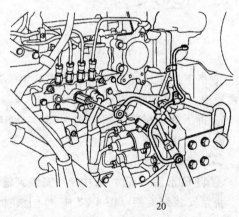

图 4-26　拆出油管（三）
20—出油管

路，以防止划痕并清除接头上积累的灰尘。

⑯ 拆下接头（图 4-27 中 23 和 24）。

⑰ 用扳手（22mm）拆下燃油管（图 4-27 中 26）上的吊环螺栓（图 4-27 中 25）。

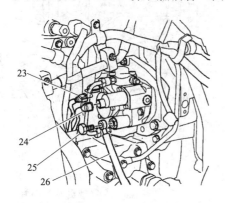

图 4-27　拆燃油管

23，24—接头；25—吊环螺栓；26—燃油管

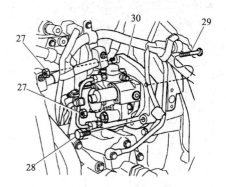

图 4-28　拆输油泵

27—螺母；28，29—螺栓；30—输油泵总成

⑱ 用扳手（14mm）拆下螺母（图 4-28 中 27）。

⑲ 用扳手（17mm）拆下螺栓（图 4-28 中 28 和 29）。

⑳ 更换输油泵总成（图 4-29 中 30）。

注意：用盖帽和旋塞防止水、灰尘或污物进入。喷洒零件清洁剂清洁总成，以防止划痕并清除接头上积累的灰尘。

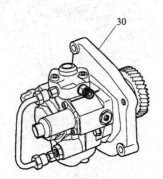

图 4-29　输油泵总成

30—输油泵总成

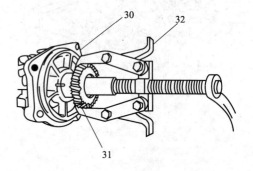

图 4-30　齿轮拉具

30—输油泵总成；31—输油泵齿轮；32—齿轮拉具

㉑ 拆下固定输油泵齿轮（图 4-30 中 31）的螺母，并用齿轮拉具（图 4-30 中 32）从输油泵总成（图 4-30 中 30）上拆下齿轮。

㉒ 拆下 3 个螺栓（图 4-31 中 35），然后拆下输油泵（图 4-31 中 33），同时也拆下 O 形圈（图 4-31 中 34）。

（5）安装输油泵

① 将 O 形圈（图 4-32 中 2）安装到输油泵（图 4-32 中 1）上。

将泵安装到支架（图 4-32 中 3）上并将 3 个螺栓（图 4-32 中 4）紧固至规定力矩。紧固力矩为 19N·m。

② 将输油泵轴的键与齿轮（图 4-33 中 5）对准，安装齿轮并将螺母（图 4-33 中 6）紧固至规定力矩。

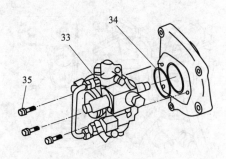

图 4-31　拆输油泵及 O 形圈

33—输油泵；34—O 形圈；35—螺栓

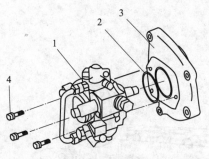

图 4-32　输油泵

1—输油泵；2—O 形圈；3—支架；4—螺栓

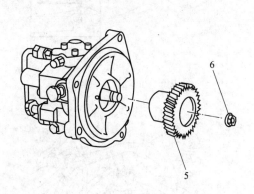

图 4-33　齿轮

5—齿轮；6—螺母

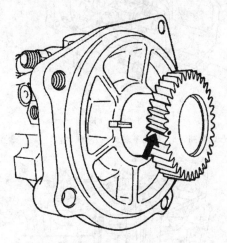

图 4-34　齿轮齿上部超过
戳记 "0" 的标记

③ 齿轮端面戳记有一个参考标记圈。

将齿轮齿上部超过戳记 "0" 的标记的部分涂成白色，见图 4-34。该喷漆对于检查正确的位置非常重要。

④ 将 O 形圈（图 4-35 中 7）安装到输油泵总成（图 4-35 中 8）上。

将输油泵齿轮位置与齿轮端面的参考标记（0 标记）和泵支架侧的斜口对准。

将输油泵总成安装到发动机上确保对照位置正确。

暂时拧紧螺栓（图 4-35 中 10 和 11）以及螺母（图 4-35 中 9）。

⑤ 从旋塞孔观察时，检查并确认带参考标记（0 标记）和白色喷漆的齿轮齿位于孔的中心和图 4-36 所示的位置。如果对准不正确，再次调整齿轮位置并将泵安装到上面。

暂时紧固螺栓（图 4-35 中 10 和 11）以及螺母（图 4-35 中 9）至规定力矩。螺母紧固力矩为 50N·m；螺栓紧固力矩为 76N·m。

⑥ 将孔盖（图 4-37 中 13）安装到旋塞孔中。紧固螺栓（图 4-37 中 12）至规定力矩。紧固力矩为 8N·m。

⑦ 连接接头（图 4-38 中 14 和 15）。

用吊环螺栓（图 4-38 中 16）安装管路（图 4-38 中 17）。

⑧ 用吊环螺栓（图 4-39 中 19、图 4-40 中 21 和 22）以及螺栓（图 4-39 中 20）安装出

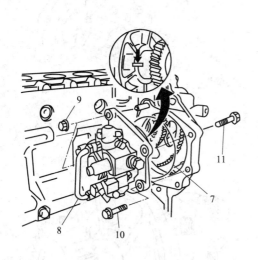

图 4-35　O 形圈

7—O 形圈；8—输油泵总成；9—螺母；10,11—螺栓

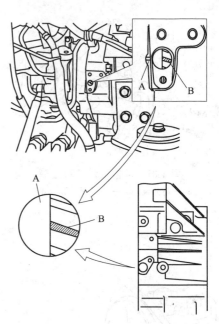

图 4-36　正时齿轮观察孔

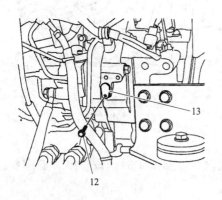

图 4-37　安装孔盖

12—螺栓；13—孔盖

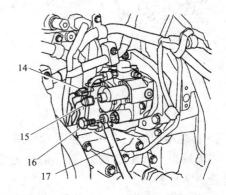

图 4-38　连接接头

14,15—接头；16—吊环螺栓；17—管路

油管（图 4-39 中 18）。

　　注意：不要使水、灰尘或污物进入。喷洒零件清洁剂清洁管路，以防止划痕并清除接头上积累的灰尘。必须更换密封件。

　　⑨ 安装燃油软管（图 4-41 中 23）。

　　注意：不要使水、灰尘或污物进入。

　　⑩ 安装喷油管（图 4-42 中 25）。该喷油管不可重复使用，因此必须更换新件。拧紧套筒螺母（图 4-42 中 24）。

　　注意：不要使水、灰尘或污物进入。喷洒零件清洁剂清洁管路，以防止划痕并清除接头上积累的灰尘。

　　⑪ 用螺栓（图 4-43 中 26）安装夹箍（图 4-43 中 27）。

　　⑫ 用螺栓（图 4-44 中 28）安装量油尺管路（图 4-44 中 29）。

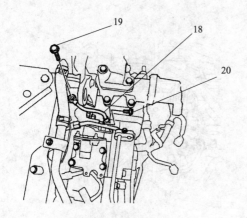

图 4-39　安装出油管（一）

18—出油管；19—吊环螺栓；20—螺栓

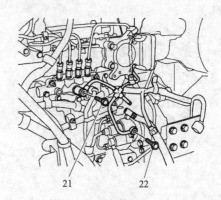

图 4-40　安装出油管（二）

21,22—吊环螺栓

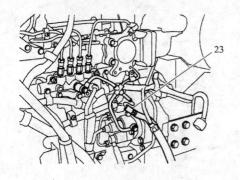

图 4-41　安装燃油软管

23—燃油软管

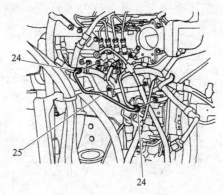

图 4-42　安装喷油管

24—套筒螺母；25—喷油管

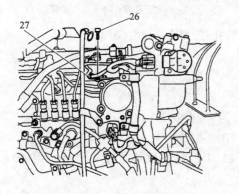

图 4-43　安装夹箍

26—螺栓；27—夹箍

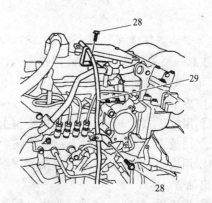

图 4-44　安装量油尺管路

28—螺栓；29—量油尺管路

注意：不要使水、灰尘或污物进入。喷洒零件清洁剂清洁管路，以防止划痕并清除接头上积累的灰尘。

⑬用螺栓（图 4-45 中 32）安装每个线束夹箍（图 4-45 中 33）并安装线束连接器（图 4-45 中 30 和 31）。

⑭用 3 个螺栓（图 4-46 中 34）安装进油管（图 4-46 中 35）并紧固至规定力矩。紧固力矩为 24N·m

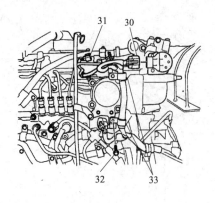

图 4-45　安装线束连接器

30,31—接头；32—螺栓；33—线束夹箍

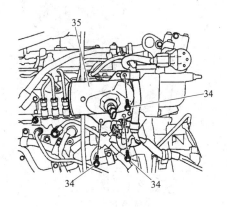

图 4-46　安装进油管

34—螺栓；35—进油管

⑮ 连接接头（图 4-47 中 36）。

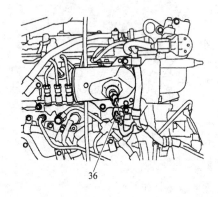

图 4-47　连接接头

36—接头

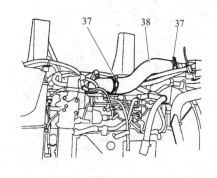

图 4-48　安装空气软管

37—软管扎带；38—空气软管

⑯ 安装空气软管（图 4-48 中 38），并拧紧软管扎带（图 4-48 中 37）。

注意：不要使水、灰尘或污物进入。

（6）共轨器的拆卸与安装

① 拆下接头（图 4-49 中 1）。

② 用扳手（12mm）拆下线束夹箍上的螺栓（图 4-50 中 2）。

③ 用扳手（10mm）拆下线束夹箍上的螺栓（图 4-50 中 3）。

④ 用扳手（14mm）拆下出油管（图 4-51 中 6）上的吊环螺栓（图 4-51 中 4 和 5），并拆下出油管。

⑤ 用扳手（10mm）拆下管夹（图 4-52 中 7）上的吊环螺母（图 4-52 中 8）。

⑥ 用扳手（17mm）拆下 4 个位置上的套筒螺母（图 4-52 中 9）。

注意：更换拆下的管路，方法与更换共轨相同。用盖帽和旋塞盖住管路，以防止水、灰尘或污物进入。喷洒零件清洁剂清洁管路，以防止划痕并清除接头上积累的灰尘。

⑦ 用扳手（12mm）拆下螺栓（图 4-53 中 11 和 12）以及螺母（图 4-53 中 10）。

⑧ 拆下共轨（图 4-54 中 13）。

⑨ 执行与拆卸步骤相反的步骤以安装共轨。拆下的高压管路不可重复使用，必须更换新件。

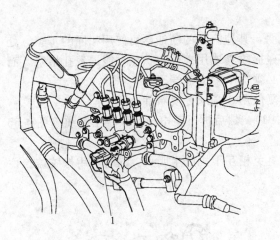

图 4-49　拆共轨器接头
1—接头

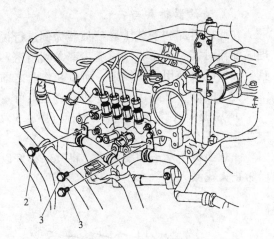

图 4-50　拆线束夹箍
2—螺栓（M8）；3—螺栓（M6）

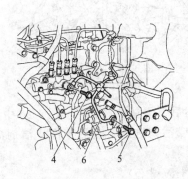

图 4-51　拆出油管
4,5—吊环螺栓；6—出油管

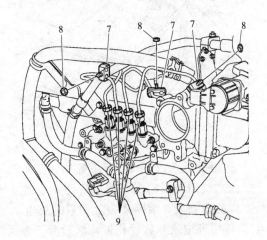

图 4-52　拆套筒螺母
7—管夹；8—螺母；9—套筒螺母

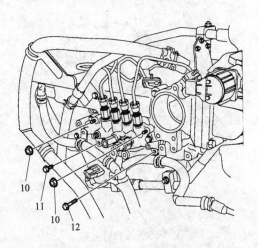

图 4-53　拆螺栓及螺母
10—螺母；11,12—螺栓

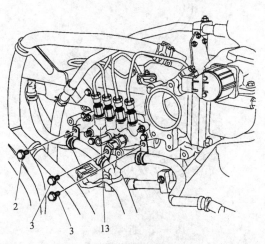

图 4-54　拆共轨
2—螺栓（M8）；3—螺栓（M6）；13—共轨

（7）喷油器拆卸与安装

在此以拆卸和安装1号喷油器为例进行说明，其他汽缸的喷油器可使用相同的步骤。处理喷油器时需特别小心。喷嘴尖部尤其精密，碰撞喷嘴或用擦油布擦拭可能导致孔堵塞。而且喷油器线束使用高压线束，所以在作业之前必须拆下蓄电池端子。

拆下的高压管路、密封件和密封垫不可重复使用，必须更换新件。

① 用扳手（17 mm）拆下螺栓（图4-55中1），然后拆下蓄电池负极端子电缆（图4-55中2）。

注意：拆下端子和线束时，将其保存好以避免相互干扰产生明火。同时，用橡胶盖盖住以防止火花溅入。

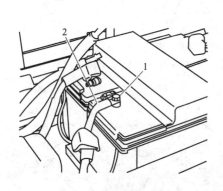

图 4-55 拆电瓶电缆

1—螺栓；2—电瓶电缆

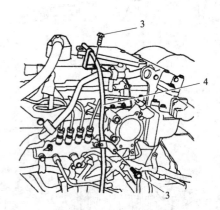

图 4-56 拆量油尺管路

3—螺栓；4—量油尺管路

② 用扳手（12 mm）拆下螺栓（图4-56中3），然后拆下量油尺管路（图4-56中4）。

注意：用盖帽和旋塞盖住管路，以防止水、灰尘或污物进入。喷洒零件清洁剂清洁管路，以防止划痕并清除接头上积累的灰尘。

③ 用夹钳松开软管扎带，然后拆下旁通软管（图4-57中5）。

注意：用盖帽和旋塞盖住软管和管路，以防止水、灰尘或污物进入。

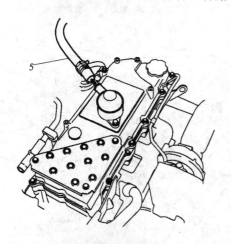

图 4-57 拆旁通软管

5—旁通软管

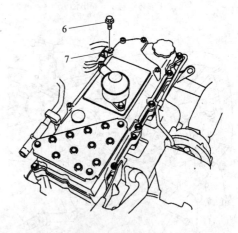

图 4-58 拆软管夹箍

6—螺栓；7—软管夹箍

④ 用扳手（12 mm）拆下软管夹箍（图4-58中7）上的螺栓（图4-58中6）。

⑤ 用扳手（12mm）拆下汽缸盖罩（图 4-59 中 10）上的 9 个螺栓（图 4-59 中 8）和 2 个螺母（图 4-59 中 9），然后拆下汽缸盖罩。

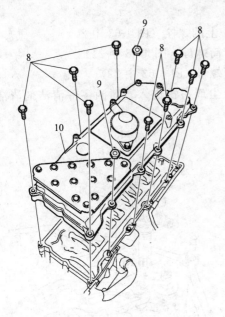

图 4-59 拆汽缸盖罩

8—螺栓；9—螺母；10—汽缸盖罩

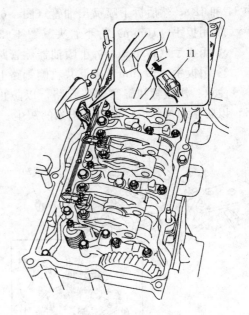

图 4-60 拆喷油器接头

11—接头

⑥ 拆下接头（图 4-60 中 11）。

⑦ 用扳手（7mm）拆下 4 个喷油器的每个终端位置上的 2 个螺母（图 4-61 中 13）。

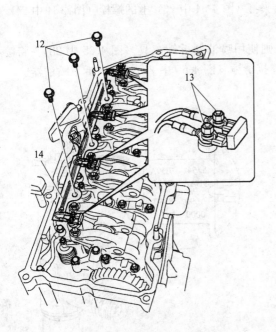

图 4-61 拆线束支架

12—螺栓；13—螺母；14—线束支架

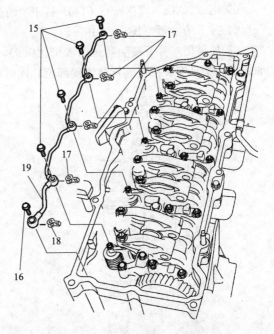

图 4-62 拆喷嘴出油管

15,16—螺栓；17,18—垫圈；19—喷嘴出油管

⑧ 用扳手（14mm）松开 3 个螺栓（图 4-61 中 12），然后拆下线束支架（图 4-61 中 14）。

注意：拆下螺母时，每次拧松相同的程度，以将所有螺母同时拆下。

⑨ 用扳手（12mm、17mm）拆下 5 个螺栓（图 4-62 中 15 和 16）以及 5 个垫圈（图 4-62 中 17 和 18），然后拆下喷嘴出油管（图 4-62 中 19）。

⑩ 用扳手（10mm）拆下管夹（图 4-63 中 23）上的螺栓（图 4-63 中 20）。

⑪ 用扳手（17 mm）拆下喷油器侧管路上的套筒螺母（图 4-63 中 21）。

⑫ 用扳手（19 mm）拆下共轨侧管路上的套筒螺母（图 4-63 中 22）。

注意：用盖帽和旋塞盖住管路，以防止水、灰尘或污物进入。喷洒零件清洁剂清洁管路，以防止划痕并清除接头上积累的灰尘。

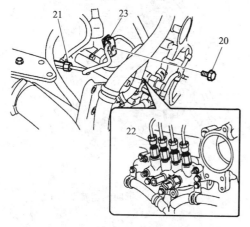

图 4-63　喷油器拆卸的准备

20—螺栓；21,22—套筒螺母；23—管夹

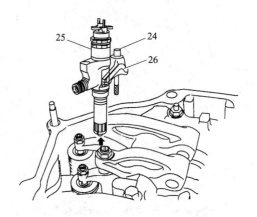

.图 4-64　喷油器

24—螺栓；25—喷油器；26—夹箍

⑬ 用"TORX"梅花扳手（T40）拆下喷油器夹箍（图 4-64 中 26）上的螺栓（图 4-64 中 24）。

⑭ 拆下喷油器（图 4-64 中 25）。

⑮ 如果很难拆下喷油器（图 4-65 中 29），则使用喷油器拆卸工具（图 4-65 中 28）。将喷油器拆卸工具安装在喷油管路连接部位，同时连接滑锤（图 4-65 中 27），然后拆下喷油器。

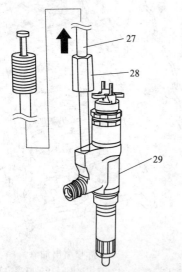

图 4-65　喷油器拆缸工具

27—滑锤；28—喷油器拆卸工具；29—喷油器

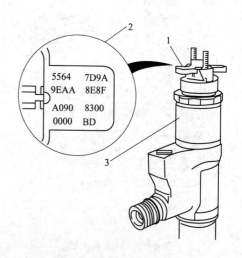

图 4-66　喷油器 QR 板

1—QR 板；2—QR 代码；3—喷油器

a. 滑锤。ISUZU 零件编号：5-8840-0019-0。

b. 喷油器拆卸工具。ISUZU 零件编号：5-8840-2826。

（8）安装喷油器

① 记录更换喷油器的 QR 板（图 4-66 中 1）顶部的"QR 代码"（图 4-66 中 2）。每个喷油器的"QR 代码"都不相同，所以将喷油器与即将安装的汽缸相匹配并记录代码。

② 必须更换垫圈（图 4-67 中 5）和 O 形圈（图 4-67 中 7）。在喷油器夹箍（图 4-67 中 6）上的螺栓（图 4-67 中 4）的螺纹部位和底座表面涂抹少量螺纹胶。将喷油器（图 4-67 中 3）安装在汽缸盖上。如图 4-67 所示，用夹箍按压喷油器将其插入。暂时拧紧喷油器夹箍上的螺栓。

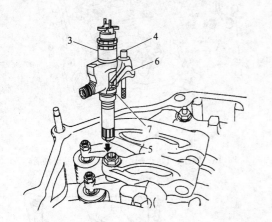

图 4-67　安装喷油器

3—喷油器；4—螺栓；5—垫圈；6—夹箍；7—O 形圈

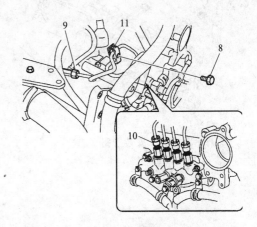

图 4-68　安装管路（一）

8—螺栓；9,10—套筒螺母；11—管路夹箍

③ 在喷油器侧套筒螺母（图 4-68 中 10）的外表面涂抹少量的发动机机油。安装管路。

小心拧紧每个套筒螺母（图 4-68 中 9 和 10），直到管路与共轨和喷油器相接。紧固管路夹箍（图 4-68 中 11）上的螺栓（图 4-68 中 8）至规定力矩。紧固力矩为 6N·m。

完全紧固喷油器夹箍上的螺栓（图 4-69 中 4）至规定力矩。紧固力矩为 30N·m。

紧固管路套筒螺母至规定力矩。紧固力矩为 44N·m。

④ 用螺栓（图 4-70 中 12 和 13）安装喷嘴出油管（图 4-70 中 16）。更换垫圈（图 4-70 中 14 和 15）。

紧固每个管路至规定力矩。紧固力矩为 12N·m。

⑤ 用螺栓（图 4-71 中 17）固定线束支架（图 4-71 中 19）。按照从里到外的顺序紧固螺栓。紧固力矩为 48N·m。

⑥ 将喷油器端子螺母（图 4-71 中 18）安装在每个喷油器上。紧固至规定力矩。紧固力矩为 2N·m。

注意：不要紧固过量。用棘轮扳手等一次性紧固可能损坏端子双头螺栓。

⑦ 连接喷油器线束接头（图 4-72 中 20）。

⑧ 将汽缸盖垫圈（图 4-73 中 24）安装到汽缸盖罩（图 4-73 中 23）上并紧固所有螺栓（图 4-73 中 21）和螺母（图 4-73 中 22）。

按图 4-74 所示的顺序进行紧固。规定力矩为 18N·m。

⑨ 用螺栓（图 4-75 中 25）安装软管夹箍（图 4-75 中 26）。

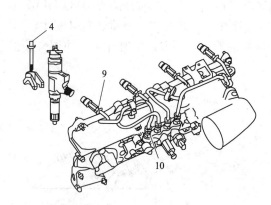

图 4-69　安装管路（二）

4—螺栓；9,10—套筒螺母

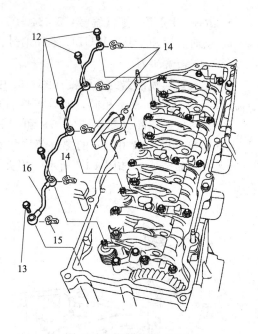

图 4-70　安装管路（三）

12,13—螺栓；14,15—垫圈；16—喷嘴出油管

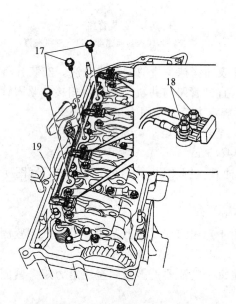

图 4-71　安装管路（四）

17—螺栓；18—螺母；19—线束支架

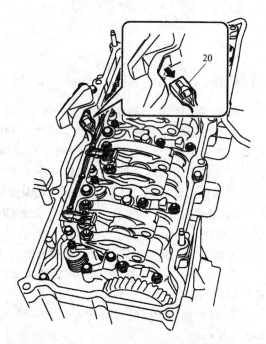

图 4-72　连接喷油器线束接头

20—接头

⑩ 安装旁通软管（图 4-76 中 27）。

⑪ 用螺栓（图 4-77 中 28）安装量油尺管路（图 4-77 中 29）。

注意：不要使水、灰尘或污物进入。喷洒零件清洁剂清洁管路，以防止划痕并清除接头上积累的灰尘。

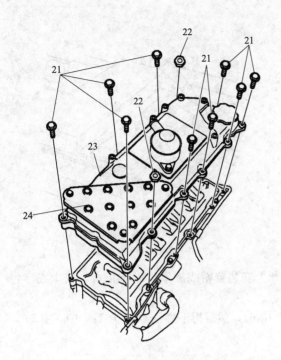

图 4-73 安装汽缸盖

21—螺栓；22—螺母；23—汽缸盖罩；24—汽缸盖垫圈

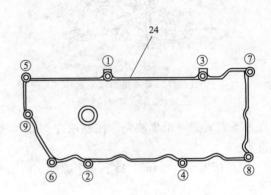

图 4-74 汽缸盖垫圈

24—汽缸盖垫圈

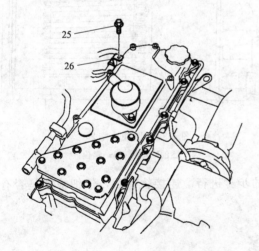

图 4-75 安装软管夹箍

25—螺栓；26—软管夹箍

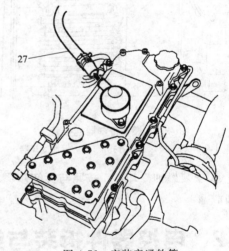

图 4-76 安装旁通软管

27—旁通软管

⑫ 安装蓄电池负极端子电缆（即电瓶电缆，见图 4-78 中 31）。

注意：不要使端子和线束之间出现短路。

⑬ 用新件更换喷油器时，确保将更换的喷油器 QR 代码输入 ECM。

（9）燃油冷却器的拆卸与安装

① 拆卸燃油冷却器标记燃油冷却器（图 4-79 中 5）和软管（图 4-79 中 1 和 2），以便于在组装时使接头匹配。

注意：用夹钳松开软管扎带（图 4-79 中 3 和 4），然后拆下软管。燃油会流出，所以应

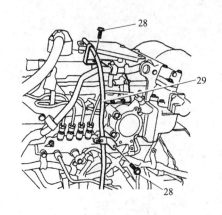

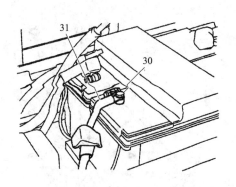

<table>
<tr><td>图 4-77 安装量油尺管路</td><td>图 4-78 安装电瓶电缆</td></tr>
<tr><td>28—螺栓；29—量油尺管路</td><td>30—螺栓；31—电瓶电缆</td></tr>
</table>

在正下方放置一个集油壳。在燃油冷却器和软管上安装盖帽或旋塞，以防止水、灰尘或污物进入。

② 用扳手（12mm）拆下 4 个螺栓（图 4-80 中 6），然后拆下燃油冷却器（图 4-80 中 5）。

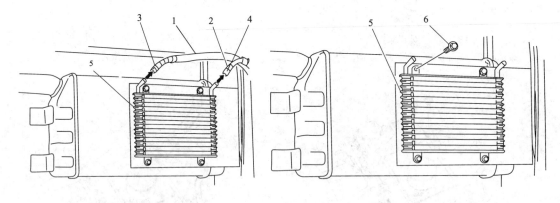

<table>
<tr><td>图 4-79 燃油冷却器连接管</td><td>图 4-80 燃油冷却器</td></tr>
<tr><td>1,2—软管；3,4—软管扎带；5—燃油冷却器</td><td>5—燃油冷却器；6—螺栓</td></tr>
</table>

③ 安装燃油冷却器。按照与拆卸步骤相反的步骤进行。连接软管后，仔细检查是否有燃油泄漏。

4.2 电控器件拆装与维修

4.2.1 拆装要点

挖掘机电控系统对于高温、高湿度、高电压是十分敏感的，因此电控发动机维修时应注意以下各项。

① 严禁在发动机高速运转时将蓄电池从电路中断开，以防产生瞬间变化，电压会将微机和传感器损坏。

② 当发动机出现故障，"检查发动机/警示灯（CHECK ENGINE）"点亮时，不能将蓄电池从电路中断开，以防止电控单元中存储的故障码及有关资料信息被清除。只有通

过自诊断系统将故障码及有关信息资料调出并诊断出故障原因后，方可将蓄电池从电路中断开。

③ 当诊断出故障原因，对电控系统进行检修时，应先将点火开关关掉，并将蓄电池搭铁线拆下。如果只检查电控系统，则只需关闭点火开关。

④ 跨接启动其他机械或用其他机械跨接本机械时，需先断开点火开关，才能拆装跨接线。

⑤ 在车身上进行电弧焊时，应先断开电控单元电源。在靠近电控单元或传感器的地方进行车身修理作业时，更应特别注意。

⑥ 除在测试过程中特殊指明外，不能用指针式万用表测试电控单元及传感器，应用高阻抗数字式万用表进行测试。

⑦ 不要用试灯去测试任何和电控单元相连接的电气装置。

⑧ 蓄电池搭铁极性切不可接错，必须负极搭铁。

⑨ 电控单元、传感器必须防止受潮，不允许将电控单元或传感器的密封装置损坏，更不允许用水冲洗电控单元和传感器。

⑩ 电控单元必须防止受剧烈振动。

4.2.2　故障诊断的基本原则

电控发动机发生故障时的检测诊断，应按照先机械后电子、先一般后专项、先易后难的原则进行处理。由于当前对于常规发动机的故障诊断和维修，已有了丰富的经验，所以机械故障是比较易于解决的。

虽然电控发动机的电子控制系统是一个精密而又复杂的系统，但是造成电控发动机不工作或工作不正常的原因可能是电子控制系统，也可是其他部分的问题，故障检查的难易程度也不一样。遵循故障诊断的基本原则，就可能以较为简单的方法准确而迅速地找出故障所在。

电控发动机故障诊断排除的基本原则可概括为以下几点。

① 先外后内　在发动机出现故障时，先对电子控制系统以外的可能故障部位予以检查。这样可避免本来是一个与电子控制系统无关的故障，却对系统的传感器、电控单元、执行器及线路等进行复杂且费力的检查，而真正的故障可能较容易查找到却未能找到。

② 先简后繁　先检查能用简单方法检查的可能故障部位。例如直观检查最为简单，可以用看（用眼睛观察线路是否有松脱、断裂，油路有否漏油、进气管路有无破损漏气等）、摸（用手摸一摸可疑线路连接处有无不正常的高温以判断该处是否接触不良等）、听（用耳朵或借助于旋具、听诊器等听一听有无漏气声、发动机有无异响、喷油器有无规律的"咔嗒"声等）等直观检查方法将一些较为明显的故障迅速地找出来。

直观检查未找出故障，需借助于仪器仪表或其他专用工具来进行检查时，也应对较容易检查的先予以检查，能就车检查的项目先进行检查。

③ 先熟后生　由于结构和使用环境等原因，发动机的某一故障现象可能是以某些总成或部件的故障最为常见，应先对这些常见故障部位进行检查。若未找出故障，再对其他不常见的可能故障部位予以检查，这样做往往可以迅速地找到故障，省时省力。

④ 故障码优先　电子控制系统一般都有故障自诊断功能，当电子控制系统出现某种故障时，故障自诊断系统就会立刻监测到故障并通过"检测发动机"等警告灯向驾驶员报警，与此同时以代码的方式储存该故障的信息。但是对于有些故障，故障自诊断系统检查前，应

先按制造厂提供的方法读取故障码，并检查和排除代码所指的故障部位。待故障码所指的故障消除后如果发动机故障现象还未消除，或者开始就无故障码输出，则再对发动机可能的故障部位进行检查。

⑤ 先思后行　对发动机的故障现象先进行故障分析，在了解了可能的故障原因有哪些的基础上再进行故障检查，这样可避免故障检查的盲目性，既不会对与故障现象无关的部位做无效的检查，又可避免对一些有关部位漏检而不能迅速排除故障。

⑥ 先备后用　电子控制系统一些部件的性能好坏或电气线路正常与否，常以其电压或电阻等参数来判断。如果没有这些数据资料，系统的故障诊断将会很困难，往往只能采取新件替换的方法，这些方法有时会造成维修费用猛增且费工费时。先备后用是指在检修该型车辆时，应准备好维修车型的有关检修数据资料。除了从维修手册、专业书刊上收集整理这些检修数据资料外，另一个有效的途径是利用无故障车辆对其系统的有关参数进行测量，并记录下来，作为日后检修同类型车辆的检测比较参数。如果平时注意做好这项工作，会给系统的故障检查带来方便。

总之，电控发动机是比较复杂的系统，在诊断故障时需要掌握系统的检修步骤和方法。从原则上讲，在对电控发动机进行故障诊断时，需要首先系统全面地掌握电子控制系统的结构、原理和线路连接方法，明确电控系统中各部分可能产生的故障以及对整个系统的影响；运用科学的故障诊断方法对系统故障现象进行综合分析、判断，确定故障的性质和可能产生此类故障的原因和范围；制定合理的诊断程序进行深入诊断和检查。

装有电控发动机的挖掘机，电控单元通常都具有故障自诊断功能。当电控系统出现故障时，它能将故障信息以代码的形式储存起来，并可以提供有关故障码。维修电控发动机时，要充分利用电控单元的这一功能。但是由于电控单元只能对与控制系统有关的部分进行故障自诊断，并不是对所有的故障（包括电控系统的非电性故障）都可以进行自诊断，另外，其诊断结果往往还需要对故障原因进行进一步的深入诊断与检查，所以在对电控发动机进行故障排除时，仅仅依靠故障自诊断系统是不能完全解决电控发动机所有问题的。

如果要诊断排除一个可能涉及电控系统的故障，首先应判定该故障是否与电控系统有关（在这里值得强调的是电控发动机的故障并非一定出在电子控制系统。如果发现发动机有故障，而故障警告灯并未发亮（未显示故障码），大多数情况下，该故障可能与发动机电控系统无关，此时就应该像发动机没有装电控系统那样，按照基本诊断程序进行故障检查。否则，可能遇到一个本来与电控系统无关的故障，却检查了电控系统的传感器、执行器和电路等，花费了很多时间，而真正的故障反而没有找到。

4.2.3　ECM 维修的几种方法

(1) 怎样判断是 ECM 板的故障还是外界传感器的故障

当接到一辆无法启动的机器，首先检查是不喷油还是油泵不工作，如果这二者均良好应可启动，如还无法启动则为机械故障。如有一台发动机在拆缸盖后装车发动机无法启动，在拆以前一切正常，故应该不是 ECM 板的故障，首先检查发现不喷油但油泵工作，拔油门位置传感器测有 5V 电压，说明 ECM 的电源正常，即 24V 供电及接地良好，然后拔下曲轴位置传感器插头，测电阻 750～800Ω 左右正常，随即启动机器，电压在 2.5V 以上，表明传感器正常，然后拔下 ECU 板插头测 B06、B07 之间启动电压也在 2.5V 以上。

既然 ECM 电源接地正常，有转速信号输入，所以判断 ECU 应该处于工作状态，而不工作则为 ECM 本身故障。于是拆检 ECM 板，一点烧损的痕迹也没有，找来一辆相同的车将此ECM装车一切正常，看来不是ECM的故障，问题在发动机方面，测汽缸压力，压力各缸基本一致。测各传感器到ECM的通路、检查喷油嘴的相关线路都正常，故只有怀疑正时问题，拆开正时壳检查发现正时错一齿，装复后启动正常。

由于正时错齿导致曲轴位置信号与凸轮轴信号相位不同步，ECM无法识别正确的上止点信号，同时没有反馈信号发动机停止喷油。

（2）外界因素导致发动机ECM板非正常工作

一辆挖掘机行驶在路况较差的路面上突然出现发动机加不上速、机子发抖现象，低速运转正常，高速不行，驾驶员请修理工来修，经修理工检修更换，清洗喷油器都不行，怀疑油路有问题。柴油泵检查后，故障依然存在，接下来用解码器测故障码显示台时表信号回路故障，查资料发现台时信号到达仪表后再到ECU板，于是拆仪表找到台时信号线，测ECM与台时信号线不通，用信号发生器给模拟信号，就加速正常，故障就在台时信号线。

最后查线路找到一个线束插头脱出来，这是在前一天拆仪表板时修理工操作不当将线束插头弄松了，当工作在不好的环境时此线受震动脱落导致上述故障发生。后来仔细分析得知：此种ECU在没有台时信号输入的情况下ECM将启用限速功能，防止发动机空载超速运转。

（3）不懂工作原理乱接线导致ECM不工作

发动机开空调熄火，并且在行驶时冷却液温度高甚至沸腾，接车时，首先发现在怠速时发动机转速880~900r/min时开空调熄火，明显是开空调不提速故障，经了解去年空调正常，前几天刚加了制冷剂，最近几天空调几乎没有用过，经排查不是空调问题，只是怠速开空调不提速，而在运行时开空调能制冷说明制冷系统正常，问题在发动机ECM没有收到空调请求信号或没有发出正确的执行指令，查线路发现压缩机旁边人为地多加了一个继电器，将原车的线剪断，用A/C开关来控制继电器的接通、断开，完全将原车的控制系统拆除了。随后将线拆除恢复原样一步一步检查，从A/C来的电至环境温度开关到蒸发箱温度开关到空调高/低压组合开关到发动冷却液温度过热开关，在发动机冷却液温度过热开关上发现有一根线脱开了，将线接上，空调工作正常。

发动机冷却液温度过热开关主要功能是：当发动机冷却液温度过高时将空调切断退出工作。此车正常的工作原理为：当有A/C信号输入ECM时，ECM控制发动机先提速，然后再接通压缩机，经过上述各开关都正常的情况下ECM再控制A/C继电器吸合，如果上述开关有一个不工作，空调将不工作，如发动机冷却液温度超过95℃以上时切断继电器空调退出工作。

从这个故障实例中可以看出：不懂ECM的控制原理，将ECM在特定的情况下设置的自我保护程序给取消了，从而导致小问题酿成大故障。

（4）没有认真分析故障产生的原因导致二次返修

在维修ECM时，必须了解ECM内部元件分布位置和一定的单片机知识，这样才能够根据手边的资料对照ECM主板的元件进行逻辑推理，准确快速地找出故障部位及原因。

在实际维修中，除具备上述的推理能力外，还必须对机械的工作原理相当了解，只有二者有机地结合起来才能对故障进行又快又准的排除。否则即使维修好以后也可能会导致故障二次出现。

（5）维修ECM必须了解ECM设置故障码的因果关系

在机器ECM维修中，机器ECM解码器是不可缺少的维修工具之一，当接到一个工作状态较差或不能启动的车时，不要急于对机器进行盲目的换件，以免造成故障的转移从而使维修难度增加。首先应该对机器进行路试以验证故障真如驾驶员所反映的情况一致，其次在试车结束后用解码器测 ECM 内部记忆的故障码，根据故障码的含义做出逻辑推理判断，最后再通过读取动态数据流观看被怀疑的传感器、执行器的工作状态是否正常。如果上述检测正常，那么可以把故障点转移到机器电控单元方面即机器 ECM。

加不上速的故障，发现怠速不稳，测油压正常，经上述检查正常的情况下，则故障应该在喷油器工作不良，随后拆下喷油器进行清洗，装车后故障依就，维修进入盲区，因为影响怠速不稳加不上速的相关工作元件都正常，推断故障部位是在 ECM 板上。于是连接解码器读取故障码：

① 怠速匹配错误。

② 油门未满足基本设定。

③ 2 缸喷油器回路故障。

再次清除故障码，显示只有故障码 3，随后拔下 2 缸喷油器插头，一根来自油泵继电器的电源线有电，另一根来自 ECM 板的控制线用二极管试灯跨接这两根线打车试灯闪烁，证明控制信号正确，量喷油器的阻值在 13Ω 左右，正常，有喷油信号喷油器工作也正常，为什么会产生回路故障这个故障码呢？随后将喷油器插头插回，再将二极管试灯跨接在喷油器的两根线上，然后发动车这时发现试灯不闪了，故障明显出现，于是拔下 ECM 板插头量到喷油器插头的控制线阻值为 0.5Ω 证明线路正常，故障应该在 ECM 内部，拆解 ECU 板顺着 2 缸喷油器控制回路线往里查，发现 ECM 插针与线路板之间有进水腐蚀的现象，用电路板专用清洗液清洗干净后，然后用防静电烙铁加锡焊接后装车，试车故障排除。

分析：由于车 ECM 板装在机仓的流水槽内，经过下雨或洗车后 ECM 有可能会进水，ECM 针脚通水遭到腐蚀导致接触电阻增大，在空载时能输出较小的电流而驱动二极管使试灯闪亮，当插上喷油器时由于需要较大的驱动电流才能使喷油器打开，而经过被腐蚀的针脚后，电流变得非常小，无法将喷油器打开，从而导致上述故障的发生，所以在维修车 ECM 时一定要根据故障码的含义进行分析故障，避免走弯路。

4.2.4 发动机电控 ECM（电脑板）的维修步骤

挖掘机发动机 ECM 内部电路可以分为两部分，即包括输入、输出以及转换电路的常规电路和微处理器。常规电路大多采用通用的电子元件，如果损坏，一般是可以修复的。在实际使用过程中，ECM 的故障大多发生在常规电路中。如果要维修 ECM，首先要确定是 ECM 故障，以免盲目修理，造成不必要的时间浪费和引起其他电路的故障。

（1）确定 ECM 是否损坏

确定 ECM 损坏的通常方法是在相关传感器信号都能正常输入 ECM 的情况下，ECM 却不能正确输出控制信号来驱动执行器。这需要很多具体细致的基础检查工作。例如发动机无法启动，经过检查确定启动时喷油器插头上无喷油信号（即 ECM 提供的喷油驱动信号），在检查相关电路正常而且启动时的转速信号也可以正常输入发动机的 ECM，但是 ECM 没有输出驱动信号给喷油器，这样就可以断定发动机 ECM 内部故障。

（2）按照电路寻找损坏元件

根据电路图或实际线路的走向找到与喷油器连接的相应 ECM 端子，然后用数字万用表的通断挡从确定的 ECM 端子开始，沿着 ECM 的印刷电路查找，直至找到某个晶体管。这是因为 ECM 通常采用大功率晶体管放大执行信号以驱动执行器，所以此类故障的原因大多是一个起着开关作用的晶体管短路所致。

（3）测量晶体管

确定晶体管的 3 个极。与印刷线路对应的管脚为晶体管的集电极，旁边较细的印刷线是基极。确认方法是：将发动机 ECM 多孔插头插上，启动发动机，使用万用表的电压挡连接到要确认的印刷线，显示 5V 则为基极。用万用表测试晶体管，如果发现集电极 c 与基极 b 的正反向电阻无穷大，则说明晶体管已经断路；如果发现集电极 c 与发射极 e 之间的电阻为零，则说明晶体管已经被击穿。另外，还需要测量晶体管附近相连的其他晶体管和二极管。

（4）确定替换用的晶体管型号的基本方法

① 型号。查看晶体管上的型号，通过晶体管对应表确定与之相配的国产晶体管。

② 电阻。晶体管的基极一般都串有电阻，基极的电阻值要与原晶体管的电阻值相近，不同颜色的电阻阻值不同。因为晶体管的基极是靠电流的大小控制的，ECM 电压值固定，因此就需要利用电阻来控制电流。如果电流过大会烧毁晶体管，电流过小则不能将其触发。

③ 测量。利用万用表的二极管测量挡测量晶体管的属性。根据晶体管的特性，应该只有 1 个管脚相对于另外 2 个管脚单向导通，具备这个属性则可确定是晶体管，只有一对管脚单向导通的是场效应管，相对另外两个管脚导通的管脚是晶体管的基极。

将替换的晶体管焊接到电路板上焊接时要注意焊锡要尽可能少，避免过热，焊接完成后要用万用表测量各管脚，应不相互连通。

4.2.5 发动机 ECM 装车后的测试

将 ECM 板在裸露的情况下连接到车体线束中，启动发动机检查相应功能是否正常，同时用手触摸晶体管，有些热是正常的，如果烫手就有问题了。观察故障灯是否点亮，并进行一段时间的测试。

下面以发动机 ECM 控制的喷油器电路为例，简要说明检修发动机 ECM 的过程。

① 喷油器电源电路。喷油器电路分为电源电路和发动机 ECM 控制电路两部分。喷油器的电源大都由燃油喷射继电器提供，即点火开关打开后，燃油喷射继电器动作，蓄电池电压到达喷油器，此时等待发动机 ECM 的控制信号，以配合发动机所需的工作。

② 发动机 ECM 控制电路。发动机 ECM 依据负载、转速以及各种修正信号进行运算，由输出电路输出喷油器脉冲信号，并由驱动电路放大电压信号，再接到 NPN 功率晶体管的基极 b，使晶体管执行脉冲频率的开关动作，即完成喷油器电磁线圈的通电与断开的动作。

③ 喷油器电路故障分析。执行喷油器开关动作的控制电路，是由晶体管控制喷油器线圈的搭铁回路，晶体管的集电极 c 连接喷油器，发射极 e 搭铁。如果 c 极和 e 极短路，就会出现打开点火开关后，喷油器始终喷油的故障；如果 c 极断路，就会使喷油器无法完成搭铁回路，导致喷油器不喷油。另外，与晶体管 c 极并联的保护二极管如果短路，也会出现喷油器一直喷油的现象。

④ 喷油器电路检测方法。可以使用数字万用表、示波器或 LED 测试灯等工具，严禁带电插拔线束插头，或使用指针式万用表或大功率测试灯，以免引起瞬间大电流造成发动机 ECM 内部晶体管损坏。

将 LED 测试灯连接在喷油器插头两个插孔中，打开点火开关。如果 LED 灯一直点亮，表示晶体管 c 极和 e 极短路；如果 LED 灯不亮，启动发动机，如果 LED 灯仍不亮，表示晶体管 c 极和 e 极断路。

由输入电路、单片微机和输出电路组成。ECM 的作用是接收各种传感器送来的信息，对它们进行运算、处理、判断后再发出指令信号。虽然该装置在设计上有很高的可行性，但由于使用条件复杂，还是免不了会出现故障。

从故障角度考虑，输出电路的故障更高一些，尤其是驱动大电流负载电路，概率更高。大部分的 ECM 损坏归结起来都从局部功能损坏开始，所以机器 ECM 的维修也几乎是围绕这样一个主题进行的。

4.2.6 电控器件传感器拆装与维修

（1）传感器拆卸与安装位置（表 4-1、图 4-81）

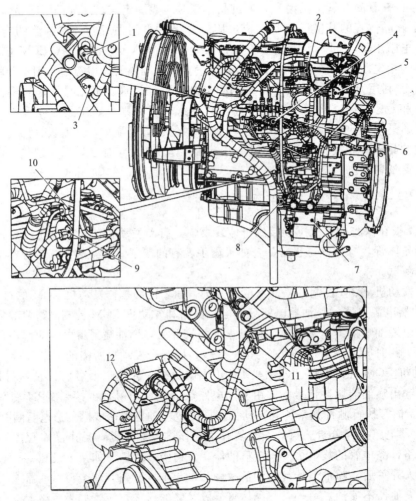

图 4-81　传感器位置图

表 4-1　传感器拆卸与安装位置

序　号	传感器名称	螺栓或螺母	工具尺寸
1	发动机冷却液温度传感器	锁止螺母×1	扳手（19mm）
2	增压后进气压力传感器	螺栓×2 卡扣×1	扳手（19mm） 夹钳
3	过热开关	锁止螺母×1 线束固定螺母	扳手（22mm） 扳手（7mm）
4	共轨压力传感器	锁止螺母×1	扳手（27mm）

续表

序 号	传感器名称	螺栓或螺母	工具尺寸
5	EGR 阀 DC 马达	安装螺钉×4	十字螺钉旋具
6	增压后进气温度传感器	锁止螺母	扳手(19mm) 紧固力矩:82.4N·m
7	启动机马达	安装螺母×2	扳手(17mm)
8	发动机液压传感器	锁止螺母×1	扳手(27mm)
9	SCV	安装螺栓×2	六角扳手(5mm)
10	燃油温度传感器	锁止螺母×1	扳手(19mm)
11	凸轮位置传感器	安装螺栓×1	扳手(10mm)
12	曲轴位置传感器	安装螺栓	扳手(10mm)

注：表中序号对应图 4-81 中 1～12。

（2）发动机附属电气零件的互换性（ISUZU 零件号）（表 4-2）

表 4-2 电气零件的互换性

发动机型号	4J	4H	6H	6U	6W
输油泵	897381-5551	897306-0448	115603-5081	898013-9100	897603-4140
共轨	898011-8880	897306-0632	897323-0190	897603-1211	
喷油器	898011-6040	897329-7032		897603-4152	115300-4360
启动机	898045-0270	898001-9150	181100-4142	181100-4322	181100-3413
交流发电机	898018-2040	897375-0171	181200-6032		181200-5304
EGR 阀	897381-5602	898001-1910		116110-0173	
曲轴位置传感器	897312-1081	897306-1131		897306-1131	
凸轮轴角度传感器	897312-1081	898014-8310		输油泵附件	
冷却液温度传感器	897363-9360	897170-3270		897363-9360	
燃油温度传感器	输油泵			897224-9930	
增压后进气温度传感器	812146-8300				
增压后进气压力传感器	809373-2691	180220-0140			
共轨压力传感器	共轨附件				
机油压力传感器	897217-4340				
大气压力传感器	897217-7780				
预热塞	894390-7775			182513-0443	

注：1. 对于 4J 型发动机、曲轴传感器和凸轮轴角度传感器为相同零件。

2. 对于 6U/6W 型发动机、凸轮轴角度传感器为输油泵的附属配件。

3. 4H/6H 和 4J/6U/6W 的冷却液温度传感器零件号不同。

4.2.7 电气系统发电机拆卸与安装

（1）发电机拆卸与安装

① 拆下风扇传动带。

② 用扳手（17mm）拆下螺栓（图 4-82 中 1），然后拆下蓄电池负极端子电缆（图 4-82

中 2）。

注意：拆下端子和线束时，将其保存好以避免相互干扰产生明火。同时，用橡胶盖盖住以防止火花溅入。

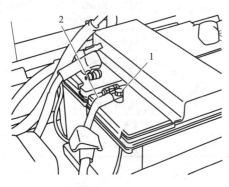

图 4-82 拆下电瓶电缆

1—螺栓；2—电瓶电缆

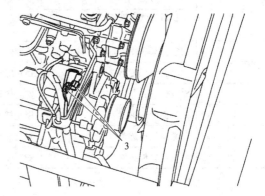

图 4-83 拆下接头

3—接头

③ 拆下接头（图 4-83 中 3）。

④ 用扳手（10mm）拆下螺栓（图 4-84 中 4），然后拆下线束。

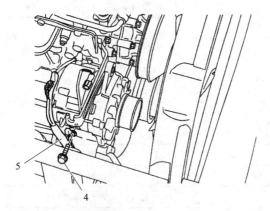

图 4-84 拆下线束（一）

4—螺栓；5—线束

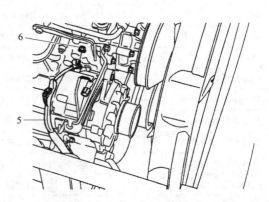

图 4-85 拆下线束（二）

5—线束；6—螺母

⑤ 用扳手（10mm）拆下螺母（图 4-85 中 6），然后拆下线束（图 4-85 中 5）。

⑥ 用扳手（20mm）拆下螺栓（图 4-86 中 7），然后拆下交流发电机（图 4-86 中 8）。

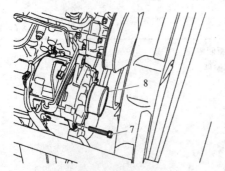

图 4-86 拆下交流发电机

7—螺栓；8—交流发电机

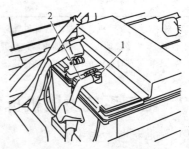

图 4-87 拆下电瓶电缆

1—螺栓；2—电瓶电缆

（2）启动机拆卸与安装

① 用扳手（17mm）拆下螺栓（图 4-87 中 1），然后拆下蓄电池负极端子电缆（图 4-87 中 2）。

注意：拆下端子和线束时，将其保存好以避免相互干扰产生明火。同时，用橡胶盖盖住以防止火花溅入。

② 用扳手（8mm）拆下螺母（图 4-88 中 3），然后拆下线束（图 4-88 中 4）。

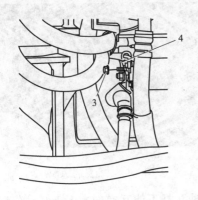 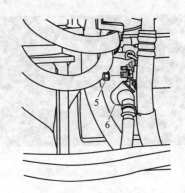

图 4-88　拆下线束螺母　　　　　　　　　　图 4-89　拆下线束

3—螺母；4—线束　　　　　　　　　　　　　　5—螺母；6—线束

③ 用扳手（14mm）拆下螺母（图 4-89 中 5），然后拆下线束（图 4-89 中 6）。

④ 用扳手（14mm）拆下螺栓（图 4-90 中 7），然后拆下接地侧线束（图 4-90 中 6）。

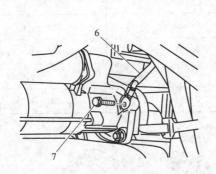 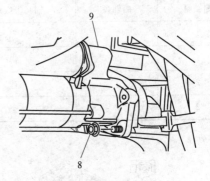

图 4-90　拆下接地侧线　　　　　　　　　　图 4-91　拆下启动机马达

6—线束；7—螺栓　　　　　　　　　　　　　　8—螺母；9—启动机马达

⑤ 用扳手（17mm）拆下螺母（图 4-91 中 8），然后拆下启动机马达（图 4-91 中 9）。

⑥ 安装时按照与拆卸相反的步骤进行。安装螺母紧固力矩为 82.4N·m。

4.3　传统机械部分拆装与维修

4.3.1　曲轴的拆装维修要点

机械部分的拆装，和传统发动机基本相同。主要是掌握更新不同的维修参数。其主要维修参数有缸壁间隙、曲轴瓦间隙、气门间隙。

（1）曲轴连杆机构的拆装要点

轴瓦在工作状态时应与瓦座紧密贴合，为此，轴瓦在自由状态下并非呈真正的半圆形，弹开的尺寸比直径稍大些，超出量称为自由弹势。其规定值一般最小为0.25～0.5mm，最大为1.2～1.5mm。轴瓦工作一段时间后，自由弹势常会减小，若小于上述最小值，就不能再用。轴瓦的装配见图4-92。

图 4-92　轴瓦的装配

图 4-93　轴瓦的选配

为了保证轴瓦、瓦座、轴颈三者配合的精确性，轴瓦是不能互换的，上下瓦的位置不能装错。轴瓦的选配见图4-93、表4-3。

表 4-3　曲轴主轴瓦选配方法（按标记）

等 级 组 合			间隙/mm	
曲轴箱	曲轴颈	轴瓦等级颜色	1#、2#、4#、5#	3#
1	1	黑	0.039～0.070	0.053～0.084
1	2	褐	0.037～0.068	0.0513～0.082
2	1	蓝	0.041～0.072	0.055～0.086
2	2	黑	0.039～0.070	0.053～0.084

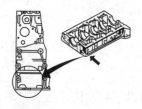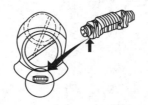

在安装主轴承瓦盖连接螺母时，应按一定的拧紧力矩和顺序拧紧。

（2）更换曲轴后机油密封

① 拆卸曲轴后机油密封，使用2根飞轮组件安装螺栓将特殊工具机油密封拆卸器的板安装在曲轴上。如图4-94所示，拆卸曲轴后油封，用特殊工具机油密封拆卸器，板的大孔与曲轴的凸缘锁定部位重叠。

② 将特殊工具机油密封拆卸器的挂钩挂住曲轴后机油密封的部位，通过附属的螺栓将挂钩安装在特殊工具机油密封拆卸器的板上。将拆卸下特殊工具机油密封拆卸器的板安装在曲轴上的2根螺栓。安装特殊工具如图4-95所示。

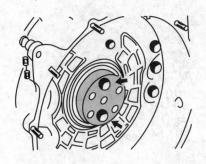

图 4-94　拆卸曲轴后油封

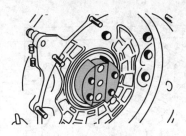

图 4-95　安装特殊工具

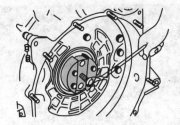

图 4-96　拔出曲轴后油封

③ 将附属的中心螺栓安装在特殊工具机油密封拆卸器上并拧紧，拔出曲轴后机油密封。图 4-96 所示为拔出曲轴后油封。

④ 安装曲轴后机油密封，将新品的曲轴后机油密封插入机油密封压入工装的导杆中。图 4-97 所示为曲轴后机油密封。特殊工具机油密封压入工装，注意曲轴前密封的前后朝向（弯曲面面向曲轴振动吸收轮侧）。

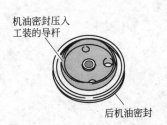

图 4-97　曲轴后机油密封

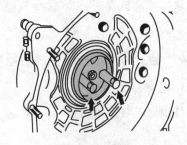

图 4-98　导杆安装

⑤ 清除曲轴后机油密封和汽缸缸体的结合面的杂质。在曲轴后机油密封的密封部位涂抹少量发动机机油。通过附属的导杆螺栓将插入了新品曲轴后机油密封的机油密封压入工装的导杆安装在曲轴上。图 4-98 所示为导杆安装。导杆的大孔和曲轴的钢圈锁定部位叠合。

⑥ 将机油密封压入工装的孔和导杆螺栓叠合，插入机油密封压入工装。图 4-99 所示为机油密封安装。

⑦ 将附属的中心螺栓安装在机油密封压入工装上，拧紧直至停止，压入曲轴后机油密封。图 4-100 所示为中心螺栓安装。

（3）汽缸孔、汽缸套、活塞之间的选配方法

活塞与汽缸套（内径）之间的标准间隙为 0.082～0.130mm。见图 4-101、图 4-102。活塞直径的标准值为 114.920～114.949mm。

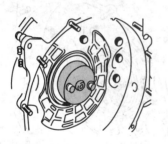

图 4-99　机油密封安装

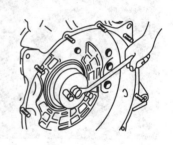

图 4-100　中心螺栓安装

图 4-101　测量活塞与汽缸平面的高出量

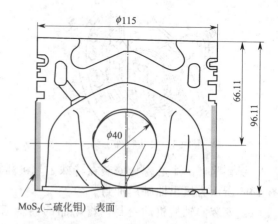

MoS₂(二硫化钼) 表面

图 4-102　活塞

注意：活塞更换时不必选择等级，因为与每个活塞和汽缸套内径相对应的只有一个等级。

4.3.2　配气机构的拆装维修要点

（1）正时标记的对正

正时标记的对正见图 4-103、图 4-104。

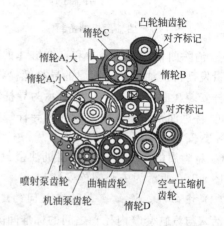

图 4-103　调对正时标记

图 4-104　调对曲轴正时

（2）气门间隙的调整

① 气门间隙　就是在气门关闭时，气门杆尾端与气门驱动组零件（摇臂、挺杆或凸轮）之间留有适当的间隙，称为气门间隙，如图 4-105 所示。

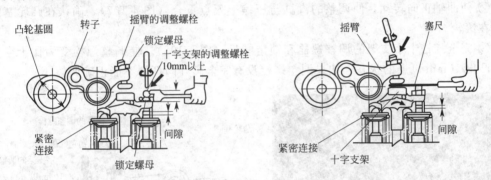

图 4-105　气门间隙

若气门间隙为零或过小，可能在热车时，因气门驱动组的热膨胀使此间隙消除而将气门顶开，造成气门关闭不严，使发动机性能下降，甚至无法工作。但是，气门间隙也不能过大，若气门间隙过大，则将影响气门的开启量，并可能在气门开启时产生较大的冲击噪声。在发动机热态时，气门杆因温度升高膨胀而伸长，会使此间隙减小，所以气门间隙一般热车时较小，冷车时较大。因排气门温度高，热态时膨胀量较大，这就要求气门间隙较进气门的大。不同的发动机厂家对气门调整的要求不一样，有的要求在冷态调整，有的则要求在正常工作温度下调整。

如图 4-106 所示，为了能对气门间隙进行调整，在摇臂上都装有调整螺钉及其锁紧螺母。

② 气门脚间隙的检查、调整　为了使气门与座在发动机工作时仍能配合紧密，在气门冷态时必须在气门杆端部与摇臂之间预留一定的间隙，该间隙通常称为气门脚间隙。

图 4-106　调节气门间隙

气门脚间隙不能过大或小，维护中应认真检查调整。

气门脚间隙的检查调整应在气门完全关闭、气门挺杆落至最低位置时进行。为了达到上述要求，通常在汽缸压缩行程终了时调整。

（3）逐缸检查调整法

① 摇转曲轴，飞轮上的上止点标记对准飞轮壳窗孔的刻线时就是第 1 缸或第 6 缸压缩终了的位置，可调第 1 缸或第 6 缸进、排气门的气门脚间隙。

② 根据规定的气门脚间隙，选择合适厚度的塞尺插入气门杆帽与气门摇臂之间，拉动塞尺有轻微阻力为合适，否则应调整。

③ 调整时，先松开锁紧螺母，再用旋具拧动调整螺钉，同时拉动插入的塞尺，当阻力合适时，用旋具固定调整螺钉，再用扳手把锁紧螺母拧紧，以固定调整螺钉（图 4-106）。最后再复查一次。

④ 当第 1 缸或第 4 缸的两只气门脚间隙调整之后，摇转曲轴 180°，按点火顺序调整下一缸的进、排气门脚间隙。依此类推，直至检查和调整完毕。

冷却时，进气门间隙为 0.3mm，排气门间隙为 0.45mm。

（4）调整气门间隙方法

① 确认十字支架至阀杆间没有杂质。

② 使曲轴正向转动，使调整的汽缸与压缩上死点重合（图 4-107）。确认在凸轮基圆上方存在滚轮。

③ 完全拧松十字支架的调整螺栓和锁定螺母（图 4-108）。使调整螺栓变为比十字支架上面凸出 10mm 以上的状态。如果调整螺栓没有完全离开阀杆则不能正确调整。

图 4-107　曲轴正时标记

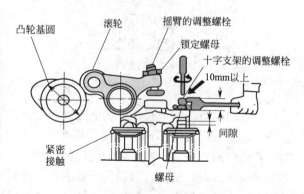

图 4-108　调整气门间隙（一）

④ 在摇臂和十字支架间插入塞尺（图 4-109），使用摇臂的调整螺栓调整间隙，拧紧锁定螺母。拧紧力矩为 25N·m。

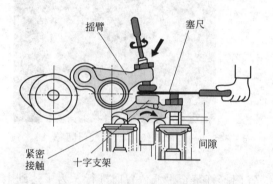

图 4-109　调整气门间隙（二）

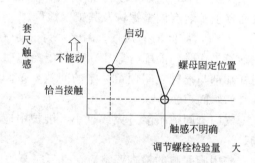

图 4-110　塞尺调整测试

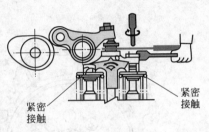

⑤ 在插入塞尺后的状态下（图 4-110），拧松十字支架的调整螺栓，确认塞尺的感觉没有变轻。在变轻时从最开始重新调整。

⑥ 拧紧十字支架的调整螺栓（图 4-111），直至塞尺不能动。

图 4-111　调整螺栓

⑦ 在慢慢拧松十字支架的调整螺栓的同时，当塞尺的感觉在恰当的位置时拧紧十字支架的锁定螺母。

不可过度拧松调整螺栓。如果过度拧松调整螺栓，则会重新回到原来的状态，虽然使用塞尺的感觉恰当，但是也不能调整至十字支架的调整螺栓和阀间打开正确的间隙。

4.3.3　特定部位的螺栓或螺母群

（1）拧紧顺序（图 4-112）

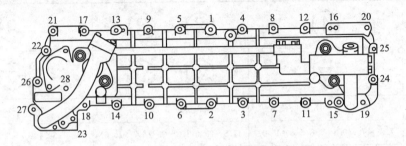

图 4-112　机油散热器螺栓群拧紧顺序

拆卸时，由外向里；装配时，由里向外。

机油散热器螺栓群拧紧力矩为 19N·m。

（2）汽缸盖

汽缸盖螺栓群如图 4-113 所示。M14（26 个）拧紧分三步：98N·m，147N·m，30°～60°；M10（2 个）拧紧力矩为 38N·m。

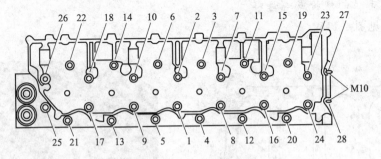

图 4-113　汽缸盖螺栓群

1～28—螺栓

（3）飞轮

飞轮螺栓如图 4-114 所示。拧紧力矩（分三步）：78N·m，60°～90°。

（4）螺栓、螺母的标准拧紧力矩数值

螺栓、螺母的标准拧紧力矩数值见表 4-4。

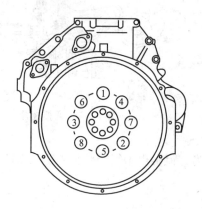

图 4-114　飞轮螺栓

表 4-4　螺栓、螺母标准拧紧力矩数值

螺栓、螺母型号 螺栓、螺母规格直径×长度/mm	④ ▽	⑧　⑧ ▽　　▽	⑨ ▽
M6×1.0	3.9～7.8(0.4～0.8/2.9～5.8)①	4.9～9.8(0.5～1.0/3.6～7.2)	—
M8×1.25	7.8～17.7(0.8～1.8/5.8～13.0)	11.8～22.6(1.2～2.3/8.7～16.6)	16.7～30.4(1.7～3.1/12.3～22.4)
M10×1.25	20.6～34.3(2.1～3.5/5.2～25.3)	27.5～46.1(2.8～4.7/20.3～33.4)	37.3～62.8(3.8～6.4/27.5～46.3)
M10×1.5	19.6～33.4(2.0～3.4/14.5～24.6)	27.5～45.1(2.8～4.6/20.3～33.3)	36.3～59.8(3.7～6.1/26.8～44.1)
M12×1.25	49.1～73.6(5.0～7.5/36.2～54.2)	60.8～91.2(6.2～9.3/44.8～67.3)	75.5～114.0(7.7～11.6/55.7～83.9)
M12×1.75	45.1～68.7(4.6～7.0/33.3～50.6)	56.9～84.4(5.8～8.6/42.0～62.2)	71.6～107.0(7.3～10.9/52.8～78.8)

① 3.9～7.8 单位为 N·m，0.4～0.8 单位为 kgf·m，2.9～5.8 单位为 Ib·ft。

（5）特定部位的螺栓或螺母群

拧紧顺序见图 4-115。

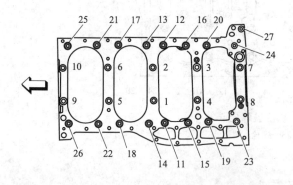

图 4-115　螺栓、螺母标准拧紧顺序

螺栓最终拧紧——角度法见图 4-116。

图 4-116 曲轴轴承、连杆螺栓、螺母标准拧紧角度法

4.3.4 发动机润滑系统

（1）加注与排放发动机机油

① 用扳手（19mm）拆下 4 个螺栓（图 4-117 中 1），然后拆下底盖（图 4-117 中 2）。

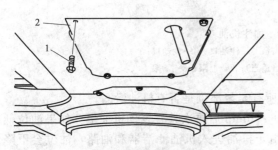

图 4-117 拆发动机护板
1—螺栓；2—底盖

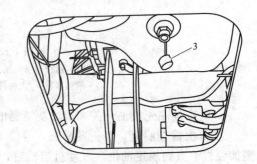

图 4-118 拆排油盖
3—排油盖

② 拆下排油盖（图 4-118 中 3）。

③ 准备废油罐（图 4-119 中 4）。

④ 拧紧排油旋塞（图 4-119 中 5）时，发动机机油将排出。

（2）加注发动机机油

① 拆下用于排放机油的排油旋塞。安装排油时拆下的排放旋塞盖。

② 在注油口（图 4-120 中 3）添加新的发动机机油。然后，等待大约 15min 时机油全部流入油底壳，取下机油液位尺（图 4-120 中1），用擦油布擦净机油液位尺端部的机油，然后再次将机油液位尺全部插入。

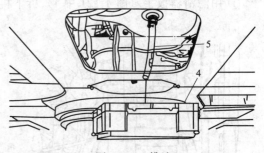

图 4-119 排油
4—废油罐；5—排油旋塞

③ 轻轻拉出机油液位尺。如果机油黏附在"最高油位线"和"最低油位线"之间，则机油量正合适。

（3）更换机油和滤芯后的检查

① 检查机油泄漏。

a. 启动发动机。从怠速运转缓慢提升转速。

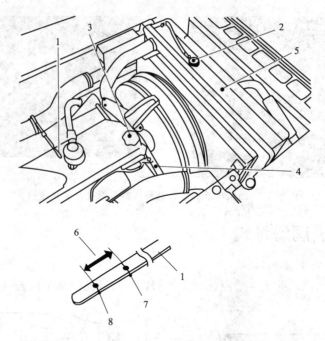

图 4-120   加注机油

1—机油液位尺；2—压力盖；3—注油口；4—发动机；
5—散热器；6—机油量（适当）；7—上限；8—下限

b. 检查油底壳放油开关和机油滤清器的所有安装部位是否有机油泄漏。

② 再次检查油量。停止发动机，等待 10～20min 后再次检查发动机油量。如果油位低，则加注机油直到规定油位。发动机启动时，由于机油进入机油滤清器和油路，油位会下降。如果油位低，则加注机油。

（4）拆卸机油滤清器滤芯

① 用滤清器扳手（图 4-121 中 1）拆下机油滤清器滤芯（图 4-121 中 2）。

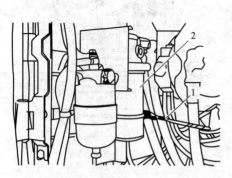

图 4-121   拆机油滤清器滤芯

1—滤清器扳手；2—机油滤清器滤芯

图 4-122   机油滤清器滤芯

② 安装机油滤清器。使用下列步骤安装新的滤芯（图 4-122）。

a. 在滤芯的垫片上涂抹薄薄的一层润滑脂。

b. 拧紧滤芯并使垫接触密封件表面，用滤清器扳手将滤芯拧紧一圈。

第 **5** 章 Chapter 5

故障诊断

5.1 电控发动机故障诊断的一般原则

发动机的电子控制系统是一个复杂而又精密的系统，因此故障的诊断也较为困难。而造成电控发动机不工作或工作不正常故障的原因可能是电子控制系统，也有可能是电子控制系统外其他部分的问题。故障检查的难易程度也有所不同。如果遵循故障诊断的一些基本原则，可以用较为简单的方法准确而迅速地找出故障所在。电控发动机故障诊断排除的基本原则可概括为以下几点。

（1）先外后内

当发动机出现故障时，先对电子控制系统以外的可能故障部位予以检查。这样可避免本来与发动机电控系统无关的故障，却对系统的传感器、发动机控制单元、执行器及线路等进行复杂且费时又费力的检查，造成检查方向的错误，即使是真正的故障可能是较容易查找到却未能找到。简单的方法是：当发动机发生故障时，首先观察系统的故障指示灯，如果指示灯没有显示故障，则基本可以确定为机械故障来进行处理。如果指示灯显示故障，就可以通过闪码来知道故障位置，进而进行相应处理。

（2）先简后繁

在实际维修过程中，发动机故障绝大多数都是比较简单的故障，电气系统的故障亦如此。可以先对电气系统进行初步的检查（如检查电控系统线束的连接状况；传感器或执行器的电连接器是否良好；线束间的连接器是否松动或断开；电线是否有磨破或线间短路现象；电连接器的插头和插座有无腐蚀现象等，检查每个传感器和执行器有无明显的损伤）。

直观检查未找出故障，需借助于仪器仪表或其他专用工具来进行检查时，也应对较容易检查的先予以检查。能检查的项目先进行检查。

（3）代码优先

现在的发动机电控系统通常都有故障自诊断功能，当电控系统出现故障时，自诊断系统就会立刻监测到故障并通过"检测发动机"警告灯提醒驾驶员，与此同时以代码的方式储存该故障的信息。这时应该按下发动机检查开关，这时发动机故障指示灯会按顺序闪出闪码，可根据对应故障代码在维修手册上查出闪码指示的故障，从而解决故障。

（4）综合检测

如果前面所做的都解决不了问题，就需要利用专门的诊断仪对电控系统做全面的检测。可利用诊断仪的各项功能对发动机进行具体诊断，例如，发现发动机喷油器某一缸喷油量为零，则可初步判断这一缸喷油器或者线束有问题，再进行进一步的排除就比较简单了。

（5）新件替换

电控发动机的电气系统中线路发生的故障通常是配线和连接器接触不良所致，此时想要具体查处故障原因可能要花费比较多的时间。在实际的维修工作过程中，为了能迅速解决问题，排除故障，最快捷的方法莫过于采用新件替换。采用这种办法要比找到具体故障部件后查找问题原因要简易得多。

特别注意：电控发动机的有些故障并非一定出在电子控制系统。如果发现发动机有故障，而故障警告灯并未发亮（即无故障代码显示），大多数情况下，该故障可能与发动机电控系统无关，此时就应该像发动机没有装电控系统那样，按照基本诊断程序进行故障检查。否则，可能遇到一个本来与电控系统无关的故障，却检查电控系统的传感器、执行器和电路等，花费了很多时间，而真正的故障反而没有找到。

5.2　故障诊断方法

5.2.1　4HK 故障流程图诊断方法

流程图诊断故障是 4HK 发动机诊断故障的主要方法，所以看懂、读懂流程图，必须掌握流程图的说明、配线颜色的区别、部件名称缩写、块状图表示的含义、故障诊断说明五个方面的诊断内容。

（1）流程图诊断故障代码编号与故障的表示

诊断故障代码编号与故障列于流程图的上面。

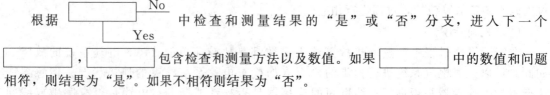

根据　　　　　　　中检查和测量结果的"是"或"否"分支，进入下一个　　　　　　，　　　　　　包含检查和测量方法以及数值。如果　　　　　　中的数值和问题相符，则结果为"是"。如果不相符则结果为"否"。

（2）流程图中英文缩写的含义

英文缩写含义见表 5-1。

表 5-1　英文缩写含义

缩　写	名　称	含义、备注
CAN	控制器区域网	用于 ECM 和控制器 A 之间通信的通信技术
CKP 传感器	曲轴位置传感器	安装在飞轮外壳上，用来检测曲轴旋转角度
CMP 传感器	凸轮轴位置传感器	安装在汽缸盖后部，用来检测凸轮轴旋转角度
DMM	数字多用表	用于诊断电气系统的测试仪
DTC	诊断故障代码	此代码为自行诊断代码，各故障部位均有相应代码编号
ECM	发动机控制模块	用于发动机控制的控制器，是发动机控制的核心

续表

缩 写	名 称	含义、备注
ECT 传感器	发动机冷却液温度传感器	发动机冷却液温度传感器
ECU	电子控制单元	用于各种控制功能的微型控制器
EGR	废气再循环	废气再循环使发动机的部分废气在进气系统中再循环,然后与新的混合气混合从而降低燃烧温度,抑制氮氧化物(NO_x)的产生
EMPS	发动机模块编程系统	用于修改 ECM 控制程序的系统
FT 传感器	燃油温度传感器	燃油温度传感器安装在输油泵上
GND	接地	接地
IAT 传感器	进气温度传感器	检测进气温度
SCV	吸入控制阀	控制向共轨提供的燃油量,安装在输油泵上

(3) 流程图中配线颜色的表示方法

所有线束通过电线外皮颜色区分。在部分电气系统中,主回路通过单色区分,而子回路通过色条区分。配线图中的尺寸和颜色见表 5-2、图 5-1。

表 5-2 电气配线颜色代号

代号	B	W	Br	P	V	G	O
颜色	黑色	白色	褐色	粉红色	紫色	绿色	橙色
代号	R	Y	Lg	Sb	L	Gr	
颜色	红色	黄色	淡绿色	天蓝色	蓝色	灰色	

注:如果两个字母组合"ab"表示在电气配线颜色底色"a"上有颜色"b"条纹。

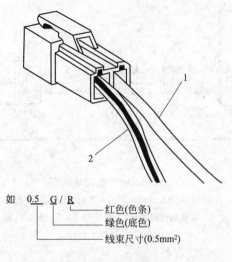

如 0.5 G / R
        ├── 红色(色条)
        ├── 绿色(底色)
        └── 线束尺寸(0.5mm²)

图 5-1 配线颜色
1—单色;2—色条

（4）块状图表示的含义

块状图表示的含义见图 5-2、图 5-3。

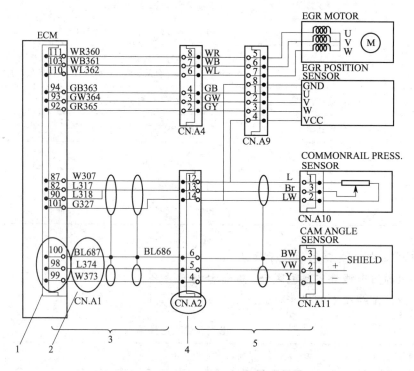

图 5-2　电气线路图

1—ECM 端子编号；2—配线颜色和配线编号；

3—框架线束；4—接头编号；5—发动机线束

块状图

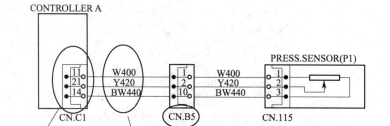

图 5-3　电气线路块状图

1—控制器 A 接头盒端子编号；2—配线颜色和配线编号；

3—驾驶室内线束；4—接头编号；5—框架线束

（5）故障诊断说明

以图 5-4 故障诊断步骤和图 5-5 故障诊断检查步骤说明为例，图中数字相应的说明如下。

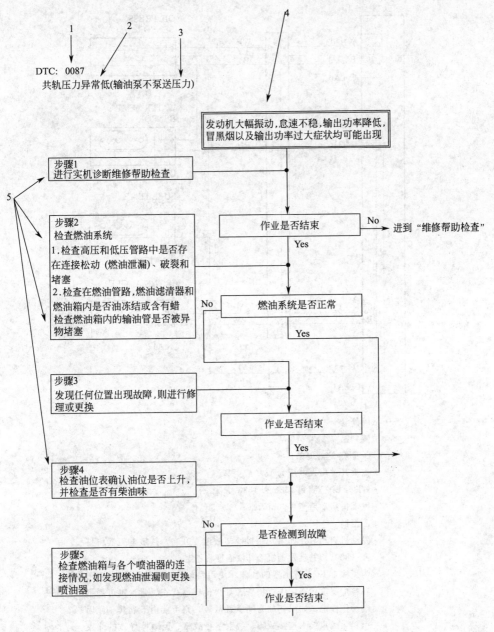

图 5-4　故障诊断步骤图

1——诊断故障代码，表示诊断故障代码编号。

2——诊断故障代码名称，表示故障名称。

3——产生诊断故障代码的系统状态。

4——主要故障，由于系统故障而可能出现的发动机状态。

5——故障诊断步骤，故障诊断检查的步骤。

6——回路说明，与故障有关的系统回路图。

7——故障修复，故障消除后恢复至正常操作的记录。

8——设定诊断故障代码时的前提条件，满足前提条件时，判断故障出现的条件。

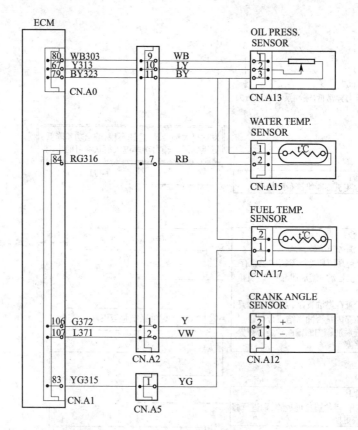

图 5-5　故障诊断检查步骤说明图

7 —— 故障修复

故障判断需要 3～10min。

8 —— DTC 设定的前提条件

· 点火开关出入电压为 18V 或更高。

· DTC：未检测到 1630 和 1633。

· 发动机启动后至少 3min。

9 —— 诊断帮助

· 发动机启动后，如果发动机冷却液温度升高，热敏电阻器将打
开（85℃）并且发动机冷却液温度将稳定。

· 为了检查 ECT 传感器的性能，使用发动机冷却液温度-电阻图
在各个温度状态下进行检查。如果传感器存在异常，则可能影
响操作性能。如果怀疑为间歇性故障，则可能由下列其一原因
引起：线束接头连接故障、线束路径故障、因摩擦导致的线束
包皮破损、线束内导线断裂。

9——诊断帮助，罗列出可疑故障的起因，汇集了用于诊断的重要建议。故障诊断前，
一定要阅读诊断帮助。图 5-6 所示为断路器盒，其检查内容见表 5-3。

表 5-3　断路器盒检查内容

步骤	检查项目	检查方法	测量条件	测量端子编号	正常值	异常值
11,23	与其他信号回路短路	测量电压值	拆下传感器接头点火开关转到"ON"	82-GND 90-GND	0V	1V 或更高

10——断路器盒检查步骤，包含与故障诊断步骤相应的图表，并列出详细的诊断故障，图 5-7 为断路器盒线束连接样图。

11——机器上各种传感器的检查步骤，从接头相互连接的发动机线束进行故障诊断和传感器检查。

主机故障诊断、故障代码说明，以图 5-8 故障诊断步骤样图、图 5-9 故障有关电路样图为例，图中数字相应的说明如下。

图 5-6　断路器盒

1——诊断故障代码，表示诊断故障代码编号。

2——诊断故障代码名称，表示故障名称。

3——主要故障，故障引起的可能状态。

4——故障诊断步骤，故障诊断检查的步骤。

5——维修帮助画面，检查故障部位的状态（电压、电流、压力等）。

6——回路说明，与故障有关的系统回路图。

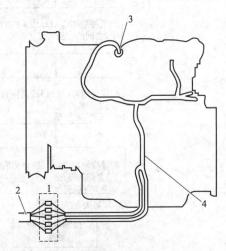

1. 断开中间接头，从发动机线束接头进行传感检查。
2. 从传感器上断开接头，使传感器接头配线短路。
3. 检查中间接头上的线束是否短路。
   ·如果步骤 1 和 2 中均出现异常，则修理线束，然后从步骤 1 开始重新检查。
   ·如果仅步骤 1 中出现异常，则更换传感器。

图 5-7　断路器盒线束连接样图
1—发动机至机器的中间接头；2—机器线束；3—传感器接头；4—发动机线束

5.2.2　挖掘机现场故障诊断法

（1）故障诊断的步骤

步骤 1——确认客户提出的故障现象，使用调查表阐明故障状态。

步骤 2——实施故障的初步判断，实施整体目视检查。判断检查的内容有：从监控器内调取以往保养记录；检测任何异响或异味；收集故障代码（诊断故障代码）信息以进行有效维修；与参考值相比较，检查是否存在任何异常。

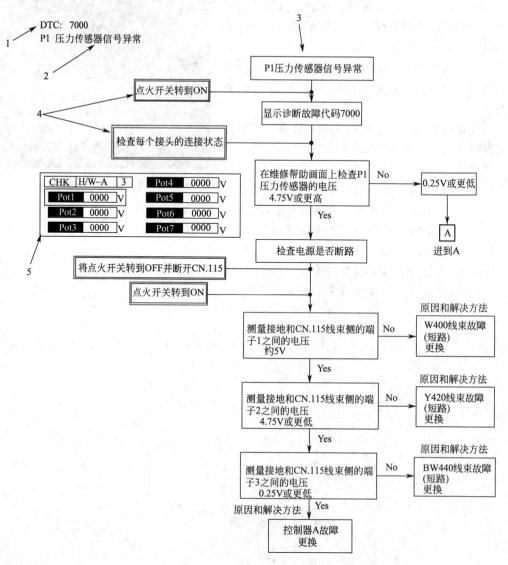

图 5-8　故障诊断步骤样图

步骤 3——确认维修信息：检查服务快讯、质量快讯和维修工作单。

步骤 4——对各诊断故障代码进行检查：对各显示诊断故障代码的项目进行检查。

步骤 5——对各症状进行故障检查：对未显示诊断故障代码的项目进行检查。

（2）确认故障类型

系统故障诊断类型如下。

① 故障在短时间内单次出现，通常客户没有意识到故障出现。这个阶段客户提出的故障是不是具体的。这个故障有时被发动机控制模块（ECM）记录下来。

② 故障在短时间内单次间歇性出现，并总是在特定状况下出现。客户不能具体描述故障状况。因此，诊断人员通过掌握故障状况可以重现故障。这样的故障也被称为间歇性故障。

③ 故障出现在可识别的阶段，故障固定而且连续出现，客户反映的故障真实而且具体。因此，诊断人员可以重现故障。这种故障产生的原因有时是两个或更多的原因。

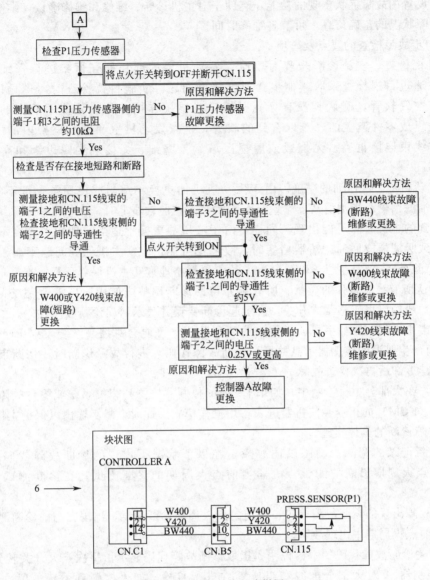

图 5-9 故障有关电路样图

（3）故障诊断前的预先了解

① 使用调查问卷以全面了解客户反映的故障，调查不能无计划地进行。调查是为了缩小检查范围，从故障症状（实际状况）中确定可疑故障。

② 掌握准确故障信息。具体地了解故障的内容，例如，低温、启动过程中，正常操作过程中，发动机区域附近金属声响。

调查要点如下：

- 何机型　　　　　　故障症状
- 何时　　　　　　　日期、时间、出现频率
- 何地　　　　　　　路况
- 在何种状况下　　　行驶条件、操作条件、天气
- 何事　　　　　　　如何检测到症状

专门设置的故障症状重现的功能，有助于对主机诊断、维修和维修确认，维修人员能得到有关故障状况的正确信息，可节省维修时间。

③ 初步故障检查的要点及事项。

a. 目视检查。实施诊断步骤时，应对发动机室内部和外壳框架进行仔细的目视检查。通常通过目视检查采取其他步骤即可解决问题。实施目视检查时，遵循以下要点：检查所有空气软管，确认其没有穿孔、切口或错位连接，并确认使用适当的管路；检查由其他组成零件遮盖的、难以看到的软管；检查发动机室和外壳框架内的所有线束，从而确定线束连接正确、无烧毁或磨损区域、无磨细、无接触尖锐边缘和高温排气歧管或管路。

b. 确认机油、液压油的黏度。由于发动机机油更换不适当或使用了黏度不符的机油，而导致机油滤清器和燃油滤清器堵塞且沉积物黏附在曲轴箱上时，在主机诊断系统检查之前没有检测到的主机故障可能出现。同样，由于液压油更换不适当或使用了黏度不符的液压油，而导致吸滤器或回油滤清器堵塞时，故障也可能出现。主机保养问题不属于故障类别（主机故障除外），但是主机诊断更精准，故应更严格地遵守主机保养日程。

c. 确认所有维修零件的质量。所有维修帮助诊断调整应使用原厂零件完成。因此，如果安装了一般的市售传感器或开关，会引起诊断错误并显示错误诊断故障代码。如果安装了不适当的市售电气装置如手机、立体声或防盗装置，可能会对控制系统发射 EMI（电磁干扰），从而产生错误的传感器信息并显示诊断故障代码。进行故障诊断时，切断市售零部件电源或将其拆卸后再次检查故障。

另外，在大部分主机诊断中，如果 ECM 或控制器检测到相关系统或零件故障，发动机控制模块（ECM）的指令会使机器进入备用操作模式。此时会减小输出以保护主机。

④ 故障诊断的具体实施。

a. 诊断记录的调阅。调阅以往故障，在以下状况下出现的诊断故障代码为以往故障：先前点火周期诊断的测试；机器当前点火周期的诊断测试；在诊断测试中识别出的故障。

当前故障出现的诊断故障代码：先前的点火周期诊断测试；出现在当前诊断测试中的故障；在当前点火周期中出现故障。

b. 有关诊断故障代码的术语说明。提取诊断故障代码显示：每次点火开关转到"ON"，ECM 和控制器 A 对大部分配线和组成零件进行自检。如果检测到系统故障，故障将被 ECM 和控制器 A 保存至记忆中，且根据诊断故障代码进行备用控制。同时影响挖掘机主机的异常会使信息显示以提示操作人员。

点火周期：是指将点火开关转到"ON"，启动机器，然后将点火开关转到"OFF"以满足主机诊断标准的机器运行周期。

数据链路连接器（DLC）：是用于与控制单元通信的设备。DLC 同时用于连接诊断工具。

⑤ 诊断发动机输入、输出传感器。确认输入传感器以检查回路是否断路和规定范围的数值。主要有：曲轴位置（CKP）传感器、凸轮轴位置（CMP）传感器、冷却液温度传感器、增压压力传感器、共轨压力传感器。

输出零件诊断对控制单元指令的响应是否适当，确认是否有回路断路和规定范围的数值。应检查的输出零件有 SCV、车灯控制继电器、EGR 阀。

⑥ 监视器阅读诊断故障代码的步骤。

a. 通过故障指示监视器阅读故障代码。如果出现诊断故障代码，诊断故障代码和信息将会在主机故障指示监视器上显示。

b. 诊断故障代码在记忆中时精确遵循规定的诊断故障代码表进行维修。

c. 无诊断故障代码时选择每个要诊断的症状。根据诊断步骤全面维修，参照功能诊断可以进行检查。

d. 无相应症状时调查投诉的具体内容。制定诊断计划。使用配线图和操作原理在可能获得维修史的类似案例中寻求技术支持。结合技术知识有效使用有用的维修信息。

e. 间歇性故障出现时。不是经常出现的故障为间歇性故障。遵循以下步骤排除间歇性故障：确认诊断故障代码信息和数据指示；评估客户所述症状和状况；使用检查表或其他方法检查回路或电气系统组成零件。

f. 故障无法检测时。此状态表明判定主机运行正常。客户所述状态有时正常运行，应该通过与正常运行的独立主机进行比较从而检查客户反映内容。根据所述状态，有时为间歇性故障，在返回主机前，应根据客户所述状态对反映内容进行检查。

反映内容不能完全检测或确认时，需要再次进行诊断并重新检查反映内容。如以上"间歇性故障出现时"所述，反映内容有可能为间歇性故障或正常运行。

进行维修并确认结果。如果原因已确认，则进行维修。确认主机运行正确，而且症状已校正。包括主机确认测试和在以下状况下确认客户所诉内容是否已解决的其他方法：在客户所述状况下进行测试以检查反映内容；诊断故障代码被诊断时，重现诊断故障代码被设定的状态，同时检测诊断工具的数据并确认是否维修完毕。

（4）修复后的确认

① 主机维修后的确认　电子控制系统维修完成后，需要在主机维修后确认此次维修是否正确完成。如果确认进行不彻底，将主机交付给客户时信息可能会再次显示或出现操作性问题。有必要再现客户所诉的状况，并对间歇性故障进行确认维修。如果使用了维修帮助检查，则主机维修确认有效。维修完成时，诊断主机的人员应执行以下步骤。

a. 观察并记录下出现的诊断故障代码以及诊断过程中诊断工具的数据，或两者均记录下来。

b. 删除诊断故障代码。

c. 根据诊断工具的数据操作主机。

d. 检查进行故障诊断时确定的诊断故障代码的状态信息，直至控制单元进行与该诊断故障代码有关的诊断测试。通过维修帮助检查维修确认时实施的步骤。忽视该步骤有时会导致不必要的维修。

② 最终确认项目列表（表5-4）　确认大功率电气信号发送装置的补充信息，如果该装置发现故障，有必要联系客户，确认以下项目：出厂后安装的零件，遵循各自安装步骤牢固安装各零件；应该在距离主机电气系统部件（如控制单元和传感器）至少20cm远的位置安装天线芯线；不要将天线芯线和其他配线混淆；尽可能远地将天线芯线和其他配线彼此分开；出厂后安装的零件；遵循各自安装步骤牢固安装各零件；不要安装输出功率高的移动通信装置。通过维修帮助检查完成维修确认时，遵循以下步骤：观察并记录诊断工具的数据，该数据与进行诊断的诊断故障代码有关；清除诊断故障代码；检查相关诊断工具的数据的同时操作主机。如果不遵循以上步骤，可能会导致不必要的维修。观察并记录诊断工具的数据，该数据与进行诊断的诊断故障代码有关。

表 5-4　电控发动机诊断、检查

编号	项　　目	目　　的	方　　法
1	检查诊断故障代码	对显示的诊断故障代码进行维修后的检查	删除之前的诊断故障代码。通过急速使发动机充分暖机,然后将发动机转速提高到最大从而进行运转以达到测试状态
2	发动机暖机后确认急速转速	目的是确认急速控制运行正常	在无负载的状态下,确认发动机暖机后急速转速稳定。如果检测到故障,参照症状诊断过程中不稳定急速症状的维修
3	确认诊断工具的数据列表	在标准状况下确认发动机控制和通信是正常或是异常	监视诊断工具的数据列表,并使用典型的数值列表来检查。确认诊断工具的数据列表中的典型数值
4	确认再启动性	目的是确认启动控制运行正常	确认转动时间是 5s 或更短时间,以及再启动过程中发动机启动后发动机转速稳定
5	确认大功率电气信号发送装置	安装了电气信号发送零件时,如收发器,需确认没有电磁干扰发射	在安装了电气信号发送零件的情况下,如收发器,在"ON"和"OFF"之间切换时,确认发动机急速转速发生变化。如果发现故障,有必要通知客户更改电气信号发送装置的安装位置和输出功率

③ 诊断故障代码删除方法　系统出现异常而且诊断故障代码记录至发动机控制模块（ECM）中时,即使故障部位被修复,诊断故障代码也不会从记忆中删除。应按照单独的步骤强制删除。

5.2.3　使用检测工具诊断故障法

诊断工具的一般用途是识别已保存的诊断故障代码;阅读串行数据;检测有关 DLC 安装位置及 DLC 是否随挖掘机主机的变化而变化。

（1）使用测温枪检查喷油器的方法

① 测温枪是一种无须接触就能测量温度的红外线测温仪。测量温度范围是 0～500℃。包含激光指针,具有点测量功能,见图 5-10。

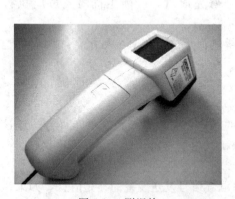

图 5-10　测温枪

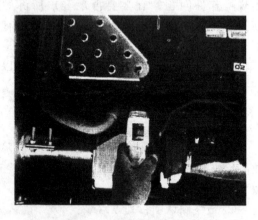

图 5-11　测温枪测量方法

② 测量准备。打开发动机外壳,检查排气歧管基部测量位置。确认测量距离和测温枪的角度保持不变。否则会导致各汽缸测量误差,因此在其不影响操作的情况下执行该步骤。

测量距离越接近 30cm,测量数值越稳定。测量的数据,可用于对客户的说明。图 5-11所示为测温枪测量方法。

③ 测量步骤。排气管温度为 100℃ 或更低时开始测量。

a. 记录测量最初状态温度数值。

b. 启动发动机,最高转速,2 速溢流。

c. 依次测量 1～4 号汽缸的温度，约 30s 测量一次，并记录温度数值。

d. 重复步骤 b 约 6～7 次。

e. 温度达到约 400℃时，确认温度升高减缓。

f. 完成测量后，怠速后使发动机停机。

g. 从测量数值中缩小故障汽缸的范围。

5min 后断定故障汽缸变得更加困难。再次进行测量，需使发动机冷却（100℃以下）。

④ 判断标准。通过对比各汽缸温度变化和找出温度变化相对小的汽缸进行判断，不能使用某一绝对数值。

下列实际测量数值作为参考数据。

测量条件不同测量温度也不同，因此参照下列参考数据以掌握一般趋势。

典型测量示例中，应列出以下 3 个测量条件。

a. 正常运行过程中的数据。

b. 两端的汽缸（1 号或 4 号）处于不完全燃烧阶段时。

c. 中间汽缸（3 号）处于不完全燃烧阶段时。

⑤ 作业注意事项。

a. 确认机器周围没有人员，而且以安全的方式进行作业。

b. 测量时注意发动机温度。

c. 确保使用回转锁止。

车辆配送前在正常运行过程中，测量并记录所有汽缸歧管温度，将其作为故障发生时的判断数据。

⑥ 共轨型燃油喷射装置喷油器位于盖罩内，所以不能检查。如果在不出现故障的情况下需要检查，可拆卸和安装耦合器或汽缸外部喷射实验检测。

机械故障（喷射不足、堵塞、卡滞）可通过温度测量判断。

在发动机燃烧状况正常的情况下，通常各汽缸温度会升高。然而，有故障、燃烧状况不佳的汽缸温度难以升高。通过以上特性，并观察各汽缸内的温度变化来判断汽缸是否有故障，如图 5-12 所示。

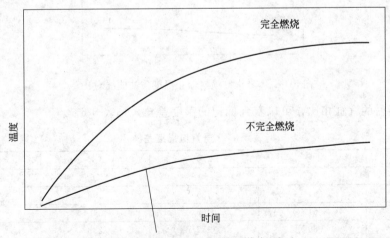

图 5-12 温度测量判断

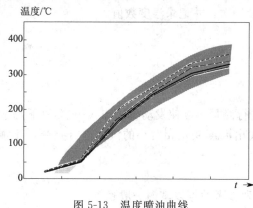

图 5-13　温度喷油曲线

该故障通常由喷油器本身的故障（喷射不足、堵塞、卡滞）引起。在断定是什么故障之前调查其他原因并彻底进行故障诊断。

⑦ 故障喷油器选择方法。以下对比数据是参考用测试数据。由于实际测试环境和主机状况不同可能出现测量数值与测试数值不同的情况。

a. 正常运行过程中，温度喷油曲线见图 5-13。

正常运行过程中，所有汽缸均会出现相同温度变化趋势，见表 5-5。

表 5-5　汽缸温度变化　　　　　　　　　　　　　　　　　　　　　℃

测试时间	1 号	2 号	3 号	4 号
0min	21	21	21	21
40min	51	55	55	55
1h1min	170	169	174	199
1h40min	265	256	250	272
2h20min	304	324	302	334
2h40min	328	342	328	358

b. 1 号汽缸喷射停止时，温度喷油曲线对比见图 5-14。

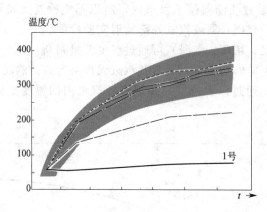

图 5-14　1 号汽缸喷射停止温度喷油曲线对比

与正常喷射的汽缸相比，可以看到标记的温度差异，见表 5-6。

表 5-6　1 号汽缸温度差异　　　　　　　　　　　　　　　　　　　　℃

测试时间	1 号	2 号	3 号	4 号
0min	56	60	66	65
35min	57	135	193	193
1h00min	61	165	246	255
1h25min	66	187	288	312
2h00min	74	208	305	341
2h30min	77	217	332	345
3h05min	80	221	346	367

c. 3 号汽缸喷射停止时，温度喷油曲线对比见图 5-15。

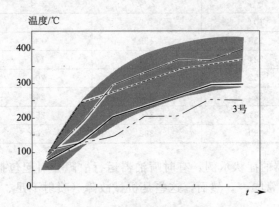

图 5-15　3 号汽缸喷射停止温度喷油曲线对比

与正常运行的汽缸相比，此汽缸在低温范围内波动，见表 5-7。

表 5-7　3 号汽缸温度差异　　　　　　　　　　　　　　　　　　　℃

测试时间	1 号	2 号	3 号	4 号
0min	81	91	105	101
30min	127	180	128	245
1h10min	202	297	145	275
1h40min	233	332	206	311
2h20min	263	367	206	342
2h50min	294	365	253	354
3h25min	297	398	253	369

d. 4 号汽缸喷射停止时，温度喷油曲线对比见图 5-16。

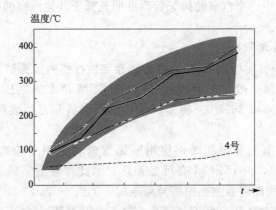

图 5-16　4 号汽缸喷射停止温度喷油曲线对比

与正常的汽缸相比，可以看到标记的温度差异，见表 5-8。

表 5-8　4 号汽缸温度差异　　　　　　　　　　　　　　　℃

测试时间	1 号	2 号	3 号	4 号
0min	101	100	85	56
40min	138	159	130	60
1h10min	224	241	170	65
1h40min	252	295	200	70
2h20min	320	333	243	74
2h40min	331	340	255	80
3h25min	380	398	260	95

⑧ 需要检查喷油器的症状示例。有时喷油器运行故障会引起包括发动机功率不足、旋转不稳定和发动机有异常噪声。然而，这些是机械故障（喷射不足、堵塞、卡滞），所以不会显示诊断故障代码。

使用测温枪测量温度是有效的故障诊断方法。出现在本书中需要检查喷油器的症状示例如下：

a. 发动机启动故障；

b. 发动机喘振、怠速不稳定；

c. 发动机输出功率低；

d. 尾气中有大量白烟。

⑨ 使用非接触红外线测温枪的分类方法。以下为 3 种分类方法。分类方法依据判断的难易程度会改变，判断的难易程度由是否使用特定工具和型号而决定。

a. 通过 Tech-Ⅱ KW、CAN 通信，使用故障诊断工具进行喷油器平衡测试。判断方法采用喷油器平衡测试，此测试中不执行 ECM 通信并使用喷油器测试仪将喷油器的电源暂时断开。

b. 采用非接触红外线测温枪进行测量并对比废气温度升高趋势。没有故障诊断工具仅使用喷油器测试仪时，依据所用主机类型可能要求判断熟练。如果难以判断，推荐使用非接触红外线测温枪比较废气温度的判断方法。

c. 使用能测量 500℃的红外线测温枪，在发动机状况稳定且可测量的额定点进行持续测量（挖掘机的额定点是从 2 速溢流起测量）。发动机稳定后 3～5min 的测量期间，测量并对比各汽缸温度，如果其中一个汽缸的排气管温度明显低于其他汽缸的排气管温度，则判断该汽缸有故障。

（2）使用断路器盒诊断故障

① 断路器盒是可以方便检查 ECM、各传感器和执行器的接头销、线束断路、短路或类似故障的工具（这些故障一般难以检查）。施加在 ECM 销上的电压和电流通过断路器盒，并可用数字万用表（5-8840-2691-0）测量。使用诊断工具和万用表可以进行更可靠的保养检查。

检查并测量 ECM 电压和电流时，使用断路器盒和适用于检查主机的接头线束。对 ECM 进行检查和测量时，由于 ECM 有可能损坏，因此作业前需确认接头销位置。诊断步骤中的 ECM 插销编号和断路器盒插销编号应匹配，见图 5-17。

② 断路器盒连接方法。拆卸和安装接头前将点火开关转到"OFF"。

a. 从 ECM 上断开 ECM 接头。

b. 将接头线束接头连接至 ECM。

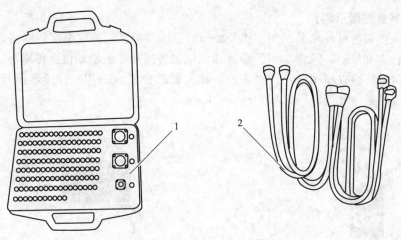

图 5-17　断路器盒匹配线束

1—断路器盒；2—接头线束

c. 将 ECM 接头连接至接头线束。

d. 将接头线束连接至断路器盒。

断路器盒与 ECM 连接示意图如图 5-18 所示。

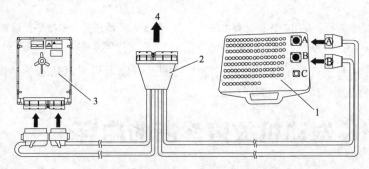

图 5-18　断路器盒与 ECM 连接示意图

1—断路器盒；2—接头线束；3—ECM；4—至主机侧线束

将接头线束连接至断路器盒时注意以下要点：错误连接会损坏 ECM；连接接头线束侧和断路器盒上编号相同的接头，见图 5-19；连接接头时，将接头盒断路器盒上的凹槽对准。

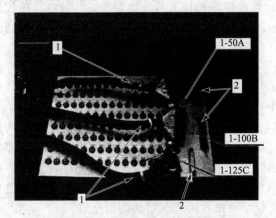

图 5-19　断路器盒接头编号

1—接头编号（接头线束）；2—接头编号（断路器盒）

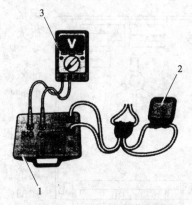

图 5-20　断路器盒与数字万用表连接检查电压

1—断路器盒；2—ECM；3—数字万用表

③ 断路器盒使用示例。

a. 电压检查和测量，见图 5-20。涉及冷却液温度传感器、进气温度传感器等。

b. 电阻检查和测量，见图 5-21。涉及曲轴位置传感器、凸轮轴位置传感器、SCV 等。

c. 使用示波器检查和测量，见图 5-22。涉及曲轴位置（CKP）传感器信号、凸轮轴位置（CMP）传感器信号等。

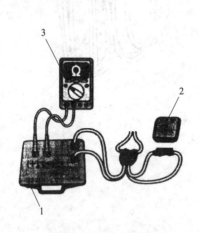
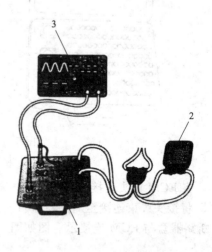

图 5-21　断路器盒与数字万用表连接检查电阻　　　　图 5-22　断路器盒与数字万用表连接检查示波

1—断路器盒；2—ECM；3—数字万用表　　　　　　　1—断路器盒；2—ECM；3—示波盒

注意：检查和测量过程中如果断路器盒上的测量电缆干扰或测量端子错误，可能会损坏 ECM 和各传感器。作业时，应尤其注意。

5.3　4HK 发动机故障诊断的内容

5.3.1　控制系统的故障诊断

（1）ECM 的故障诊断

① ECM 随时监控各种传感器所发送的信息，控制各个动力传动系统。ECM 对系统功能进行诊断，检测系统操作时的故障，并通过诊断灯向操作人员发出警告，并且将故障代码记忆下来。诊断故障代码可以识别发生故障的区域，以帮助维修人员进行维修作业，见图 5-23。

检查 ECM 及其组成零件是否可提供卓越的性能、改善燃油效率并可使尾气保持在规定范围内。ECM 通过传感器，如曲轴位置（CKP）传感器，监控发动机各种功能。

因 ECM 具有极大的电阻，所以 ECM 可向各种开关盒传感器提供标准电压。实际上，施加到回路上的电压很低，即使测试灯连接到回路上也可能不会亮起。一般情况下，修理厂所用的伏特表输入阻抗过低，因此不能显示精确的度数。使用 $10M\Omega$ 输入阻抗数字测试仪可得到精确的电压值。

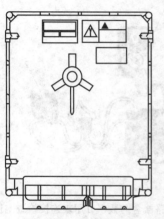

图 5-23　ECM 控制器

电控可擦除可编程只读存储器（EEPROM）含有用于 ECM 的必要程序和校正信息，以控制传动系统的操作。EEP-

ROM 有故障时应更换 ECM。

校正 ECM 传动系统控制程序的信息有以下项目内容：发动机型号、发动机编号、诊断故障代码。

校正汽缸间隔值的内容有：QR、燃油喷射量调整、EGR 校正值。

② ECM 的拆卸要点如下。

a. 将点火开关转到 "OFF"。

b. 断开电瓶负极端子。

c. 为方便拆卸，应拆下 ECM 周围的零件（继电器等）。

d. 从 ECM 上拆下 ECM 接头（81 销、40 销接头）。

e. 松开安装螺栓、螺母并拆下 ECM，安装方法和位置根据主机的不同而不同。

③ ECM 的安装步骤与拆卸步骤相反。更换 ECM 后，一定要进行 EGR 阀位置校正。

a. 将点火开关转到 "ON"。

b. 将点火开关转到 "OFF"。

c. 机器在此状态时等待约 10s。

如果不进行 EGM 阀位置校正，则可能检测到 EGR 诊断故障代码。

④ 将 ECM 电源切换到 "OFF"。将点火开关转到 "OFF" 后等待约 10s，因为 ECM 的电源尚未换到 "OFF"。点火开关转到 "OFF" 等待至少 10s，ECM 的电源切换到 "OFF" 后才能进行操作（如清除记忆），如图 5-24 所示。

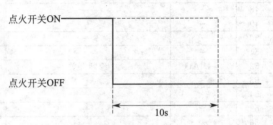

图 5-24 点火开关转换

⑤ ECM 维修注意事项。使用零件编号与主机相符的 ECM。焊接主机前，一定要断开电瓶负极端子。ECM 可承载操作主机所用的正常耗电。不要使回路过载。进行断路和短路测试时，除非另行规定，否则不要将 ECM 回路接地或对其施加电压。进行这些测试时，一定要使用数字测试仪。

（2）控制模块配线图

① 发动机控制模块（ECM）配线图 如图 5-25 所示。

② 发动机控制模块（ECM）的分布 如图 5-26 所示。

③ 81 插接头 见表 5-9。

表 5-9 81 插接头

销编号	端子总成	连接	销编号	端子总成	连接
1	PG-POWER	GND	15	—	—
2	PS-+B	电源	16	—	—
3	PG-POWER	GND	17	OS-OILPI	发动机机油压力灯
4	PG-POWER	GND	18	CC-CAN-H	CAN-HIGH
5	PS-+B	电源	19	—	—
6	—	—	20	—	—
7	OS-BOOSTL	增压后进气温度传感器先导灯	21	OS-MAINR	ECM 主继电器
8	—	—	22	—	—
9	—	—	23	—	—
10	OS-GLOWR	预热继电器	24	IS-IGKEY	点火开关 ON 信号
11	—	—	25	—	—
12	—	—	26	—	—
13	—	—	27	—	—
14	—	—	28	—	—

续表

销编号	端子总成	连接	销编号	端子总成	连接
29	—	—	57	—	—
30	—	—	58	—	—
31	—	—	59	—	—
32	—	—	60	SG-5VRT2	大气压力传感器、进气温度传感器 GND
33	—	—			
34	—	—	61	SP-5V2	大气压力传感器电源
35	—	—	62	PG-SIGN	GND
36	—	—	63	—	—
37	—	CAN-LOW	64	—	—
38	—	数据链路连接器	65	—	—
39	CC-CAN-L	—	66	—	—
40	OSKW2000	ECM 主继电器	67	IA-OILPRESS	油压传感器信号
41	—	—	68	—	—
42	—	—	69	—	—
43	PG-SIGH	GND	70	—	—
44	—	—	71	IA-BARO	大气压力传感器信号
45	—	—	72	IA-IAT	进气温度传感器信号
46	IS-START	点火开关启动信号	73	—	—
47	ENGSTP	发动机停机开关	74	IA-THBST	增压后进气温度信号
48	—	—	75	—	—
49	—	—	76	—	—
50	—	—	77	—	—
51	—	—	78	—	—
52	IS-DIAG	诊断开关	79	SG-5VRT3	油压传感器、燃油温度传感器、冷却液温度传感器 GND
53	—	—			
54	—	—	80	SP-5V3	油压传感器电源
55	—	—	81	PG-CASE	GND
56	—	—			

④ 40 插接头　见表 5-10。

表 5-10　40 插接头

销编号	端子名称	连接	销编号	端子名称	连接
82	IA-PFUEL	共轨压力传感器信号	103	OM-EBM2	EGR 阀 DC 伺服马达电源输入 V
83	IA-THL	燃油温度传感器信号	104	—	—
84	IA-THW	冷却液温度传感器信号	105	OS-SCVHi	SCVHi 驱动
85	—	—	106	IF-CRANK−	曲轴位置(CKP)传感器
86	—	—	107	IF-CRANK+	曲轴位置(CKP)传感器
87	SP-SV5	共轨压力传感器电源	108	SG-SLD4	曲轴位置(CKP)传感器壳
88	—	—	109	SG-5VRT4	增压后进气压力传感器、冷却液温度传感器、燃油温度传感器 GND
89	IA-SCVLO	SCVLO 驱动			
90	IA-PFUEL	共轨压力传感器信号	110	OM-EBM3	EGR 阀 DC 伺服马达电源输入 W
91	IA-BPRESS	增压后进气压力传感器信号	111	OM-EBM1	EGR 阀 DC 伺服马达电源输入 U
92	IA-EMBPOS3	EGR 阀 EGR 传感器 W	112	—	—
93	IA-EBMPOS2	EGR 阀 EGR 传感器 V	113	OS-SCVHi	SCVHi 驱动
94	IA-EBMPOS1	EGR 阀 EGR 传感器 U	114	OS-INJ5	2 号喷油器
95	SP-5V4	增压后进气压力传感器电源	115	OS-INJ6	4 号喷油器
96	—	—	116	OP-COM2	喷油器电源 2(2 号汽缸、3 号汽缸)
97	IA-SCVLO	SCVLO 驱动	117	OS-COM2	3 号喷油器
98	IF-CAMHAL	凸轮轴位置(CMP)传感器信号	118	—	—
99	SP-CAMHAL	凸轮轴位置(CMP)传感器信号	119	OS-INJ1	1 号喷油器
100	SG-SLD5	凸轮轴位置(CMP)传感器、共轨压力传感器壳	120	—	—
101	SG-5VRT5	共轨压力传感器 GND	121	OP-COM1	喷油器电源 1(1 号汽缸、2 号汽缸、3 号汽缸)
102					

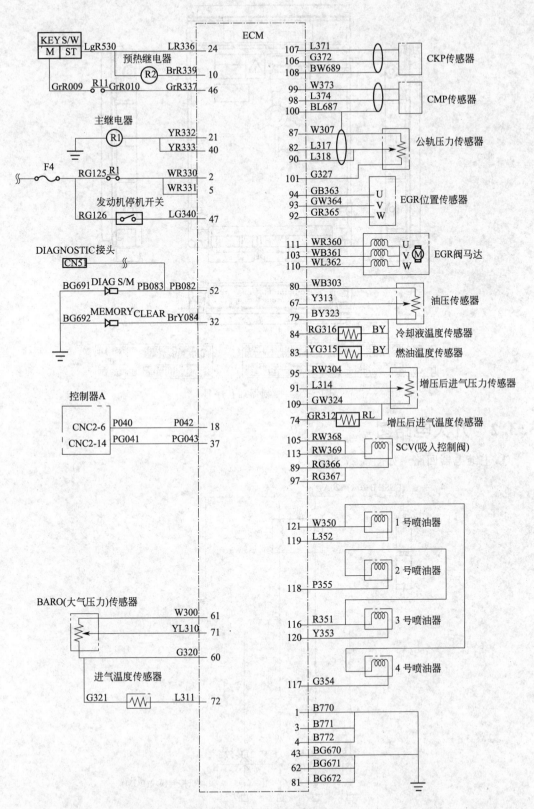

图 5-25 发动机控制模块配线图

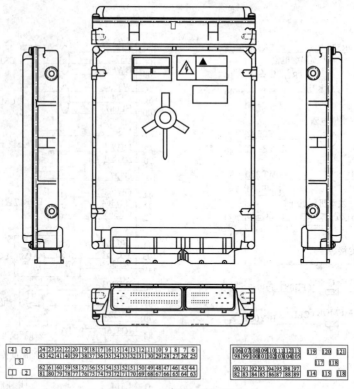

图 5-26　控制器插孔序号

5.3.2　九大电路图

① 主继电器回路　如图 5-27 所示。

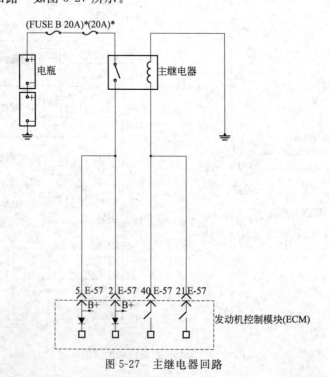

图 5-27　主继电器回路

② 启动机、预热回路 如图 5-28 所示。

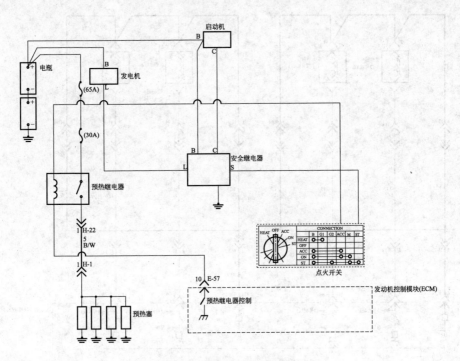

图 5-28 启动机、预热回路

③ CAN、GND、DLC 回路 如图 5-29 所示。

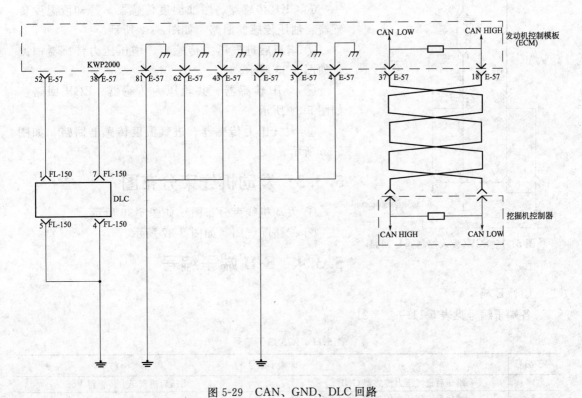

图 5-29 CAN、GND、DLC 回路

④ 喷油器回路 如图 5-30 所示。

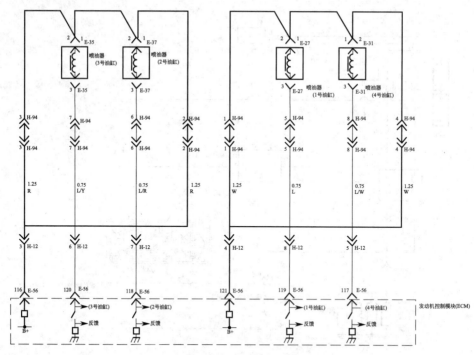

图 5-30 喷油器回路

⑤ SCV（吸入控制阀）回路 如图 5-31 所示。

⑥ CKP 传感器、燃油温度传感器、冷却液温度传感器、油压传感器回路 如图 5-32 所示。

⑦ 增压后进气压力传感器、增压压力传感器回路 如图 5-33 所示。

⑧ CMP 传感器、共轨压力传感器、EGR 回路 如图 5-34 所示。

⑨ 大气压力传感器、进气温度传感器回路 如图 5-35 所示。

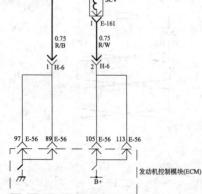

图 5-31 SCV（吸入控制阀）回路

5.3.3 发动机线束分布图

① 发动机线束分布图 如图 5-36 所示。

② 线路配置图 如图 5-37 所示。

5.3.4 E-H 端子编号

（1）E 码

各端子编号见表 5-11～表 5-21。

表 5-11 E75 端子编号

端子编号	名　称	端子编号	名　称
1	增压后进气压力传感器 GND	3	增压后进气压力传感器 Vcc
2	增压后进气压力传感器 Vout		

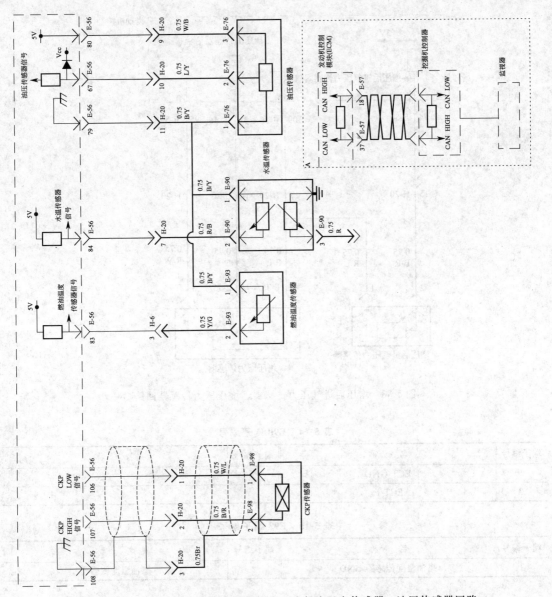

图 5-32 CKP 传感器、燃油温度传感器、冷却液温度传感器、油压传感器回路

表 5-12 E76 端子编号

端子编号	名 称	端子编号	名 称
1	油压传感器 GND	3	油压传感器 Vcc
2	油压传感器 Vout		

表 5-13 E80 端子编号

端子编号	名 称	端子编号	名 称
1	EGR Vcc	5	EGR GND
2	EGR 传感器 W	6	EGR 马达 W
3	EGR 传感器 V	7	EGR 马达 V
4	EGR 传感器 U	8	EGR 马达 U

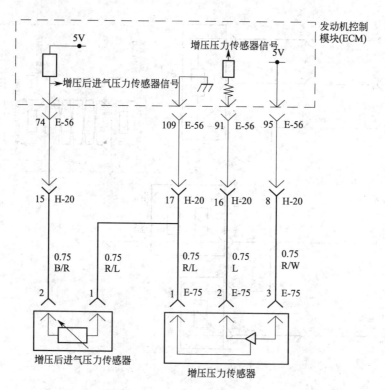

图 5-33　增压后进气压力传感器、增压压力传感器回路

表 5-14　E90 端子编号

端子编号	名　称	端子编号	名　称
1	ECT GND	3	ECT(仪表)
2	ECT+		

表 5-15　E93 端子编号

端子编号	名　称	端子编号	名　称
1	燃油温度传感器 GND	2	燃油温度传感器

表 5-16　E98 端子编号

端子编号	名　称	端子编号	名　称
1	CKP+	2	CKP GND

表 5-17　E112 端子编号

端子编号	名称	端子编号	名称
1	CMP 壳	3	CMP+
2	CMP GND		

表 5-18　E113 端子编号

端子编号	名　称	端子编号	名　称
1	共轨压力传感器 GND	3	共轨压力传感器 Vcc
2	共轨压力传感器 Vout		

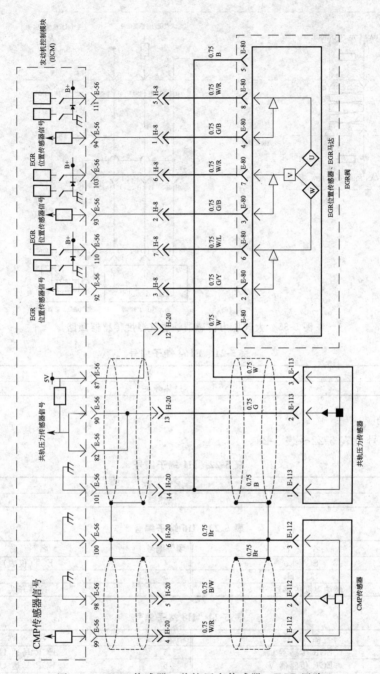

图 5-34 CMP 传感器、共轨压力传感器、EGR 回路

表 5-19 E161 端子编号

端子编号	名 称	端子编号	名 称
1	SCV-Hi	2	SCV-Lo

表 5-20 E163 端子编号

端子编号	名 称	端子编号	名 称
1	增压后进气压力传感器 GND	2	增压后进气压力传感器 ＋

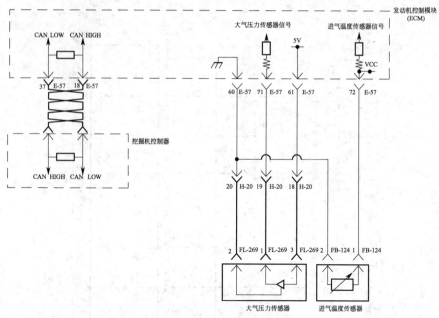

图 5-35   大气压力传感器、进气温度传感器回路

表 5-21   E164 端子编号

端子编号	名 称
1	过热开关

（2）H 码

各端子编号见表 5-22～表 5-28。

表 5-22   H1 端子编号

端子编号	名 称
1	预热塞

表 5-23   H6 端子编号

端子编号	名 称	端子编号	名 称
1	SCV-Lo	4	ECT(仪表)
2	SCV-Hi	5	—
3	燃油温度传感器 ＋	6	过热开关

表 5-24   H8 端子编号

端子编号	名 称	端子编号	名 称
1	EGR 传感器 U	5	EGR 马达 U
2	EGR 传感器 V	6	EGR 马达 U
3	EGR 传感器 W	7	EGR 马达 W
4	—	8	—

表 5-25   H12 端子编号

端子编号	名 称	端子编号	名 称
1	—	7	OS-INJ4 信号/喷油器 2
2	—	8	OS-INJ1 信号/喷油器 1
3	喷油器电源 2	9	—
4	喷油器电源 1	10	—
5	OS-INJ3 信号/喷油器 4	11	—
6	OS-INJ2 信号/喷油器 3	12	—

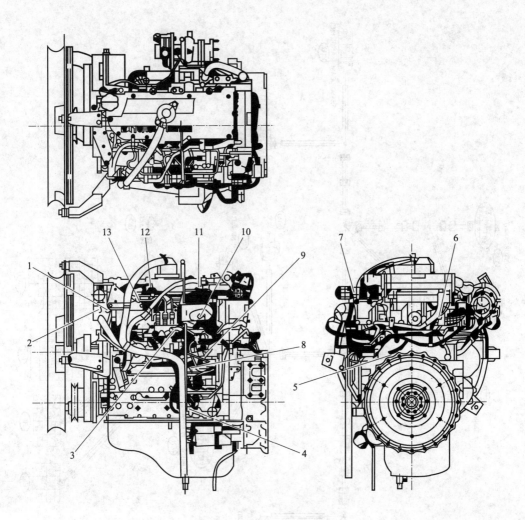

图 5-36 发动机线束分布图

1—水温传感器；2—过热开关；3—共轨压力传感器；4—油压传感器；5—CKP 传感器；6—CMP 传感器；
7—EGR 位置传感器；8—SCV；9—燃油温度传感器；10—增压后进气温度传感器；11—增压后进气压力传
感器；12—喷油器；13—预热塞

表 5-26 H20 端子编号

端子编号	名　　称	端子编号	名　　称
1	CKP+	11	油压传感器 GND
2	CKP GND	12	共轨压力传感器 Vcc
3	CKP 壳	13	共轨压力传感器 Vout
4	CMP+	14	共轨压力传感器 GND
5	CMP GND	15	增压后进气压力传感器+
6	CMP/共轨压力传感器壳	16	增压后进压力传感器 Vout
7	ECT+	17	增压后进气压力传感器 GND
8	增压后进气压力传感器 Vcc	18	—
9	油压传感器 Vcc	19	—
10	油压传感器 Vout	20	—

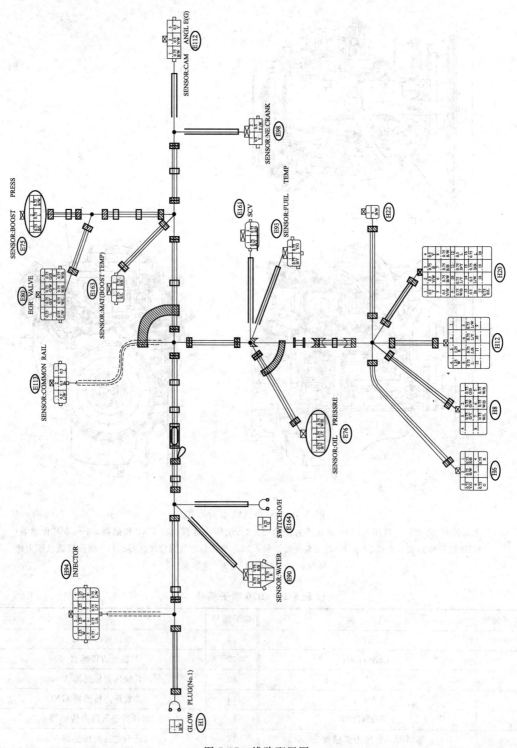

图 5-37　线路配置图

表 5-27　H22 端子编号

端子编号	名　称
1	预热塞

表 5-28　H94 端子编号

端子编号	名　　　　称	端子编号	名　　　　称
1	喷油器电源 1	5	OS-INJ1 信号/喷油器 1
2	喷油器电源 2	6	OS-INJ4 信号/喷油器 2
3	喷油器电源 2	7	OS-INJ2 信号/喷油器 3
4	喷油器电源 1	8	OS-INJ3 信号/喷油器 4

（3）汽缸盖罩插头（图 5-38）。

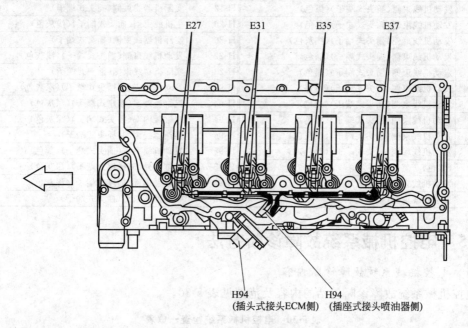

图 5-38　汽缸盖罩插头

（4）H94 接头（图 5-39）。

各接头信息见表 5-29。

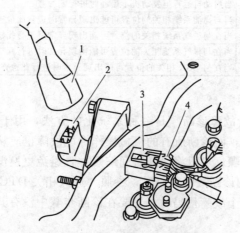

图 5-39　发动机线束接头位置图

1—发动机线束侧接头；2—汽缸盖外部接头；

3—汽缸盖内部接头；4—喷油器线束侧接头

表 5-29　接头一览表

编号	接头正面	编号	接头正面
E-27	喷油器 1(银色)	FL-269	发动机线束侧(插头式端子)
E-29	喷油器 2(银色)	H-1	(银色)
E-31	喷油器 3(银色)	H-6	发动机线束侧(插头式端子)(黑色)
E-33	喷油器 4(银色)	H-6	发动机线束侧(插头式端子)
E-56	主机线束侧(插座式端子)(黑色)	H-8	发动机线束侧(插头式端子)(黑色)
E-57	主机线束侧(插座式端子)(黑色)	H-8	实际机器线束侧(插头式端子)
E-75	发动机线束侧(插头式端子)(黑色)	H-12	发动机线束侧(插头式端子)(黑色)
E-76	发动机线束侧(插头式端子)(黑色)	H-12	实际机器线束侧(插头式端子)
E-80	发动机线束侧(插头式端子)(黑色)	H-20	主机线束侧(插头式端子)(浅灰色)
E-90	发动机线束侧(插头式端子)(浅灰色)	H-20	实际机器线束侧(插头式端子)
E-93	发动机线束侧(插头式端子)(绿色)	H-22	发动机线束侧(插头式端子)(浅灰色)
E-98	发动机线束侧(插头式端子)(黑色)	H-22	实际机器线束侧(插头式端子)
E-112	发动机线束侧(插头式端子)(黑色)	H-94	发动机线束侧(插头式端子)(深灰色)
E-113	发动机线束侧(插头式端子)(黑色)	H-94	汽缸盖外部(插座式端子)(深灰色)
E-114	发动机线束侧(插头式端子)(黑色)	H-94	汽缸盖内部(插座式端子)(深灰色)
E-161	发动机线束侧(插头式端子)(浅灰色)	H-94	喷油器线束侧(插头式端子)
E-163	发动机线束侧(插头式端子)(黑色)	H-95	发动机线束侧(插头式端子)(灰色)
E-164	(银色)	H-95	汽缸盖外部(插座式端子)(深灰色)
FB-124	发动机线束侧(插头式端子)(黑色)	H-95	汽缸盖内部(插座式端子)(深灰色)
FL-150	发动机线束侧(插头式端子)	H-95	喷油器线束侧(插头式端子)

5.3.5　电控机械系统故障诊断方法

（1）电控机械系统故障诊断内容

电控机械系统故障诊断包括的内容及范围见表 5-30。

表 5-30　电控机械系统检查一览表

调　查	此步骤是依据客户所述以及适当的诊断对故障症状进行深入了解
通过维修帮助进行故障诊断	通过检查以确定发动机控制系统故障位置(检查步骤)
检查启动回路系统	当启动机不运行时进行操作
检查启动系统	当启动机运行但发动机不启动时进行此检查
检查燃油系统	当与燃油系统相关的位置可能出现异常时进行此检查(检查步骤)
检查进气系统	当在与进气系统相关的位置可能出现异常时进行此检查(检查步骤)
检查排气系统	当在与排气系统相关的位置可能出现异常时进行此检查(检查步骤)
检查 EGR 控制系统	当在与 EGR 相关的位置可能出现异常时进行此检查(检查步骤)

（2）检查前注意事项

① 通过维修帮助进行故障诊断　是一种系统化的方法，用于确认由于发动机控制系统的功能缺陷而导致的故障，而诊断所有的机械操作性能故障也应从此系统方法入手。

通过有效利用诊断步骤，可以将诊断时间缩短并且避免更换没有损坏的零部件。

② 测试说明　检测到诊断故障代码时，参照"进入相关 DTC 诊断"并进行恰当的故障代码的诊断。当检测出多个故障代码时，只要在诊断步骤中没有其他指示，就从故障代码的最小数起进行诊断。

③ 通过维修帮助进行故障诊断的注意事项

a. 机械操作没有报错时，只要在其他项目中没有其他指示，就不要进行此诊断步骤。

b. 在开始诊断前，检查维修信息。

c. 只要在诊断步骤中不存在其他指示,就不要删除诊断故障代码。

d. 需要将电瓶充满电。

e. 确保电瓶电缆保持在正常状态,并且必须牢固连接。

f. ECM 的接地端必须牢固地连接在正确的位置。

诊断故障步骤见表 5-31。

表 5-31　诊断故障步骤

步骤	措　施	是	否
1	1. 将点火开关转到"ON" 2. 确认诊断故障代码 注意:由于在"ELEC,PROBLEM"中一些诊断故障代码并不显示,因此确保进行确认 3. 诊断故障代码是否显示	进到相关诊断故障代码显示	进到步骤 2
2	将点火开关转到"START"位置。启动机是否运行	进到步骤 3	进到"检查启动回路系统"
3	将点火开关转到"START"位置。发动机是否运行	进到步骤 4	进到"检查启动系统"
4	检查并确认是否检测到任何诊断故障代码	进到相关故障代码检测	进到步骤 5
5	检查是否有以下故障: (1)发动机失速 (2)发动机"喘振",怠速不稳定 (3)发动机输出功率不足,转动故障,发动机"喘抖" (4)在排气中有大量白色烟 (5)在排气中有大量黑色烟 (6)不能调节怠速转速 (7)不能降低怠速转速 是否检测到故障	进到相关故障现象检测	系统正常

(3) 启动机安全继电器控制的检查

启动机继电器电路如图 5-40 所示。

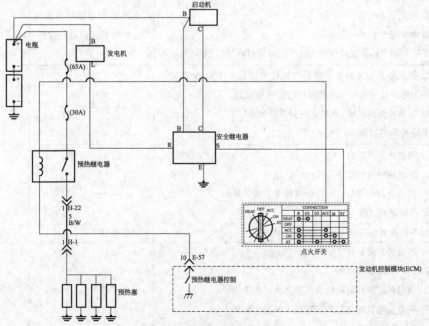

图 5-40　启动机继电器电路

① 回路说明。点火开关转到"START"位置时，ECM将启动机继电器切换到"ON"。启动机继电器位于"ON"时，启动机运行以启动发动机。

② 诊断帮助。如果检测到间歇性故障，有可能是以下原因中的一项：

a. 线束接头连接故障；

b. 线束线路故障；

c. 由于摩擦力导致线束外皮损坏；

d. 线束外皮内的导线断路。

为了检测原因，需要进行以下检查：

a. 线束接头和ECM连接器接头故障；

b. 端子从连接器上脱落；

c. 不匹配的端子连接；

d. 接头锁止损坏；

e. 端子和导线连接故障；

f. 线束损坏；

g. 检查外观以检查是否有任何线束损坏。

当移动传感器的接头或线束，确认监视器数据指示的相关项目显示。显示更改则表明故障位置。

③ 测试说明。启动电路检查步骤见表5-32。

④ 如果检测到这些DTC，则发动机不能启动。

⑤ ECM无法识别点火开关，转到"START"位置时，启动机切断继电器"OFF"。因此，启动机继电器将无法转到"ON"。

表 5-32　启动电路检查步骤（一）

步骤	措　施	是	否
1	1. 将紧急停机开关转到"OFF" 2. 将点火开关转到"ON" 3. 确认诊断故障代码 是否检测到诊断故障代码0340、0341、0615、1345或1625	进到诊断步骤对检测到的诊断故障代码进行检测	进到步骤2
2	1. 使用断路器断路盒或回路测试仪检测点火开关和ECM之间的回路中是否出现以下状况：断路，高电阻值 2. 如果检测到故障，则根据需要进行维修 是否检测到故障	进到步骤9	进到步骤3
3	1. 将点火开关转到"OFF" 2. 拆下启动机切断继电器 3. 检查启动机切断继电器开关侧端子间的导通 是否检测到故障	·进到步骤4	进到步骤5
4	拆下启动机切断继电器，措施是否完成	进到步骤7	—
5	1. 将点火开关转到"OFF" 2. 拆下启动机继电器 3. 将电瓶连接到启动机继电器电磁线圈侧端子 4. 检查启动机继电器开关侧端子间是否导通 是否检测到故障	进到步骤6	进到步骤7

续表

步骤	措 施	是	否
6	更换启动机继电器,步骤是否完成	进到步骤10	—
7	将点火开关转到"START"位置。启动机是否运行	进到诊断帮助	进到步骤8
8	1. 检查在以下所列的回路中是否存在断路或高电阻: (1)点火开关盒启动机切断继电器之间 (2)启动机和安装继电器之间 (3)启动机切断继电器盒接地之间 (4)启动机切断继电器盒保险丝之间 2. 如果检测到故障,则根据需要进行维修 是否检测到故障	进到步骤11	进到步骤9
9	检查发动机的电子系统。如果检测到故障,则根据需要进行维修 是否检测到故障	进到步骤13	进到步骤10
10	是否存在EMPS	进到步骤11	进到步骤13
11	1. 检查ECM软件版本 2. 如果需要更新ECM软件版本,则进行重新写入 注意:进行ECM更换或重新写入时,执行EGR习得 措施是否完成	进到步骤13	进到步骤12
12	更换ECM 注意:进行ECM更换或重新写入时,执行EGR习得 措施是否完成	进到步骤13	—
13	将点火开关转到"START"位置。启动机是否运行	检查维修并进到"通过维修支持进行故障诊断"	进到步骤1

（4）断路器盒的检查

对于断路器盒按照以下步骤进行检查。检查后返回诊断步骤,见图5-41和表5-33。

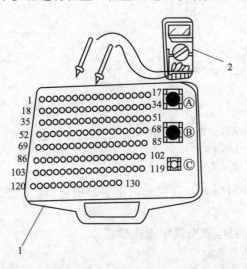

图 5-41　断路器盒诊断
1—断路器盒；2—回路测试仪

表 5-33　断路器盒诊断步骤

步骤	检查项目	检查方法	测量条件	测量端子编号	正常数值	异常数值
1	断路/高电阻值	电阻值测量	点火开关转到"OFF"	46-点火开关"START"	100Ω 或更低	10MΩ 或更高
2	GND 断路	电阻值测量	点火开关转到"OFF"	46-接地	10MΩ 或更高	100Ω 或更低
3	断路/高电阻值	电阻值测量	点火开关转到"OFF" 继电器单元	启动机切断继电器开关侧端子	100Ω 或更低	10MΩ 或更高
4	断路/高电阻值	电阻值测量	点火开关转到"OFF" 继电器单元 继电器 ON	启动机继电器开关侧端子	100Ω 或更低	10MΩ 或更高

主机上传感器的检查步骤，见图 5-42 所示断路器盒与发动机线束连接示意图。

① 断开中间接头并通过发动机线束接头进行传感器检查。

② 将接头从传感器断开并将传感器接头配线短路。

③ 通过中间接头检查线束断路。

如果在步骤①和步骤②中存在异常，则维修线束并从步骤①再次进行检查。

如果仅在步骤①中存在异常，则更换传感器。

（5）启动系统的检查

启动电路图见图 5-43。

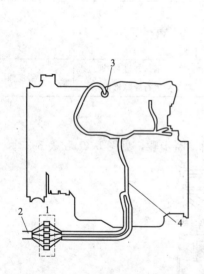

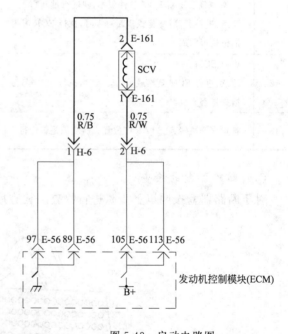

图 5-42　断路器盒与发动机线束连接示意图
1—中间接头；2—主机线束；
3—传感器接头；4—发动机线束

图 5-43　启动电路图

① 检查启动系统。可以用来寻找发动机不启动的原因。以下项目是进行此诊断的前提条件：

a. 电瓶完全充满电并且电瓶电缆牢固连接；

b. 转动时发动机转速正常；

c. 加注足够量的燃油；

d. 空气没有与燃油混合；

e. 空气滤清器滤芯和燃油滤清器不存在异常；

f. 使用正确的燃油。

注意：如果检测到与燃油系统相关的诊断故障代码，首先进行诊故障代码诊断。

② 诊断帮助。如果存在与 CKP 传感器和 CMP 传感器的故障代码，除非清除记忆，否则发动机将不会启动。

如果检测到间歇性故障，有可能是以下原因中的一项：

a. 线束接头连接故障；

b. 线束线路故障；

c. 由于摩擦力导致线束外皮损坏；

d. 线束外皮内的导线断路。

为了检测原因，需要进行以下检查：

a. 线束接头和 ECM 连接器接头故障；

b. 端子从连接器上脱落；

c. 不匹配的端子连接；

d. 接头锁止损坏；

e. 端子和导线连接故障。

③ 测试说明。启动电路检查步骤见表 5-34。

④ 如果 SCV-LOW 回路接地短路，则 SCV 驱动电流不会高于 900 mA。

⑤ 如果 SCV 接头断开时发动机启动，则在 SCV 系统中可能存在异常。如果发动机不启动，则在燃油系统中可能存在故障。

⑥ 检查每个传感器和喷油器的信号和操作。

表 5-34　启动电路检查步骤（二）

步骤	措　　施	是	否
1	是否安装紧急停机开关	将开关转到"OFF"并进到步骤2	进到步骤2
2	1. 将点火开关转到"ON" 2. 将发动机转动15s 3. 确认诊断故障代码 是否检测到诊断故障代码	进到该步骤对检测到的诊断故障代码进行检测	进到步骤3
3	1. 诊断 ECM 和 SCV 间的 SCV-LOW 回路 2. 如果检测到故障，则根据需要进行校正回路 措施是否完成	进到步骤4	—
4	1. 检查以下所列异常现象是否出现： (1)发动机机械正时差 (2)飞轮安装位置故障 (3)进气系统中的严重堵塞 (4)排气系统中的严重堵塞 2. 如果检测到故障，则根据需要进行维修	进到步骤5	—
5	1. 删除诊断故障代码 2. 将点火开关转到"OFF"至少10s 3. 启动发动机 是否检测到故障	进到步骤6	进到步骤3
6	确认诊断故障代码,是否检测到诊断故障代码	进到诊断标准对检测到的诊断故障代码进行检测	检查维修并进到"通过维修支持进行故障诊断"

（6）燃油系统的检查

燃油系统图见图 5-44。

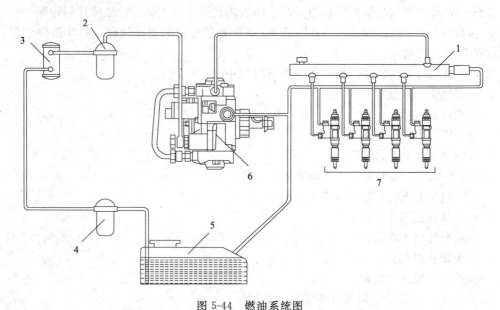

图 5-44　燃油系统图

1—共轨；2—燃油滤清器；3—电磁泵；4—预滤器；5—燃油箱；6—输油泵；7—喷油器

① 燃油系统。包含燃油箱、燃油滤清器、输油泵、共轨和喷油器，通过燃油管路将其各部分连接。

② 诊断帮助。燃油系统检查步骤见表 5-35。

以下所列各项是燃油系统出现异常现象的主要原因：

a. 空气进入燃油系统；

b. 燃油滤清器堵塞；

c. 燃油管损坏、堵塞或出现连接故障；

d. 燃油箱异常；

e. 输油泵异常；

f. 喷油器异常；

g. 压力限制器异常。

如果检测到间歇性故障，有可能是以下原因中的一项：

a. 线束接头连接故障；

b. 线束线路故障；

c. 由于摩擦力导致线束外皮损坏；

d. 线束外皮内的导线断路。

为了检测原因，需要进行以下检查：

a. 线束接头和 ECM 连接器接头故障；

b. 端子从连接器上脱落；

c. 不匹配的端子连接；

d. 接头锁止损坏；

e. 端子和导线连接故障。

表 5-35　燃油系统检查步骤

步骤	措　施	是	否
1	检查燃油量： 1. 从燃油油箱中排放燃油 2. 注入适量的燃油 3. 进行燃油排气 4. 启动发动机 发动机是否运行	进到步骤 6	进到步骤 2
2	检查燃油量。是否加注足够量的燃油	进到步骤 3	注入燃油并进到步骤 3
3	检查是否有除纯正的燃油滤清器、预滤器或电磁泵外的滤清器或相似物已被增设到主机燃油管路上。是否有增设的滤清器或相似物	进到步骤 4	进到步骤 5
4	1. 拆下增设的滤清器并进行排气。由于耐燃油性变大，所以可能检测到诊断故障代码 1093 和 1094 2. 启动发动机 发动机是否运行	进到步骤 6	进到步骤 5
5	1. 检查燃油滤清器（主、预滤器）是否严重污损或堵塞 2. 检查电磁泵滤清器是否严重污浊或堵塞 3. 如果检测到故障，则根据需要进行清洁或更换 4. 如果可以看见空气已经进入主滤清器中，检查原因并实施应对措施 措施是否完成	进到步骤 6	—
6	1. 检查是否有燃油管损坏、堵塞或出现连接故障 2. 如果检测到故障，则根据需要进行维修 措施是否完成	进到步骤 7	—
7	1. 检查是否出现以下任一燃油箱异常现象： (1)灰尘或类似物进入 (2)燃油管错位或损坏 (3)油箱破裂、损坏 (4)燃油管错位 (5)注油口堵塞 (6)有水进入 2. 如果检测到故障，则根据需要进行维修 措施是否完成	进到步骤 8	—
8	进行燃气排气。措施是否完成	检查维修	—

（7）进排气系统的检查

① 检查进气系统。进气系统包括空气滤清器、涡轮增压器和类似物。空气通过空气滤清器和进气歧管进入发动机，进排气系统检查步骤见表 5-36。

表 5-36　进排气系统检查步骤

步骤	措　施	是	否
1	检查空气滤清器是否严重污浊或堵塞。是否检测到故障	进到步骤 2	进到步骤 3
2	清洁或更换空气滤清器。措施是否完成	进到步骤 3	—
3	1. 检查进气管路是的破损、损坏或漏气 2. 检查进气管是否是纯正零件，零件是否有管路弯曲或不正确而造成进气阻力增加 3. 检查是否存在止回阀故障 是否检测到故障	进到步骤 4	进到步骤 5

续表

步骤	措　施	是	否
4	维修或更换进气管路或止回阀。措施是否完成	进到步骤5	—
5	1. 检查涡轮增压器： (1) 涡轮轴是否出现任何不正常的"咔嗒"声 (2) 是否漏油 措施是否完成	进到步骤6	进到步骤7
6	维修或更换涡轮增压器。措施是否完成	进到步骤7	—
7	维修主机。措施是否完成	检查维修	—

图 5-45 所示为 EGR 阀中的簧片阀。

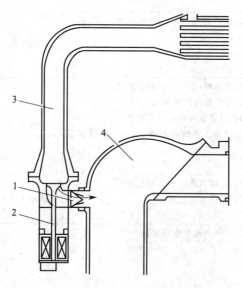

图 5-45　EGR 阀中的簧片阀
1—簧片阀；2—EGR 阀；3—排气阀；4—进气阀

如果簧片阀破损，则进气通道会破坏空燃比（A/F），从而导致输出减少，故应检查簧片阀是否变形或破损。

② 检查排气系统。排气系统包括排气管和尾管。排气系统检查步骤见表 5-37。

表 5-37　排气系统检查步骤

步骤	措　施	是	否
1	检查排气管和尾管是否破损、损坏和漏气。是否检测到故障	进到步骤2	进到步骤3
2	维修或更换排气管或尾管。措施是否完成	进到步骤3	—
3	维修主机。措施是否完成	检查维修	—

（8）EGR 系统的检查

EGR 系统电路图见图 5-46。

① 回路说明。ECM 根据发动机转速、发动机冷却液温度、进气温度、燃油喷射量和大气压力来控制 EGR 阀。EGR 马达驱动 EGR 阀，并且 EGR 传感器检测 EGR 阀的开度。EGR 诊断故障检查步骤见表 5-38。

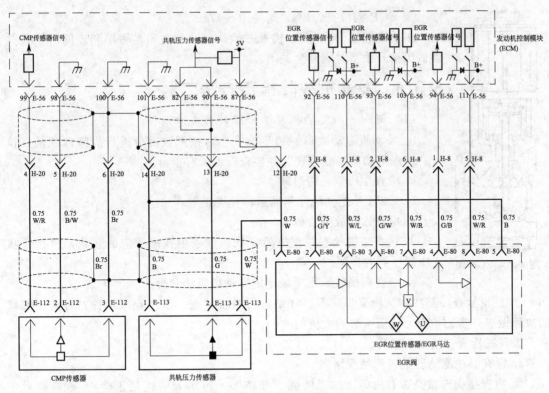

图 5-46 EGR 系统电路图

表 5-38 EGR 诊断故障检查步骤

步骤	措 施	是	否
1	1. 将点火开关转到"ON" 2. 确认诊断故障代码 是否检测到诊断故障代码	进到该诊断步骤对检测到的诊断故障代码进行检测	进到步骤 2
2	1. 拆下 EGR 阀 2. 检查 EGR 是否出现卡滞、堵塞或类似状况 3. 如果检测到故障，则根据需要进行维修 是否检测到故障	进到步骤 3	系统正常
3	更换 EGR 阀。如果已经进入 EGR 阀或 ECM 更换，则必须根据以下步骤进行 EGR 阀位置习得，如果没有执行步骤，可能检测到 EGR 诊断故障代码： 1. 将点火开关转到"ON" 2. 将点火开关转到"OFF" 3. 等待约 10s 措施是否完成	进到步骤 4	—
4	1. 检查 EGR 管中是否有故障或气体泄漏 2. 如果检测到故障，则根据需要进行维修 措施是否完成	进到步骤 5	—
5	1. 将点火开关转到"ON" 2. 确认诊断故障代码 是否检测到诊断故障代码	进到该诊断步骤对检测到的诊断故障代码进行检测	—

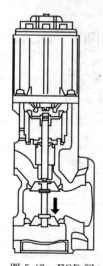

图 5-47 EGR 阀

② EGR 阀检查。EGR 阀见图 5-47。

用手指握住 EGR 阀，检查并确认打开和关闭是否顺利。同时检查并确认当松开手指时阀完全关闭。

5.3.6 发动机故障检查方法二例

（1）例一——发动机启动故障的检查诊断

① 发动机启动故障的初步检查　在按照该部分进行故障诊断前，执行"维修帮助监视器检查"并检查以下所有项目。

a. 检查主机侧是否过载。

b. ECM 和挖掘机控制器运行是否正常。

c. 检查诊断故障代码。

d. 检查主机状态并在故障症状一览表中找出相应的症状，执行症状表中所注明的步骤。

e. 与客户确认采用了规定的发动机机油和燃油。

② 目视检查　某些症状检测步骤需要仔细进行目视检查。该步骤可以省去对需要维修的故障做进一步的检查，从而可节约宝贵的时间。

该目视检查包括以下项目。

a. 检查燃油滤清器是否污浊或堵塞。

b. 检查接头连接是否有故障（如果听到"咔嗒"一声则表明连接正确）。该检查对于 EKP 和 CUP 传感器尤其重要。

c. 检查电瓶端子电压是否偏低。

d. 检查配线连接是否正确、严密或脱离。

e. 检查可从市场上购买的附件电源是否从 ECM 电源分出。

f. 检查 ECM 接地是否脏污并确认其被牢固地安装在正确位置。

g. 检查并确认燃油、进气排气和机油管路软管没有破裂或扭曲，并确认其正确连接。彻底检查是否存在泄漏或堵塞。

h. 检查燃油系统中是否存在燃油泄漏以及管路损坏和凹痕。

i. 检查进气系统零件异常。

j. 检查排气系统零件异常。

③ 诊断帮助　如果 CKP 传感器异常，发动机应当以至少 60r/min 的速度转动至少 14s，因为需要旋转至少 14 次才能诊断出异常状况。

在发动机低速旋转时，无法检测到 CKP 传感器故障的诊断故障代码。对于间歇性故障，提高发动机转速至最高，检查是否能检测到 CKP 传感器相关的诊断故障代码。包括以下项目：

a. 燃油系统异常（燃油切断、燃油冻结、空气进入燃油管路）、滤清器异常（主滤清器、网格堵塞）、管路异常、燃油质量、燃油箱（碎屑、燃油吸入异常）；

b. 进气系统异常（滤清器堵塞、进气管路异常）；

c. 输油泵异常（无供油压力）；

d. 共轨异常（流量调节器、压力限制器操作/内部密封剂损蚀）；

e. 喷油器异常（燃油不喷射）；

f. 系统因故障停止运行；

g. 发动机主机异常（卡住、压缩压力不足、其他机械故障）；

h. ACG 故障；

i. 与主机侧装置相关的故障（液压泵等）；

j. 购买后安装的电气元件效果（无线装备、作业灯等）；

k. ECM 故障（主机、电源、GND）。

进行检查以查看是否有接头连接故障，异常情况包括线束摩擦或断裂，并检查线束中的配线是否搭到其他回路而产生短路。同时，进行功能诊断检查，检查各个部分的操作和控制，维修任何异常情况。发动机症状检测步骤见表 5-39。

表 5-39　发动机症状检测步骤

步骤	措　施	值	是	否
1	紧急停机开关 LED 灯是否闪烁	—	将开关转到"OFF"并进到步骤 2	进到步骤 2
2	通过维修帮助检查诊断故障代码。是否检查过诊断故障代码	—	进到步骤 3	进到"维修帮助的故障诊断"
3	1. 检查是否检测到任何诊断故障代码 2. 检查是否检测到以下任何诊断故障代码：0335，0336，0340，0341，0601，1261，1262 是否检测到诊断故障代码	—	进到与诊断故障代码相应的检查方法	进到步骤 4
4	1. 检查启动转速 2. 检查并确认发动机以不低于 ECM 判断发动机转动的必要转速启动 启动转速是否达到或高于参考值	60r/min	进到步骤 5	进到步骤 6
5	1. 检查启动转速 2. 检查并确认发动机以不低于发动机启动的必要转速启动（起始点火） 启动转速是否达到或高于参考值	80r/min	进到步骤 7	进到步骤 6
6	进行启动系统检查。措施是否完成	—	进到步骤 7	进到"检查启动系统"
7	采用以下步骤检查燃油系统 1. 在高压和低压管路中,检查是否有连接松动（燃油泄漏）、压损以及堵塞 根据以下步骤进行堵塞检查： (1)燃油滤清器（主燃油滤清器、预滤器、网格滤清器） (2)检查燃油箱（泵滤网） (3)检查燃油系统管路 2. 检查在燃油管路、燃油滤清器和燃油箱中是否有冻结或含有蜡(在寒冷的季节) 注意：如果在主滤清器的滤清器部分发现有不透明雾状体,则应更换燃油,因为这很可能是由于燃油中含有蜡导致的 3. 检查在燃油箱的输油管中是否任何异物而导致堵塞 4. 任何部位发现故障应及时维修或更换零件 措施是否完成	—	进到步骤 8	—
8	检查喷油器 1. 删除诊断故障代码 2. 启动发动机 3. 参照"通过温度来检查喷油器的方法"进行检查 是否存在油缸出现小幅温度变化	—	进到步骤 9	进到步骤 10
9	为出现小幅温度变化的油缸更换喷油器。措施是否完成	—	进到步骤 10	进到步骤 10
10	1. 检查 ACG 2. 检查充电警告在发动机转动时是否亮起 充电警告是否运行	—	进到步骤 17	进到步骤 11

续表

步骤	措　　施	值	是	否
11	更换 ACG,同时,检查充电警告系统,如发现异常应立即维修或更换。措施是否完成	—	进到步骤 12	—
12	1. 检查购买后安装的诸如无线装备、作业灯等电气元件的状态 2. 购买后安装的电气元件的电源转到"OFF"时,发动机是否不启动	—	进到步骤 13	进到步骤 14
13	将电气元件正确安装或者将其拆下。措施是否完成	—	进到步骤 14	—
14	检查发动机机械零件,如果发现异常则进行维修。包括如下项目: (1)压缩压力 (2)阀门系统 (3)喷油器 (4)正时齿轮 (5)与活塞/曲轴相关的部件 措施是否完成	—	进到步骤 15	—
15	是否存在 EMPS	—	进到步骤 16	进到步骤 17
16	1. 检查 ECM 软件版本 2. 如果需要升级 ECM 软件版本,执行重新写入 注意:进行 ECM 更换或重新写入后,执行 EGR 习得 措施是否完成	—	检查维修	进到步骤 17
17	更换 ECM 注意:进行 ECM 更换或重新写入后,执行 EGR 习得 措施是否完成	—	检查维修	进到步骤 3

（2）例二——发动机失速故障的检查诊断

① 初步检查　在进行故障诊断前,执行"维修帮助监视器检查"并检查以下所有项目。

a. 检查主机侧是否过载。

b. 检查 ECM 和挖掘机控制器运行是否正常。

c. 检查诊断故障代码。

d. 如果 CKP 传感器异常,发动机应当以至少 $60r/min$ 的速度转动至少 $14s$,因为需要旋转至少 14 次才能诊断出异常状况。

e. 检查主机状态并在故障症状一览中找出相应的症状,执行症状表中所注明的步骤。

f. 与客户确认采用了规定的发动机机油和燃油。

② 目视检查　某些症状检测步骤需要仔细进行目视检查。该步骤可以省去对需要维修的故障做进一步的检查,从而可节约宝贵的时间。

该目视检查包括以下项目。

a. 检查接头连接是否有故障（如果听到"咔嗒"一声则表明连接正确）。该检查对于 CKP 和 CMP 传感器尤其重要。

b. 检查配线连接是否正确、严密或脱离。

c. 检查可从市场上购买的附件电源是否从 ECM 电源分出。

d. 检查 ECM 接地是否脏污并确认其被牢固地安装在正确位置。

e. 检查并确认燃油、进气排气和机油管路软管没有破裂或扭曲,并确认其正确连接。彻底检查是否存在泄漏或堵塞。

f. 检查燃油系统中是否存在燃油泄漏以及管路损坏和凹痕。

g. 检查进气系统零件异常。

h. 检查排气系统零件异常。

③诊断帮助 燃油系统异常（燃油切断、燃油冻结、空气进入燃油管路）、滤清器异常（主滤清器、网格堵塞）、管路异常、燃油质量、燃油箱（碎屑、燃油吸入异常）。包括以下项目：

a. 进气系统异常（滤清器堵塞、进气管路异常）；

b. 输油泵异常（无供油压力）；

c. 共轨异常（流量调节器或压力限制器激活、密封剂劣化）；

d. 喷油器异常（燃油不喷射）；

e. 系统因故障停止运行；

f. 发动机主机异常（卡住、压缩压力不足及其他机械故障）；

g. ACG故障；

h. 与主机侧装置相关的故障（液压泵等）；

i. 购买后安装的电气元件效果（无线装备、作业灯等）；

j. ECM故障（主机、电源、GND）。

进行检查是否有接头连接故障，异常情况包括线束摩擦或断裂，并检查线束叶的配线是否搭到其他网路而产生短路。同时，进行功能诊断检查，检查各个部分的操作和控制，维修任何异常情况。发动机失速诊断步骤见表5-40。

表5-40 发动机失速诊断步骤

步骤	措　施	是	否
1	首先"通过维修帮助进行故障诊断"。措施是否完成	进到步骤2	—
2	检查并确认主机侧没有过载。任何部位发现故障应及时维修或更换零件 注意:关于检查和维修的信息,参照服务手册 措施是否完成	进到步骤3	—
3	检查电气系统 1. 曲轴旋转14次以上CKP传感器异常才能被诊断。在曲轴以60r/min或更高的转速下运行至少14s的情况下或将发动机转速提高至最高,进行测试并检查诊断故障代码 2. 检查在ECM、燃油泵、ACG以及电动调整器中接头是否有连接故障或"咔嗒"声 注意:尤其是CKP和CMP传感器接头的连接故障会导致发动机失速,必须听到"咔嗒"一声以确保连接正确 3. 检查线束中是否有断路或短路 4. 任何部位发现故障应及时维修或更换零件 措施是否完成	进到步骤4	
4	1. 检查ACC 2. 检查充电警告在发动机转动时是否亮起 注意:关于充电警告的信息,参照服务手册 充电警告是否运行	进到步骤6	进到步骤5
5	更换ACC,同时,检查充电警告系统,如发现应立即维修或更换。措施是否完成	进到步骤6	—
6	检查购买后安装的诸多无线装备、作业灯等电气元件的状态。购买后安装的电气元件的电源转到"OFF"时,发动机是否失速	进到步骤7	进到步骤8
7	将电气元件正确安装或者将其拆下。措施是否完成	进到步骤8	—

续表

步骤	措　施	是	否
8	采用以下步骤检查燃油系统 　1. 在高压和低压管路中,检查是否有连接松动(燃油泄漏)、压损以及堵塞。根据以下步骤进行堵塞检查: 　(1)燃油滤清器(主燃油滤清器、预滤器、网格滤清器) 　(2)燃油箱(泵滤网) 　(3)燃油系统管路 　2. 检查在燃油管路、燃油滤清器和燃油箱中是否有冻结或含有蜡(在寒冷的季节) 　3. 检查在燃油箱的输油管中是否任何异物而导致堵塞 　4. 任何部位发现故障应及时维修或更换零件 措施是否完成	进到步骤9	—
9	进行进气系统检查。措施是否完成	进到步骤10	进到"检查进气系统"
10	进行排气系统检查。措施是否完成	进到步骤11	进到"检查排气系统"
11	检查发动机机械零件,如果发现异常则进行维修: 　(1)压缩压力 　(2)阀门系统 　(3)喷油器 　(4)正时齿轮 　(5)与活塞/曲轴相关的部件 措施是否完成	进到步骤12	—
12	是否存在EMPS	进到步骤13	—
13	1. 检查ECM软件版本 2. 如果需要升级ECM软件版本,执行重新写入 注意:进行ECM更换或重新写入后,执行EGR习得 措施是否完成	检查维修	—

5.4　发动机 DTC 故障代码

5.4.1　发动机 DTC 故障一览表

DTC故障代码见表5-41。

表 5-41　DTC 故障代码一览表

DTC	DTC 名称	检查项目	DTC 设定的前提条件	DTC 设定条件	故障判断时间	故障表现	原因
0087	共轨压力异常低(输油泵不泵送压力)	共轨压力不能抬升到必需的范围	至少900r/min	实际共轨压力降低至15MPa或更低	大约3s	可能导致发动机大幅振动、怠速不稳、输出功率降低、加速故障、冒黑烟以及输出功率过大 备用:喷射量限制3(多点喷射停止)目标共轨压力上限(80MPa)	1. 燃油系统堵塞(滤芯),管路(软管)等堵塞 2. ECM和共轨压力传感器之间配线故障(短路) 3. 喷油器故障 4. 共轨压力传感器故障 5. 输油泵故障 6. 压力限制故障

续表

DTC	DTC名称	检查项目	DTC设定的前提条件	DTC设定条件	故障判断时间	故障表现	原因
0088	共轨压力异常高（第1阶段）	共轨压力异常升高	1. 点火开关输入电压为18V或更高。 2.DTC：未检测到 0088、0192、0193和1635 3. 实际共轨压力最低为2MPa，且发动机转速最低为70r/min	共轨压力超过185MPa	大约5s	可能导致发动机大幅振动、急速不稳、输出功率降低、加速故障、冒黑烟以及输出功率过大 备用：喷射量限制3（多点喷射停止）目标共轨压力上限（80MPa）	1. 燃油系统（软管）等堵塞 2. 燃油系统混入空气（检查软管的连接情况） 3. 共轨压力传感器故障 4. 输油泵故障
	共轨压力异常高（第2阶段）	共轨压力异常升高	1. 电瓶电压正常 2.DTC：未检测到 0088、0192、0193和1635 3. 实际共轨压力最低为2MPa，且发动机转速最低为70r/min	共轨压力出现异常（第1阶段），且共轨压力超过190MPa	大约5s	可能导致发动机大幅振动、急速不稳、输出功率降低、加速故障、冒黑烟以及输出功率过大 备用：喷射量限制3（多点喷射停止）目标共轨压力上限（80MPa）	
0089	共轨压力异常（输油泵泵送压力过高）	共轨压力异常升高	1. 点火开关输入电压为18V或更高 2.DTC：未检测到 0089、0192、0193和1635 3. 发动机冷却液温度最低为60℃，且发动机转速最低为375r/min 4. 至SCV（吸入控制阀）的燃油流量指令信号比为40%或过小，或者SCV目标压力泵送量为90mm³/s或更小	实际共轨压力至少比目标共轨压力高40MPa	大约5s	可能导致发动机大幅振动、急速不稳、输出功率降低、加速故障、冒黑烟以及输出功率过大 备用：喷射量限制3（多点喷射停止）目标共轨压力上限（80MPa）	1. 共轨压力传感器故障 2. 输油泵故障 3.ECM、SCV共轨压力传感器接头连接故障
0090	SCV（吸入控制阀）驱动系统断路、+B短路或GND短路	SCV或线束断路或短路	1. 主继电器电源电压为18V或更高 2.DTC：未检查到0090 3. 发动机转速最低为300r/min或实际共轨压力达到或超过目标共轨压力	在2s或更长时间内SCV驱动电流值超过额定电流值，或目标电流值与实际电流值之间的差超过额定电流值	大约2s	由于断路或短路，失速和加速故障均可能出现，还可能导致冒黑烟以及输出功率过大 备用：喷射量限制3（多点喷射停止）目标共轨压力上限（80MPa）	1.SCV故障 2.ECM和SCV之间的配线故障（短路、断路、高电阻） 3. 大气压力传感器故障 4.ECM内部故障
0107	大气压力传感器回路异常（电压异常低）	传感器或线束断路、短路或劣化	1. 点火开关输入电压为18V或更高 2.DTC：未检测到1630和1632	大气压力传感器低于0.5V	大约5s	备份为2500m时 (1)海拔高度高时冒黑烟 (2)海拔高度低输出功率不足 备用：大气压力默认值设定（80kPa），EGR停止	1.ECM和大气压力传感器之间配线故障（断路、短路、高电阻） 2. 大气压力传感器故障 3.ECM内部故障

续表

DTC	DTC 名称	检查项目	DTC 设定的前提条件	DTC 设定条件	故障判断时间	故障表现	原因
0108	大气压力传感器回路异常（电压异常高）	传感器或线束短路	1. 点火开关输入电压为 18V 或更高 2. DTC：未检测到 1630 和 1632	大气压力传感器电压高于 3.8V	大约 4s	备份为 2500m 时 （1）海拔高度高时冒黑烟 （2）海拔高度低输出功率不足 备用：大气压力默认值设定（80kPa），EGR 停止	1. ECM 和大气压力传感器之间配线故障（断路、短路、高电阻） 2. 大气压力传感器故障 3. ECM 内部故障
0112	IAT（进气温度）传感器异常（电压异常低）	传感器或线束短路	1. 点火开关输入电压为 18V 或更高 2. DTC：未检测到 1630 和 1632	IAT 传感器电压低于 0.1V	大约 4s	低温启动时可能会冒白烟 备用：进气温度默认值设定（启动时：－10℃，运转时：25℃），EGR 停止	1. ECM 和 IAT 传感器之间配线故障（短路） 2. IAT 传感器故障 3. ECM 内部故障
0113	IAT（进气温度）传感器异常（电压异常高）	传感器或线束断路、短路或劣化	1. 点火开关输入电压为 18V 或更高 2. DTC：未检测到 1630 和 1632 3. 发动机启动后至少 3min	IAT 传感器电压高于 4.95V	大约 4s	低温启动时可能会冒白烟 备用：进气温度默认值设定（启动时：－10℃，运转时：25℃），EGR 停止	1. ECM 和 IAT 传感器之间配线故障（断路、短路、高电阻） 2. IAT 传感器故障 3. ECM 内部故障
0117	ECT（发动机冷却液温度）传感器异常（电压异常低）	传感器或线束短路	1. 点火开关输入电压为 18V 或更高 2. DTC：未检测到 1630 和 1633	ECT 传感器电压低于 0.1V	大约 4s	某些情况下可能导致低温启动性能差、冒黑烟以及输出功率降低 备用：发动机冷却液温度默认值设定（启动时：－20℃，运转时：80℃），EGR 停止	1. ECM 和 ECT 传感器之间配线故障（短路） 2. ECT 传感器故障 3. ECM 内部故障
0118	ECT（发动机冷却液温度）传感器异常（电压异常高）	传感器或线束断路、短路或断裂	1. 点火开关输入电压为 18V 或更高 2. DTC：未检测到 1630 和 1633 3. 发动机启动后至少 3min	ECT 传感器电压高于 4.85V	大约 4s	正常温度：启动时可能会冒黑烟并且发动机燃烧噪声增大。外部温度低的状态下暖机时：可能导致急速不稳、发动机失速和冒白烟 备用：发动机冷却液温度默认值设定（启动时：－20℃，运转时：80℃），EGR 停止	1. ECM 和 ECT 传感器之间配线故障（断路、短路、高电阻） 2. ECT 传感器故障 3. ECM 内部故障
0182	FT（燃油温度）传感器异常（电压异常低）	传感器或线束短路	1. 点火开关输入电压为 18V 或更高 2. DTC：未检测到 1630 和 1633	FT 传感器电压低于 0.1V	大约 4s	机器运行故障 备用：燃油温度默认值设定（启动时：－20℃，运转时：70℃）	1. ECM 和 FT 传感器之间配线故障（短路） 2. FT 传感器（输油泵）故障 3. ECM 内部故障

续表

DTC	DTC 名称	检查项目	DTC 设定的前提条件	DTC 设定条件	故障判断时间	故障表现	原因
0183	FT（燃油温度）传感器异常（电压异常高）	传感器或线束断路、短路或断裂	1. 点火开关输入电压为 18 V 或更高 2.DTC：未检测到 1630 和 1633 3. 发动机启动后至少 3min	FT 传感器电压高于 4.85V	大约 4s	无特殊现象 备用：燃油温度默认值设定（启动时：－20℃，运转时:70℃）	1.ECM 和 FT 传感器之间配线故障（断路、短路、高电阻） 2.FT 传感器（输油泵故障） 3.ECM 内部故障
0192	共轨压力传感器异常（电压异常低）	传感器或线束短路	1. 点火开关输入电压为 18 V 或更高 2.DTC：未检测到 1630 和 1635	共轨压力传感器电压低于 0.7V	与故障出现时间大约相同	爆缸故障、喘振输出功率降低 备用：喷射量限制 2（多点喷射停止）目标共轨压力上限（80MPa），EGR 停止，将此控制切换为 SCV（吸入控制阀）强制驱动	1.ECM 和共轨之间配线故障（断路、短路、高电阻） 2. 共轨压力传感器（共轨）故障 3.ECM 内部故障
0193	共轨压力传感器异常（电压异常高）	传感器或线束断路、短路或断裂	1. 点火开关输入电压为 18V 或更高 2.DTC：未检测到 1630 和 1635	共轨压力传感器电压高于 4.5V	与故障出现时间大约相同	可能导致发动机失速输出功率降低 备用：喷射量限制 2（多点喷射停止）目标共轨压力上限（80MPa），EGR 停止，将此控制切换为 SCV（吸入控制阀）强制驱动	1.ECM 和共轨之间配线故障（断路、短路、高电阻） 2. 共轨压力传感器（共轨）故障 3.ECM 内部故障
0201	1 号油缸喷油器驱动系统断路	1 号油缸喷油器电气配线断路或短路	1. 主继电器电源电压为 18V 或更高 2. 至少 70r/min 3.DTC：未检测到 0201、0611 和 1261	无 1 号油缸喷油器监视器输入信号	大约 2.4s	可能导致发动机大幅振动、急速不稳、输出功率降低以及加速故障 备用：1 号油缸喷油器喷射停止，EGR 停止	1.ECM 和 1 号油缸喷油器中间接头之间配线故障（断路、短路、高电阻） 2.1 号油缸喷油器端子松动 3.1 号油缸喷油器中间接头和 1 号油缸喷油器端子之间配线故障（断路、高电阻） 4.1 号油缸喷油器故障 5.ECM 内部故障
0202	2 号油缸喷油器驱动系统断路	2 号油缸喷油器电气配线断路或短路	1. 主继电器电源电压为 18V 或更高 2. 至少 70r/min 3.DTC：未检测到 0202、0612 和 1262	无 2 号油缸喷油器监视器输入信号	大约 2.4s	可能导致发动机大幅振动、急速不稳、输出功率降低以及加速故障 备用：2 号油缸喷油器喷射停止，EGR 停止	1.ECM 和 2 号油缸喷油器中间接头之间配线故障（断路、短路、高电阻） 2.2 号油缸喷油器端子松动 3.2 号油缸喷油器中间接头和 2 号油缸喷油器端子之间配线故障（断路、高电阻） 4.2 号油缸喷油器故障 5.ECM 内部故障

续表

DTC	DTC名称	检查项目	DTC设定的前提条件	DTC设定条件	故障判断时间	故障表现	原因
0203	3号油缸喷油器驱动系统断路	3号油缸喷油器电气配线断路或短路	1. 主继电器电源电压为18V或更高 2. 至少70r/min 3. DTC：未检测到0203、0612和1262	无3号油缸喷油器监视器输入信号	大约2.4s	可能导致发动机大幅振动、急速不稳、输出功率降低以及加速故障 备用：3号油缸喷油器喷射停止，EGR停止	1. ECM和3号油缸喷油器，中间接头之间配线故障（断路、短路、高电阻） 2. 3号油缸喷油器端子松动 3. 3号油缸喷油器中间接头和3号油缸喷油器端子之间配线故障（断路、高电阻） 4. 3号油缸喷油器故障 5. ECM内部故障
0204	4号油缸喷油器驱动系统断路	4号油缸喷油器电气配线断路或短路	1. 主继电器电源电压为18V或更高 2. 至少70r/min 3. DTC：未检测到0204、0611和1261	无4号油缸喷油器监视器输入信号	大约2.4s	可能导致发动机大幅振动、急速不稳、输出功率降低以及加速故障 备用：4号油缸喷油器喷射停止，EGR停止	1. ECM和4号油缸喷油器中间接头之间配线故障（断路、短路、高电阻） 2. 4号油缸喷油器端子松动 3. 4号油缸喷油器中间接头和4号油缸喷油器端子之间配线故障（断路、高电阻） 4. 4号油缸喷油器故障 5. ECM内部故障
0219	超速运转	发动机转速异常高	点火开关输入电压为18V或更高	发动机转速超过设定转速时，20t：2.000r/min，24t：2.200r/min	大约1s	输出功率降低 备用：喷射量限制1，如果发动机转速下降，控制解除	1. 发动机主机异常（共轨输油泵、喷油器） 2. 出现其他DTC 3. 发动机机械故障（涡轮损坏、发动机机油混入） 4. ECM内部故障
0237	增压后进气压力传感器异常（电压异常低）	传感器或线束断路、短路或断裂	1. 点火开关输入电压为18V或更高 2. DTC：未检测到1630和1634	增压后进气压力传感器电压低于0.1V	大约3s	影响机器的操作性能 备用：增压后进气压力默认值设定（150kPa），增压后进气力校正/EGR停止	1. ECM和增压后进气压力传感器之间配线故障（断路、短路、高电阻） 2. 增压后进气压力传感器故障 3. ECM内部故障
0238	增压后进气压力传感器异常（电压异常高）	传感器或线束短路	1. 点火开关输入电压为18V或更高 2. DTC：未检测到1630和1634	增压后进气压力传感器电压高于4.9V	大约3s	冒黑烟 备用：增压后进气压力默认值设定（150kPa），增压后进气力校正/EGR停止	1. ECM和增压后进气压力传感器之间配线故障（断路、短路、高电阻） 2. 增压后进气压力传感器故障 3. ECM内部故障

续表

DTC	DTC名称	检查项目	DTC设定的前提条件	DTC设定条件	故障判断时间	故障表现	原因
0335	CKP（曲轴位置）传感器异常（无信号）	传感器或线束断路	1.CMP（凸轮位置）传感器信号正常 2.DTC:未检测到 0335、0336、0340、0341 和 1345 3.发动机正在运转	有 CMP 传感器信号但无 CKP 传感器信号	每21个样本中至少出现14次时	1.可能导致输出功率降低、冒白烟以及大幅振动 2.可能导致发动机失速	1.ECM 和 CKP 传感器之间配线故障（断路、短路、高电阻） 2.CKP 传感器故障 3.ECM 内部故障
0336	CKP（曲轴位置）传感器故障（信号异常）	齿断裂、多余信号混入（其他线路短路）	1.CMP（凸轮位置）传感器信号正常 2.DTC:未检测到 0335、0336、0340、0341 和 1345 3.发动机正在运转	CKP 传感器信号脉冲数不匹配	每21个样本中至少出现14次时	1.可能导致输出功率降低、冒白烟以及大幅振动 2.可能导致发动机失速（CMP 传感器正常时可重新启动） 备用：CMP 传感器正常时进行凸轮标准控制	1.ECM 和 CKP 传感器之间配线故障（短路） 2.CKP 传感器故障 3.飞轮齿圈缺齿 4.ECM 内部故障
0340	CMP（凸轮位置）传感器异常（无信号）	传感器或线束断路	1.CKP（曲轴位置）传感器信号正常 2.DTC:未检测到 0335、0336、0340 和 1635 3.发动机正在运转	有 CKP 传感器信号但无 CMP 传感器信号	每21个样本中至少出现7次时	1.发动机运转时无现象变化 2.发动机失速后无法重新启动 备用：发动机运转时，CKP 传感器正常时曲轴标准；发动机停机后，油缸识别不工作（不能重新启动）	1.ECM 和 CKP 传感器之间配线故障（断路、短路、高电阻） 2.CKP 传感器故障 3.凸轮齿轮异常 4.输油泵故障 5.ECM 内部故障
0341	CMP（凸轮位置）传感器异常（信号异常）	齿断裂、多余信号混入（其他线路短路）	1.CKP（曲轴位置）传感器信号正常 2.DTC:未检测到 0335、0336、0340、0341、1345 和 1635 3.发动机正在运转	CMP 传感器信号脉冲数不匹配	每8个样本中至少出现7次时	1.发动机运转时无现象变化 2.发动机失速后无法重新启动 备用：发动机运转时，CKP 传感器正常时曲轴标准；发动机停机后，油缸识别不工作，因此不能重新启动	1.ECM 和 CMP 传感器之间配线故障（短路） 2.CMP 传感器故障 3.凸轮齿轮异常 4.输油泵故障 5.ECM 内部故障
0380	预热继电器回路异常	继电器或线束断路、短路或断裂	点火开关输入电源电压不低于 16V 且不高于 32V	预热继电器监视器信号与预热继电器驱动指令信号不同	每30个样本中至少出现25次时	低温时启动故障 备用：无备份操作	1.保险丝和预热继电器之间配线故障（断路、短路、高电阻） 2.预热继电器故障 3.ECM 内部故障
0487	EGR 位置传感器异常	传感器或线束断路、短路或断裂	1.主继电器输入电压为 18V 或更高 2.DTC:未检测到 1630 和 1635	EGR 位置传感器 U、V 和 W 发出的输入信号全部为"ON"或全部为"OFF"	大约3s	废气效应 备用：EGR 阀全关指令	1.ECM 和 EGR 位置传感器之间配线故障（断路、短路、高电阻） 2.EGR 阀（位置传感器）故障 3.ECM 内部故障

续表

DTC	DTC名称	检查项目	DTC设定的前提条件	DTC设定条件	故障判断时间	故障表现	原因
0488	EGR阀控制异常	驱动马达侧断路、阀单元紧滞、黏滞	1. DTC:未检到0487、0488、1630和1635 2. 主继电器电压高于20V且低于32V 3. 目标EGR开度和实际开度之间的差为20%或更小	目标阀提升与实际位置之间的差超过20%	大约10s	废弃效应 备用:EGR阀全关指令	1. ECM和EGR,马达之间配线故障(断路、短路、高电阻) 2. EGR阀故障 3. ECM内部故障
0522	油压传感器异常(电压异常低)	传感器或线束断路、短路或断裂	1. 点火开关输入电压为18V或更高 2. DTC:未检测到1633	油压传感器电压低于0.1V	大约4s	对操作无影响 备用:无备用操作	1. ECM和油压传感器之间配线故障(短路) 2. 油压传感器故障 3. ECM内部故障
0523	油压传感器异常(电压异常高)	传感器或线束短路	1. 点火开关输入电压为18V或更高 2. DTC:未检测到1633	油压传感器电压高于4.85V	大约4s	对操作无影响 备用:无备用操作	1. ECM和油压传感器之间配线故障(断路、短路、高电阻) 2. 油压传感器故障 3. ECM内部故障
0601	ROM异常	ROM异常	—	1. ROM故障 2. 再闪烁故障	—	发动机停机 备用:发动机停机	ECM内部故障
0603	EEP-ROM异常	EEP-ROM异常	—	EEP-ROM故障	—	对操作无效 备用:无备份操作	ECM内部故障
0606	CPU异常	CPU异常	—	点火开关转到"ON"后,SUB-CPU检测到主CPU异常达0.1s	与故障出现时间大约相同	输出功率降低 备用:喷射量限制2(多点喷射停止),SUB-CPU停止CPU	ECM内部故障
				点火开关转到"ON"后,SUB-CPU检测到主CPU异常达0.1s	与故障出现时间大约相同	不能启动 备用:喷射量限制2,(多点喷射停),SUB-CPU停止CPU	
	CPU监视IC异常	SUB-CPU异常	1. 点火开关转到"ON"后0.48s或更长时间 2. 点火开关输入电源电压高于16V	在0.02s或更长时间内RUN-SUB脉冲(CPU和SUB-CPU之间的通信)无变化	与故障出现时间大约相同	输出功率降低 备用:喷射量限制1	ECM内部故障

续表

DTC	DTC名称	检查项目	DTC设定的前提条件	DTC设定条件	故障判断时间	故障表现	原因
0611	充电回路异常（1列）	ECU充电回路1异常（内部烧毁、断路等）	主继电器电源电压为18V或更高	ECU内部充电回路1列电压低	大约1.5s	可能导致发动机大幅振动、急速不稳、输出功率降低、加速故障以及发动机失速 备用：1号共轨停止（1号、4号油缸停止），EGR停止	1.ECM端子和ECM接地端子故障（断路、高电阻） 2.ECM内部故障
0612	充电回路异常（2列）	ECU充电回路2异常（内部烧毁、断路等）	主继电器电源电压为18V或更高	ECU内部充电回路2列电压低	大约1.5s	可能导致发动机大幅振动、急速不稳、输出功率降低、加速故障以及发动机失速 备用：2号共轨停止（2号、3号油缸停止），EGR停止	1.ECM端子和ECM接地端子故障（断路、高电阻） 2.ECM内部故障
1093	油泵不泵送压力	油液泄漏（大量）	1. 点火开关输入电压为18V或更高 2.DTC：未检测到 0090、0192、0193、1093、1291、1292和1635 3. 发动机冷却液温度为60℃或更高 4.375r/min 或更高	实际共轨压力至少比目标共轨压力低30MPa	大约5s	可能导致发动机大幅振动、急速不稳、输出功率降低、加速故障、冒黑烟、发动机失速以及输出功率过大 备用：喷射量限制3（多点喷射停止），目标共轨压力上限（80MPa）	1. 燃油系统堵塞、管路（软管）堵塞 2. 电磁泵故障（排油故障） 3.ECM和共轨压力传感器之间配线故障（短路） 4. 喷油器故障 5. 输油泵故障 6. 共轨压力传感器故障（共轨） 7. 压力限制故障（共轨）
1095	压力限制器开关	压力限制器开关	1. 点火开关输入电压为18V或更高 2.DTC：未检测到 0193、0193、1095、1630和1635 3. 至少50r/min	1. 压力限制器开放 2. 共轨压力超过200MPa	大约1s	输出功率降低 备用：喷射量限制1	1. 燃油系统管路（软管）等堵塞 2. 燃油系统混入空气（检查软管的连接情况） 3. 压力限制器故障 4. 共轨压力传感器故障 5.ECM和共轨压力传感器之间配线故障（短路） 6. 输油泵故障 7.ECM内部故障
1112	增压后进气温度传感器异常（电压异常低）	传感器或线束断路、短路或断裂	1. 点火开关输入电压为18V或更高 2.DTC：未检测到1634	增压后进气温度传感器电压低于0.1V	大约4s	对操作无效 备用：无备份操作	1.ECM和增压后进气温度传感器之间配线故障（断路、短路、高电阻） 2. 增压后进气温度传感器故障 3.ECM内部故障

续表

DTC	DTC名称	检查项目	DTC设定的前提条件	DTC设定条件	故障判断时间	故障表现	原因
1113	增压后进气温度传感器异常(电压异常高)	传感器或线束短路	1. 点火开关输入电压为18V或更高 2.DCT:未检测到1634 3. 发动机冷却液温度为50℃或更高 4. 发动机启动后至少5min	增压后进气温度传感器电压高于4.95V	大约4s	对操作无效 备用:无备份操作	1.ECM和增压后进气温度传感器之间配线故障(断路、短路、高电阻) 2. 增压后进气温度传感器故障 3.ECM内部故障
1173	过热	过热状态	1. 点火开关输入电压为18V或更高 2.DTC:未检测到0117、0118、1630和1633 3. 发动机应在运转	发动机冷却液温度高于120℃	大约5s	对操作无效 备用:无备份操作	1.ECM和ECT(发动机冷却液温度)传感器之间配线故障(短路) 2. 发动机冷却系统故障(散热器堵塞) 3. 发动机冷却液液位过低 4. 发动机冷却液温度传感器故障
1261	喷油器1号共轨驱动系统异常	喷油器1号共轨侧电气配线断路或短路、EDU输出单元异常	1. 主继电器电源电压为18V或更高 2. 至少70r/min 3.DTC:未检测到0201、0204、0611和1261	无2号和3号喷油器监视器输入信号	大约3s	可能导致发动机大幅振动、怠速不稳、输出功率降低、加速故障以及发动机失速 备用:1号共轨停止(1号、4号油缸停止),EGR停止	1.1号、4号油缸喷油器线束故障(断路、短路) 2. 喷油器故障 3.ECM故障
1262	喷油器2号共轨驱动系统异常	喷油器2号共轨侧电气配线断路盒短路、EDU输出单元异常	1. 主继电器电源电压为18V或更高 2. 至少70r/min 3.DTC:未检测到0202、0203、0612或1262	无2号和3号喷油器监视器输入信号	大约3s	可能导致发动机大幅振动、怠速不稳、输出功率降低、加速故障以及发动机失速 备用:2号共轨停止(2号、3号油缸停止),EGR停止	1.2号、3号油缸喷油器线束故障(断路、短路) 2. 喷油器故障 3.ECM故障
1345	CMP(凸轮位置)传感器相位错位	凸轮轴齿轮/曲轴齿轮安装角度有偏差和齿断裂	1. 点火开关输入电压为18V或更高 2.DTC:未检测到0335、0336、0340、0341、1345和1635 3.CMP传感器信号正常 4.CKP(曲轴位置)传感器信号正常	曲轴间隙位置中无正确的凸轮脉冲	每8个样本中至少出现7次时	1. 发动机运转时无现象变化 2. 发动机失速后无法重新启动 备用:发动机运转时,CKP传感器正常时CKP标准;发动机停机后,油缸识别不工作(不能重新启动)	1.ECM和CMP传感器之间配线故障(断路、短路、高电阻) 2. 凸轮轴齿轮安装故障 3. 飞轮安装故障

续表

DTC	DTC名称	检查项目	DTC设定的前提条件	DTC设定条件	故障判断时间	故障表现	原因
1625	主继电器系统异常	线束断路/GND短路,继电器黏在"OFF"	1. 点火开关输入电压为18V或更高 2. DTC:未检测到1630 3. 点火开关转到"ON"后3s或更长时间 4. 主继电器驱动指令"ON"	主继电器输入电源电压为1V或更低	持续2s时	发动机不能启动 备用:无备份操作	1. ECM和主继电器之间配线故障(断路、短路、高电阻) 2. 保险丝和主继电器之间配线故障(断路、短路、高电阻) 3. 主继电器故障 4. ECM内部故障
		线束+B短路,继电器黏在"ON"	DTC:未检测到0606和1625	即使主继电器线阀"OFF"指令发出时,继电器也不切断	持续5s时		
1630	A/D转换异常	A/D转换异常	—	无法进行A/D转换	立即实施		ECM内部故障
1632	5V电源2电压异常(大气压力传感器电源)		1. DTC:未检测到1630 2. 点火开关输入电源电压高于16V且低于32V	电瓶电压在16~32V之间,点火开关电源电压不低于5.5V或不高于4.5V	持续0.5s时	备用为2500 m	1. ECM和大气压力传感器之间电源回路配线故障(短路) 2. ECM内部故障
1633			1. DTC:未检测到1630 2. 点火开关输入电源电压高于16V且低于32V	电瓶电压在16~32V之间,点火开关电源电压不低于5.5V或不高于4.5V	持续0.5s时	根据实际状况,可能导致低温时的启动性能差、冒黑烟、输出功率降低或影响机器的操作性能 备用:与发动机冷却温度、燃油温度或油压传感器异常相同	1. ECM和油压传感器之间电源回路配线故障(短路) 2. ECM内部故障
1634			1. DTC:未检测到1630 2. 点火开关输入电源电压高于16V且低于32V	电瓶电压在16~32V之间,点火开关电源电压不低于5.5V或不高于4.5V	持续0.5s时	影响机器的操作性能 备用:与增压后进气压力或增压后进气温度传感器异常相同	1. ECM和增压后进气压力传感器之间电源回路配线故障(短路) 2. ECM内部故障
1635	5V电源4电压异常(共轨压力传感器、EGR位置传感器电源)		1. DTC:未检测到1630 2. 点火开关输入电源电压高于16V且低于32V	电瓶电压在16~32V之间,点火开关电源电压不低于5.5V或不高于4.5V	持续0.5s时	可能导致发动机爆缸、输出功率降低、冒黑烟以及发动机失速 备用:与共轨压力传感器或EGR位置传感器异常相同	1. ECM和增压后进气压力传感器之间电源回路配线故障(短路) 2. ECM内部故障

续表

DTC	DTC 名称	检查项目	DTC 设定的前提条件	DTC 设定条件	故障判断时间	故障表现	原因
2104	CAN 总线异常	CAN 通信异常	点火开关输入电源电压为 12V 或更高	总线断开检测	持续 1s 时	设定为急速转速备用：以 1500r/min 的转速运转	1. ECM 和控制器 A 之间配线故障（断路、短路、高电阻） 2. ECM 内部故障 3. 控制器 A 内部故障
2106	CAN 超时异常	CAN 通信异常	1. DTC：未检测到 2140 2. 点火开关输入电源电压为 20V 或更高	规定时间，未进行 CAN 数据接收	持续 1s 时	设定为急速转速备用：以 1500r/min 的转速运转	1. ECM 和控制器 A 之间配线故障（断路、短路、高电阻） 2. ECM 内部故障 3. 控制器 A 内部故障

5.4.2 故障修复

根据机器的实际情况，在完成下面所示周期之后还需要一个附加的周期才能清除监视器画面上显示的 DTC。如图 5-48 所示。

在检测 DTC 的周期中，在点火开关转到"OFF"后，重新启动发动机时，进行故障判断。如果状态正常，则在通常情况下，故障判断立即结束，DTC 消失且操作恢复正常。

温度传感器的故障判断需要 3～10min，如果判断状态正常，则 DTC 消失且操作恢复正常。

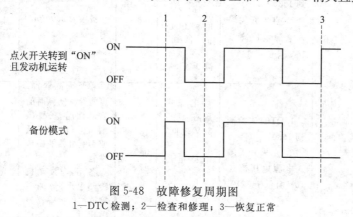

图 5-48 故障修复周期图
1—DTC 检测；2—检查和修理；3—恢复正常

在检测 DTC 的周期中，如果机器恢复正常（包括间歇性故障），则 DTC 从监视器画面消失，且备份模式恢复为正常模式。如图 5-49 所示。

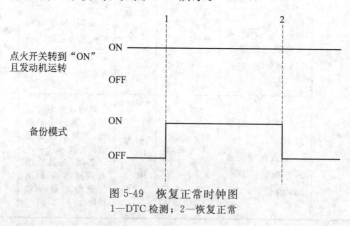

图 5-49 恢复正常时钟图
1—DTC 检测；2—恢复正常

故障信息显示内容见表 5-42。

表 5-42 信息显示一览表

显示	信息类型	显示"ON"的时间	显示"OFF"的时间
LOW OLL PRESS	警告	发生"发动机机油压力异常低"故障时	无点火开关"ON"时不消失
CHECK ENGINE	警告	发生"ECM 不匹配"故障时且 ECM 发送 DTC 时	无点火开关"ON"时不消失
ELEC PROBLEM(＊1)	警告	下列任一部位发生故障时：压力传感器(P1)、压力传感器(P2)、压力传感器(N1)、压力传感器(N2)、压力传感器(超负荷)、压力传感器(底部)、压力传感器(连杆)、压力传感器(上部机体)、压力传感器(回转)、压力传感器(行走)、压力传感器(小臂关闭)、燃油液位传感器、油温传感器、角度传感器(大臂)、角度传感器(小臂)、角度传感器(偏置)、回油滤清器堵塞压力开关、回转制动电磁线圈、行走高速电磁线圈、节能电磁线圈、供油泵自动停止继电器、备用回油回路电磁线圈、回转开放电磁线圈、风扇反转电磁线圈、空调信号输出、起重机蜂鸣器、室内信号灯和铲斗锁止电磁线圈、操纵杆锁止电磁线圈、泵功率比例阀、泵流量比例阀、风扇比例阀、大臂比例阀、偏置比例阀、小臂比例阀、监视器通信、ECM 通信、控制器 B 通信、控制器 S 通信、CAN 总线	无点火开关"ON"时不消失
OVER HEAT	警告	发生下列任一故障时：冷却液温度 1 异常高、油温异常高	冷却液温度 1 异常高、油温异常高的所有故障排除时
LOW COOLANT	警告	发生"冷却液液位低"故障时	
ALTERNATOR	警告	发生"交流发电机电压异常低"故障时	无点火开关"ON"时不消失
CHECK HYD. OIL FILTER	警告	发生"回油滤清器堵塞"故障时	无点火开关"ON"时不消失
AIR FILTER	警告	发生"空气滤清器堵塞"故障时	无点火开关"ON"时不消失
BOOST TEMP. HIGH	警告	发生"增压后进气温度 1 异常高"故障时	无点火开关"ON"时不消失
LOW FUEL	警告	发生"燃油液位低"故障时	"增压后进气温度 1 异常高"故障排除时
SEITCH TO 1-PUMP	警报	破碎头模式"ON"且 2 速合流"ON"时	"燃油液位低"故障排除时
ENGINE STOP	警报	发动机紧急停机开关"ON"时	左侧的条件不再成立时
WATCH OUT FOR THE LOAD!	警报	悬吊起额定负载 90％或更多的货物时(起重机)	左侧的条件不再成立时
OVERLOAD!	警报	悬吊起额定负载 100％或更多的货物时(起重机)	左侧的条件不再成立时
HANGING GEAR INTERFERENCE!	警报	悬吊高度超过起重机额定高度时(起重机)	左侧的条件不再成立时
WATCH OUT FOR CAB INTERFERENCE!	警报	在防干扰功能"ON"且附件接近驾驶室时	左侧的条件不再成立时

续表

显示	信息类型	显示"ON"的时间	显示"OFF"的时间
INTERFERENCE REVENTION DEVICE OFF!	警报	防干扰功能"OFF"时	左侧的条件不再成立时
OVER LOAD	警报	大臂油缸底部压力超过设定压力时	左侧的条件不再成立时
ENG. IDLING	图标	单键急速或自动急速过程中	左侧的条件不再成立时
POWER UP	图标	自动增压过程中	左侧的条件不再成立时
ENG. PRE HEAT	图标	预热塞电源"ON"时	左侧的条件不再成立时
AUTO WARM UP	图标	自动暖机过程中	左侧的条件不再成立时
INITIAL SETTINGS INCOMPLETE	状态	起重机防干扰初始调整未结束时	左侧的条件不再成立时
SERVICE DUE	状态	点火开关"ON"且计时器到达规定时间时	点火开关转到"ON"后 1min

即使下列部位发生故障，"ELEC. PROBLEM"也不显示：行走警报蜂鸣器、热敏电阻监视器、空调冷却液温度信号输出。

信息类型如下：

a. 状态——仅显示信息。

b. 警报——间歇警告以 1s 的间隔鸣响。

c. 警告——连续警告鸣响 5s。

d. 图标——仅显示图标。

有关异常显示的内容如下：

① 目的和概述　发生故障时，用户画面上显示诊断故障代码（DTC）。因而，操作人员可以向维修人员口头传达故障的情况。如图 5-50 所示。

② 画面　作业模式后面显示"!"标识时，显示 4 位数 DTC。未发生故障时什么也不显示。

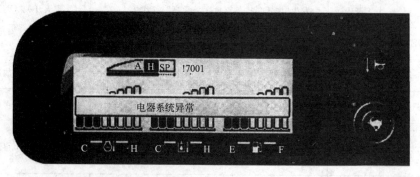

图 5-50　异常显示窗口

③ 故障显示　显示"ELEC. PROBLEM"或"CHECK ENGINE"信息。发生故障时，显示相应的 DTC。对于从信息中可知发生位置的故障，不显示代码。ECM 发送的所有DTC 均为显示对象。

④ 显示的故障状态　只显示当前或持续存在的故障，不显示已经排除的故障。

⑤ 多个故障显示　发生多个故障时，以 5s 为间隔交替显示。

5.4.3 发动机主要故障症状特征一览表

发动机主要故障症状特征见表 5-43。

表 5-43 发动机主要故障症状特征一览表

症状	特　征
发动机启动故障	1. 启动转速低 2. 启动机转速正常,但是发动机不启动(无初始点火) 3. 发动机启动(正常点火),但是发动机转速不稳定,也不能转动
发动机失速	1. 发动机启动完成,但是发动机只能启动一段时间 2. 发动机经过很长时间才启动或者刚刚启动就停机
发动机喘振、急速转速不稳	1. 发动机急速转速变化或者发动机急速转速改变 2. 故障严重时,发动机或者主机发生抖动 3. 如果以上任一情形变严重,可能导致发动机失速
发动机输出功率不足	发动机输出功率低于期望值,即使向上拉加速器拉杆(油门杆),发动机输出功率也不发生变化或反应不佳
排气中有过量白烟	发动机启动时产生大量白烟
排气中有过量黑烟	发动机启动时产生大量黑烟
异常噪声	发动机燃烧噪声异常
高油耗	油耗明显超过服务手册中列出的值。该情况表明主机侧没有故障,需要检查发动机
低机油消耗	机油消耗明显少于服务手册中所列出的值。该情况表明主机侧没有故障,需要检查发动机

5.4.4 各装置参考值

为了检查主机和各装置的状态,将主机的各项数据与基本数据进行对比,找出暂时或持续和参考值不同数据,并将其用于故障诊断。见表 5-44。

表 5-44 装置参考值

显示项目	单位	急速参考值 (根据主机状态不同而不同)	2 速溢流参考值 (根据主机状态不同而不同)
系统电压	V	22～30	
主继电器电压	V	22～30	
目标急速转速	r/min	500	
发动机转速	r/min	895～905	
加速器开度	%	0	
共轨压力可变性	MPa	0±3	
共轨压力传感器	V	1.5	
共轨压力 F/B 模式		反馈模式	
SCV 负载	%	约 25～50	
冷却液温度传感器	V	0.4	
发动机冷却液温度	℃	85	
进气温度传感器	V	2.4	
进气温度	℃	27	

续表

显示项目	单位	怠速参考值 （根据主机状态不同而不同）	2 速溢流参考值 （根据主机状态不同而不同）
燃油温度传感器	V	1.1	
燃油温度	℃	50	
大气压力传感器	V	约 2	
大气压力	kPa	约 100	
增压后进气压力传感器	V	4.4	
歧管绝对压力	kPa	约 100	
1 号汽缸燃油喷射校正量	mm³/s	±3 或更小	±3 或更小
2 号汽缸燃油喷射校正量	mm³/s	±3 或更小	±3 或更小
3 号汽缸燃油喷射校正量	mm³/s	±3 或更小	±3 或更小
4 号汽缸燃油喷射校正量	mm³/s	±3 或更小	±3 或更小
发动机型号		燃油型号	燃油型号
EGR 位置可变性	%	0	20～0
EGR 马达负载	%	0	0～97
EGR 位置 1	ON/OFF	1、2 或 3 为 ON	1、2 或 3 为 ON
EGR 位置 2	ON/OFF	1、2 或 3 为 ON	1、2 或 3 为 ON
EGR 位置 3	ON/OFF	1、2 或 3 为 ON	1、2 或 3 为 ON
启动机开关(ON)	ON/OFF	ON	ON
预热继电器	ON/OFF	OFF（点火开关转到 ON 后即刻为 ON）	OFF（点火开关转到 ON 后即刻为 ON）

住友210-5 五十铃4HK1X故障排除

6.1　故障排除步骤的说明

6.1.1　故障排除内容的说明

每个故障排除包含 8 个方面的内容，其中有的是内容相同；有的是图相同；有的是内容、图都相同，用表加以说明，见表 6-1。

表 6-1　故障树内容说明表

序号	程序	内　容	说　明
1	故障代码	用 DTC：0879 表示	
2	故障名称	如共轨压力异常低	
3	故障检查步骤	用故障树表示	
4	块状图	该故障的电路图	
5	故障 DTC 设定的前提条件	例如： ・点火开关输入电压为 18V 或更高 ・DTC：未检测到 0089、0912、0193 和 1635 ・发动机冷却液温度最低为 60℃，且发动机转速最低为 375r/min	
6	诊断帮助	例如，下列为可能的原因： ・喷油器内部故障 ・输油泵内部故障 ・燃油系统管路异常 ・燃油滤清器异常（堵塞） ・燃油箱异常（堵塞）	

序号	程序	内　容	说　明
7	断路器盒检查步骤	有关说明断路盒用法的步骤，请按相应步骤进行检查。检查之后回到诊断步骤。用断路器盒检查步骤如下： **子表：** 步骤 / 检查项目 / 检查方法 / 测量条件 / 测量端子编号 / 正常值 / 异常值 6 / 与 GND 回路/GND 回路短路 / 测量电阻 / ·拆下传感器接头 ·点火开关转到"OFF" / 72-60 72-GND / 10 MΩ 或更高 / 100Ω 或更低	该断路器盒在所有故障排除中都是一样的。就不一一注图了 断路器盒
8	装在机器上的传感器的检查步骤（该项目在所有故障排除中都是一样的）	①断开中间接头，从发动机线束接头进行传感器检查 ②从传感器上断开接头，使传感器接头配线短路 ③检查中间接头上的线束是否断路 ·如果步骤①和②中均出现异常，则修理线束，然后从步骤①开始重新检查 ·如果仅步骤①中出现异常，则更换传感器	该图在所有故障排除中都是一样的。就不一一注图了。 1——发动机至机器的中间接头 2——进气线束 3——传感器接头 4——发动机线束

6.1.2　故障代码及故障名序列

故障代码及故障名序列见表 6-2。

表 6-2　故障代码及故障名序列表

序号	DTC	故　障　名
1	0087	共轨压力异常低（输油泵不泵送压力）
2	0088	共轨压力异常高（第 1 阶段或第 2 阶段）
3	008	共轨压力异常（输油泵泵送压力过高）
4	0090	SCV（吸入控制器）驱动系统断路、＋B 短路或 GND 短路
5	0107	大气压力传感器回路异常（电压异常低）
6	0108	大气压力传感器回路异常（电压异常高）
7	0112	IAT（进气温度）传感器异常（电压异常低）

续表

序号	DTC	故障名
8	0113	IAT(进气温度)传感器异常(电压异常高)
9	0117	ECT(发动机冷却液温度)传感器异常(电压异常低)
10	0118	ECT(发动机冷却液温度)传感器异常(电压异常高)
11	0182	FT(燃油温度)传感器异常(电压异常低)
12	0183	FT(燃油温度)传感器异常(电压异常高)
13	0192	共轨压力传感器异常(电压异常低)
14	0193	共轨压力传感器异常(电压异常高)
15	0201	1号油缸喷油器驱动系统断路
16	0202	2号油缸喷油器驱动系统断路
17	0203	3号油缸喷油器驱动系统断路
18	0204	4号油缸喷油器驱动系统断路
19	0219	超速运转
20	0237	增压后进气压力传感器异常(电压异常低)
21	0238	增压后进气压力传感器异常(电压异常高)
22	0335	CKP(曲轴位置)传感器异常(无信号)
23	0336	CKP(曲轴位置)传感器异常(信号异常)
24	0340	CMP(凸轮位置)传感器异常(无信号)
25	0341	CMP(凸轮位置)传感器异常(信号异常)
26	0380	预热继电器回路异常
27	0487	EGR位置传感器异常
28	0488	EGR阀控制异常
29	0522	发动机机油压力传感器异常(电压异常低)
30	0523	发动机机油压力传感器异常(电压异常高)
31	0601	ROM异常
32	0611	充电回路异常(1列)
33	0606	CPU异常
34	0611	充电回路异常(1列)
35	0612	充电回路异常(2列)
36	1093	油泵不泵送压力
37	1095	压力限制器开放
38	1112	增压后进气温度传感器异常(电压异常低)
39	1113	增压后进气温度传感器压差(电压异常高)
40	1173	过热
41	1261	喷油器1号共轨驱动系统异常
42	1262	喷油器2号共轨驱动系统异常
43	1345	CMP(凸轮位置)传感器相位错位
44	1625	主继电器系统异常
45	1630	A/D转换异常
46	1632	5V电源2电压异常(大气压力传感器电源)
47	1633	5V电源3电压异常(发动机机油压力传感器电源)
48	1634	5V电源4电压异常(增压后进气压力传感器电源)
49	1635	5V电源5电压异常(共轨压力传感器、EGR位置传感器电源)
50	2104	CAN总线异常
51	2106	CAN超时异常

6.2　故障排除

（1）DTC：0087

共轨压力异常低（输油泵不泵送压力）诊断步骤如图 6-1、表 6-3 所示。

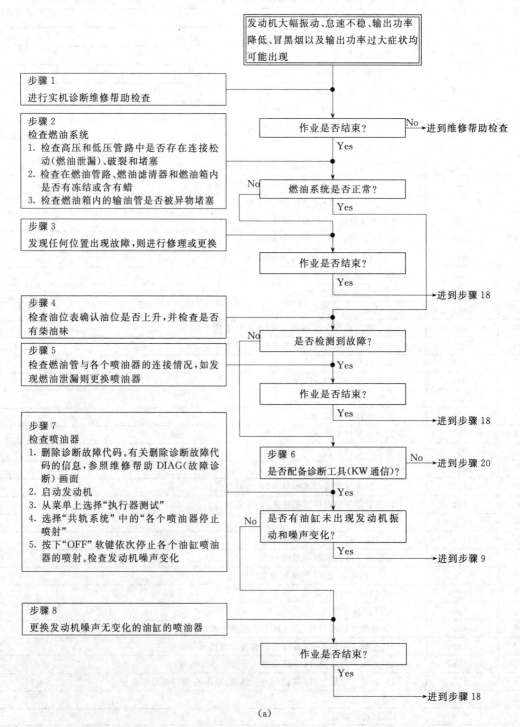

（a）

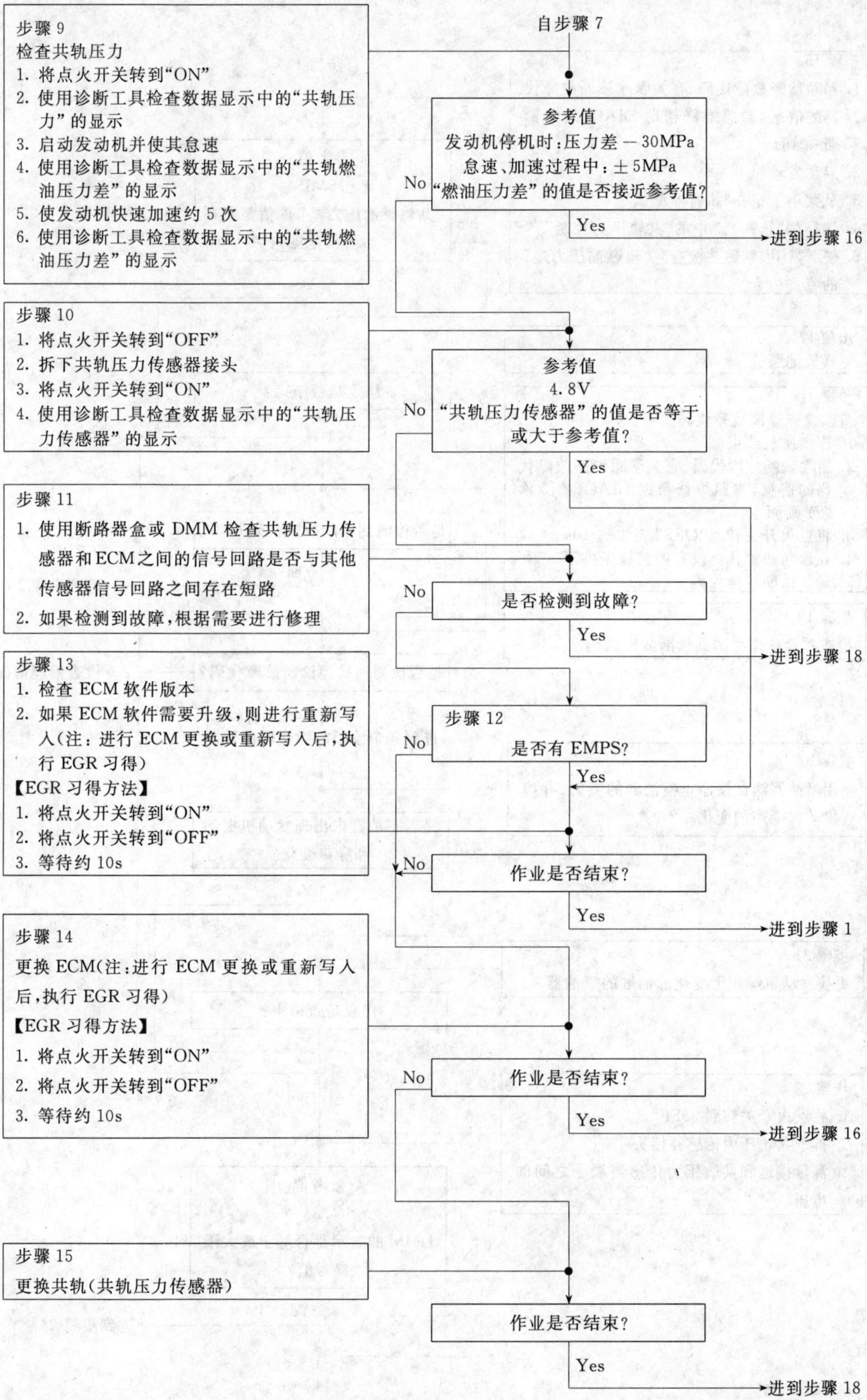

步骤9
检查共轨压力
1. 将点火开关转到"ON"
2. 使用诊断工具检查数据显示中的"共轨压力"的显示
3. 启动发动机并使其怠速
4. 使用诊断工具检查数据显示中的"共轨燃油压力差"的显示
5. 使发动机快速加速约5次
6. 使用诊断工具检查数据显示中的"共轨燃油压力差"的显示

自步骤7

参考值
发动机停机时：压力差 —30MPa
怠速、加速过程中：±5MPa
"燃油压力差"的值是否接近参考值？
No / Yes → 进到步骤16

步骤10
1. 将点火开关转到"OFF"
2. 拆下共轨压力传感器接头
3. 将点火开关转到"ON"
4. 使用诊断工具检查数据显示中的"共轨压力传感器"的显示

参考值
4.8V
"共轨压力传感器"的值是否等于或大于参考值？
No / Yes

步骤11
1. 使用断路器盒或DMM检查共轨压力传感器和ECM之间的信号回路是否与其他传感器信号回路之间存在短路
2. 如果检测到故障，根据需要进行修理

是否检测到故障？
No / Yes → 进到步骤18

步骤13
1. 检查ECM软件版本
2. 如果ECM软件需要升级，则进行重新写入（注：进行ECM更换或重新写入后，执行EGR习得）
【EGR习得方法】
1. 将点火开关转到"ON"
2. 将点火开关转到"OFF"
3. 等待约10s

步骤12
是否有EMPS？
No / Yes

作业是否结束？
No / Yes → 进到步骤1

步骤14
更换ECM（注：进行ECM更换或重新写入后，执行EGR习得）
【EGR习得方法】
1. 将点火开关转到"ON"
2. 将点火开关转到"OFF"
3. 等待约10s

作业是否结束？
No / Yes → 进到步骤16

步骤15
更换共轨（共轨压力传感器）

作业是否结束？
Yes → 进到步骤18

(b)

图6-1

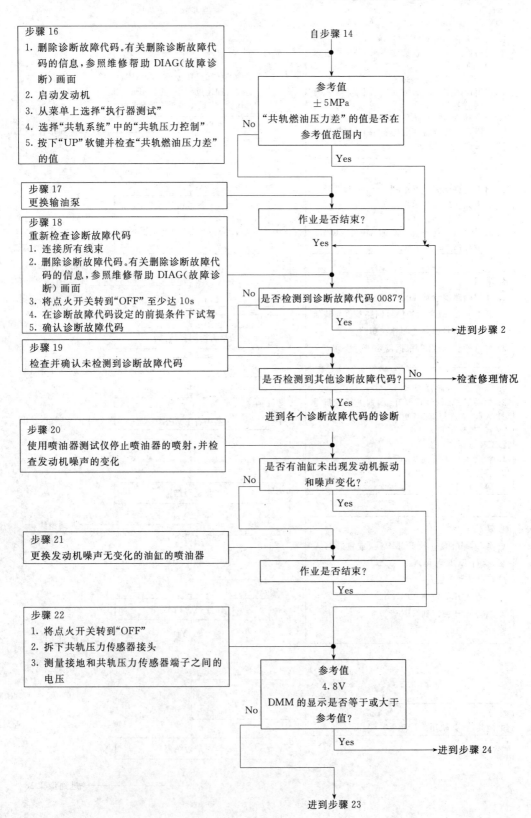

步骤 16

1. 删除诊断故障代码。有关删除诊断故障代码的信息，参照维修帮助 DIAG（故障诊断）画面
2. 启动发动机
3. 从菜单上选择"执行器测试"
4. 选择"共轨系统"中的"共轨压力控制"
5. 按下"UP"软键并检查"共轨燃油压力差"的值

步骤 17
更换输油泵

步骤 18
重新检查诊断故障代码
1. 连接所有线束
2. 删除诊断故障代码。有关删除诊断故障代码的信息，参照维修帮助 DIAG（故障诊断）画面
3. 将点火开关转到"OFF"至少达 10s
4. 在诊断故障代码设定的前提条件下试驾
5. 确认诊断故障代码

步骤 19
检查并确认未检测到诊断故障代码

步骤 20
使用喷油器测试仪停止喷油器的喷射，并检查发动机噪声的变化

步骤 21
更换发动机噪声无变化的油缸的喷油器

步骤 22
1. 将点火开关转到"OFF"
2. 拆下共轨压力传感器接头
3. 测量接地和共轨压力传感器端子之间的电压

自步骤 14

参考值
±5MPa
"共轨燃油压力差"的值是否在参考值范围内

No Yes

作业是否结束？

Yes

是否检测到诊断故障代码 0087？

No Yes

→进到步骤 2

是否检测到其他诊断故障代码？

No →检查修理情况

Yes

进到各个诊断故障代码的诊断

是否有油缸未出现发动机振动和噪声变化？

No Yes

作业是否结束？

Yes

参考值
4.8V
DMM 的显示是否等于或大于参考值？

No Yes

→进到步骤 24

进到步骤 23

(c)

步骤23
1. 使用断路器盒或 DMM 检查共轨压力传感器和ECM之间的信号回路是否与其他传感器信号回路之间存在短路
2. 如果检测到故障，根据需要进行修理

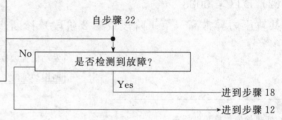

自步骤22

No ─── 是否检测到故障？

Yes

→进到步骤18
→进到步骤12

步骤24
重新检查诊断故障代码
1. 连接所有线束
2. 删除诊断故障代码。有关删除诊断故障代码的信息，参照维修帮助 DIAG（故障诊断）画面
3. 将点火开关转到"OFF"至少达 10s
4. 在诊断故障代码设定的前提条件下试驾
5. 确认诊断故障代码

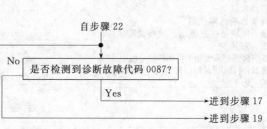

自步骤22

No ─── 是否检测到诊断故障代码0087？

Yes

→进到步骤17
→进到步骤19

(d)

图 6-1　共轨压力异常低诊断步骤

表 6-3　共轨压力异常低故障诊断

状态电路图	（电路图）
DTC 设定的前提条件	至少 900r/min
诊断帮助	下列为可能的原因： · 喷油器内部故障 · 输油泵内部故障 · 燃油系统管路异常（燃油泄漏、堵塞、破碎） · 燃油滤清器异常（堵塞） · 燃油箱异常（堵塞） · 压力限制器故障（在低于规定压力下运行、密封材料劣化） · ECM 故障 · 共轨压力传感器故障
断路器盒检查步骤	可按表 6-4 所示步骤进行检查，检查之后回到诊断步骤

表 6-4　0087 断路器盒检查步骤

步骤	检查项目	检查方法	测量条件	测量端子信号	正常值	异常值
11,23	与其他信号回路短路	测量电压	· 拆下传感器接头 · 点火开关转到"ON"	82-GND 90-GND	0V	1V 或更高

（2）DTC：0088

共轨压力异常高（第1阶段或第2阶段）诊断步骤如图6-2、表6-5所示。

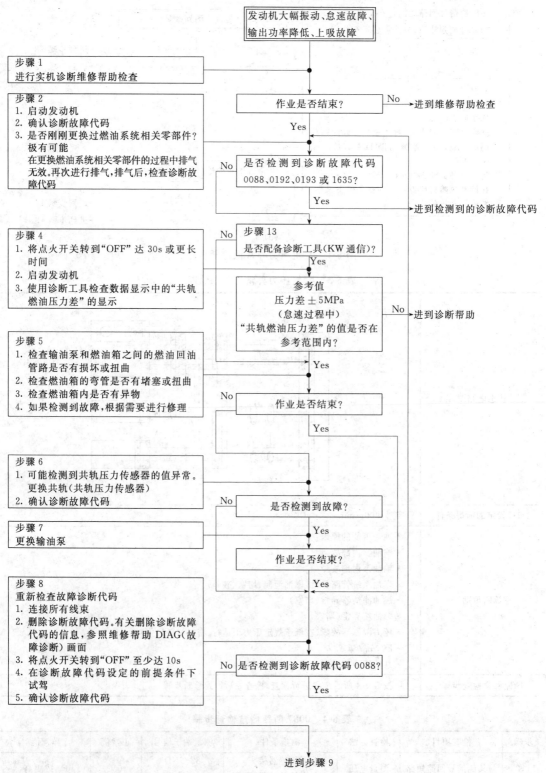

（a）

进到步骤9

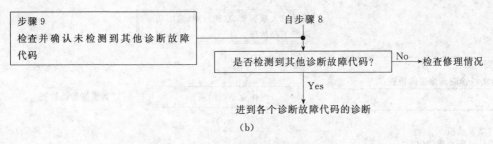

图 6-2 共轨压力异常高诊断步骤

表 6-5 共轨压力异常高故障诊断

块状图	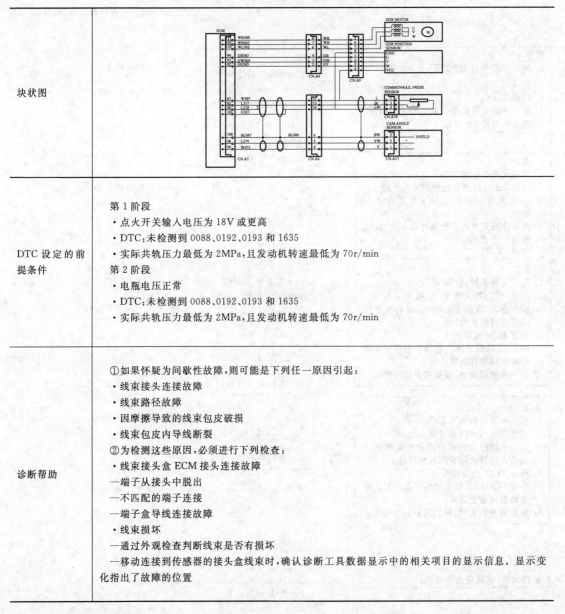
DTC 设定的前提条件	第 1 阶段 · 点火开关输入电压为 18V 或更高 · DTC：未检测到 0088、0192、0193 和 1635 · 实际共轨压力最低为 2MPa，且发动机转速最低为 70r/min 第 2 阶段 · 电瓶电压正常 · DTC：未检测到 0088、0192、0193 和 1635 · 实际共轨压力最低为 2MPa，且发动机转速最低为 70r/min
诊断帮助	①如果怀疑为间歇性故障，则可能是下列任一原因引起： · 线束接头连接故障 · 线束路径故障 · 因摩擦导致的线束包皮破损 · 线束包皮内导线断裂 ②为检测这些原因，必须进行下列检查： · 线束接头盒 ECM 接头连接故障 —端子从接头中脱出 —不匹配的端子连接 —端子盒导线连接故障 · 线束损坏 —通过外观检查判断线束是否有损坏 —移动连接到传感器的接头盒线束时，确认诊断工具数据显示中的相关项目的显示信息。显示变化指出了故障的位置

（3）DTC：0089

共轨压力异常（输油泵泵送压力过高）诊断步骤如图 6-3、表 6-6 所示。

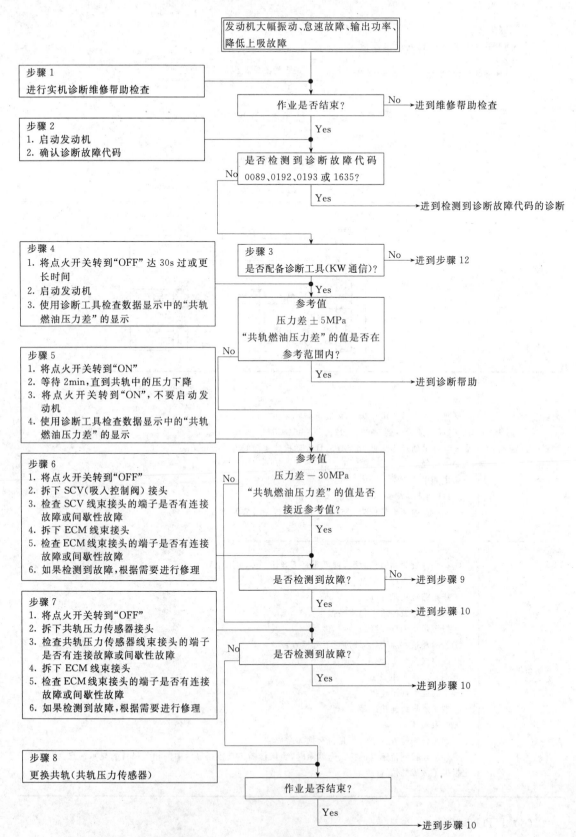

发动机大幅振动、怠速故障、输出功率、降低上吸故障

步骤 1
进行实机诊断维修帮助检查

作业是否结束？ —No→ 进到维修帮助检查

Yes

步骤 2
1. 启动发动机
2. 确认诊断故障代码

是否检测到诊断故障代码 0089、0192、0193 或 1635？
No

Yes —→ 进到检测到诊断故障代码的诊断

步骤 4
1. 将点火开关转到"OFF"达 30s 过或更长时间
2. 启动发动机
3. 使用诊断工具检查数据显示中的"共轨燃油压力差"的显示

步骤 3
是否配备诊断工具（KW 通信）？ —No→ 进到步骤 12

Yes

参考值
压力差±5MPa
"共轨燃油压力差"的值是否在参考范围内？
No

Yes —→ 进到诊断帮助

步骤 5
1. 将点火开关转到"ON"
2. 等待 2min，直到共轨中的压力下降
3. 将点火开关转到"ON"，不要启动发动机
4. 使用诊断工具检查数据显示中的"共轨燃油压力差"的显示

参考值
压力差－30MPa
"共轨燃油压力差"的值是否接近参考值？
No

Yes

步骤 6
1. 将点火开关转到"OFF"
2. 拆下 SCV（吸入控制阀）接头
3. 检查 SCV 线束接头的端子是否有连接故障或间歇性故障
4. 拆下 ECM 线束接头
5. 检查 ECM 线束接头的端子是否有连接故障或间歇性故障
6. 如果检测到故障，根据需要进行修理

是否检测到故障？ —No→ 进到步骤 9

Yes —→ 进到步骤 10

步骤 7
1. 将点火开关转到"OFF"
2. 拆下共轨压力传感器接头
3. 检查共轨压力传感器线束接头的端子是否有连接故障或间歇性故障
4. 拆下 ECM 线束接头
5. 检查 ECM 线束接头的端子是否有连接故障或间歇性故障
6. 如果检测到故障，根据需要进行修理

是否检测到故障？
No

Yes —→ 进到步骤 10

步骤 8
更换共轨（共轨压力传感器）

作业是否结束？

Yes —→ 进到步骤 10

(a)

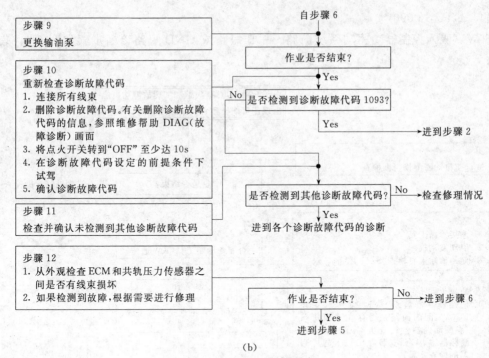

图 6-3 共轨压力异常诊断步骤

表 6-6 共轨压力异常故障诊断

状态电路图	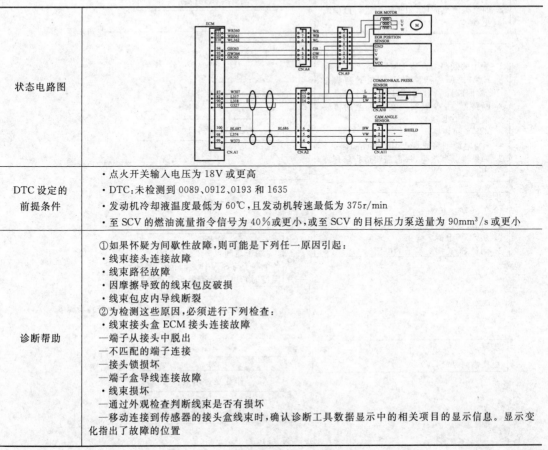
DTC 设定的前提条件	·点火开关输入电压为 18V 或更高 ·DTC：未检测到 0089、0912、0193 和 1635 ·发动机冷却液温度最低为 60℃，且发动机转速最低为 375r/min ·至 SCV 的燃油流量指令信号为 40% 或更小，或至 SCV 的目标压力泵送量为 90mm³/s 或更小
诊断帮助	①如果怀疑为间歇性故障，则可能是下列任一原因引起： ·线束接头连接故障 ·线束路径故障 ·因摩擦导致的线束包皮破损 ·线束包皮内导线断裂 ②为检测这些原因，必须进行下列检查： ·线束接头盒 ECM 接头连接故障 —端子从接头中脱出 —不匹配的端子连接 —接头锁损坏 —端子盒导线连接故障 ·线束损坏 —通过外观检查判断线束是否有损坏 —移动连接到传感器的接头盒线束时，确认诊断工具数据显示中的相关项目的显示信息。显示变化指出了故障的位置

(4) DTC：0090

SCV（吸入控制器）驱动系统断路、＋B短路或GND短路诊断步骤如图6-4、表6-7所示。

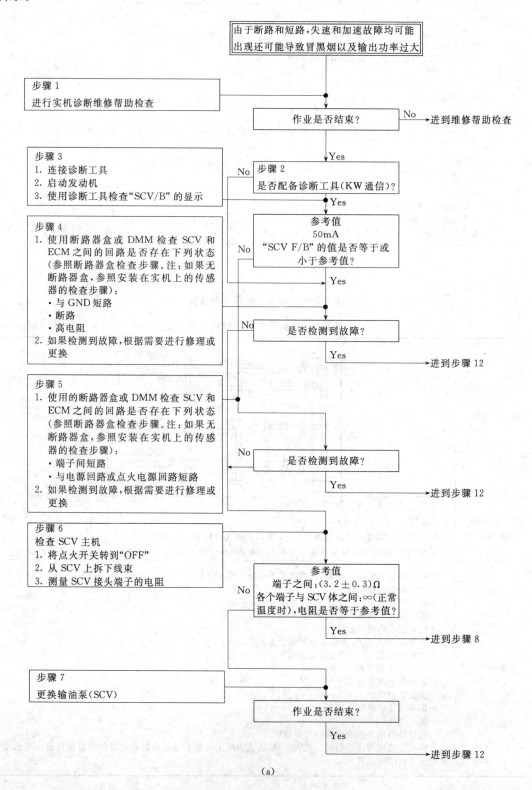

(a)

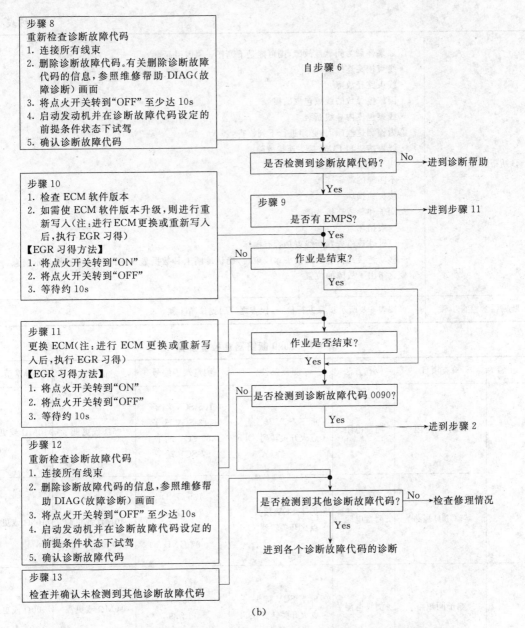

图 6-4 SCV（吸入控制器）驱动系统断路、＋B短路或GND短路诊断步骤

表 6-7 SCV（吸入控制阀）驱动系统断路、＋B短路或GND短路故障诊断

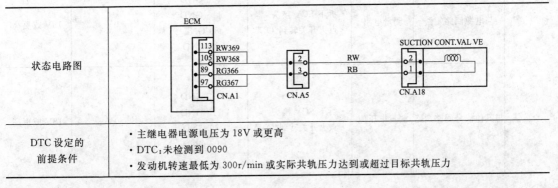

状态电路图	（电路图）
DTC 设定的前提条件	・主继电器电源电压为 18V 或更高 ・DTC：未检测到 0090 ・发动机转速最低为 300r/min 或实际共轨压力达到或超过目标共轨压力

诊断帮助	①如果怀疑为间歇性故障,则可能是下列任一原因引起: ·线束接头连接故障 ·线束路径故障 ·因摩擦导致的线束包皮破损 ·线束包皮内导线断裂 ②为检测这些原因,必须进行下列检查: ·线束接头和 ECM 接头连接故障 —端子从接头中脱出 —不匹配的端子连接 —接头锁损坏 —端子和导线连接故障 ·线束损坏 —通过外观检查判断线束是否有损坏 —移动连接到传感器的接头和线束时,确认诊断工具数据显示中的相关项目的显示信息。显示变化指出了故障的位置
断路器盒检查步骤	可按表 6-8 所示步骤进行检查,检查之后回到诊断步骤

表 6-8　0090 断路器盒检查步骤

步骤	检查项目	检查方法	测量条件	测量端子编号	正常值	异常值
4	断路/高电阻	测量电阻	·拆下 SCV 接头 ·点火开关转到"OFF"	105-SCV 端子 113-SCV 端子 89-SCV 端子 97-SCV 端子	5Ω 或更低	10MΩ 或更高
	与 GND 短路	测量电阻	·拆下 SCV 接头 ·点火开关转到"OFF"	105-GND 113-GND 89-GND 97-GND	10MΩ 或更高	100Ω 或更低
5	端子间短路	测量电阻	·拆下 SCV 接头 ·点火开关转到"OFF"	105-89 105-97 113-89 113-97	10MΩ 或更高	100Ω 或更低
	与电源回路短路	测量电阻	·拆下 SCV 接头 ·点火开关转到"ON"	105-GND 113-GND 89-GND 97-GND	0V	18V 或更高
	与其他信号回路短路	测量电压值	·拆下 SCV 接头 ·点火开关转到"ON"	105-GND 113-GND 89-GND 97-GND	0V	18V 或更高

(5) DTC：0107

大气压力传感器回路异常（电压异常低）诊断步骤如图6-5、表6-9所示。

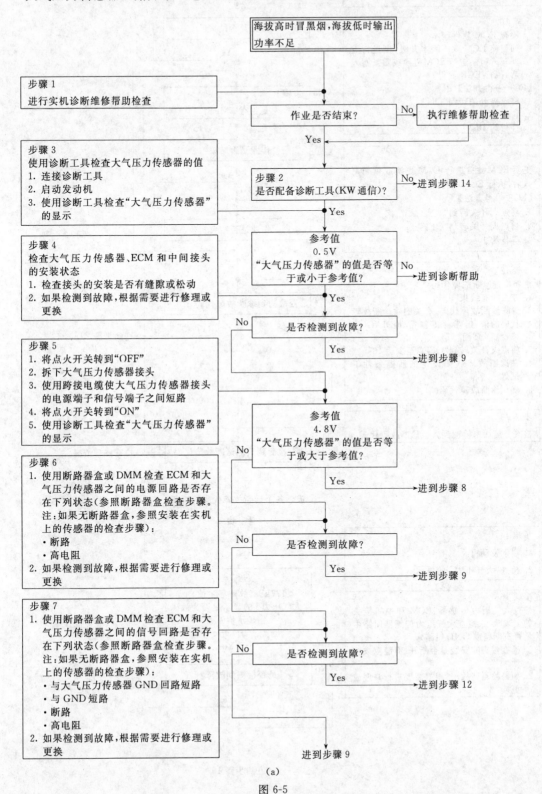

(a)

图 6-5

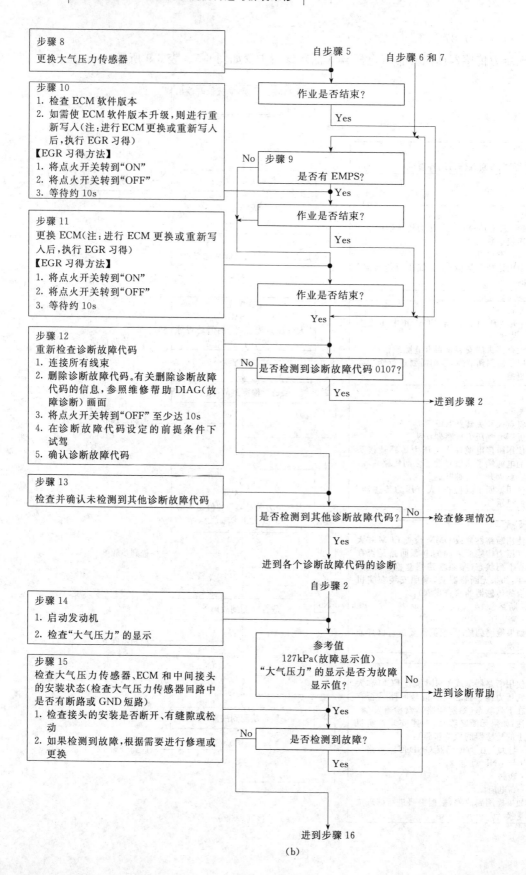

(b)

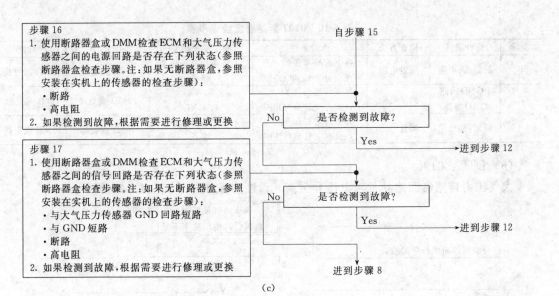

步骤 16
1. 使用断路器盒或DMM检查ECM和大气压力传感器之间的电源回路是否存在下列状态(参照断路器盒检查步骤。注:如果无断路器盒,参照安装在实机上的传感器的检查步骤):
   · 断路
   · 高电阻
2. 如果检测到故障,根据需要进行修理或更换

步骤 17
1. 使用断路器盒或DMM检查ECM和大气压力传感器之间的信号回路是否存在下列状态(参照断路器盒检查步骤。注:如果无断路器盒,参照安装在实机上的传感器的检查步骤):
   · 与大气压力传感器GND回路短路
   · 与GND短路
   · 断路
   · 高电阻
2. 如果检测到故障,根据需要进行修理或更换

自步骤15

是否检测到故障? No / Yes → 进到步骤12

是否检测到故障? No / Yes → 进到步骤12

进到步骤8

(c)

图 6-5　大气压力传感器回路异常（电压异常低）诊断步骤

表 6-9　大气压力传感器回路异常（电压异常低）故障诊断

状态电路图	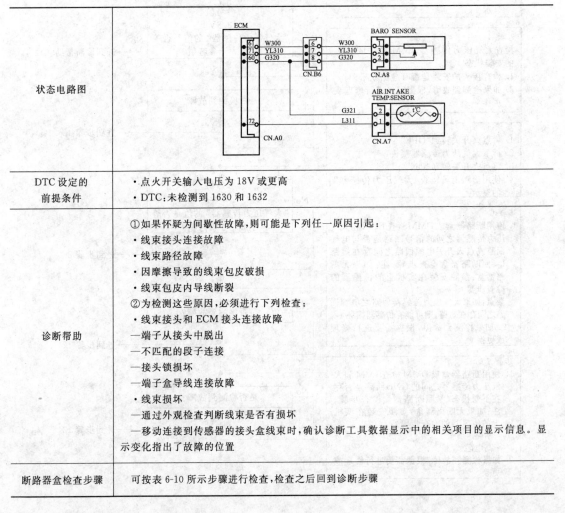
DTC 设定的前提条件	· 点火开关输入电压为18V或更高 · DTC:未检测到1630和1632
诊断帮助	①如果怀疑为间歇性故障,则可能是下列任一原因引起: · 线束接头连接故障 · 线束路径故障 · 因摩擦导致的线束包皮破损 · 线束包皮内导线断裂 ②为检测这些原因,必须进行下列检查: · 线束接头和ECM接头连接故障 —端子从接头中脱出 —不匹配的段子连接 —接头锁损坏 —端子盒导线连接故障 · 线束损坏 —通过外观检查判断线束是否有损坏 —移动连接到传感器的接头盒线束时,确认诊断工具数据显示中的相关项目的显示信息。显示变化指出了故障的位置
断路器盒检查步骤	可按表6-10所示步骤进行检查,检查之后回到诊断步骤

表 6-10　0107 断路器盒检查步骤

步骤	检查项目	检查方法	测量条件	测量端子编号	正常值	异常值
6	断路/高电阻	测量电阻	·拆下传感器接头 ·点火开关转到"OFF"	61-传感器接头电源端子	100Ω 或更低	10MΩ 或更高
7	与 GND 回路/GND 短路	测量电阻	·拆下传感器接头 ·点火开关转到"OFF"	71-60 71-GND	10MΩ 或更高	100Ω 或更低
	断路/高电阻	测量电阻	·拆下传感器接头 ·点火开关转到"OFF"	71-传感器接头信号端子	100Ω 或更低	10MΩ 或更高

（6）DTC：0108

大气压力传感器回路异常（电压异常高）诊断步骤如图 6-6、表 6-11 所示。

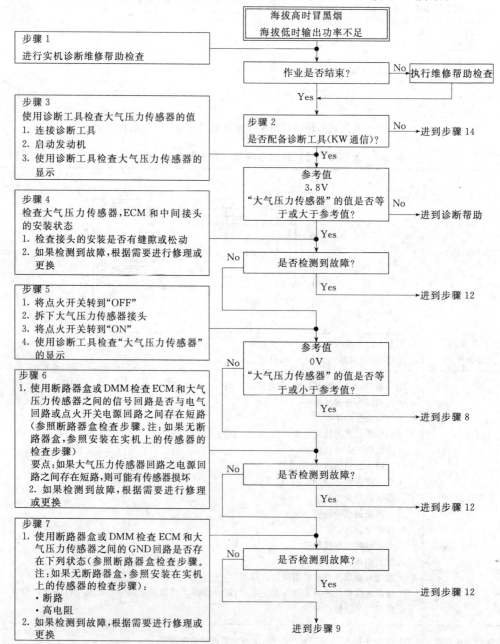

（a）

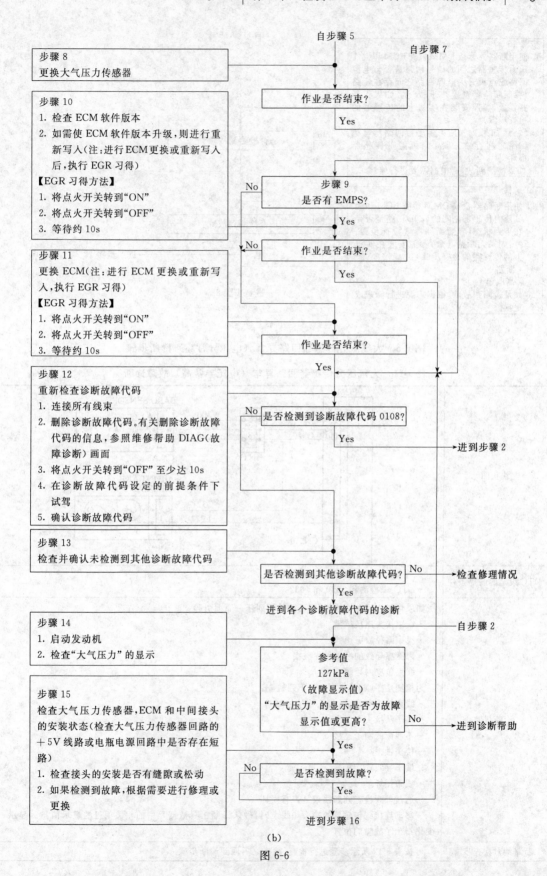

自步骤 5

自步骤 7

步骤 8
更换大气压力传感器

作业是否结束？
Yes

步骤 10
1. 检查 ECM 软件版本
2. 如需使 ECM 软件版本升级，则进行重新写入（注：进行 ECM 更换或重新写入后，执行 EGR 习得）
【EGR 习得方法】
1. 将点火开关转到"ON"
2. 将点火开关转到"OFF"
3. 等待约 10s

No ← **步骤 9** 是否有 EMPS？
Yes

步骤 11
更换 ECM（注：进行 ECM 更换或重新写入，执行 EGR 习得）
【EGR 习得方法】
1. 将点火开关转到"ON"
2. 将点火开关转到"OFF"
3. 等待约 10s

No ← 作业是否结束？
Yes

作业是否结束？
Yes

步骤 12
重新检查诊断故障代码
1. 连接所有线束
2. 删除诊断故障代码。有关删除诊断故障代码的信息，参照维修帮助 DIAG（故障诊断）画面
3. 将点火开关转到"OFF"至少达 10s
4. 在诊断故障代码设定的前提条件下试驾
5. 确认诊断故障代码

No ← 是否检测到诊断故障代码 0108？
Yes → 进到步骤 2

步骤 13
检查并确认未检测到其他诊断故障代码

是否检测到其他诊断故障代码？ No → 检查修理情况
Yes
进到各个诊断故障代码的诊断

自步骤 2

步骤 14
1. 启动发动机
2. 检查"大气压力"的显示

参考值
127kPa
（故障显示值）
"大气压力"的显示是否为故障显示值或更高？ No → 进到诊断帮助
Yes

步骤 15
检查大气压力传感器，ECM 和中间接头的安装状态（检查大气压力传感器回路的＋5V 线路或电瓶电源回路中是否存在短路）
1. 检查接头的安装是否有缝隙或松动
2. 如果检测到故障，根据需要进行修理或更换

No ← 是否检测到故障？
Yes

进到步骤 16

(b)

图 6-6

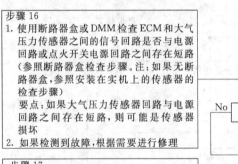

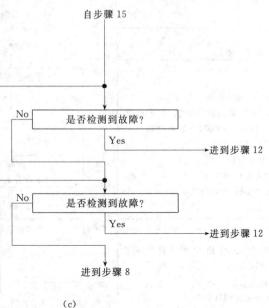

自步骤 15

步骤 16

1. 使用断路器盒或 DMM 检查 ECM 和大气压力传感器之间的信号回路是否与电源回路或点火开关电源回路之间存在短路（参照断路器盒检查步骤。注：如果无断路器盒，参照安装在实机上的传感器的检查步骤）

要点：如果大气压力传感器回路与电源回路之间存在短路，则可能是传感器损坏

2. 如果检测到故障，根据需要进行修理

是否检测到故障？ —No

Yes → 进到步骤 12

步骤 17

1. 使用断路器盒或 DMM 检查 ECM 和大气压力传感器之间的 GND 回路是否存在下列状态（参照断路器盒检查步骤。注：如果无断路器盒，参照安装在实机上的传感器的检查步骤）：

· 断路

· 高电阻

2. 如果检测到故障，根据需要进行修理或更换

是否检测到故障？ —No

Yes → 进到步骤 12

进到步骤 8

(c)

图 6-6 大气压力传感器回路异常（电压异常高）诊断步骤

表 6-11 大气压力传感器回路异常（电压异常高）故障诊断

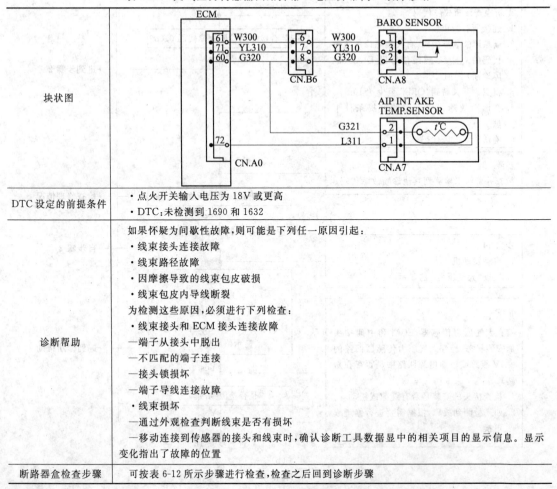

块状图	
DTC 设定的前提条件	· 点火开关输入电压为 18V 或更高 · DTC：未检测到 1690 和 1632
诊断帮助	如果怀疑是间歇性故障，则可能是下列任一原因引起： · 线束接头连接故障 · 线束路径故障 · 因摩擦导致的线束包皮破损 · 线束包皮内导线断裂 为检测这些原因，必须进行下列检查： · 线束接头和 ECM 接头连接故障 —端子从接头中脱出 —不匹配的端子连接 —接头锁损坏 —端子导线连接故障 · 线束损坏 —通过外观检查判断线束是否有损坏 —移动连接到传感器的接头和线束时，确认诊断工具数据显中的相关项目的显示信息。显示变化指出了故障的位置
断路器盒检查步骤	可按表 6-12 所示步骤进行检查，检查之后回到诊断步骤

表6-12　0108断路器盒检查步骤

步骤	检查项目	检查方法	测量条件	测量端子编号	正常值	异常值
6	与电源回路短路	测量电压	·拆下传感器接头 ·点火开关转到"ON"	71-GND	0V	18V 或更高
7	断路/高电阻	测量电阻	·拆下传感器接头 ·点火开关转到"OFF"	60-传感器接头 GND 端子	100Ω 或更低	10MΩ 或更高

（7）DTC：0112

IAT（进气温度）传感器异常（电压异常低）诊断步骤如图6-7、表6-13所示。

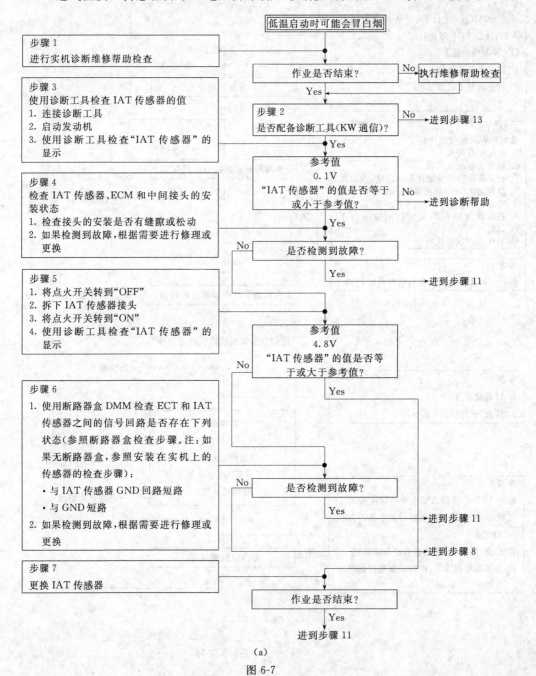

(a)

图 6-7

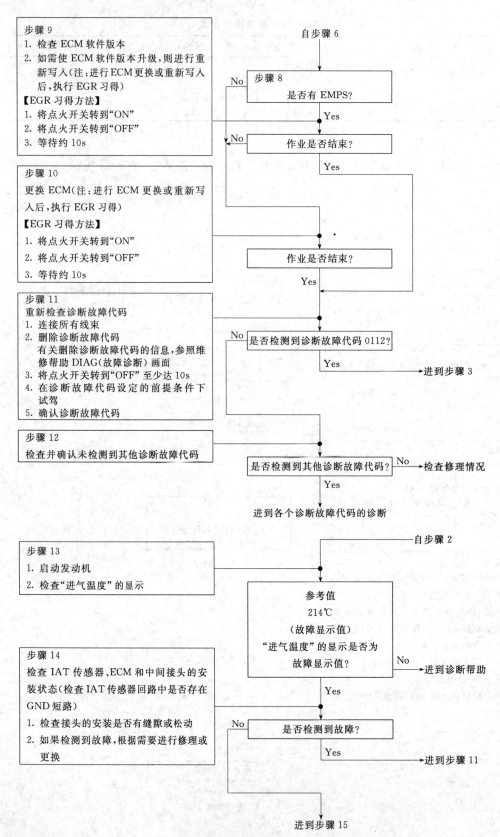

步骤 9
1. 检查 ECM 软件版本
2. 如需使 ECM 软件版本升级,则进行重新写入(注:进行 ECM 更换或重新写入后,执行 EGR 习得)
【EGR 习得方法】
1. 将点火开关转到"ON"
2. 将点火开关转到"OFF"
3. 等待约 10s

步骤 10
更换 ECM(注:进行 ECM 更换或重新写入后,执行 EGR 习得)
【EGR 习得方法】
1. 将点火开关转到"ON"
2. 将点火开关转到"OFF"
3. 等待约 10s

步骤 11
重新检查诊断故障代码
1. 连接所有线束
2. 删除诊断故障代码
  有关删除诊断故障代码的信息,参照维修帮助 DIAG(故障诊断)画面
3. 将点火开关转到"OFF"至少达 10s
4. 在诊断故障代码设定的前提条件下试驾
5. 确认诊断故障代码

步骤 12
检查并确认未检测到其他诊断故障代码

自步骤 6

步骤 8
是否有 EMPS?

作业是否结束?

作业是否结束?

是否检测到诊断故障代码 0112?
→ 进到步骤 3

是否检测到其他诊断故障代码? No → 检查修理情况

进到各个诊断故障代码的诊断

自步骤 2

步骤 13
1. 启动发动机
2. 检查"进气温度"的显示

参考值
214℃
(故障显示值)
"进气温度"的显示是否为故障显示值? No → 进到诊断帮助

步骤 14
检查 IAT 传感器、ECM 和中间接头的安装状态(检查 IAT 传感器回路中是否存在 GND 短路)
1. 检查接头的安装是否有缝隙或松动
2. 如果检测到故障,根据需要进行修理或更换

是否检测到故障? No

Yes → 进到步骤 11

进到步骤 15

(b)

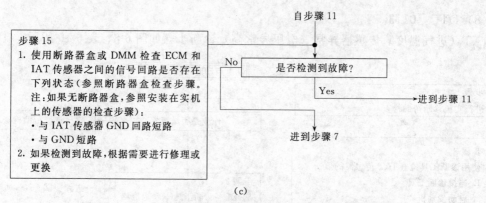

(c)

图 6-7 IAT（进气温度）传感器异常（电压异常低）诊断步骤

表 6-13 IAT（进气温度）传感器异常（电压异常低）故障诊断

块状图	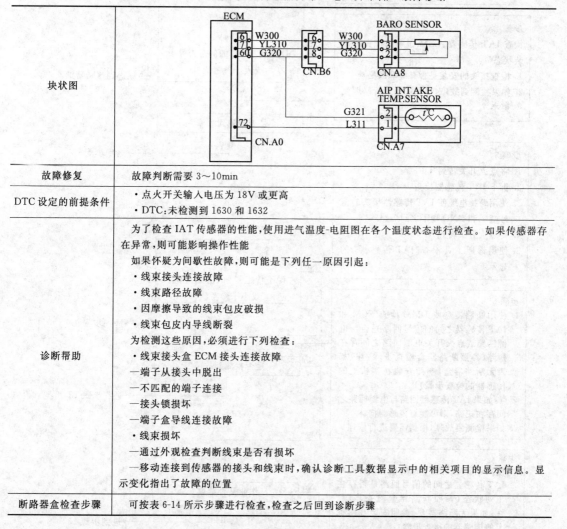
故障修复	故障判断需要 3～10min
DTC 设定的前提条件	• 点火开关输入电压为 18V 或更高 • DTC：未检测到 1630 和 1632
诊断帮助	为了检查 IAT 传感器的性能，使用进气温度-电阻图在各个温度状态进行检查。如果传感器存在异常，则可能影响操作性能 如果怀疑为间歇性故障，则可能是下列任一原因引起： • 线束接头连接故障 • 线束路径故障 • 因摩擦导致的线束包皮破损 • 线束包皮内导线断裂 为检测这些原因，必须进行下列检查： • 线束接头盒 ECM 接头连接故障 —端子从接头中脱出 —不匹配的端子连接 —接头锁损坏 —端子盒导线连接故障 • 线束损坏 —通过外观检查判断线束是否有损坏 —移动连接到传感器的接头和线束时，确认诊断工具数据显示中的相关项目的显示信息。显示变化指出了故障的位置
断路器盒检查步骤	可按表 6-14 所示步骤进行检查，检查之后回到诊断步骤

表 6-14 0112 断路器盒检查步骤

步骤	检查项目	检查方法	测量条件	测量端子编号	正常值	异常值
6	与 GND 回路/ GMD 回路	测量电阻	• 拆下传感器接头 • 点火开关转到"OFF"	72-60 72-GND	10MΩ 或更高	100Ω 或更低

（8）DTC：0113

IAT（进气温度）传感器异常（电压异常高）诊断步骤如图 6-8、表 6-15 所示。

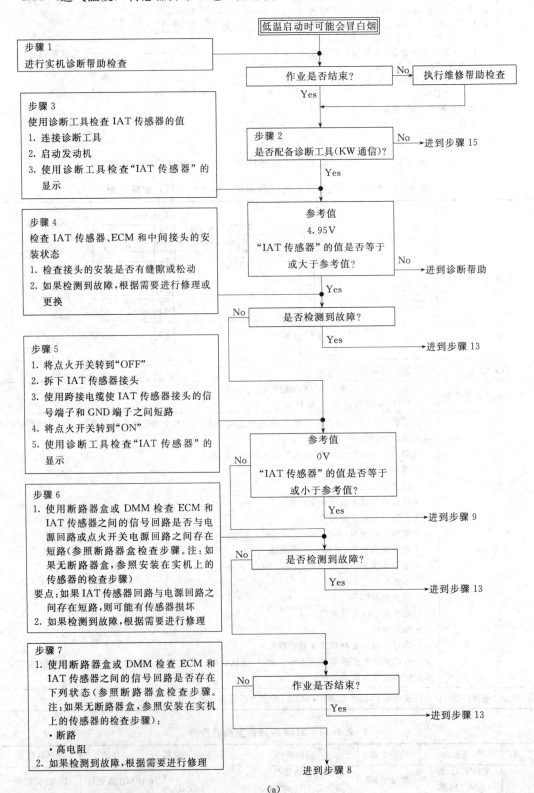

步骤 1
进行实机诊断帮助检查

低温启动时可能会冒白烟

作业是否结束？ ——No→ 执行维修帮助检查

Yes

步骤 3
使用诊断工具检查 IAT 传感器的值
1. 连接诊断工具
2. 启动发动机
3. 使用诊断工具检查"IAT 传感器"的显示

步骤 2
是否配备诊断工具(KW 通信)？ ——No→ 进到步骤 15

Yes

步骤 4
检查 IAT 传感器、ECM 和中间接头的安装状态
1. 检查接头的安装是否有缝隙或松动
2. 如果检测到故障，根据需要进行修理或更换

参考值
4.95V
"IAT 传感器"的值是否等于或大于参考值？ ——No→ 进到诊断帮助

Yes

是否检测到故障？ ——No

Yes
——→ 进到步骤 13

步骤 5
1. 将点火开关转到"OFF"
2. 拆下 IAT 传感器接头
3. 使用跨接电缆使 IAT 传感器接头的信号端子和 GND 端子之间短路
4. 将点火开关转到"ON"
5. 使用诊断工具检查"IAT 传感器"的显示

参考值
0V
"IAT 传感器"的值是否等于或小于参考值？ ——No

Yes
——→ 进到步骤 9

步骤 6
1. 使用断路器盒或 DMM 检查 ECM 和 IAT 传感器之间的信号回路是否与电源回路或点火开关电源回路之间存在短路（参照断路器盒检查步骤。注：如果无断路器盒，参照安装在实机上的传感器的检查步骤）
要点：如果 IAT 传感器回路与电源回路之间存在短路，则可能有传感器损坏
2. 如果检测到故障，根据需要进行修理

是否检测到故障？ ——No

Yes
——→ 进到步骤 13

步骤 7
1. 使用断路器盒或 DMM 检查 ECM 和 IAT 传感器之间的信号回路是否存在下列状态（参照断路器盒检查步骤。注：如果无断路器盒，参照安装在实机上的传感器的检查步骤）：
· 断路
· 高电阻
2. 如果检测到故障，根据需要进行修理

作业是否结束？ ——No

Yes
——→ 进到步骤 13

进到步骤 8

（a）

步骤 8

1. 使用断路器盒或 DMM 检查 ECM 和 IAT 传感器之间的 GND 回路是否存在下列状态（参照断路器盒检查步骤。注：如果无断路器盒，参照安装在实机上的传感器的检查步骤）：
   ·断路
   ·高电阻
2. 如果检测到故障，根据需要进行修理

自步骤 7

是否检测到故障？ —No

Yes

自步骤 5、19

步骤 9

更换 IAT 传感器

作业是否结束？

Yes

步骤 11

1. 检查 ECM 软件版本
2. 如需使 ECM 软件版本升级，则进行重新写入（注：进行 ECM 更换或重新写入后，执行 EGR 习得）

【EGR 习得方法】

1. 将点火开关转到"ON"
2. 将点火开关转到"OFF"
3. 等待约 10s

步骤 10

是否有 EMPS？ —No

Yes

作业是否结束？ —No

Yes

步骤 12

更换 ECM（注：进行 ECM 更换或重新写入后，执行 EGR 习得）

【EGR 习得方法】

1. 将点火开关转到"ON"
2. 将点火开关转到"OFF"
3. 等待约 10s

作业是否结束？

Yes

步骤 13

重新检查诊断故障代码

1. 连接所有线束
2. 删除诊断故障代码［有关删除诊断故障代码的信息，参照维修帮助 DIAG（故障诊断）画面］
3. 将点火开关转到"OFF"至少达 10s
4. 在诊断故障代码设定的前提条件下试驾
5. 确认诊断故障代码

是否检测到诊断故障代码 0113？ —No

Yes

→ 进到步骤 2

步骤 14

检查并确认未检测到其他诊断故障代码

是否检测到其他诊断故障代码？ —No→ 检查修理情况

Yes

进到各个诊断故障代码的诊断

(b)

图 6-8

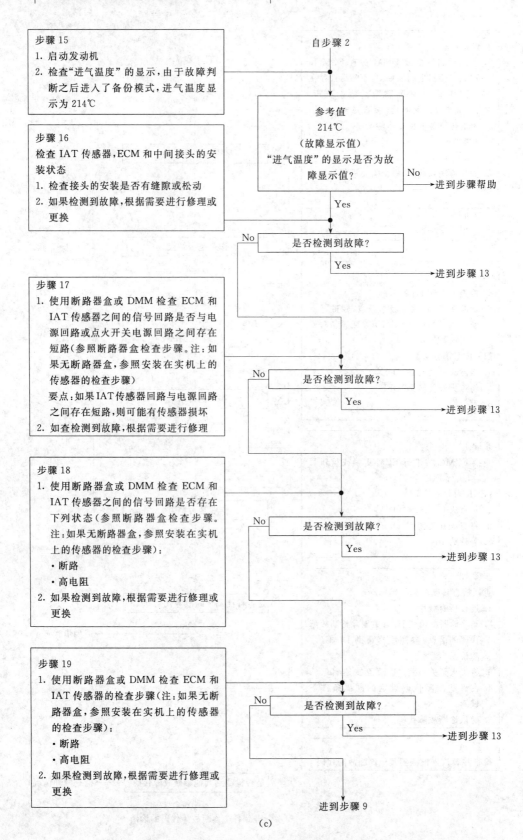

步骤 15

1. 启动发动机
2. 检查"进气温度"的显示,由于故障判断之后进入了备份模式,进气温度显示为 214℃

步骤 16

检查 IAT 传感器,ECM 和中间接头的安装状态

1. 检查接头的安装是否有缝隙或松动
2. 如果检测到故障,根据需要进行修理或更换

步骤 17

1. 使用断路器盒或 DMM 检查 ECM 和 IAT 传感器之间的信号回路是否与电源回路或点火开关电源回路之间存在短路(参照断路器盒检查步骤。注:如果无断路器盒,参照安装在实机上的传感器的检查步骤)

要点:如果 IAT 传感器回路与电源回路之间存在短路,则可能有传感器损坏
2. 如查检测到故障,根据需要进行修理

步骤 18

1. 使用断路器盒或 DMM 检查 ECM 和 IAT 传感器之间的信号回路是否存在下列状态(参照断路器盒检查步骤。注:如果无断路器盒,参照安装在实机上的传感器的检查步骤):
· 断路
· 高电阻
2. 如果检测到故障,根据需要进行修理或更换

步骤 19

1. 使用断路器盒或 DMM 检查 ECM 和 IAT 传感器的检查步骤(注:如果无断路器盒,参照安装在实机上的传感器的检查步骤):
· 断路
· 高电阻
2. 如果检测到故障,根据需要进行修理或更换

自步骤 2

参考值
214℃
(故障显示值)
"进气温度"的显示是否为故障显示值?

No → 进到步骤帮助

Yes

是否检测到故障?

No

Yes → 进到步骤 13

是否检测到故障?

No

Yes → 进到步骤 13

是否检测到故障?

No

Yes → 进到步骤 13

是否检测到故障?

No

Yes → 进到步骤 13

进到步骤 9

(c)

图 6-8 IAT(进气温度)传感器异常(电压异常高)诊断步骤

表 6-15 IAT（进气温度）传感器异常（电压异常高）故障诊断

状态电路图	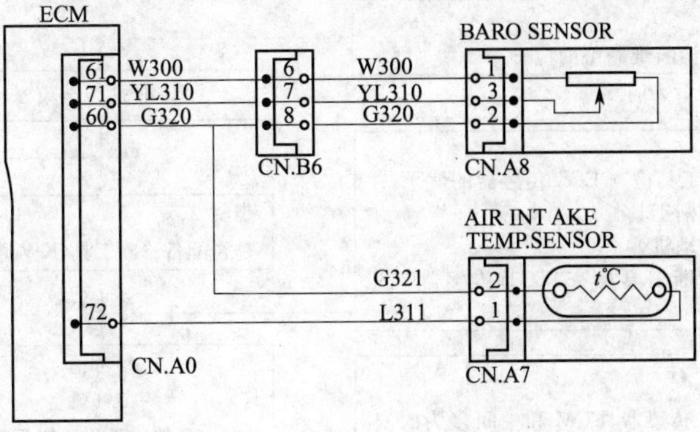
DTC 设定的前提条件	故障判断需要 3～10min
诊断帮助	为了检查 IAT 传感器的性能，使用进气温度-电阻图在各个温度状态下进行检查。如果传感器存在异常，则可能影响操作性能。如果怀疑为间歇性故障，则可能是下列任一原因引起： ·线束接头连接故障 ·线束路径故障 ·因摩擦导致的线束包皮破损 ·线束包皮内导线断裂 为检测这些原因，必须进行下列检查： ·线束接头盒 ECM 接头连接故障 —端子从接头中脱出 —不匹配的端子连接 —接头锁损坏 —端子盒导线连接故障 ·线束损坏 —通过外观检查判断线束是否有损坏 —移动连接到传感器的接头和线束时，确认诊断工具数据显示中的相关项目的显示信息。显示变化指出了故障的位置
断路器盒检查步骤	可按表 6-16 所示步骤进行检查，检查之后回到诊断步骤

表 6-16 0113 断路器盒检查步骤

步骤	检查项目	检查方法	测量条件	测量端子编号	正常值	异常值
6	与电源回路短路	测量电压	·拆下传感器接头 ·点火开关转到"ON"	72-GND	0V	18V 或更高
7	断路/高电阻	测量电阻	·拆下传感器接头 ·点火开关转到"OFF"	72-传感器接头信号端子	100MΩ 或更低	10MΩ 或更高
8	断路/高电阻	测量电阻	·拆下传感器接头 ·点火开关转到"OFF"	60-传感器接头信号端子	100Ω 或更低	10MΩ 或更高

（9）DTC：0117

ECT（发动机冷却液温度）传感器异常（电压异常低）诊断步骤如图 6-9、表 6-17 所示。

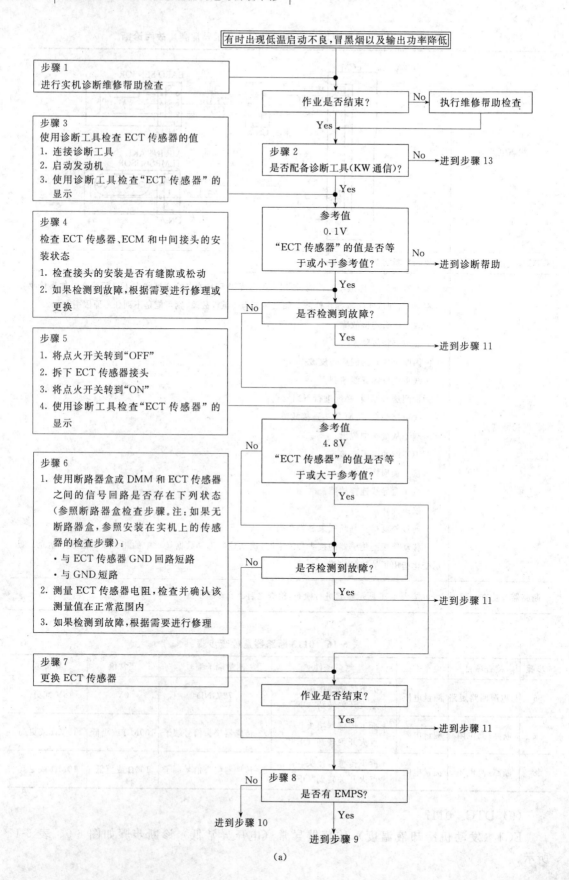

有时出现低温启动不良,冒黑烟以及输出功率降低

步骤 1
进行实机诊断维修帮助检查

作业是否结束? —No→ 执行维修帮助检查

Yes

步骤 3
使用诊断工具检查 ECT 传感器的值
1. 连接诊断工具
2. 启动发动机
3. 使用诊断工具检查 "ECT 传感器" 的显示

步骤 2
是否配备诊断工具(KW 通信)? —No→ 进到步骤 13

Yes

步骤 4
检查 ECT 传感器、ECM 和中间接头的安装状态
1. 检查接头的安装是否有缝隙或松动
2. 如果检测到故障,根据需要进行修理或更换

参考值
0.1V
"ECT 传感器" 的值是否等于或小于参考值? —No→ 进到诊断帮助

Yes

是否检测到故障? —No

Yes

步骤 5
1. 将点火开关转到 "OFF"
2. 拆下 ECT 传感器接头
3. 将点火开关转到 "ON"
4. 使用诊断工具检查 "ECT 传感器" 的显示

进到步骤 11

步骤 6
1. 使用断路器盒或 DMM 和 ECT 传感器之间的信号回路是否存在下列状态(参照断路器盒检查步骤。注:如果无断路器盒,参照安装在实机上的传感器的检查步骤):
· 与 ECT 传感器 GND 回路短路
· 与 GND 短路
2. 测量 ECT 传感器电阻,检查并确认该测量值在正常范围内
3. 如果检测到故障,根据需要进行修理

参考值
4.8V
"ECT 传感器" 的值是否等于或大于参考值? —No

Yes

是否检测到故障? —No

Yes

进到步骤 11

步骤 7
更换 ECT 传感器

作业是否结束?

Yes

进到步骤 11

步骤 8
是否有 EMPS? —No→ 进到步骤 10

Yes

进到步骤 9

(a)

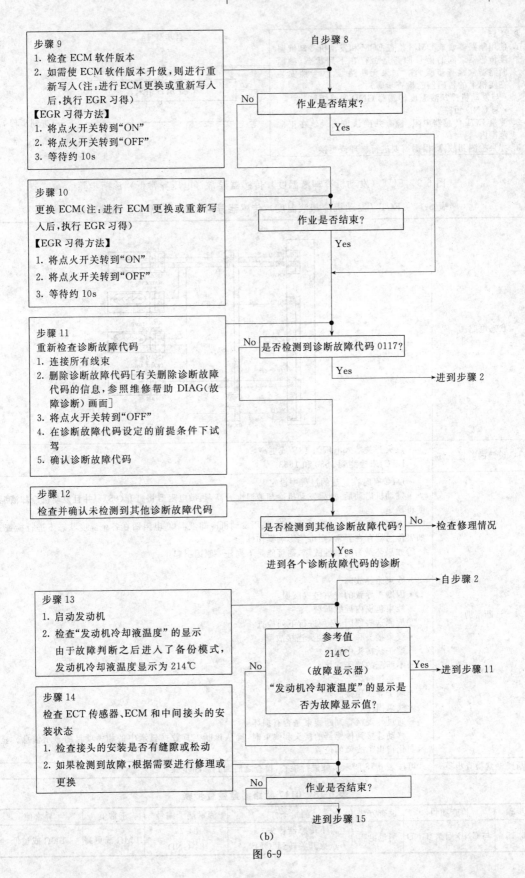

自步骤8

步骤9
1. 检查ECM软件版本
2. 如需使ECM软件版本升级，则进行重新写入（注：进行ECM更换或重新写入后，执行EGR习得）
【EGR习得方法】
1. 将点火开关转到"ON"
2. 将点火开关转到"OFF"
3. 等待约10s

作业是否结束？ — No
Yes

步骤10
更换ECM（注：进行ECM更换或重新写入后，执行EGR习得）
【EGR习得方法】
1. 将点火开关转到"ON"
2. 将点火开关转到"OFF"
3. 等待约10s

作业是否结束？
Yes

步骤11
重新检查诊断故障代码
1. 连接所有线束
2. 删除诊断故障代码［有关删除诊断故障代码的信息，参照维修帮助DIAG（故障诊断）画面］
3. 将点火开关转到"OFF"
4. 在诊断故障代码设定的前提条件下试驾
5. 确认诊断故障代码

是否检测到诊断故障代码0117？ — No
Yes → 进到步骤2

步骤12
检查并确认未检测到其他诊断故障代码

是否检测到其他诊断故障代码？ — No → 检查修理情况
Yes
进到各个诊断故障代码的诊断

自步骤2

步骤13
1. 启动发动机
2. 检查"发动机冷却液温度"的显示
由于故障判断之后进入了备份模式，发动机冷却液温度显示为214℃

参考值
214℃
（故障显示器）
"发动机冷却液温度"的显示是否为故障显示值？ — No / Yes → 进到步骤11

步骤14
检查ECT传感器、ECM和中间接头的安装状态
1. 检查接头的安装是否有缝隙或松动
2. 如果检测到故障，根据需要进行修理或更换

作业是否结束？ — No
进到步骤15

(b)

图6-9

步骤 15

1. 使用断路器盒或 DMM 检查 ECM 和发动机冷却液温度传感器之间的信号回路是否存在下列状态(参照断路器盒检查步骤。注:如果无断路器盒,参照安装在实机上的传感器的检查步骤):
   - 与发动机冷却液温度传感器 GND 回路短路
   - 与 GND 短路
2. 测量 ECT 传感器电阻,检查并确认该测量值在正常范围内
3. 如果检测到故障,根据需要进行修理或更换

自步骤 14

No ← 作业是否结束?

→ 进到步骤 7

(c)

图 6-9　ECT(发动机冷却液温度)传感器异常(电压异常低)诊断步骤

表 6-17　ECT(发动机冷却液温度)传感器异常(电压异常低)故障诊断

状态电路图	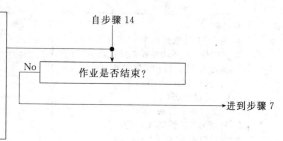
DTC 设定的前提条件	・点火开关输入电压为 18V 或更高 ・DTC:未检测到 1630 和 1633
诊断帮助	・DTC 有时在过热的过程中设定 ・发动机启动后,如果发动机冷却液温度升高,热敏电阻器将打开(85℃)并且发动机冷却液温度将稳定 ・为了检查 ECT 传感器的性能,使用发动机冷却液温度-电阻图在各个温度状态下进行检查。如果传感器存在异常,则可能影响操作性能 ①如果怀疑为间歇性故障,则可能是下列任一原因引起: ・线束接头连接故障 ・线束路径故障 ・因摩擦导致的线束包皮破损 ・线束包皮内导线断裂 ②检测这些原因,必须进行下列检查: ・线束接头和 ECM 接头连接故障 —端子从接头中脱出 —不匹配的端子连接 —接头锁损坏 —端子导线连接故障 ・线束损坏 —通过外观检查判断线束是否有损坏 —移动连接到传感器的接头和线束时,确认诊断工具数据显示中的相关项目的显示信息。显示变化指出了故障的位置
断路器盒检查步骤	可按表 6-18 所示步骤进行检查,检查之后回到诊断步骤

表 6-18　0117 断路器盒检查步骤

步骤	检查项目	检查方法	测量条件	测量端子编号	正常值	异常值
6,15	与 GND 回路/GND	测量电阻	・拆下传感器接头 ・点火开关转到"OFF"	84-79 84-GND	10MΩ 或更高	100Ω 或过低

（10）DTC：0118

ECT（发动机冷却液温度）传感器异常（电压异常高）诊断步骤如图6-10、表6-19所示。

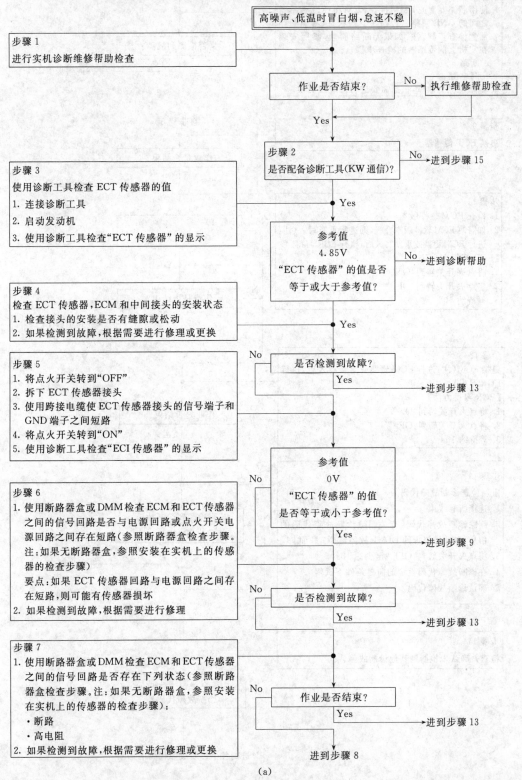

（a）

图 6-10

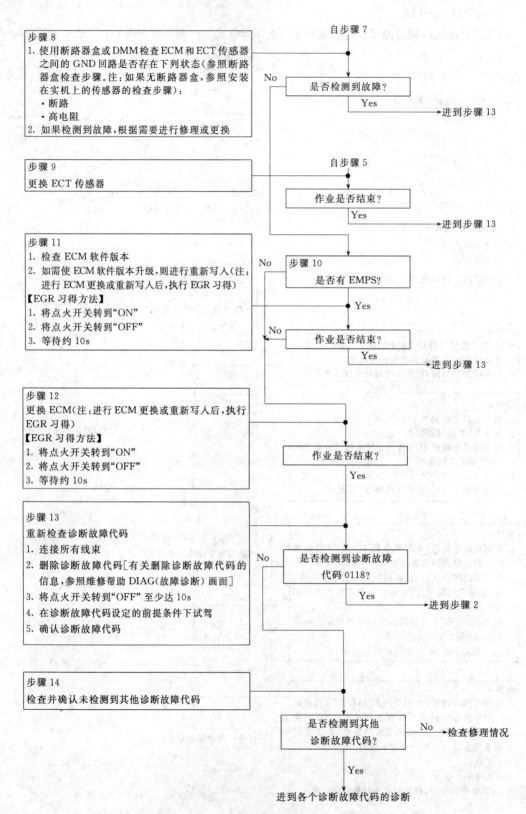

步骤 8

1. 使用断路器盒或DMM检查ECM和ECT传感器之间的 GND 回路是否存在下列状态（参照断路器盒检查步骤。注：如果无断路器盒，参照安装在实机上的传感器的检查步骤）：
・断路
・高电阻
2. 如果检测到故障,根据需要进行修理或更换

自步骤 7

是否检测到故障?

No

Yes → 进到步骤 13

步骤 9

更换 ECT 传感器

自步骤 5

作业是否结束?

Yes → 进到步骤 13

步骤 11

1. 检查 ECM 软件版本
2. 如需使 ECM 软件版本升级,则进行重新写入(注：进行 ECM 更换或重新写入后,执行 EGR 习得)
【EGR 习得方法】
1. 将点火开关转到"ON"
2. 将点火开关转到"OFF"
3. 等待约 10s

步骤 10

是否有 EMPS?

No

Yes

作业是否结束?

No

Yes → 进到步骤 13

步骤 12

更换 ECM(注：进行 ECM 更换或重新写入后,执行 EGR 习得)
【EGR 习得方法】
1. 将点火开关转到"ON"
2. 将点火开关转到"OFF"
3. 等待约 10s

作业是否结束?

Yes

步骤 13

重新检查诊断故障代码

1. 连接所有线束
2. 删除诊断故障代码[有关删除诊断故障代码的信息,参照维修帮助 DIAG(故障诊断) 画面]
3. 将点火开关转到"OFF"至少达 10s
4. 在诊断故障代码设定的前提条件下试驾
5. 确认诊断故障代码

是否检测到诊断故障代码 0118?

No

Yes → 进到步骤 2

步骤 14

检查并确认未检测到其他诊断故障代码

是否检测到其他诊断故障代码?

No → 检查修理情况

Yes

进到各个诊断故障代码的诊断

(b)

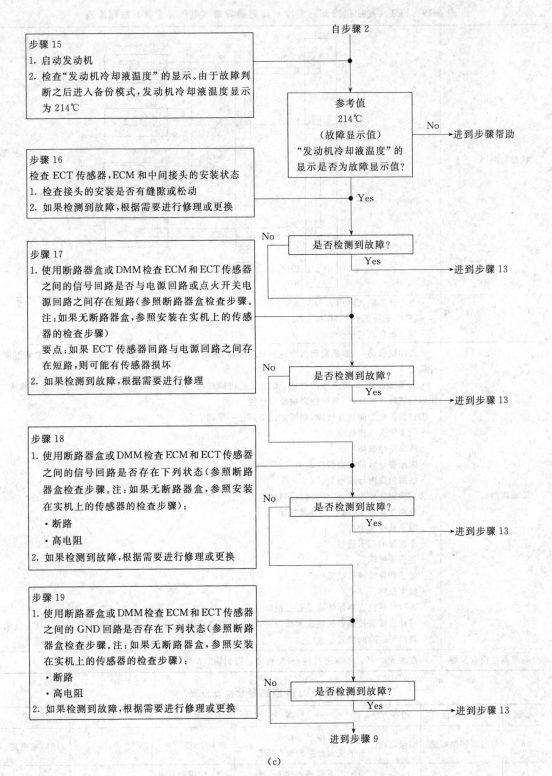

自步骤2

步骤15
1. 启动发动机
2. 检查"发动机冷却液温度"的显示。由于故障判断之后进入备份模式，发动机冷却液温度显示为214℃

参考值
214℃
（故障显示值）
"发动机冷却液温度"的显示是否为故障显示值？

No → 进到步骤帮助

步骤16
检查ECT传感器，ECM和中间接头的安装状态
1. 检查接头的安装是否有缝隙或松动
2. 如果检测到故障，根据需要进行修理或更换

Yes

是否检测到故障？ No
Yes → 进到步骤13

步骤17
1. 使用断路器盒或DMM检查ECM和ECT传感器之间的信号回路是否与电源回路或点火开关电源回路之间存在短路（参照断路器盒检查步骤。注：如果无断路器盒，参照安装在实机上的传感器的检查步骤）
要点：如果ECT传感器回路与电源回路之间存在短路，则可能有传感器损坏
2. 如果检测到故障，根据需要进行修理

是否检测到故障？ No
Yes → 进到步骤13

步骤18
1. 使用断路器盒或DMM检查ECM和ECT传感器之间的信号回路是否存在下列状态（参照断路器盒检查步骤。注：如果无断路器盒，参照安装在实机上的传感器的检查步骤）：
· 断路
· 高电阻
2. 如果检测到故障，根据需要进行修理或更换

是否检测到故障？ No
Yes → 进到步骤13

步骤19
1. 使用断路器盒或DMM检查ECM和ECT传感器之间的GND回路是否存在下列状态（参照断路器盒检查步骤。注：如果无断路器盒，参照安装在实机上的传感器的检查步骤）：
· 断路
· 高电阻
2. 如果检测到故障，根据需要进行修理或更换

是否检测到故障？ No
Yes → 进到步骤13

进到步骤9

(c)

图6-10 ECT（发动机冷却液温度）传感器异常
（电压异常高）诊断步骤

表 6-19　ECT（发动机冷却液温度）传感器异常（电压异常高）故障诊断

状态电路图	

状态电路图部分包含电路图。

ECM
80 WB303　9 WB
69 Y313　10 LY
79 BY323　11 BY
CN.A0

OIL PRESS. SENSOR
CN.A13

84 RG316　7 RB
WATER TEMP. SENSOR
CN.A15

FUEL TEMP. SENSOR
CN.A17

106 G372　1 Y
107 L371　2 VW
CN.A2

CRANK ANGLE SENSOR
CN.A12

83 YG315　YG
CN.A1　CN.A5

DTC 设定的前提条件	· 点火开关输入电压为 18V 或更高 · DTC：未检测到 1630 和 1633 · 发动机启动后至少 3min
诊断帮助	· 发动机启动后，如果发动机冷却液温度升高，热敏电阻器将打开（85℃）并且发动机冷却液温度将稳定 · 为了检查 ECT 传感器的性能，使用发动机冷却液温度-电阻图在各个温度状态下进行检查。如果传感器存在异常，则可能影响操作性能 ①如果怀疑为间歇性故障，则可能是下列任一原因引起： · 线束接头连接故障 · 线束路径故障 · 因摩擦导致的线束包皮破损 · 线束包皮内导线断裂 ②为检测这些原因，必须进行下列检查： · 线束接头和 ECM 接头连接故障 —端子从接头中脱出 —不匹配的端子连接 —接头锁损坏 —端子和导线连接故障 · 线束损坏 —通过外观检查判断线束是否有损坏 —移动连接到传感器的接头和线束时，确认诊断工具数据显示中的相关项目的显示信息。显示变化指出了故障的位置
断路器盒检查步骤	可按表 6-20 所示步骤进行检查，检查之后回到诊断步骤

表 6-20　0118 断路器盒检查步骤

步骤	检查项目	检查方法	测量条件	测量端子编号	正常值	异常值
6	与电源回路短路	测量电压	· 拆下传感器接头 · 点火开关转到"ON"	84-GND	0V	18V 或更高
7	断路/高电阻	测量电阻	· 拆下传感器接头 · 点火开关转到"OFF"	84-传感器接头信号端子	100MΩ 或更低	10MΩ 或更高
8	断路/高电阻	测量电阻	· 拆下传感器接头 · 点火开关转到"OFF"	79-传感器接头GND 端子	100Ω 或更低	10MΩ 或更高

(11) DTC：0182

FT（燃油温度）传感器异常（电压异常低）诊断步骤如图 6-11、表 6-21 所示。

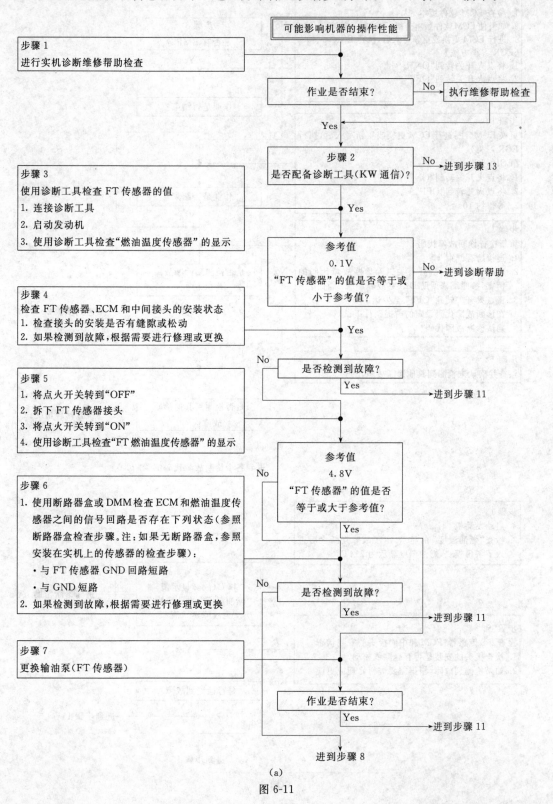

（a）

图 6-11

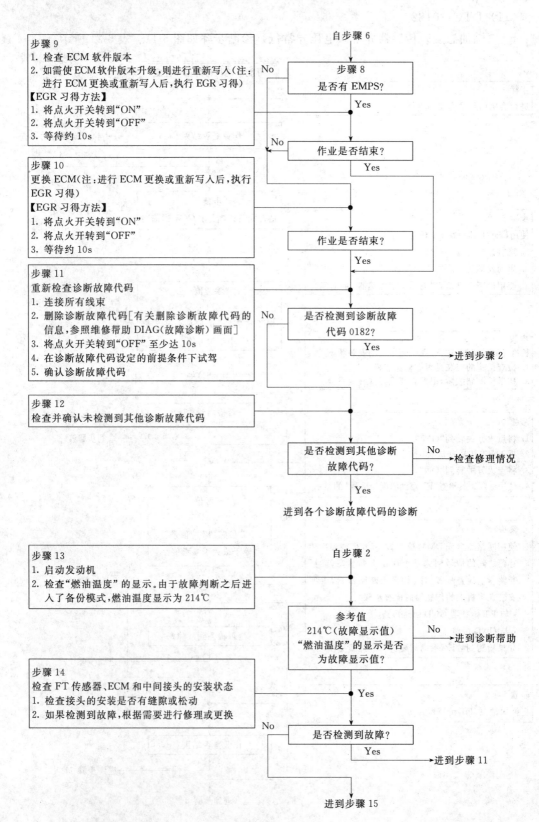

(b)

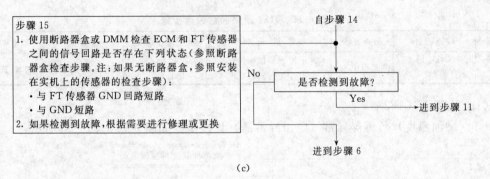

图 6-11 FT（燃油温度）传感器异常（电压异常低）诊断步骤

表 6-21 FT（燃油温度）传感器异常（电压异常低）故障诊断

状态电路图	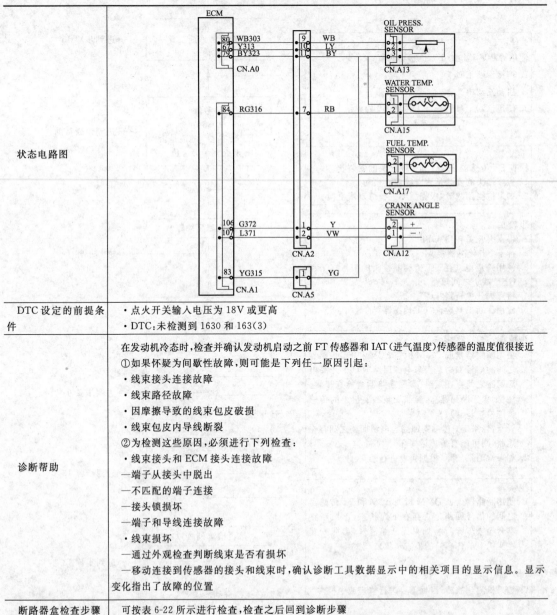
DTC 设定的前提条件	·点火开关输入电压为 18V 或更高 ·DTC：未检测到 1630 和 163(3)
诊断帮助	在发动机冷态时，检查并确认发动机启动之前 FT 传感器和 IAT（进气温度）传感器的温度值很接近 ①如果怀疑为间歇性故障，则可能是下列任一原因引起： ·线束接头连接故障 ·线束路径故障 ·因摩擦导致的线束包皮破损 ·线束包皮内导线断裂 ②为检测这些原因，必须进行下列检查： ·线束接头和 ECM 接头连接故障 —端子从接头中脱出 —不匹配的端子连接 —接头锁损坏 —端子和导线连接故障 ·线束损坏 —通过外观检查判断线束是否有损坏 —移动连接到传感器的接头和线束时，确认诊断工具数据显示中的相关项目的显示信息。显示变化指出了故障的位置
断路器盒检查步骤	可按表 6-22 所示进行检查，检查之后回到诊断步骤

表 6-22　0182 断路器盒检查步骤

步骤	检查项目	检查方法	测量条件	测量端子编号	正常值	异常值
6	与 GND 回路/GND 短路	测量电阻	·拆下传感器接头 ·点火开关转到"OFF"	83-109 83-GND	10MΩ 或更高	100Ω 或更低

（12）DTC：0183

FT（燃油温度）传感器异常（电压异常高）诊断步骤如图 6-12、表 6-23 所示。

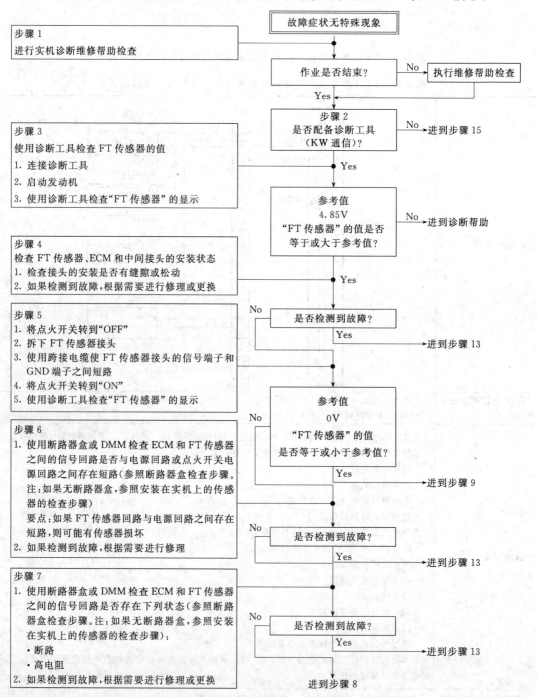

步骤 1
进行实机诊断维修帮助检查

故障症状无特殊现象

作业是否结束？　No → 执行维修帮助检查

Yes

步骤 2
是否配备诊断工具（KW 通信）？　No → 进到步骤 15

Yes

步骤 3
使用诊断工具检查 FT 传感器的值
1. 连接诊断工具
2. 启动发动机
3. 使用诊断工具检查"FT 传感器"的显示

参考值
4.85V
"FT 传感器"的值是否等于或大于参考值？　No → 进到诊断帮助

Yes

步骤 4
检查 FT 传感器、ECM 和中间接头的安装状态
1. 检查接头的安装是否有缝隙或松动
2. 如果检测到故障，根据需要进行修理或更换

是否检测到故障？　No
Yes → 进到步骤 13

步骤 5
1. 将点火开关转到"OFF"
2. 拆下 FT 传感器接头
3. 使用跨接电缆使 FT 传感器接头的信号端子和 GND 端子之间短路
4. 将点火开关转到"ON"
5. 使用诊断工具检查"FT 传感器"的显示

参考值
0V
"FT 传感器"的值是否等于或小于参考值？　No

Yes → 进到步骤 9

步骤 6
1. 使用断路器盒或 DMM 检查 ECM 和 FT 传感器之间的信号回路是否与电源回路或点火开关电源回路之间存在短路（参照断路器盒检查步骤。注：如果无断路器盒，参照安装在实机上的传感器的检查步骤）
要点：如果 FT 传感器回路与电源回路之间存在短路，则可能有传感器损坏
2. 如果检测到故障，根据需要进行修理

是否检测到故障？　No
Yes → 进到步骤 13

步骤 7
1. 使用断路器盒或 DMM 检查 ECM 和 FT 传感器之间的信号回路是否存在下列状态（参照断路器盒检查步骤。注：如果无断路器盒，参照安装在实机上的传感器的检查步骤）：
·断路
·高电阻
2. 如果检测到故障，根据需要进行修理或更换

是否检测到故障？　No
Yes → 进到步骤 13

进到步骤 8

(a)

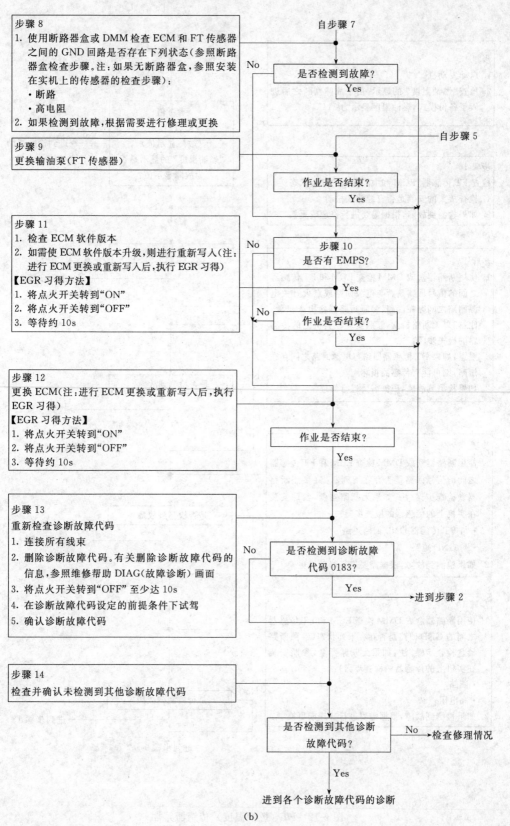

(b)

图 6-12

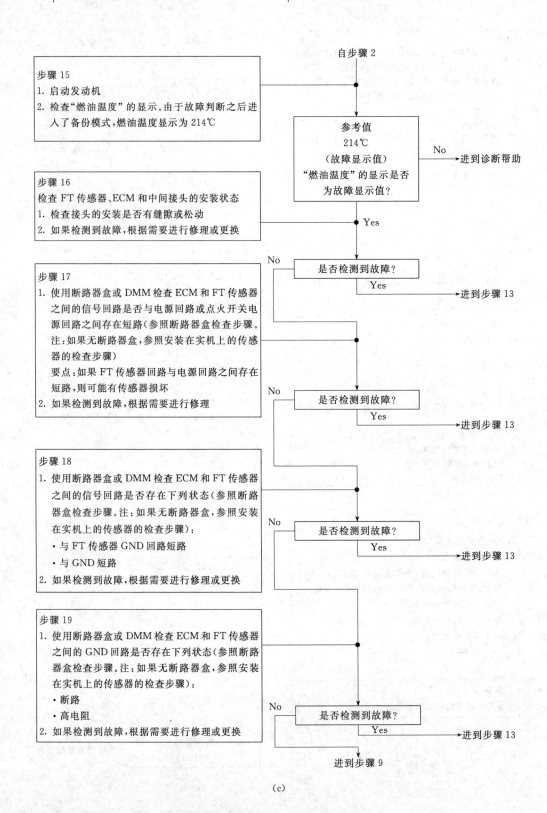

(c)

图 6-12　FT（燃油温度）传感器异常

（电压异常高）诊断步骤

表 6-23　**FT（燃油温度）传感器异常（电压异常高）故障诊断**

状态电路图	

DTC 设定的前提条件	• 点火开关输入电压为 18V 或更高 • DTC：未检测到 1630 和 163(2) • 发动机启动后至少 3min
诊断帮助	在发动机冷态时,检查并确认发动机启动之前 FT 传感器和 IAT（进气温度）传感器的温度值很接近 ①如果怀疑为间歇性故障,则可能是下列任一原因引起: • 线束接头连接故障 • 线束路径故障 • 因摩擦导致的线束包皮破损 • 线束包皮内导线断裂 ②为检测这些原因,必须进行下列检查: • 线束接头和 ECM 接头连接故障 —端子从接头中脱出 —不匹配的端子连接 —接头锁损坏 —端子和导线连接故障 • 线束损坏 —通过外观检查判断线束是否有损坏 —移动连接到传感器的接头和线束时,确认诊断工具数据显示中的相关项目的显示信息。显示变化指出了故障的位置
断路器盒检查步骤	可按表 6-24 所示步骤进行检查,检查之后回到诊断步骤

表 6-24　**0183 断路器盒检查步骤**

步骤	检查项目	检查方法	测量条件	测量端子编号	正常值	异常值
6	与电源回路短路	测量电压	• 拆下传感器接头 • 点火开关转到"ON"	84-GND	0V	18V 或更高
7	断路/高电阻	测量电阻	• 拆下传感器接头 • 点火开关转到"OFF"	84-传感器接头 信号端子	100Ω 或更低	10MΩ 或更高
8	断路/高电阻	测量电阻	• 拆下传感器接头 • 点火开关转到"OFF"	79-传感器接头 GND 端子	100Ω 或更低	10MΩ 或更高

（13）DTC：0192

共轨压力传感器异常（电压异常低）诊断步骤如图 6-13、表 6-25 所示。

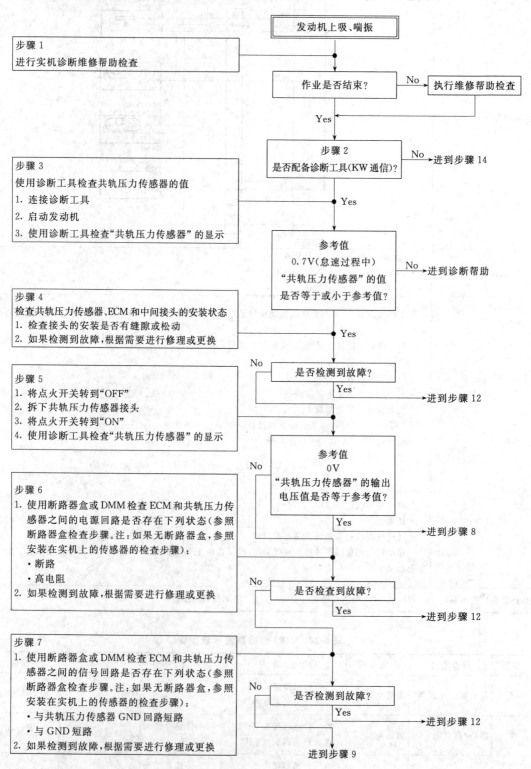

（a）

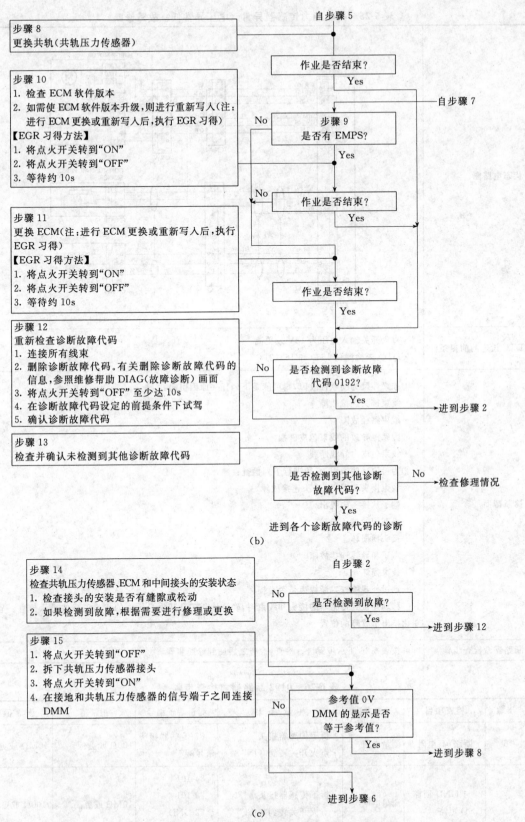

图 6-13 共轨压力传感器异常（电压异常低）诊断步骤

表 6-25　共轨压力传感器异常（电压异常低）故障诊断

状态电路图	
DTC 设定的前提条件	・点火开关输入电压为 18V 或更高 ・DTC：未检测到 1630 和 163(2)
诊断帮助	①如果怀疑为间歇性故障,则可能是下列任一原因引起: ・线束接头连接故障 ・线束路径故障 ・因摩擦导致的线束包皮破损 ・线束包皮内导线断裂 ②为检测这些原因,必须进行下列检查: ・线束接头和 ECM 接头连接故障 —端子从接头中脱出 —不匹配的端子连接 —接头锁损坏 —端子和导线连接故障 ・线束损坏 —通过外观检查判断线束是否有损坏 —移动连接到传感器的接头和线束时,确认诊断工具数据显示中的相关项目的显示信息。显示变化指出了故障的位置
断路器盒检查步骤	可按表 6-26 所示步骤进行检查,检查之后回到诊断步骤

表 6-26　0192 断路器盒检查步骤

步骤	检查项目	检查方法	测量条件	测量端子编号	正常值	异常值
6	断路/高电阻	测量电阻	・拆下传感器接头 ・点火开关转到"ON"	87-传感器接头 信号端子	100Ω 或更低	10MΩ 或更高
7	与 GND 回路/ GND 短路	测量电阻	・拆下传感器接头 ・点火开关转到"OFF"	84-101 90-101 82-GND 90-GND	10MΩ 或更高	100Ω 或更低

（14）DTC：0193

共轨压力传感器异常（电压异常高）诊断步骤如图6-14、表6-27所示。

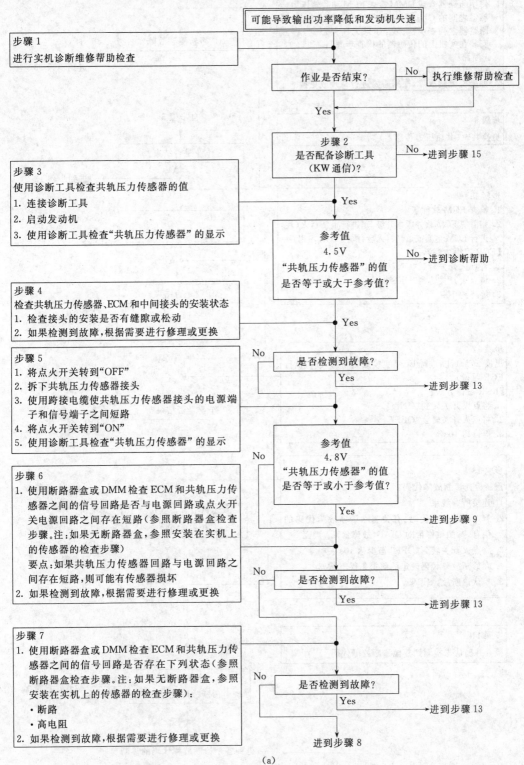

（a）

图6-14

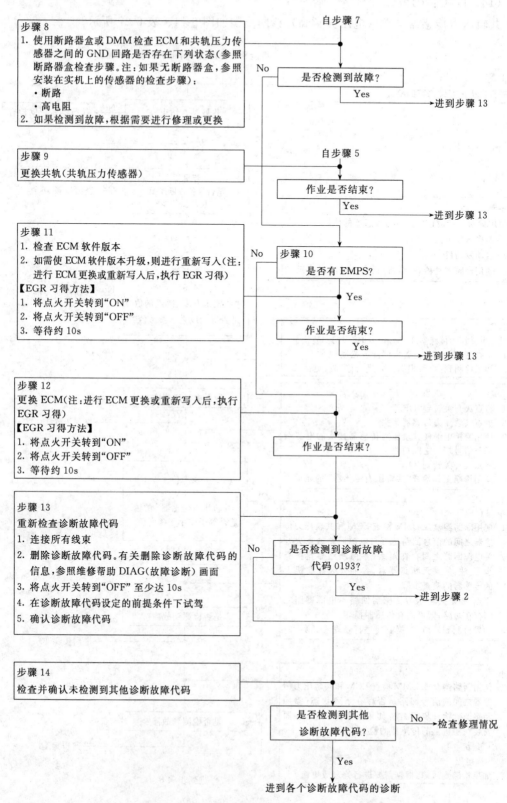

步骤 8

1. 使用断路器盒或 DMM 检查 ECM 和共轨压力传感器之间的 GND 回路是否存在下列状态（参照断路器盒检查步骤。注：如果无断路器盒，参照安装在实机上的传感器的检查步骤）：
   · 断路
   · 高电阻
2. 如果检测到故障，根据需要进行修理或更换

自步骤 7

是否检测到故障？　No
　　　　　　　Yes → 进到步骤 13

步骤 9

更换共轨（共轨压力传感器）

自步骤 5

作业是否结束？
　　　　　　　Yes → 进到步骤 13

步骤 11

1. 检查 ECM 软件版本
2. 如需使 ECM 软件版本升级，则进行重新写入（注：进行 ECM 更换或重新写入后，执行 EGR 习得）
【EGR 习得方法】
1. 将点火开关转到"ON"
2. 将点火开关转到"OFF"
3. 等待约 10s

步骤 10

是否有 EMPS？　No
　　　　　　Yes

作业是否结束？
　　　　　　　Yes → 进到步骤 13

步骤 12

更换 ECM（注：进行 ECM 更换或重新写入后，执行 EGR 习得）
【EGR 习得方法】
1. 将点火开关转到"ON"
2. 将点火开关转到"OFF"
3. 等待约 10s

作业是否结束？

步骤 13

重新检查诊断故障代码

1. 连接所有线束
2. 删除诊断故障代码。有关删除诊断故障代码的信息，参照维修帮助 DIAG（故障诊断）画面
3. 将点火开关转到"OFF"至少达 10s
4. 在诊断故障代码设定的前提条件下试驾
5. 确认诊断故障代码

是否检测到诊断故障代码 0193？　No
　　　　　　　Yes → 进到步骤 2

步骤 14

检查并确认未检测到其他诊断故障代码

是否检测到其他诊断故障代码？　No → 检查修理情况
　　　　　　Yes

进到各个诊断故障代码的诊断

（b）

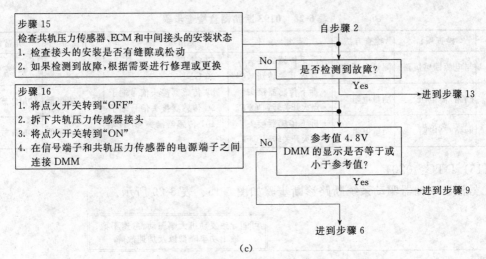

步骤15
检查共轨压力传感器、ECM和中间接头的安装状态
1. 检查接头的安装是否有缝隙或松动
2. 如果检测到故障,根据需要进行修理或更换

自步骤2

是否检测到故障？
No
Yes → 进到步骤13

步骤16
1. 将点火开关转到"OFF"
2. 拆下共轨压力传感器接头
3. 将点火开关转到"ON"
4. 在信号端子和共轨压力传感器的电源端子之间连接 DMM

参考值 4.8V
DMM 的显示是否等于或小于参考值？
No
Yes → 进到步骤9

进到步骤6

(c)

图 6-14 共轨压力传感器异常（电压异常高）诊断步骤

表 6-27 共轨压力传感器异常（电压异常高）故障诊断

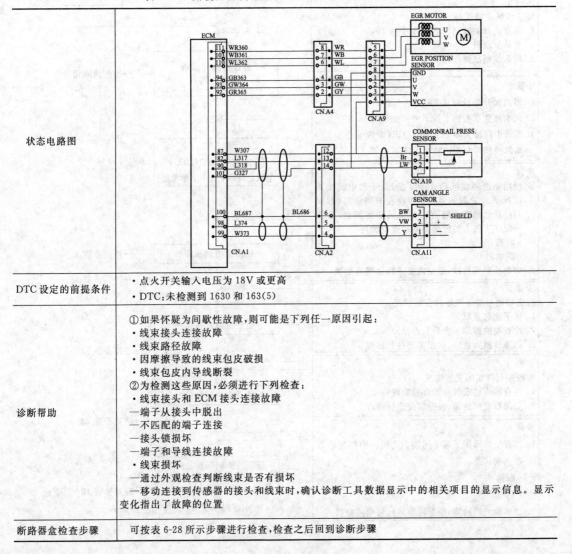

状态电路图	
DTC 设定的前提条件	·点火开关输入电压为 18V 或更高 ·DTC：未检测到 1630 和 163(5)
诊断帮助	①如果怀疑为间歇性故障,则可能是下列任一原因引起: ·线束接头连接故障 ·线束路径故障 ·因摩擦导致的线束包皮破损 ·线束包皮内导线断裂 ②为检测这些原因,必须进行下列检查: ·线束接头和 ECM 接头连接故障 —端子从接头中脱出 —不匹配的端子连接 —接头锁损坏 —端子和导线连接故障 ·线束损坏 —通过外观检查判断线束是否有损坏 —移动连接到传感器的接头和线束时,确认诊断工具数据显示中的相关项目的显示信息。显示变化指出了故障的位置
断路器盒检查步骤	可按表 6-28 所示步骤进行检查,检查之后回到诊断步骤

表 6-28 0193 断路器盒检查步骤

步骤	检查项目	检查方法	测 量 条 件	测量端子编号	正常值	异常值
6	与电源回路短路	测量电压值	• 拆下传感器接头 • 点火开关转到"ON"	82-GND 90-GND	0V	18V 或更高
7	断路/高电阻	测量电阻	• 拆下传感器接头 • 点火开关转到"OFF"	82-传感器接头信号端子 90-传感器接头信号端子	100Ω 或更低	10MΩ 或更高
8	断路/高电阻	测量电阻	• 拆下传感器接头 • 点火开关转到"OFF"	101-传感器接头 GND 端子	100Ω 或更低	10MΩ 或更高

(15) DTC：0201

1 号油缸喷油器驱动系统断路诊断步骤如图 6-15、表 6-29 所示。

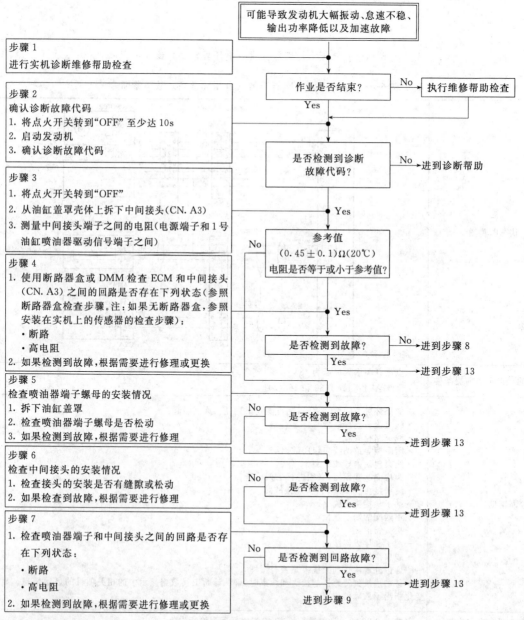

(a)

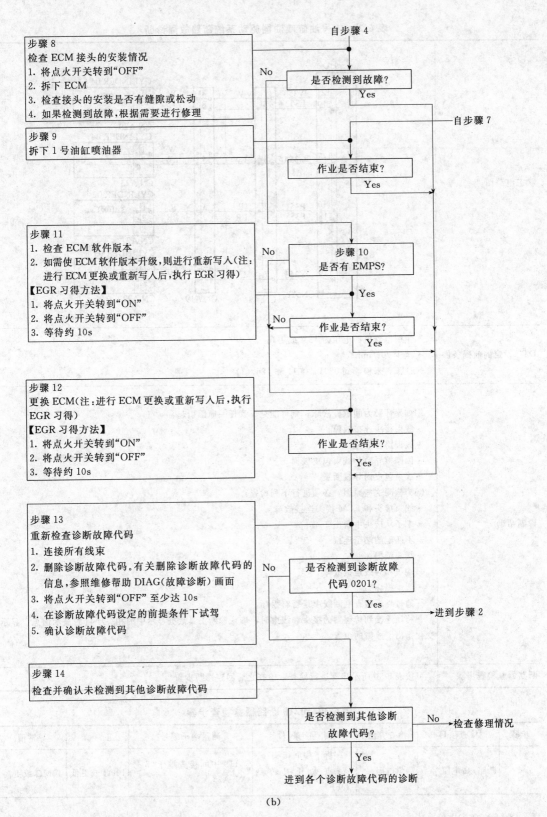

(b)

图 6-15 1号油缸喷油器驱动系统断路诊断步骤

表 6-29　1 号油缸喷油器驱动系统断路故障诊断

状态电路图	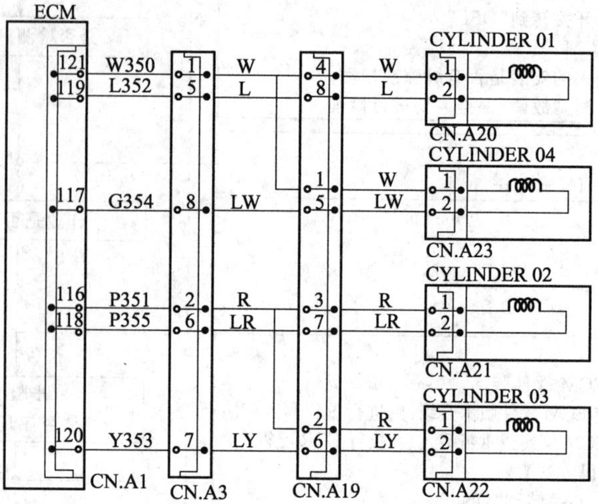
DTC 设定的前提条件	· 主继电器电源电压为 18V 或更高 · 至少 70r/min。 · DTC：未检测到 0201、0611 和 126（1）
诊断帮助	①如果怀疑为间歇性故障，则可能是下列任一原因引起： ·线束接头连接故障 ·线束路径故障 ·因摩擦导致的线束包皮破损 ·线束包皮内导线断裂 ②为检测这些原因，必须进行下列检查： ·线束接头和 ECM 接头连接故障 —端子从接头中脱出 —不匹配的端子连接 —接头锁损坏 —端子和导线连接故障 ·线束损坏 —通过外观检查判断线束是否有损坏 —移动连接到传感器的接头和线束时，确认诊断工具数据显示中的相关项目的显示信息。显示变化指出了故障的位置
断路器盒检查步骤	可按表 6-30 所示步骤进行检查，检查之后回到诊断步骤

表 6-30　0210 断路器盒检查步骤

步骤	检查项目	检查方法	测量条件	测量端子编号	正常值	异常值
4	断路/高电阻	测量电阻	·拆下中间接头 ·点火开关转到"OFF"	119-中间接头端子（5号 CN. A3）	100Ω 或更低	10MΩ 或更高

（16）0202

2 号油缸喷油器驱动系统断路诊断步骤如图 6-16、表 6-31 所示。

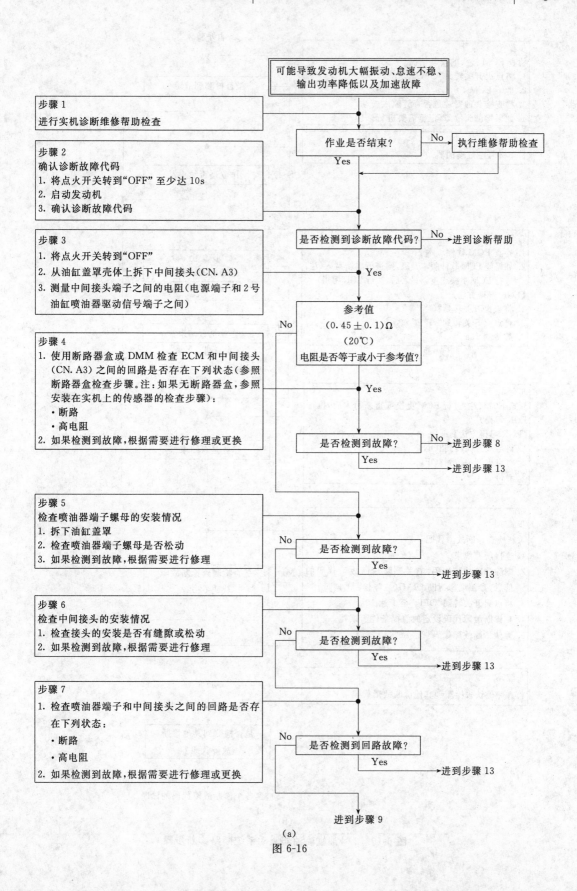

（a）

图 6-16

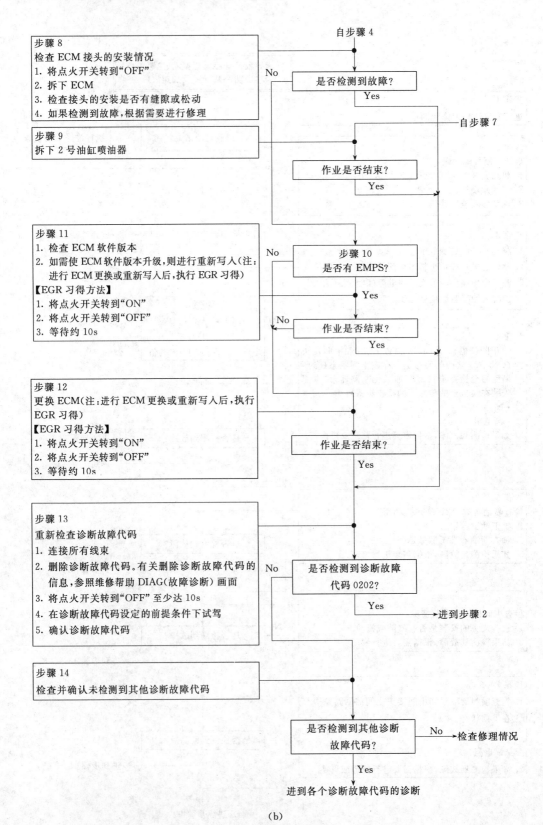

(b)

图 6-16 2 号油缸喷油器驱动系统断路诊断步骤

表 6-31 2 号油缸喷油器驱动系统断路故障诊断

状态电路图	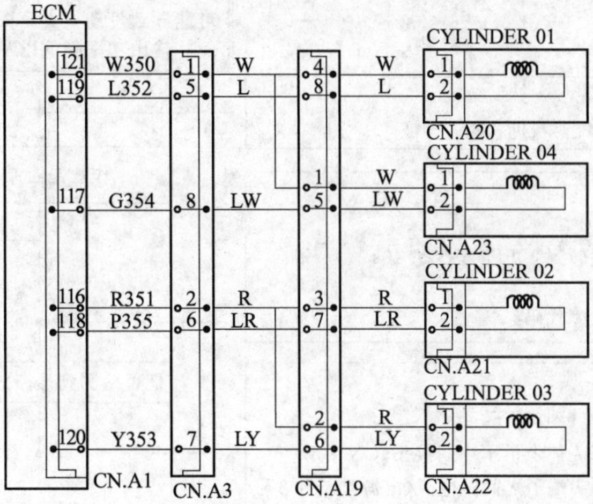 ECM CYLINDER 01 121 W350 — W — W 119 L352 5 L 8 L CN.A20 CYLINDER 04 117 G354 8 LW 1 W 5 LW CN.A23 CYLINDER 02 116 R351 2 R 3 R 118 P355 6 LR 7 LR CN.A21 CYLINDER 03 120 Y353 7 LY 2 R 6 LY CN.A22 CN.A1 CN.A3 CN.A19
DTC 设定的前提条件	• 主继电器电源电压为 18V 或更高 • 至少 70r/min • DTC：未检测到 0202、0612 和 126（2）
诊断帮助	①如果怀疑为间歇性故障，则可能是下列任一原因引起： •线束接头连接故障 •线束路径故障 •因摩擦导致的线束包皮破损 •线束包皮内导线断裂 ②为检测这些原因，必须进行下列检查： •线束接头和 ECM 接头连接故障 —端子从接头中脱出 —不匹配的端子连接 —接头锁损坏 —端子和导线连接故障 •线束损坏 —通过外观检查判断线束是否有损坏 —移动连接到传感器的接头和线束时，确认诊断工具数据显示中的相关项目的显示信息。显示变化指出了故障的位置
断路器盒检查步骤	可按表 6-32 所示步骤进行检查，检查之后回到诊断步骤

表 6-32 0202 断路器盒检查步骤

步骤	检查项目	检查方法	测量条件	测量端子编号	正常值	异常值
4	断路/高电阻	测量电阻	•拆下中间接头 •点火开关转到"OFF"	18-中间接头端子（6 号 CN. A3）	100Ω 或更低	10MΩ 或更高

（17）0203

3 号油缸喷油器驱动系统断路诊断步骤如图 6-17、表 6-33 所示。

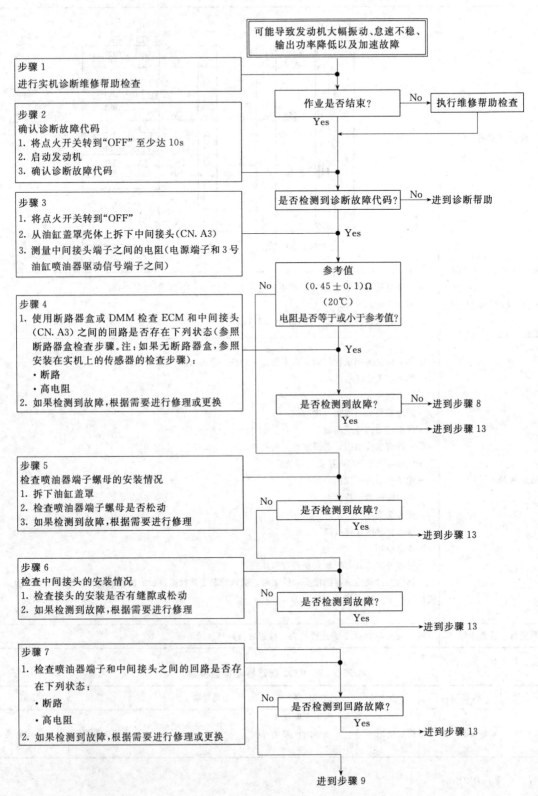

可能导致发动机大幅振动、怠速不稳、输出功率降低以及加速故障

步骤1
进行实机诊断维修帮助检查

作业是否结束？　　No→执行维修帮助检查
Yes

步骤2
确认诊断故障代码
1. 将点火开关转到"OFF"至少达10s
2. 启动发动机
3. 确认诊断故障代码

是否检测到诊断故障代码？　　No→进到诊断帮助
Yes

步骤3
1. 将点火开关转到"OFF"
2. 从油缸盖罩壳体上拆下中间接头(CN. A3)
3. 测量中间接头端子之间的电阻（电源端子和3号油缸喷油器驱动信号端子之间）

参考值
$(0.45 \pm 0.1)\Omega$
(20℃)
电阻是否等于或小于参考值？　　No
Yes

步骤4
1. 使用断路器盒或DMM检查ECM和中间接头(CN. A3)之间的回路是否存在下列状态（参照断路器盒检查步骤。注：如果无断路器盒，参照安装在实机上的传感器的检查步骤）：
· 断路
· 高电阻
2. 如果检测到故障，根据需要进行修理或更换

是否检测到故障？　　No→进到步骤8
Yes→进到步骤13

步骤5
检查喷油器端子螺母的安装情况
1. 拆下油缸盖罩
2. 检查喷油器端子螺母是否松动
3. 如果检测到故障，根据需要进行修理

是否检测到故障？　　No
Yes→进到步骤13

步骤6
检查中间接头的安装情况
1. 检查接头的安装是否有缝隙或松动
2. 如果检测到故障，根据需要进行修理

是否检测到故障？　　No
Yes→进到步骤13

步骤7
1. 检查喷油器端子和中间接头之间的回路是否存在下列状态：
· 断路
· 高电阻
2. 如果检测到故障，根据需要进行修理或更换

是否检测到回路故障？　　No
Yes→进到步骤13

进到步骤9

(a)

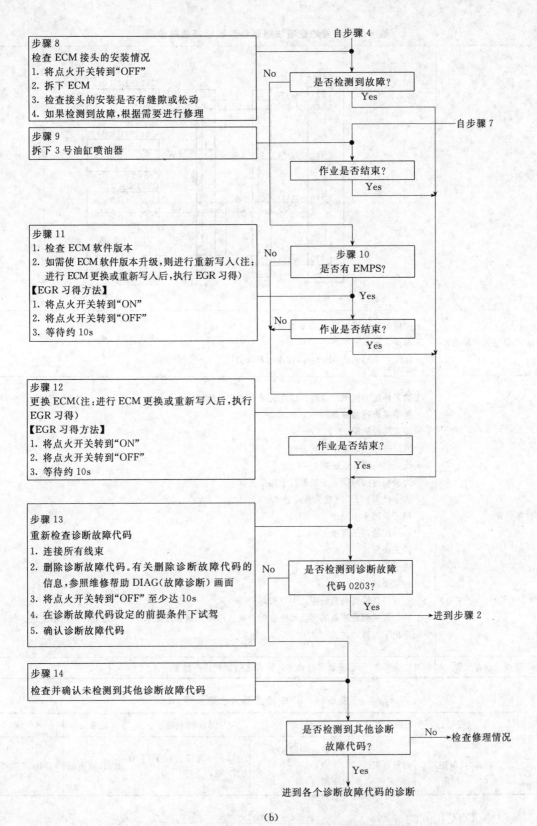

图 6-17　3号油缸喷油器驱动系统断路诊断步骤

表 6-33　3 号油缸喷油器驱动系统断路故障诊断

状态电路图	

ECM

121	W350	1	W		4	W		CYLINDER 01
119	L352	5	L		8	L		CN.A20
117	G354	8	LW		1	W		CYLINDER 04
					5	LW		CN.A23
116	R351	2	R		3	R		CYLINDER 02
118	P355	6	LR		7	LR		CN.A21
120	Y353	7	LY		2	R		CYLINDER 03
					6	LY		

CN.A1　CN.A3　CN.A19　CN.A22

DTC 设定的前提条件	· 主继电器电源电压为 18V 或更高 · 至少 70r/min · DTC：未检测到 0202、0612 和 126（2）
诊断帮助	①如果怀疑为间歇性故障，则可能是下列任一原因引起： · 线束接头连接故障 · 线束路径故障 · 因摩擦导致的线束包皮破损 · 线束包皮内导线断裂 ②为检测这些原因，必须进行下列检查： · 线束接头和 ECM 接头连接故障 —端子从接头中脱出 —不匹配的端子连接 —接头锁损坏 —端子和导线连接故障 · 线束损坏 —通过外观检查判断线束是否有损坏 —移动连接到传感器的接头和线束时，确认诊断工具数据显示中的相关项目的显示信息。显示变化指出了故障的位置
断路器盒检查步骤	可按表 6-34 所示步骤进行检查，检查之后回到诊断步骤

表 6-34　0203 断路器盒检查步骤

步骤	检查项目	检查方法	测量条件	测量端子编号	正常值	异常值
4	断路/高电阻	测量电阻	· 拆下中间接头 · 点火开关转到"OFF"	120-中间接头端子（7 号 CN. A3）	100Ω 或更低	10MΩ 或更高

（18）DTC：0204

4 号油缸喷油器驱动系统断路诊断步骤如图 6-18、表 6-35 所示。

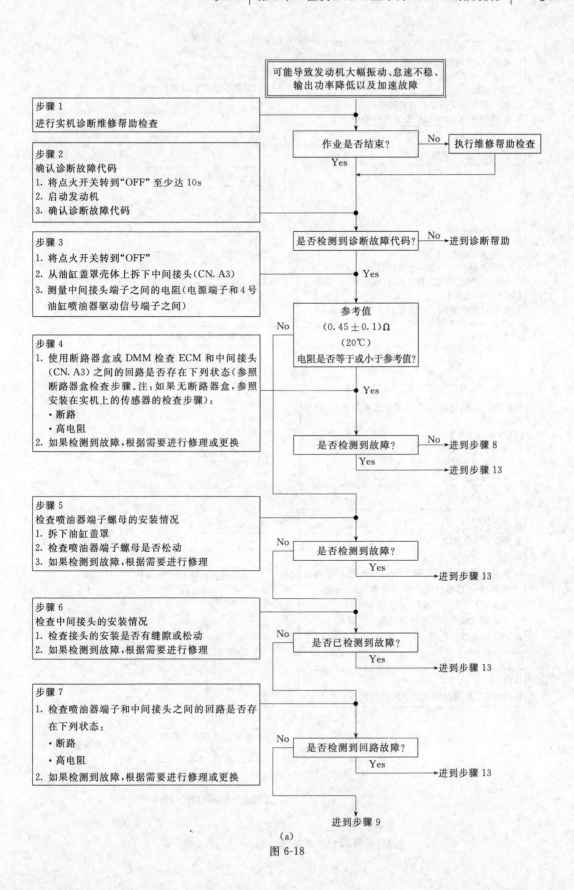

(a)

图 6-18

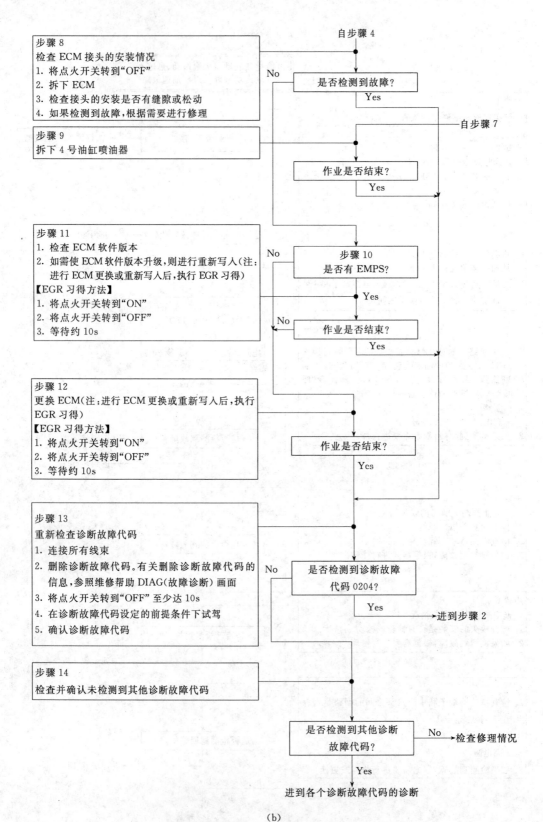

(b)

图 6-18　4 号油缸喷油器驱动系统断路诊断步骤

表 6-35　4 号油缸喷油器驱动系统断路故障诊断

状态电路图	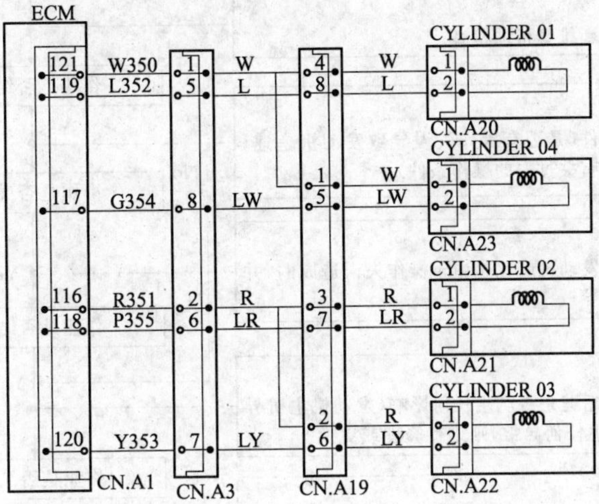
DTC 设定的前提条件	· 主继电器电源电压为 18V 或更高 · 至少 70r/min · DTC：未检测到 0204、0611 和 126(1)
诊断帮助	①如果怀疑为间歇性故障,则可能是下列任一原因引起: · 线束接头连接故障 · 线束路径故障 · 因摩擦导致的线束包皮破损 · 线束包皮内导线断裂 ②为检测这些原因,必须进行下列检查: · 线束接头和 ECM 接头连接故障 —端子从接头中脱出 —不匹配的端子连接 —接头锁损坏 —端子和导线连接故障 · 线束损坏 —通过外观检查判断线束是否有损坏 —移动连接到传感器的接头和线束时,确认诊断工具数据显示中的相关项目的显示信息。显示变化指出了故障的位置
断路器盒检查步骤	可按表 6-36 所示步骤进行检查,检查之后回到诊断步骤

表 6-36　0204 断路器盒检查步骤

步骤	检查项目	检查方法	测量条件	测量端子编号	正常值	异常值
4	断路/高电阻	测量电阻	· 拆下中间接头 · 点火开关转到"OFF"	115-中间接头端子(8 号 CN. A3)	100Ω 或更低	10MΩ 或更高

(19) 0219

超速运转诊断步骤如图 6-19、表 6-37 所示。

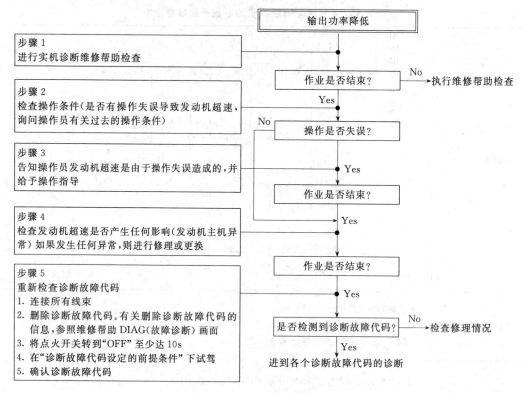

图 6-19　超速运转诊断步骤

表 6-37　超速运转故障诊断

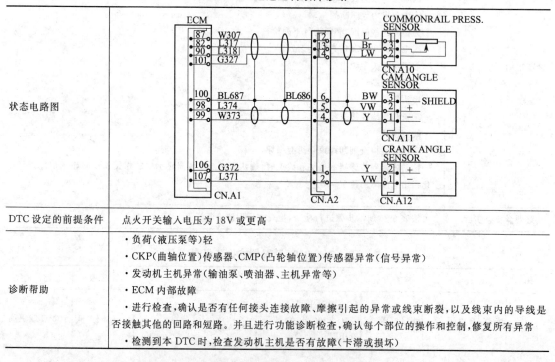

状态电路图	
DTC 设定的前提条件	点火开关输入电压为 18V 或更高
诊断帮助	·负荷(液压泵等)轻 ·CKP(曲轴位置)传感器、CMP(凸轮轴位置)传感器异常(信号异常) ·发动机主机异常(输油泵、喷油器、主机异常等) ·ECM 内部故障 ·进行检查,确认是否有任何接头连接故障、摩擦引起的异常或线束断裂,以及线束内的导线是否接触其他的回路和短路。并且进行功能诊断检查,确认每个部位的操作和控制,修复所有异常 ·检测到本 DTC 时,检查发动机主机是否有故障(卡滞或损坏)

(20) DTC：0237

增压后进气压力传感器异常（电压异常低）故障诊断如图 6-20、表 6-38 所示。

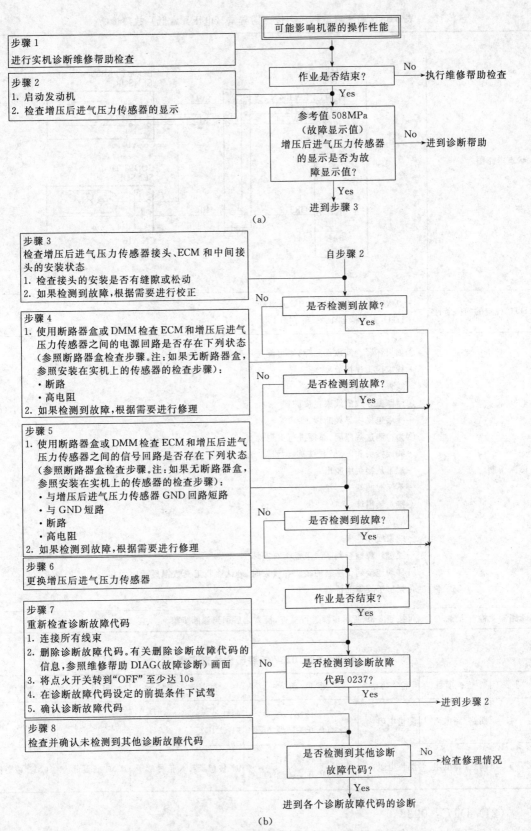

图 6-20　增压后进气压力传感器异常（电压异常低）诊断步骤

表 6-38 增压后进气压力传感器异常（电压异常低）故障诊断

状态电路图	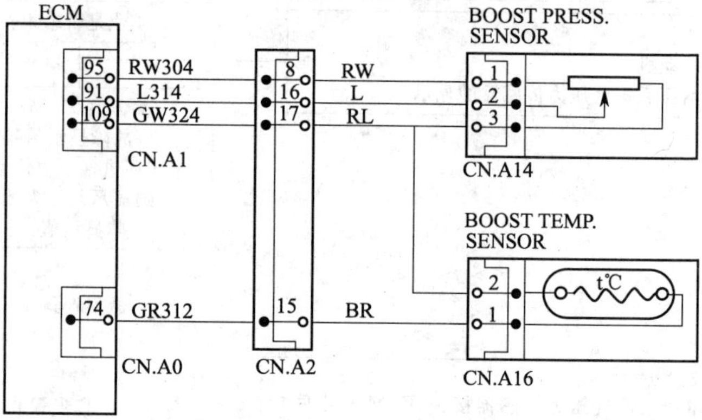

DTC 设定的前提条件	·点火开关输入电压为 18V 或更高 ·DTC：未检测到 1630 和 163(4)

诊断帮助	①如果怀疑为间歇性故障，则可能是下列任一原因引起： ·线束接头连接故障 ·线束路径故障 ·因摩擦导致的线束包皮破损 ·线束包皮内导线断裂 ②为检测这些原因，必须进行下列检查： ·线束接头和 ECM 接头连接故障 —端子从接头中脱出 —不匹配的端子连接 —接头锁损坏 —端子和导线连接故障 ·线束损坏 —通过外观检查判断线束是否有损坏 —移动连接到传感器的接头和线束时，确认诊断工具数据显示中的相关项目的显示信息。显示变化指出了故障的位置

断路器盒检查步骤	可按表 6-39 所示步骤进行检查，检查之后回到诊断步骤

表 6-39 0237 断路器盒检查步骤

步骤	检查项目	检查方法	测 量 条 件	测量端子编号	正常值	异常值
4	断路/高电阻	测量电阻	·拆下传感器接头 ·点火开关转到"OFF"	91-109 91-GND	10MΩ 或更高	100Ω 或更低
5	断路/高电阻	测量电阻	·拆下传感器接头 ·点火开关转到"OFF"	91-传感器接头信号端子	100Ω 或更低	10MΩ 或更高

（21）DTC：0238

增压后进气压力传感器异常（电压异常高）诊断步骤如图 6-21、表 6-40 所示。

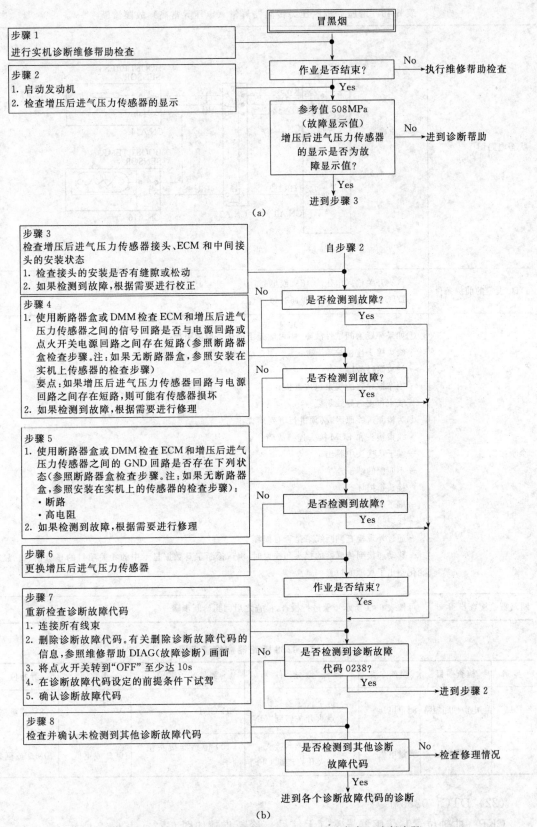

图 6-21　增压后进气压力传感器异常（电压异常高）诊断步骤

表 6-40 增压后进气压力传感器异常（电压异常高）故障诊断

状态电路图	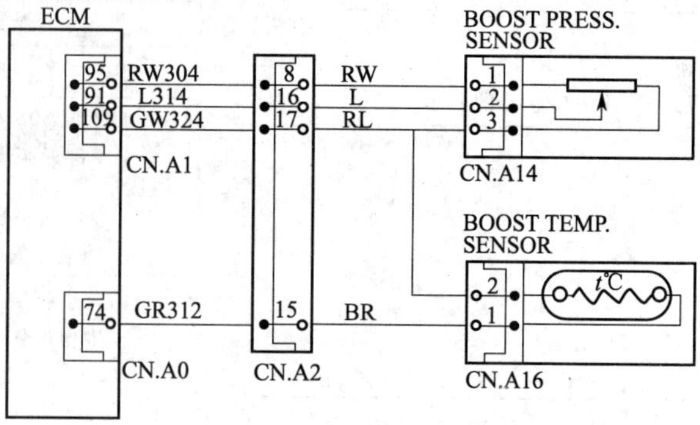 ECM / 95 RW304 8 RW / 91 L314 16 L / 109 GW324 17 RL / CN.A1 / CN.A1 / BOOST PRESS. SENSOR 1 2 3 CN.A14 / 74 GR312 15 BR / CN.A0 CN.A2 / BOOST TEMP. SENSOR 2 1 CN.A16
DTC 设定的前提条件	·点火开关输入电压为 18V 或更高 ·DTC：未检测到 1630 和 163(4)
诊断帮助	①如果怀疑为间歇性故障，则可能是下列任一原因引起： ·线束接头连接故障 ·线束路径故障 ·因摩擦导致的线束包皮破损 ·线束包皮内导线断裂 ②为检测这些原因，必须进行下列检查： ·线束接头和 ECM 接头连接故障 —端子从接头中脱出 —不匹配的端子连接 —接头锁损坏 —端子和导线连接故障 ·线束损坏 —通过外观检查判断线束是否有损坏 —移动连接到传感器的接头和线束时，确认诊断工具数据显示中的相关项目的显示信息。显示变化指出了故障的位置
断路器盒检查步骤	可按表 6-41 所示步骤进行检查，检查之后回到诊断步骤

表 6-41 0238 断路器盒检查步骤

步骤	检查项目	检查方法	测 量 条 件	测量端子编号	正常值	异常值
4	与电源回路短路	测量电压	·拆下传感器接头 ·点火开关转到"ON"	91-GND	0V	18V 或更高
5	断路/高电阻	测量电阻	·拆下传感器接头 ·点火开关转到"OFF"	109-传感器接头信号端子	100Ω 或更低	10MΩ 或更高

（22）DTC：0335

CKP（曲轴位置）传感器异常（无信号）诊断步骤如图 6-22、表 6-42 所示。

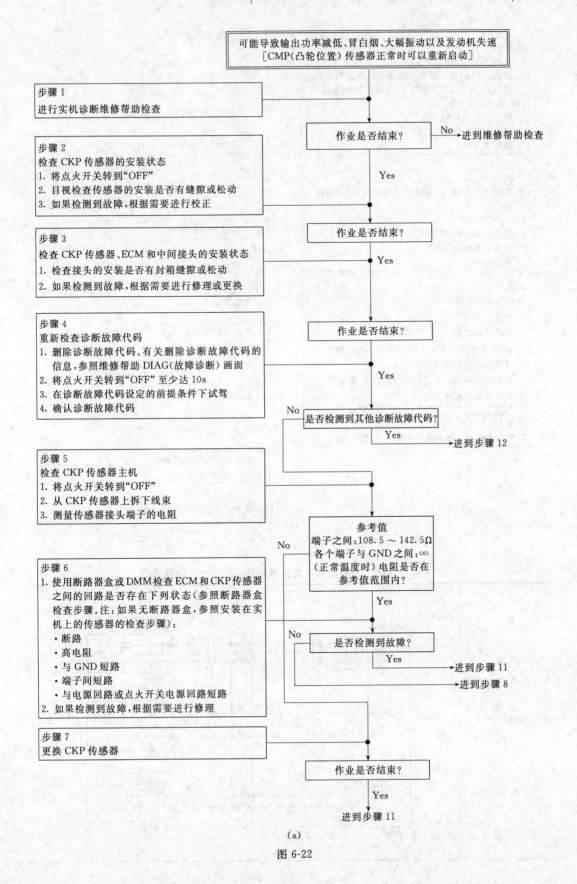

图 6-22

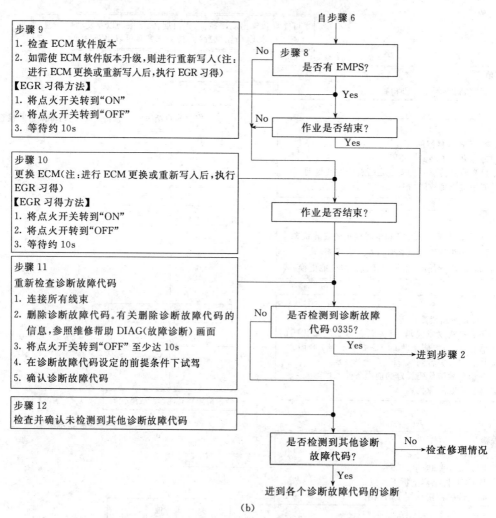

图 6-22　CKP（曲轴位置）传感器异常（无信号）诊断步骤

表 6-42　CKP（曲轴位置）传感器异常（无信号）故障诊断

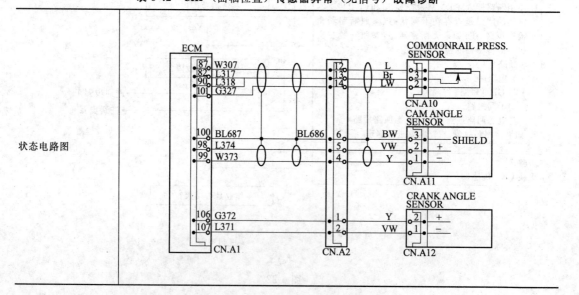

续表

DTC设定的前提条件	・CMP传感器信号正常 ・DTC：未检测到0335、0336、0341和134(5) ・发动机运转
诊断帮助	①如果怀疑为间歇性故障,则可能是下列任一原因引起: ・线束接头连接故障 ・线束路径故障 ・因摩擦导致的线束包皮破损 ・线束包皮内导线断裂 ②为检测这些原因,必须进行下列检查: ・线束接头和ECM接头连接故障 —端子从接头中脱出 —不匹配的端子连接 —接头锁损坏 —端子和导线连接故障 ・线束损坏 —通过外观检查判断线束是否有损坏 —移动连接到传感器的接头和线束时,确认诊断工具数据显示中的相关项目的显示信息。显示变化指出了故障的位置 　CKP传感器异常时,除非曲轴转动14次,否则不会检测到DTC。特别是在低速(如怠速)转动时,如果无CKP信号,在曲轴转动14次之前发动机将失速。相应地,由于检测不到DTC且不能进入备份模式,发动机失速后可重新启动,识别故障位置将很困难。出现发动机失速故障时,在无负荷状态下将发动机转速提高至最大,检查曲轴转动14次的过程中是否检测到CKP传感器故障。如果在无负荷状态下,在最大转速时检测到CKP传感器故障,则将检测到DTC。对于间歇性故障,在无负荷状态下将发动机转速提高至最大,检查是否检测到DTC 0355
断路器盒检查步骤	可按表6-43所示步骤进行检查,检查之后回到诊断步骤

表6-43　0335断路器盒检查步骤

步骤	检查项目	检查方法	测量条件	测量端子编号	正常值	异常值
6	断路/高电阻	测量电阻	・拆下传感器接头 ・点火开关转到"OFF"	106-传感器接头 (一)端子 107-传感器接头 (＋)端子	100Ω或更低	10MΩ或更高
	与GND短路	测量电阻	・拆下传感器接头 ・点火开关转到"OFF"	106-GND 107-GND	10MΩ或更高	100Ω或更低
	端子间短路	测量电阻	・拆下传感器接头 ・点火开关转到"OFF"	106-107	10M或更高	100Ω或更低
	与电源回路短路	测量电压	・拆下传感器接头 ・点火开关转到"ON"	106-GND 107-GND	0V	18V或更高

（23）DTC：0336

CKP（曲轴位置）传感器异常（信号异常）诊断步骤如图6-23、表6-44所示。

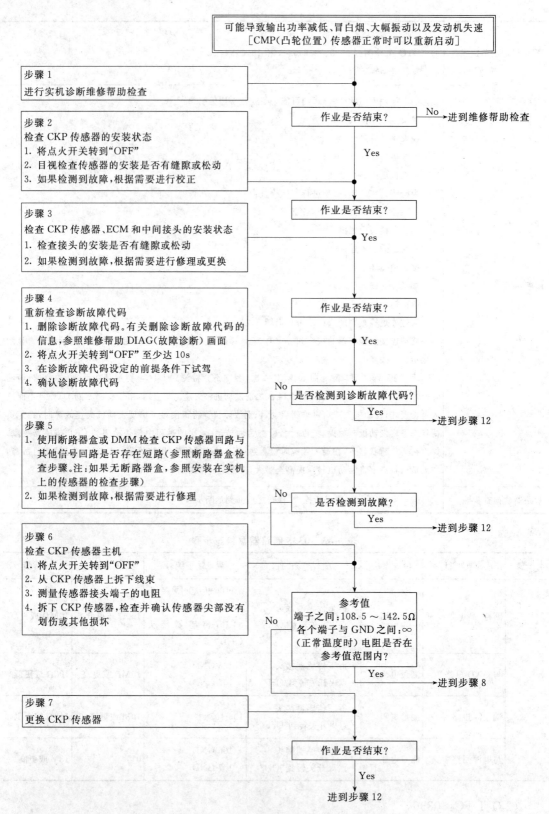

可能导致输出功率减低、冒白烟、大幅振动以及发动机失速
［CMP（凸轮位置）传感器正常时可以重新启动］

步骤 1
进行实机诊断维修帮助检查

作业是否结束？ No → 进到维修帮助检查

Yes

步骤 2
检查 CKP 传感器的安装状态
1. 将点火开关转到"OFF"
2. 目视检查传感器的安装是否有缝隙或松动
3. 如果检测到故障，根据需要进行校正

作业是否结束？

Yes

步骤 3
检查 CKP 传感器、ECM 和中间接头的安装状态
1. 检查接头的安装是否有缝隙或松动
2. 如果检测到故障，根据需要进行修理或更换

作业是否结束？

Yes

步骤 4
重新检查诊断故障代码
1. 删除诊断故障代码。有关删除诊断故障代码的
   信息，参照维修帮助 DIAG（故障诊断）画面
2. 将点火开关转到"OFF"至少达 10s
3. 在诊断故障代码设定的前提条件下试驾
4. 确认诊断故障代码

No ← 是否检测到诊断故障代码？
Yes → 进到步骤 12

步骤 5
1. 使用断路器盒或 DMM 检查 CKP 传感器回路与
   其他信号回路是否存在短路（参照断路器盒检
   查步骤。注：如果无断路器盒，参照安装在实机
   上的传感器的检查步骤）
2. 如果检测到故障，根据需要进行修理

No ← 是否检测到故障？
Yes → 进到步骤 12

步骤 6
检查 CKP 传感器主机
1. 将点火开关转到"OFF"
2. 从 CKP 传感器上拆下线束
3. 测量传感器接头端子的电阻
4. 拆下 CKP 传感器，检查并确认传感器尖部没有
   划伤或其他损坏

参考值
端子之间：108.5 ～ 142.5Ω
各个端子与 GND 之间：∞
（正常温度时）电阻是否在
参考值范围内？

No ←
Yes → 进到步骤 8

步骤 7
更换 CKP 传感器

作业是否结束？

Yes

进到步骤 12

(a)

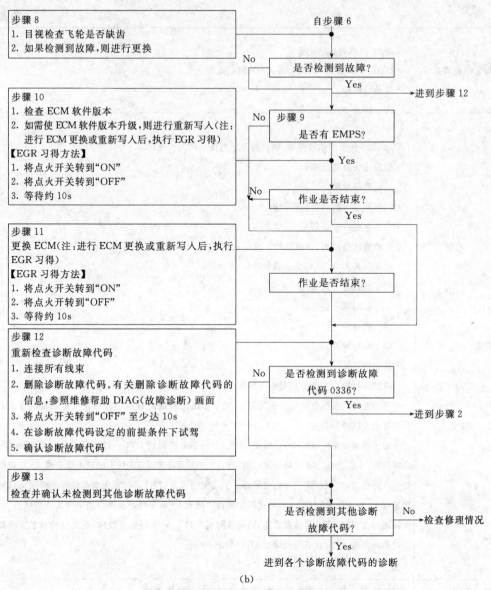

（b）

图 6-23 CKP（曲轴位置）传感器异常（信号异常）诊断步骤

表 6-44 CKP（曲轴位置）传感器异常（信号异常）故障诊断

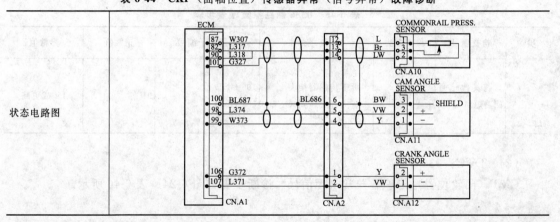

DTC 设定的前提条件	· CMP 传感器信号正常 · DTC：未检测到 0335、0336、0340 和 134(5) · 发动机运转
诊断帮助	①如果怀疑为间歇性故障，则可能是下列任一原因引起： · 线束接头连接故障 · 线束路径故障 · 因摩擦导致的线束包皮破损 · 线束包皮内导线断裂 ②为检测这些原因，必须进行下列检查： · 线束接头和 ECM 接头连接故障 —端子从接头中脱出 —不匹配的端子连接 —接头锁损坏 —端子和导线连接故障 · 线束损坏 —通过外观检查判断线束是否有损坏 —移动连接到传感器的接头和线束时，确认诊断工具数据显示中的相关项目的显示信息。显示变化指出了故障的位置 曲轴传感器异常时，除非曲轴转动 14 次，否则不会检测到 DTC。特别是无 CKP 传感器信号，在曲轴转动 14 次之前发动机将失速。相应地，由于检测不到 DTC 且不能进入备份模式，发动机失速后可重新启动，识别故障位置将很困难。出现发动机失速故障时，在无负荷状态下将发动机转速提高至最大，检查曲轴转动 14 次的过程中是否检测到 CKP 传感器故障。如果在无负荷状态下，在最大转速时检测到 CKP 传感器故障，则将检测到 DTC。对于间歇性故障，在无负荷状态下将发动机转速提高至最大，检查是否检测到 DTC 0355
断路器盒检查步骤	可按表 6-45 所示步骤进行检查，检查之后回到诊断步骤

表 6-45　0336 断路器盒检查步骤

步骤	检查项目	检查方法	测量条件	测量端子编号	正常值	异常值
5	与其他信号回路短路	测量电压值	· 拆下传感器接头 · 点火开关转到"ON"	106-GND 107-GND	0V	1V 或更高

（24）DTC：0340

CMP（凸轮位置）传感器异常（无信号）诊断步骤如图 6-24、表 6-46 所示。

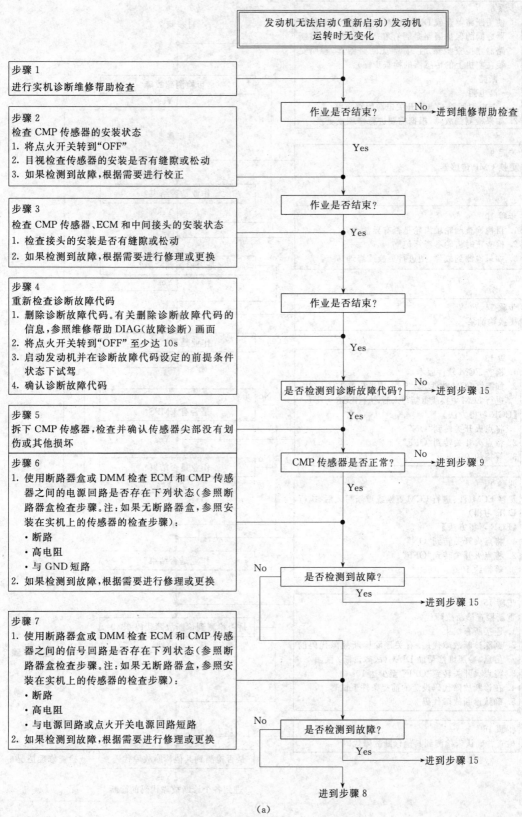

（a）

图 6-24

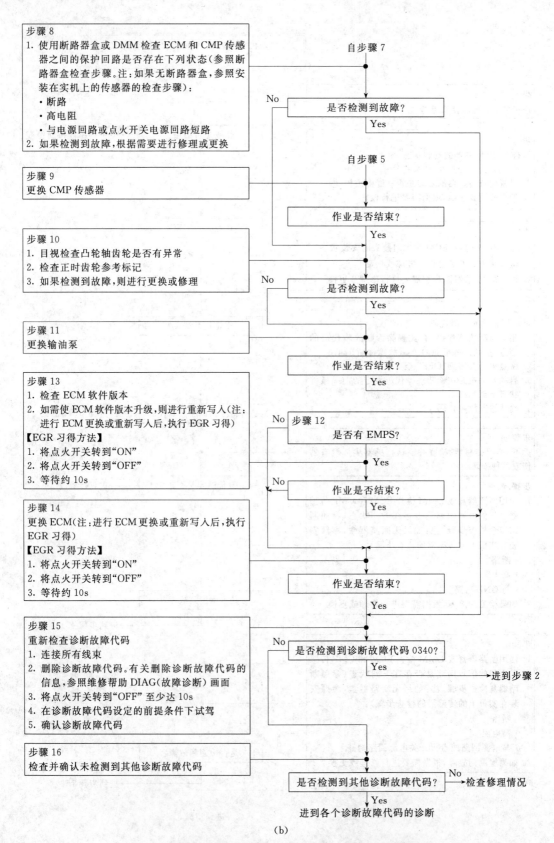

步骤 8

1. 使用断路器盒或 DMM 检查 ECM 和 CMP 传感器之间的保护回路是否存在下列状态(参照断路器盒检查步骤。注:如果无断路器盒,参照安装在实机上的传感器的检查步骤):
   · 断路
   · 高电阻
   · 与电源回路或点火开关电源回路短路
2. 如果检测到故障,根据需要进行修理或更换

自步骤 7

No ← 是否检测到故障? Yes

自步骤 5

步骤 9
更换 CMP 传感器

作业是否结束? Yes

步骤 10

1. 目视检查凸轮轴齿轮是否有异常
2. 检查正时齿轮参考标记
3. 如果检测到故障,则进行更换或修理

No ← 是否检测到故障? Yes

步骤 11
更换输油泵

作业是否结束? Yes

步骤 13

1. 检查 ECM 软件版本
2. 如需使 ECM 软件版本升级,则进行重新写入(注:进行 ECM 更换或重新写入后,执行 EGR 习得)
【EGR 习得方法】
1. 将点火开关转到"ON"
2. 将点火开关转到"OFF"
3. 等待约 10s

No ← **步骤 12** 是否有 EMPS? Yes

No ← 作业是否结束? Yes

步骤 14
更换 ECM(注:进行 ECM 更换或重新写入后,执行 EGR 习得)
【EGR 习得方法】
1. 将点火开关转到"ON"
2. 将点火开关转到"OFF"
3. 等待约 10s

作业是否结束? Yes

步骤 15
重新检查诊断故障代码
1. 连接所有线束
2. 删除诊断故障代码。有关删除诊断故障代码的信息,参照维修帮助 DIAG(故障诊断)画面
3. 将点火开关转到"OFF"至少达 10s
4. 在诊断故障代码设定的前提条件下试驾
5. 确认诊断故障代码

No ← 是否检测到诊断故障代码 0340? Yes → 进到步骤 2

步骤 16
检查并确认未检测到其他诊断故障代码

是否检测到其他诊断故障代码? No → 检查修理情况

Yes
进到各个诊断故障代码的诊断

(b)

图 6-24 CMP(凸轮位置)传感器异常(无信号)诊断步骤

表 6-46 CMP（凸轮位置）传感器异常（无信号）故障诊断

状态电路图	ECM 87 W307 85 L317 90 L318 101 G327 CN.A1 100 BL687 BL686 98 L374 99 W373 106 G372 107 L371 CN.A2 COMMONRAIL PRESS. SENSOR CN.A10 CAM ANGLE SENSOR SHIELD CN.A11 CRANK ANGLE SENSOR CN.A12
DTC 设定的前提条件	· CMP 传感器信号正常 · DTC：未检测到 0335、0336、0340、0341、1345 和 163(5) · 发动机运转
诊断帮助	①如果怀疑为间歇性故障，则可能是下列任一原因引起： · 线束接头连接故障 · 线束路径故障 · 因摩擦导致的线束包皮破损 · 线束包皮内导线断裂 ②为检测这些原因，必须进行下列检查： · 线束接头和 ECM 接头连接故障 —端子从接头中脱出 —不匹配的端子连接 —接头锁损坏 —端子和导线连接故障 · 线束损坏 —通过外观检查判断线束是否有损坏 —移动连接到传感器的接头和线束时，确认诊断工具数据显示中的相关项目的显示信息。显示变化指出了故障的位置 · 凸轮齿轮的安装相位错位一个齿
断路器盒检查步骤	可按表 6-47 所示步骤进行检查，检查之后回到诊断步骤

表 6-47 0340 断路器盒检查步骤

步骤	检查项目	检查方法	测量条件	测量端子编号	正常值	异常值
6	断路/高电阻	测量电阻	· 拆下传感器接头 · 点火开关转到"OFF"	99-传感器接头电源端子	100Ω 或更低	10MΩ 或更高
	与 GND 短路	测量电阻	· 拆下传感器接头 · 点火开关转到"OFF"	99-GND	10MΩ 或更高	100Ω 或更低
7	断路/高电阻	测量电阻	· 拆下传感器接头 · 点火开关转到"OFF"	98-传感器接头电源端子	100Ω 或更低	10MΩ 或更高
	与电源回路短路	测量电压	· 拆下传感器接头 · 点火开关转到"ON"	98-GND	0V	18V 或更高
8	断路/高电阻	测量电阻	· 拆下传感器接头 · 点火开关转到"OFF"	100-传感器接头电源端子	100Ω 或更低	10MΩ 或更高
	与电源回路短路	测量电压	· 拆下传感器接头 · 点火开关转到"ON"	108-GND	0V	18V 或更高

（25）DTC：0341

CMP（凸轮位置）传感器异常（信号异常）诊断步骤如图6-25、表6-48所示。

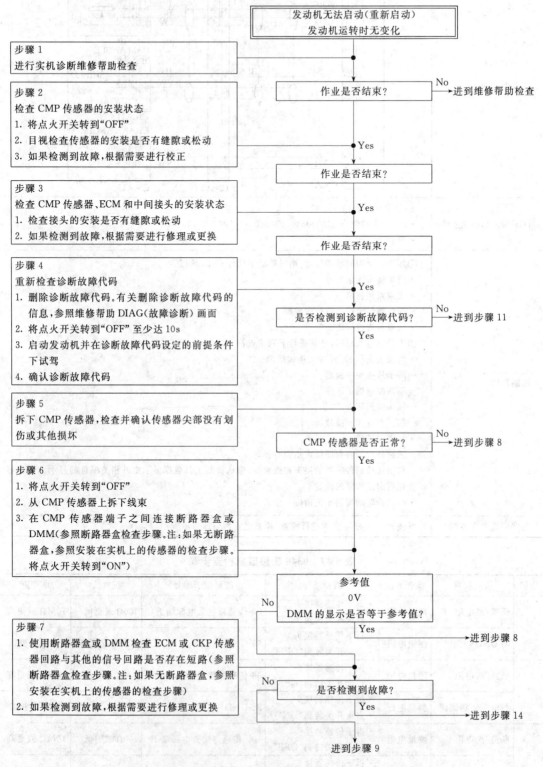

（a）

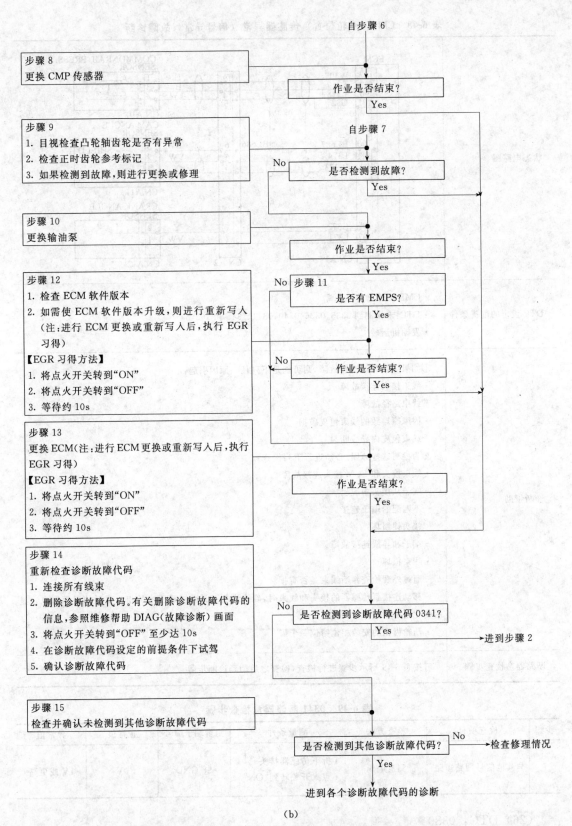

（b）

图 6-25　CMP（凸轮位置）传感器异常（信号异常）诊断步骤

表 6-48 CMP（凸轮位置）传感器异常（信号异常）故障诊断

状态电路图	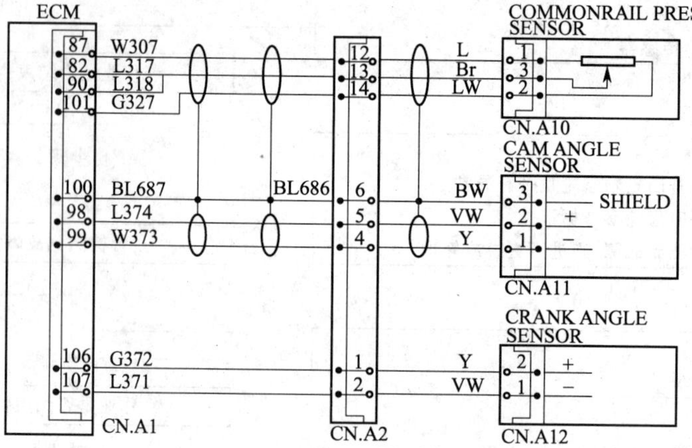
DTC 设定的前提条件	・CMP 传感器信号正常 ・DTC：未检测到 0335、0336、0340、0341、1345 和 163(5) ・发动机运转
诊断帮助	①如果怀疑为间歇性故障，则可能是下列任一原因引起： ・线束接头连接故障 ・线束路径故障 ・因摩擦导致的线束包皮破损 ・线束包皮内导线断裂 ②为检测这些原因，必须进行下列检查： ・线束接头和 ECM 接头连接故障 —端子从接头中脱出 —不匹配的端子连接 —接头锁损坏 —端子和导线连接故障 ・线束损坏 —通过外观检查判断线束是否有损坏 —移动连接到传感器的接头和线束时，确认诊断工具数据显示中的相关项目的显示信息。显示变化指出了故障的位置 ・凸轮齿轮的安装相位错位一个齿
断路器盒检查步骤	可按表 6-49 所示步骤进行检查，检查之后回到诊断步骤

表 6-49 0341 断路器盒检查步骤

步骤	检查项目	检查方法	测量条件	测量端子编号	正常值	异常值
7	与其他信号回路短路	测量电压	・拆下传感器接头 ・点火开关转到"ON"	98-GND	0V	1V 或更高

（26）DTC：0380

预热继电器回路异常诊断步骤如图 6-26、表 6-50 所示。

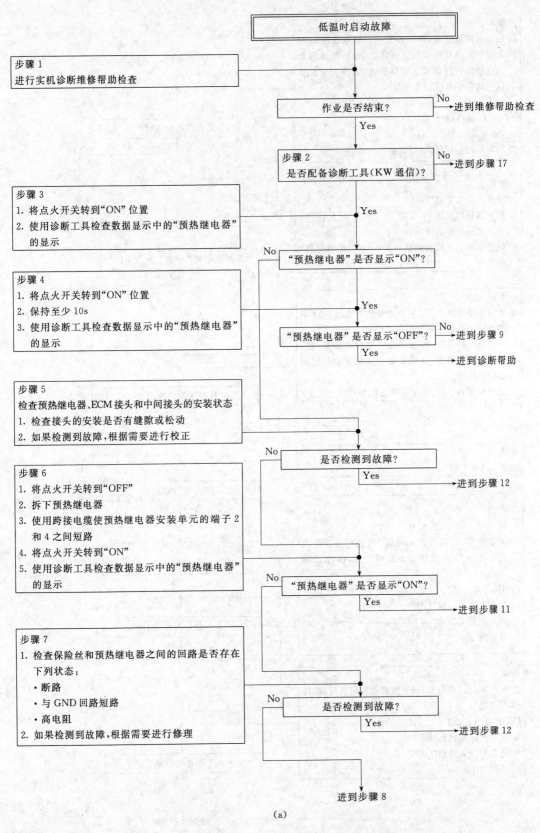

(a)

图 6-26

步骤 8

1. 使用断路器盒或 DMM 检查预热继电器和 ECM 之间的回路是否存在下列状态（参照断路器盒检查步骤。注：如果无断路器盒，参照安装在实机上的传感器的检查步骤）：
   - 断路
   - 与 GND 回路短路
   - 高电阻
2. 如果检测到故障，根据需要进行修理

自步骤 7

是否检测到故障？ No / Yes

步骤 9

1. 将点火开关转到"OFF"
2. 拆下预热继电器
3. 将点火开关转到"ON"
4. 使用诊断工具检查数据显示中的"预热继电器"的显示

"预热继电器"是否显示"OFF"？ No / Yes

步骤 10

1. 使用断路器盒或 DMM 检查预热继电器和 ECM 之间的回路是否与电源回路或点火开关电源回路之间存在短路（参照断路器盒检查步骤。注：如果无断路器盒，参照安装在实机上的传感器的检查步骤）
2. 如果检测到故障，根据需要进行修理

是否检测到故障？ No / Yes

步骤 11

更换预热继电器

作业是否结束？ Yes

步骤 13

1. 检查 ECM 软件版本
2. 如需使 ECM 软件版本升级，则进行重新写入（注：进行 ECM 更换或重新写入后，执行 EGR 习得）

【EGR 习得方法】

1. 将点火开关转到"ON"
2. 将点火开关转到"OFF"
3. 等待约 10s

步骤 12

是否有 EMPS？ No / Yes

作业是否结束？ No / Yes

进到步骤 15

步骤 14

更换 ECM（注：进行 ECM 更换或重新写入后，执行 EGR 习得）

【EGR 习得方法】

1. 将点火开关转到"ON"
2. 将点火开关转到"OFF"
3. 等待约 10s

作业是否结束？ Yes

进到步骤 15

(b)

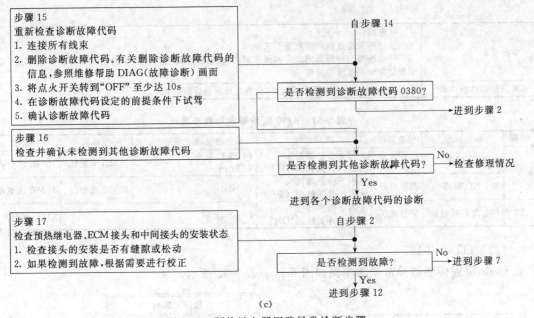

图 6-26　预热继电器回路异常诊断步骤

表 6-50　预热继电器回路异常故障诊断

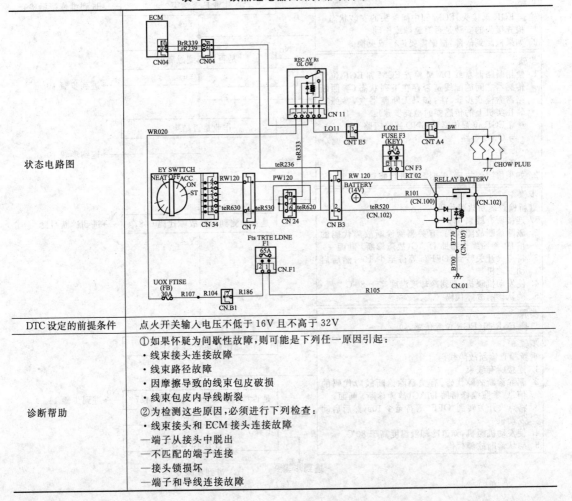

状态电路图	（电路图）
DTC 设定的前提条件	点火开关输入电压不低于 16V 且不高于 32V
诊断帮助	①如果怀疑为间歇性故障，则可能是下列任一原因引起： ·线束接头连接故障 ·线束路径故障 ·因摩擦导致的线束包皮破损 ·线束包皮内导线断裂 ②为检测这些原因，必须进行下列检查： ·线束接头和 ECM 接头连接故障 —端子从接头中脱出 —不匹配的端子连接 —接头锁损坏 —端子和导线连接故障

续表

诊断帮助	·线束损坏 —通过外观检查判断线束是否有损坏 —移动连接到传感器的接头和线束时,确认诊断工具数据显示中的相关项目的显示信息。显示变化指出了故障的位置
断路器盒检查步骤	可按表6-51所示步骤进行检查,检查之后回到诊断步骤

表6-51 0380断路器盒检查步骤

步骤	检查项目	检查方法	测量条件	测量端子编号	正常值	异常值
8	断路/高电阻	测量电阻	·拆下传感器接头 ·点火开关转到"OFF"	10-FL12 接头 1号端子	10MΩ或更低	10MΩ或更高
	与GND短路	测量电阻	·拆下传感器接头 ·点火开关转到"OFF"	10-GND	10MΩ或更高	10MΩ或更低
10	与电源回路短路	测量电压	·拆下传感器接头 ·点火开关转到"ON"	10-GND	0V	18V或更高

(27) DTC:0487

EGR位置传感器异常诊断步骤如图6-27、表6-52所示。

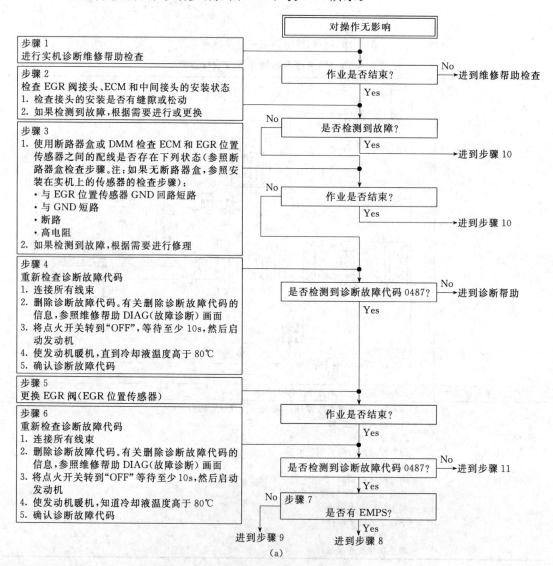

(a)

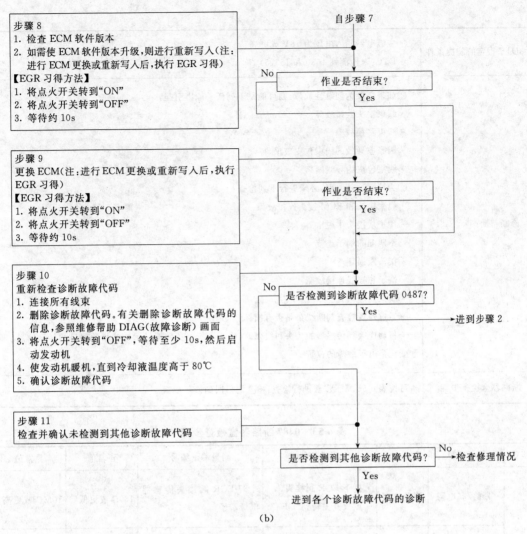

图 6-27　EGR 位置传感器异常诊断步骤

表 6-52　EGR 位置传感器异常故障诊断

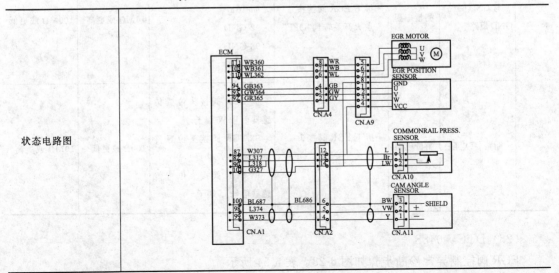

续表

DTC 设定的前提条件	·主继电器输入电压为 18V 或更高 ·DTC：未检测到 1630 和 163(5)
诊断帮助	①如果怀疑为间歇性故障,则可能是下列任一原因引起: ·线束接头连接故障 ·线束路径故障 ·因摩擦导致的线束包皮破损 ·线束包皮内导线断裂 ②为检测这些原因,必须进行下列检查: ·线束接头和 ECM 接头连接故障 —端子从接头中脱出 —不匹配的端子连接 —接头锁损坏 —端子和导线连接故障 ·线束损坏 —通过外观检查判断线束是否有损坏 —移动连接到传感器的接头和线束时,确认诊断工具数据显示中的相关项目的显示信息。显示变化指出了故障的位置
断路器盒检查步骤	可按表 6-53 所示步骤进行检查,检查之后回到诊断步骤

表 6-53　0487 断路器盒检查步骤

步骤	检查项目	检查方法	测量条件	测量端子编号	正常值	异常值
3	断路/高电阻	测量电阻	·拆下 EGR 阀接头 ·点火开关转到"OFF"	87-EGR 阀接头传感器 电源端子	100Ω 或更低	10MΩ 或更高
	与 GND 回路/ GND 短路	测量电阻	·拆下 EGR 阀接头 ·点火开关转到"OFF"	92-101 93-101 94-101 92-GND 93-GND 94-GND	10MΩ 或更高	100MΩ 或更低
	断路/高电阻	测量电阻	·拆下 EGR 阀接头 ·点火开关转到"OFF"	92-EGR 阀接头位置传 感器信号 W 端子 93-EGR 阀接头位置传 感器信号 V 端子 94-EGR 阀接头位置传 感器信号 U 端子	100Ω 或更低	10MΩ 或更高

（28）DTC：0488

EGR 阀控制异常诊断步骤如图 6-28、表 6-54 所示。

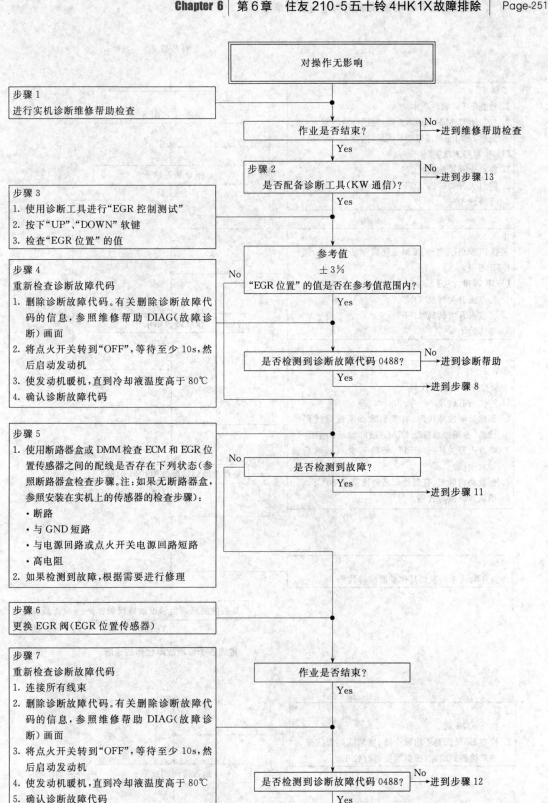

(a)

图 6-28

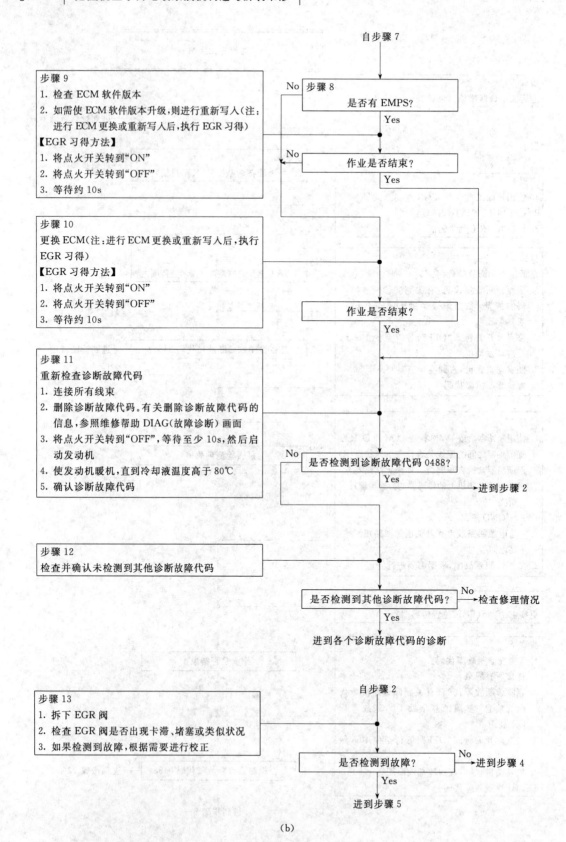

自步骤 7

步骤 8
是否有 EMPS?

No → **步骤 9**
1. 检查 ECM 软件版本
2. 如需使 ECM 软件版本升级,则进行重新写入(注:进行 ECM 更换或重新写入后,执行 EGR 习得)
【EGR 习得方法】
1. 将点火开关转到"ON"
2. 将点火开关转到"OFF"
3. 等待约 10s

Yes

No → 作业是否结束?

Yes

步骤 10
更换 ECM(注:进行 ECM 更换或重新写入后,执行 EGR 习得)
【EGR 习得方法】
1. 将点火开关转到"ON"
2. 将点火开关转到"OFF"
3. 等待约 10s

作业是否结束?

Yes

步骤 11
重新检查诊断故障代码
1. 连接所有线束
2. 删除诊断故障代码。有关删除诊断故障代码的信息,参照维修帮助 DIAG(故障诊断)画面
3. 将点火开关转到"OFF",等待至少 10s,然后启动发动机
4. 使发动机暖机,直到冷却液温度高于 80℃
5. 确认诊断故障代码

No → 是否检测到诊断故障代码 0488?

Yes → 进到步骤 2

步骤 12
检查并确认未检测到其他诊断故障代码

是否检测到其他诊断故障代码? No → 检查修理情况

Yes

进到各个诊断故障代码的诊断

自步骤 2

步骤 13
1. 拆下 EGR 阀
2. 检查 EGR 阀是否出现卡滞、堵塞或类似状况
3. 如果检测到故障,根据需要进行校正

是否检测到故障? No → 进到步骤 4

Yes

进到步骤 5

(b)

图 6-28　EGR 阀控制异常诊断步骤

表 6-54　EGR 阀控制异常故障诊断

状态电路图	
DTC 设定的前提条件	• DTC：未检测到 0487、0488、1630 和 163(5) • 主继电器输入电压高于 20V 且低于 32V • 目标 EGR 开度和实际开度之间的差为 20% 或更小
诊断帮助	①如果怀疑为间歇性故障，则可能是下列任一原因引起： • 线束接头连接故障 • 线束路径故障 • 因摩擦导致的线束包皮破损 • 线束包皮内导线断裂 ②为检测这些原因，必须进行下列检查： • 线束接头和 ECM 接头连接故障 —端子从接头中脱出 —不匹配的端子连接 —接头锁损坏 —端子和导线连接故障 • 线束损坏 —通过外观检查判断线束是否有损坏 —移动连接到传感器的接头和线束时，确认诊断工具数据显示中的相关项目的显示信息。显示变化指出了故障的位置
断路器盒检查步骤	可按表 6-55 所示步骤进行检查，检查之后回到诊断步骤

表 6-55　0488 断路器盒检查步骤

步骤	检查项目	检查方法	测量条件	测量端子编号	正常值	异常值
3	与电源回路短路	测量电压	• 拆下 EGR 阀接头 • 点火开关转到"ON"	111-GND 103-GND 110-GND	0V	18V 或更高
	与 GND 短路	测量电阻	• 拆下 EGR 阀接头 • 点火开关转到"OFF"	111-GND 103-GND 110-GND	10MΩ 或更高	100Ω 或更低
	断路/高电阻	测量电阻	• 拆下 EGR 阀接头 • 点火开关转到"OFF"	111-EGR 阀接头位置传感器信号 U 端子 103-EGR 阀接头位置传感器信号 V 端子 110-EGR 阀接头位置传感器信号 W 端子	100Ω 或更低	10MΩ 或更高

（29）DTC：0522

发动机机油压力传感器异常（电压异常低）诊断步骤如图 6-29、表 6-56 所示。

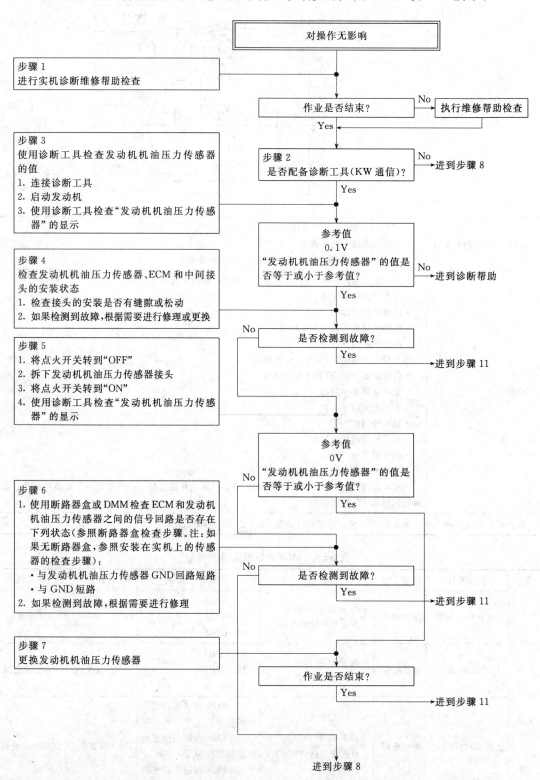

对操作无影响

步骤 1
进行实机诊断维修帮助检查

作业是否结束？ —No→ 执行维修帮助检查

Yes

步骤 3
使用诊断工具检查发动机机油压力传感器的值
1. 连接诊断工具
2. 启动发动机
3. 使用诊断工具检查"发动机机油压力传感器"的显示

步骤 2
是否配备诊断工具（KW 通信）？ —No→ 进到步骤 8

Yes

参考值
0.1V
"发动机机油压力传感器"的值是否等于或小于参考值？ —No→ 进到诊断帮助

Yes

步骤 4
检查发动机机油压力传感器、ECM 和中间接头的安装状态
1. 检查接头的安装是否有缝隙或松动
2. 如果检测到故障，根据需要进行修理或更换

No← 是否检测到故障？

Yes

进到步骤 11

步骤 5
1. 将点火开关转到"OFF"
2. 拆下发动机机油压力传感器接头
3. 将点火开关转到"ON"
4. 使用诊断工具检查"发动机机油压力传感器"的显示

参考值
0V
"发动机机油压力传感器"的值是否等于或小于参考值？ —No→

Yes

步骤 6
1. 使用断路器盒或 DMM 检查 ECM 和发动机机油压力传感器之间的信号回路是否存在下列状态（参照断路器盒检查步骤。注：如果无断路器盒，参照安装在实机上的传感器的检查步骤）：
· 与发动机机油压力传感器 GND 回路短路
· 与 GND 短路
2. 如果检测到故障，根据需要进行修理

No← 是否检测到故障？

Yes

进到步骤 11

步骤 7
更换发动机机油压力传感器

作业是否结束？

Yes

进到步骤 11

进到步骤 8

(a)

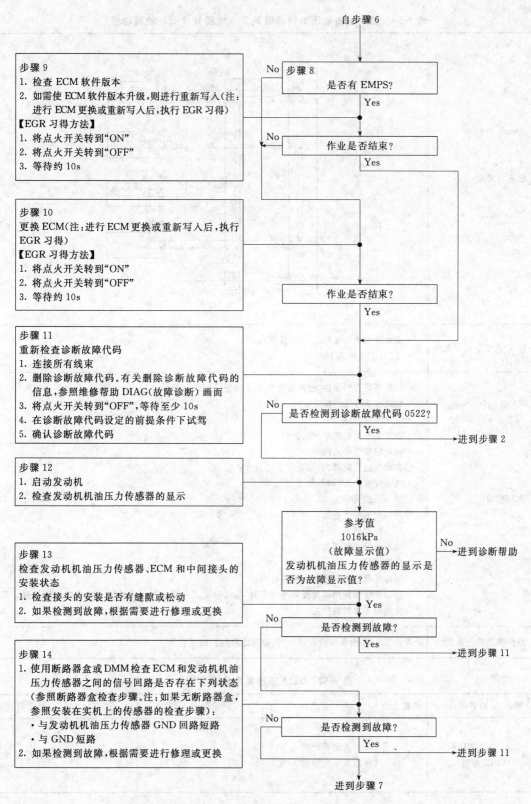

自步骤6

步骤 9
1. 检查 ECM 软件版本
2. 如需使 ECM 软件版本升级,则进行重新写入(注:进行 ECM 更换或重新写入后,执行 EGR 习得)
【EGR 习得方法】
1. 将点火开关转到"ON"
2. 将点火开关转到"OFF"
3. 等待约 10s

步骤 8
是否有 EMPS?
No / Yes

作业是否结束?
No / Yes

步骤 10
更换 ECM(注:进行 ECM 更换或重新写入后,执行 EGR 习得)
【EGR 习得方法】
1. 将点火开关转到"ON"
2. 将点火开关转到"OFF"
3. 等待约 10s

作业是否结束?
Yes

步骤 11
重新检查诊断故障代码
1. 连接所有线束
2. 删除诊断故障代码。有关删除诊断故障代码的信息,参照维修帮助 DIAG(故障诊断)画面
3. 将点火开关转到"OFF",等待至少 10s
4. 在诊断故障代码设定的前提条件下试驾
5. 确认诊断故障代码

是否检测到诊断故障代码 0522?
No / Yes
→进到步骤 2

步骤 12
1. 启动发动机
2. 检查发动机机油压力传感器的显示

参考值
1016kPa
(故障显示值)
发动机机油压力传感器的显示是否为故障显示值?
No →进到诊断帮助

步骤 13
检查发动机机油压力传感器、ECM 和中间接头的安装状态
1. 检查接头的安装是否有缝隙或松动
2. 如果检测到故障,根据需要进行修理或更换

Yes

是否检测到故障?
No / Yes
→进到步骤 11

步骤 14
1. 使用断路器盒或 DMM 检查 ECM 和发动机机油压力传感器之间的信号回路是否存在下列状态(参照断路器盒检查步骤。注:如果无断路器盒,参照安装在实机上的传感器的检查步骤):
  · 与发动机机油压力传感器 GND 回路短路
  · 与 GND 短路
2. 如果检测到故障,根据需要进行修理或更换

是否检测到故障?
No / Yes
→进到步骤 11

进到步骤 7

(b)

图 6-29 发动机机油压力传感器异常(电压异常低)诊断步骤

表 6-56　发动机机油压力传感器异常（电压异常低）故障诊断

状态电路图	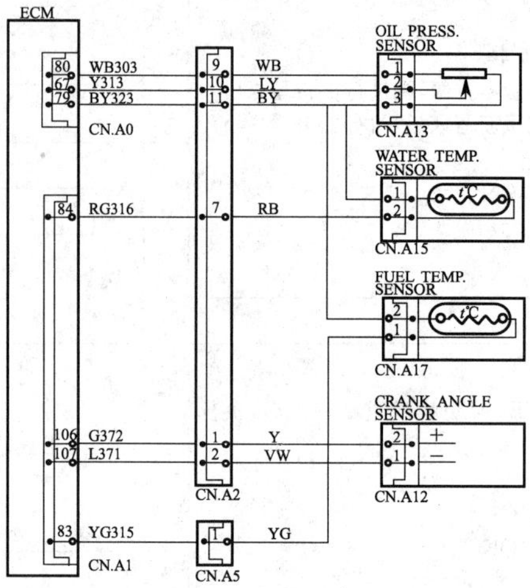
DTC 设定的前提条件	・点火开关输入电压为 18V 或更高 ・DTC：未检测到 163(3)
诊断帮助	①如果怀疑为间歇性故障，则可能是下列任一原因引起： ・线束接头连接故障 ・线束路径故障 ・因摩擦导致的线束包皮破损 ・线束包皮内导线断裂 ②为检测这些原因，必须进行下列检查： ・线束接头和 ECM 接头连接故障 —端子从接头中脱出 —不匹配的端子连接 —接头锁损坏 —端子和导线连接故障 ・线束损坏 —通过外观检查判断线束是否有损坏 —移动连接到传感器的接头和线束时，确认诊断工具数据显示中的相关项目的显示信息。显示变化指出了故障的位置
断路器盒检查步骤	可按表 6-57 所示步骤进行检查，检查之后回到诊断步骤

表 6-57　0522 断路器盒检查步骤

步骤	检查项目	检查方法	测量条件	测量端子编号	正常值	异常值
6	与 GND 回路/ GND 短路	测量电阻	・拆下传感器接头 ・点火开关转到"ON"	67-79 67-GND 80-79 80-GND	10MΩ 或更高	100Ω 或更低

（30）DTC：0523

发动机机油压力传感器异常（电压异常高）诊断步骤如图 6-30、表 6-58 所示。

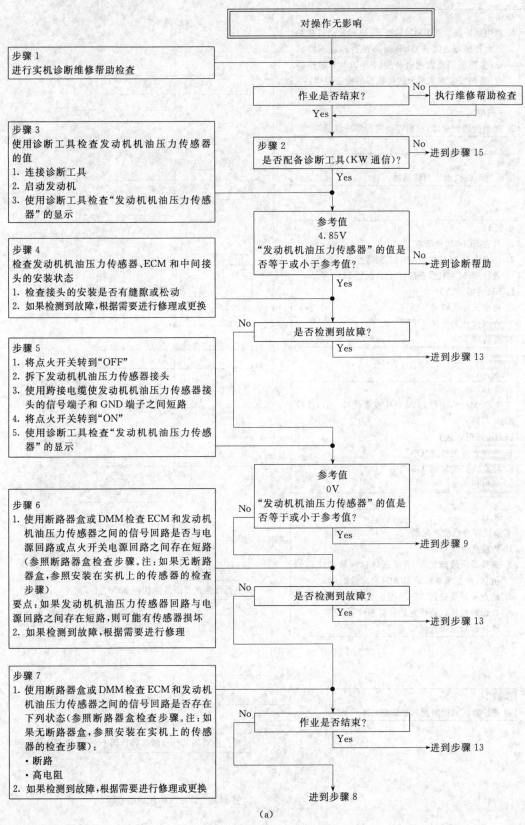

（a）

图 6-30

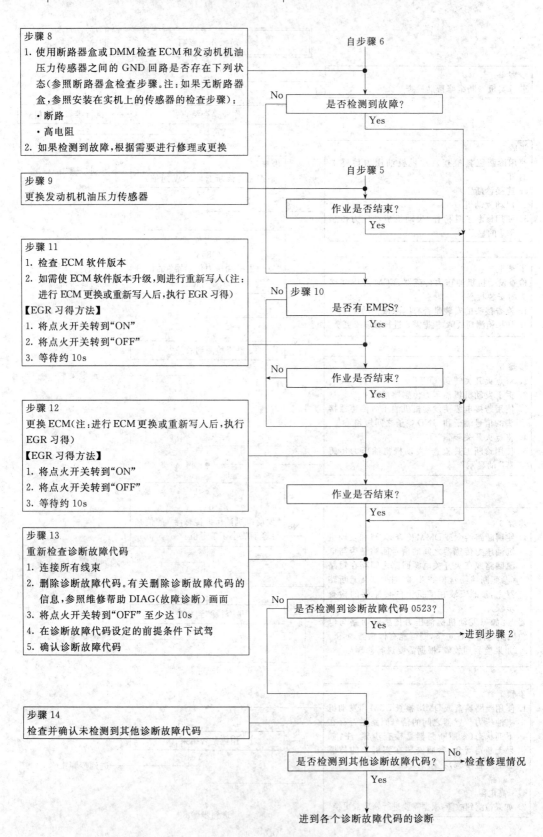

步骤 8

1. 使用断路器盒或 DMM 检查 ECM 和发动机机油压力传感器之间的 GND 回路是否存在下列状态（参照断路器盒检查步骤。注：如果无断路器盒，参照安装在实机上的传感器的检查步骤）：
　・断路
　・高电阻
2. 如果检测到故障，根据需要进行修理或更换

自步骤 6

是否检测到故障？　　No / Yes

步骤 9

更换发动机机油压力传感器

自步骤 5

作业是否结束？　　Yes

步骤 11

1. 检查 ECM 软件版本
2. 如需使 ECM 软件版本升级，则进行重新写入（注：进行 ECM 更换或重新写入后，执行 EGR 习得）

【EGR 习得方法】

1. 将点火开关转到"ON"
2. 将点火开关转到"OFF"
3. 等待约 10s

步骤 10　　No

是否有 EMPS？　　Yes

作业是否结束？　　No / Yes

步骤 12

更换 ECM（注：进行 ECM 更换或重新写入后，执行 EGR 习得）

【EGR 习得方法】

1. 将点火开关转到"ON"
2. 将点火开关转到"OFF"
3. 等待约 10s

作业是否结束？　　Yes

步骤 13

重新检查诊断故障代码

1. 连接所有线束
2. 删除诊断故障代码。有关删除诊断故障代码的信息，参照维修帮助 DIAG（故障诊断）画面
3. 将点火开关转到"OFF"至少达 10s
4. 在诊断故障代码设定的前提条件下试驾
5. 确认诊断故障代码

是否检测到诊断故障代码 0523？　　No / Yes

进到步骤 2

步骤 14

检查并确认未检测到其他诊断故障代码

是否检测到其他诊断故障代码？　　No → 检查修理情况

Yes

进到各个诊断故障代码的诊断

(b)

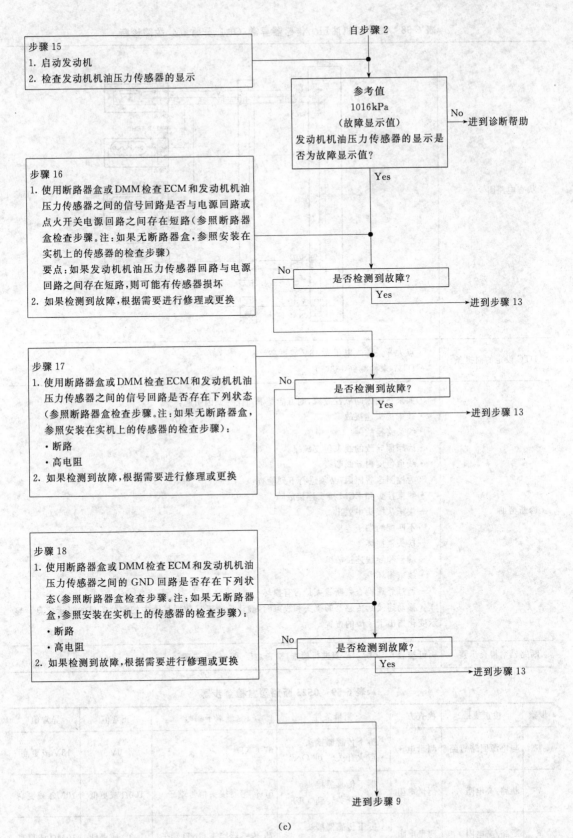

自步骤2

步骤15
1. 启动发动机
2. 检查发动机机油压力传感器的显示

参考值
1016kPa
（故障显示值）
发动机机油压力传感器的显示是
否为故障显示值？

No→进到诊断帮助

Yes

步骤16
1. 使用断路器盒或DMM检查ECM和发动机机油
压力传感器之间的信号回路是否与电源回路或
点火开关电源回路之间存在短路（参照断路器
盒检查步骤。注：如果无断路器盒，参照安装在
实机上的传感器的检查步骤）
要点：如果发动机机油压力传感器回路与电源
回路之间存在短路，则可能有传感器损坏
2. 如果检测到故障，根据需要进行修理或更换

No←是否检测到故障？

Yes
→进到步骤13

步骤17
1. 使用断路器盒或DMM检查ECM和发动机机油
压力传感器之间的信号回路是否存在下列状态
（参照断路器盒检查步骤。注：如果无断路器盒，
参照安装在实机上的传感器的检查步骤）：
· 断路
· 高电阻
2. 如果检测到故障，根据需要进行修理或更换

No←是否检测到故障？

Yes
→进到步骤13

步骤18
1. 使用断路器盒或DMM检查ECM和发动机机油
压力传感器之间的GND回路是否存在下列状
态（参照断路器盒检查步骤。注：如果无断路器
盒，参照安装在实机上的传感器的检查步骤）：
· 断路
· 高电阻
2. 如果检测到故障，根据需要进行修理或更换

No←是否检测到故障？

Yes
→进到步骤13

进到步骤9

(c)

图6-30 发动机机油压力传感器异常（电压异常高）诊断步骤

表 6-58　发动机机油压力传感器异常（电压异常高）故障诊断

状态电路图	
DTC 设定的前提条件	·点火开关输入电压为 18V 或更高 ·DTC：未检测到 163(3)
诊断帮助	①如果怀疑为间歇性故障，则可能是下列任一原因引起： ·线束接头连接故障 ·线束路径故障 ·因摩擦导致的线束包皮破损 ·线束包皮内导线断裂 ②为检测这些原因，必须进行下列检查： ·线束接头和 ECM 接头连接故障 —端子从接头中脱出 —不匹配的端子连接 —接头锁损坏 —端子和导线连接故障 ·线束损坏 —通过外观检查判断线束是否有损坏 —移动连接到传感器的接头和线束时，确认诊断工具数据显示中的相关项目的显示信息。显示变化指出了故障的位置
断路器盒检查步骤	可按表 6-59 所示步骤进行检查，检查之后回到诊断步骤

表 6-59　0523 断路器盒检查步骤

步骤	检查项目	检查方法	测量条件	测量端子编号	正常值	异常值
6	与电源回路短路	测量电压	·拆下传感器接头 ·点火开关转到"ON"	67-GND	0V	18V 或更高
7	断路/高电阻	测量电阻	·拆下传感器接头 ·点火开关转到"OFF"	67-传感器接头信号端子	100Ω 或更低	10MΩ 或更高
8	断路/高电阻	测量电阻	·拆下传感器接头 ·点火开关转到"ON"	79-传感器接头 GND 端子	100Ω 或更低	10MΩ 或更高

（31）DTC：0601

ROM 异常诊断步骤如图 6-31 所示。

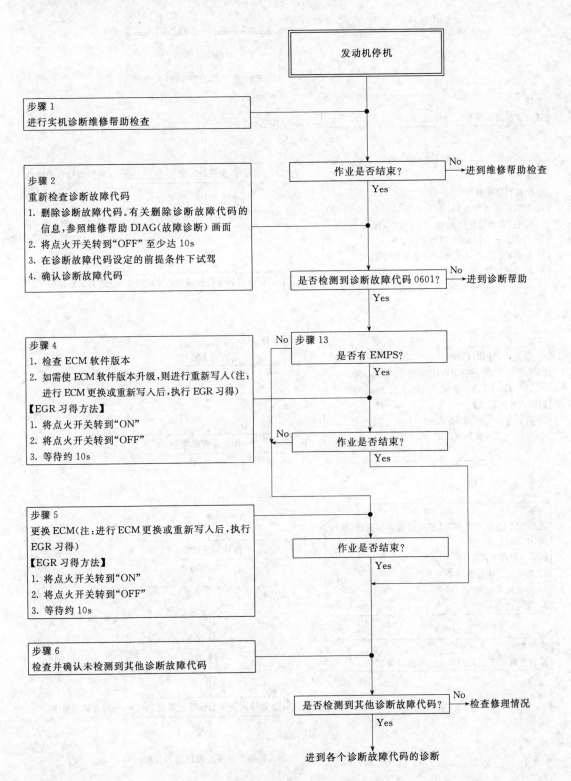

图 6-31 ROM 异常诊断步骤

（32）DTC：0603

EEPROM 异常诊断步骤如图 6-32 所示。

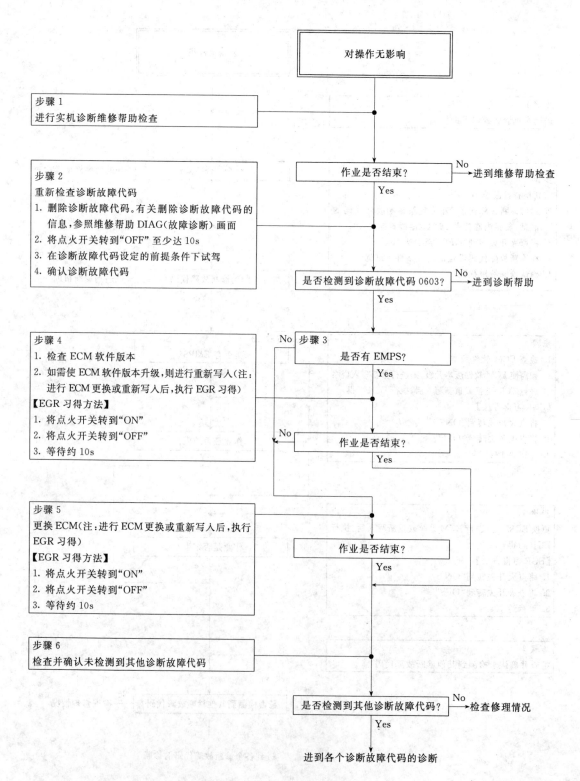

图 6-32　EEPROM 异常诊断步骤

（33）DTC：0606

CPU 异常诊断步骤如图 6-33 所示。

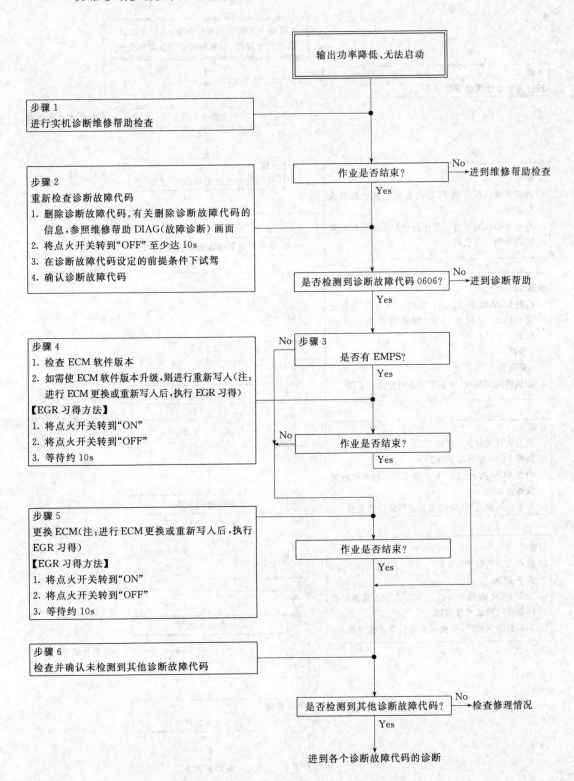

图 6-33 CPU 异常诊断步骤

（34）DTC：0611

充电回路异常（1列）诊断步骤如图6-34、表6-60所示。

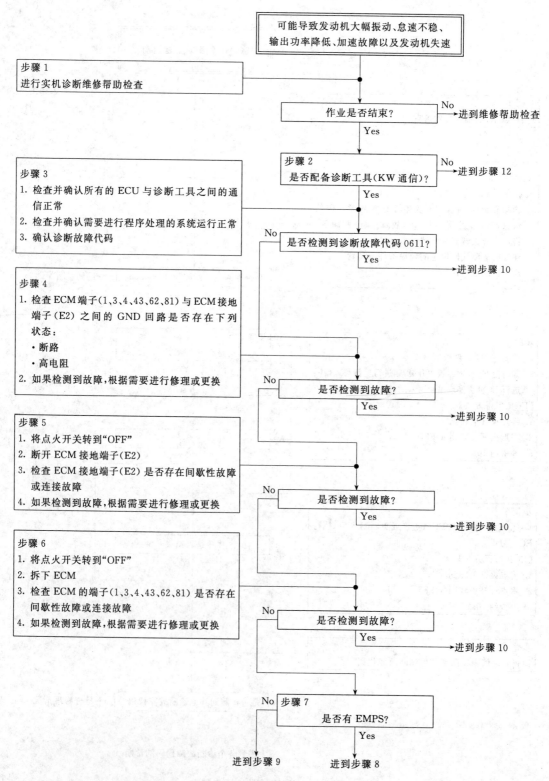

（a）

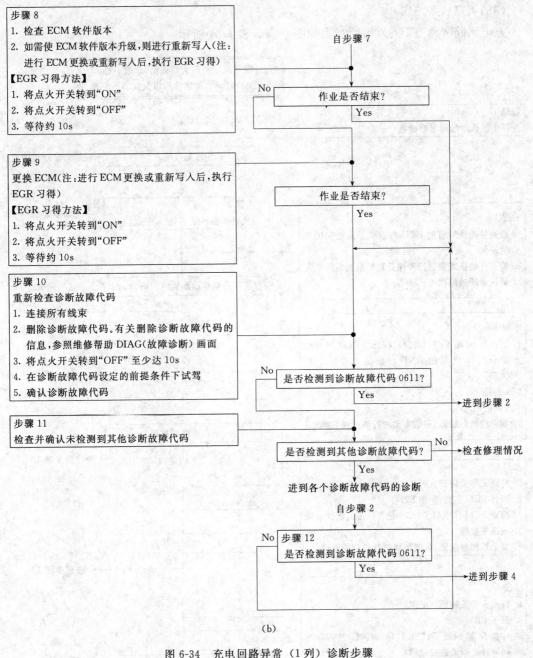

(b)

图 6-34 充电回路异常（1列）诊断步骤

表 6-60 充电回路异常（1列）故障诊断

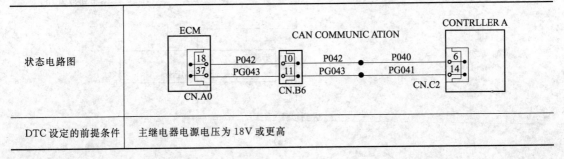

状态电路图	
DTC 设定的前提条件	主继电器电源电压为 18V 或更高

（35）DTC：0612

充电回路异常（2列）诊断步骤如图 6-35、表 6-61 所示。

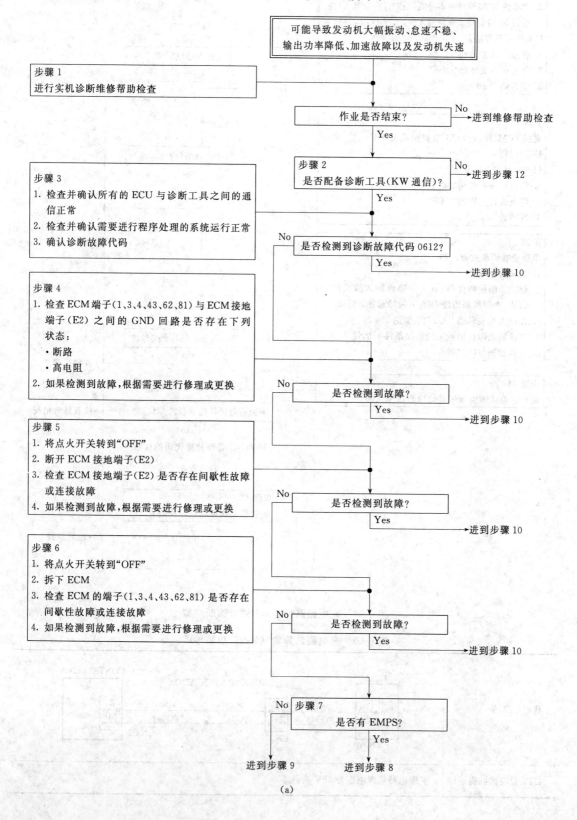

可能导致发动机大幅振动、怠速不稳、输出功率降低、加速故障以及发动机失速

步骤 1
进行实机诊断维修帮助检查

作业是否结束？　No → 进到维修帮助检查
Yes

步骤 2
是否配备诊断工具(KW 通信)？　No → 进到步骤 12
Yes

步骤 3
1. 检查并确认所有的 ECU 与诊断工具之间的通信正常
2. 检查并确认需要进行程序处理的系统运行正常
3. 确认诊断故障代码

No ← 是否检测到诊断故障代码 0612？
Yes
→ 进到步骤 10

步骤 4
1. 检查 ECM 端子(1、3、4、43、62、81) 与 ECM 接地端子(E2) 之间的 GND 回路是否存在下列状态：
· 断路
· 高电阻
2. 如果检测到故障，根据需要进行修理或更换

No ← 是否检测到故障？
Yes
→ 进到步骤 10

步骤 5
1. 将点火开关转到"OFF"
2. 断开 ECM 接地端子(E2)
3. 检查 ECM 接地端子(E2) 是否存在间歇性故障或连接故障
4. 如果检测到故障，根据需要进行修理或更换

No ← 是否检测到故障？
Yes
→ 进到步骤 10

步骤 6
1. 将点火开关转到"OFF"
2. 拆下 ECM
3. 检查 ECM 的端子(1、3、4、43、62、81) 是否存在间歇性故障或连接故障
4. 如果检测到故障，根据需要进行修理或更换

No ← 是否检测到故障？
Yes
→ 进到步骤 10

No ← 步骤 7
是否有 EMPS?
Yes

进到步骤 9　　进到步骤 8

(a)

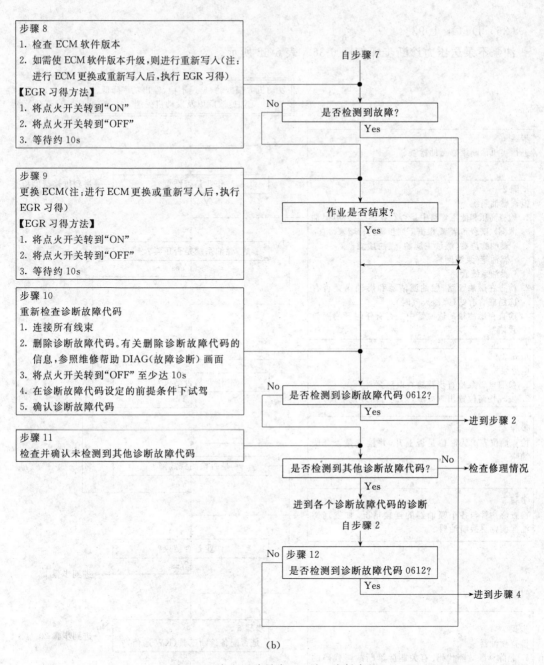

（b）

图 6-35　充电回路异常（2列）诊断步骤

表 6-61　充电回路异常（2列）故障诊断

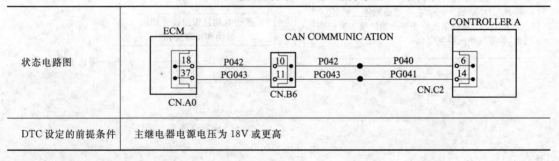

状态电路图	
DTC 设定的前提条件	主继电器电源电压为 18V 或更高

（36）DTC：1093

油泵不泵送压力诊断步骤如图 6-36、表 6-62 所示。

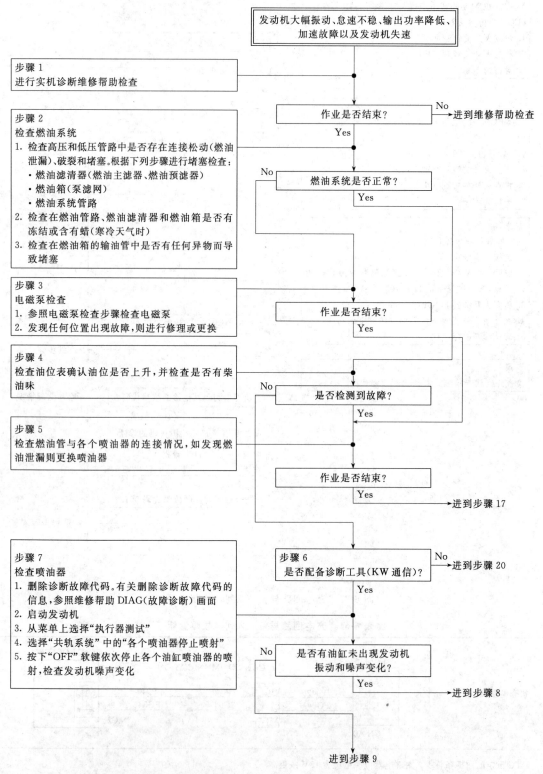

（a）

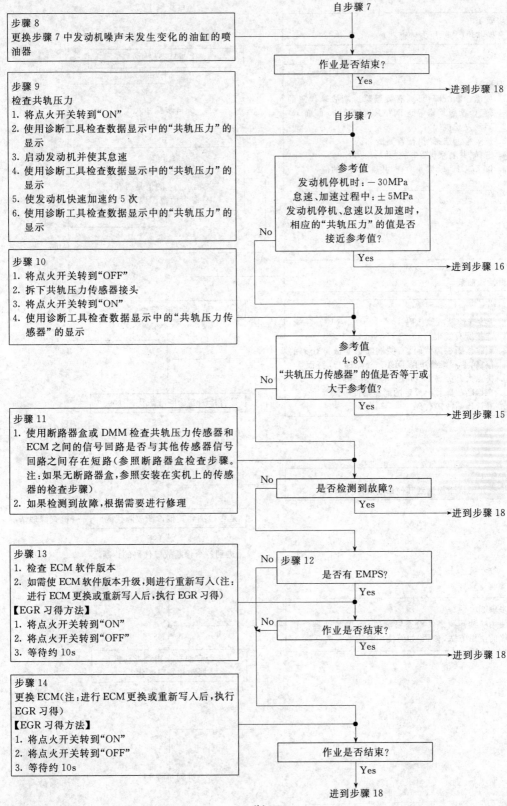

自步骤7

步骤8
更换步骤7中发动机噪声未发生变化的油缸的喷油器

作业是否结束?
Yes
→进到步骤18

步骤9
检查共轨压力
1. 将点火开关转到"ON"
2. 使用诊断工具检查数据显示中的"共轨压力"的显示
3. 启动发动机并使其怠速
4. 使用诊断工具检查数据显示中的"共轨压力"的显示
5. 使发动机快速加速约5次
6. 使用诊断工具检查数据显示中的"共轨压力"的显示

自步骤7

参考值
发动机停机时:−30MPa
怠速、加速过程中:±5MPa
发动机停机、怠速以及加速时,相应的"共轨压力"的值是否接近参考值?
No
Yes
→进到步骤16

步骤10
1. 将点火开关转到"OFF"
2. 拆下共轨压力传感器接头
3. 将点火开关转到"ON"
4. 使用诊断工具检查数据显示中的"共轨压力传感器"的显示

参考值
4.8V
"共轨压力传感器"的值是否等于或大于参考值?
No
Yes
→进到步骤15

步骤11
1. 使用断路器盒或DMM检查共轨压力传感器和ECM之间的信号回路是否与其他传感器信号回路之间存在短路(参照断路器盒检查步骤。注:如果无断路器盒,参照安装在实机上的传感器的检查步骤)
2. 如果检测到故障,根据需要进行修理

No
是否检测到故障?
Yes
→进到步骤18

步骤13
1. 检查ECM软件版本
2. 如需使ECM软件版本升级,则进行重新写入(注:进行ECM更换或重新写入后,执行EGR习得)
【EGR习得方法】
1. 将点火开关转到"ON"
2. 将点火开关转到"OFF"
3. 等待约10s

No **步骤12**
是否有EMPS?
Yes

No
作业是否结束?
Yes
→进到步骤18

步骤14
更换ECM(注:进行ECM更换或重新写入后,执行EGR习得)
【EGR习得方法】
1. 将点火开关转到"ON"
2. 将点火开关转到"OFF"
3. 等待约10s

作业是否结束?
Yes

进到步骤18

(b)

图 6-36

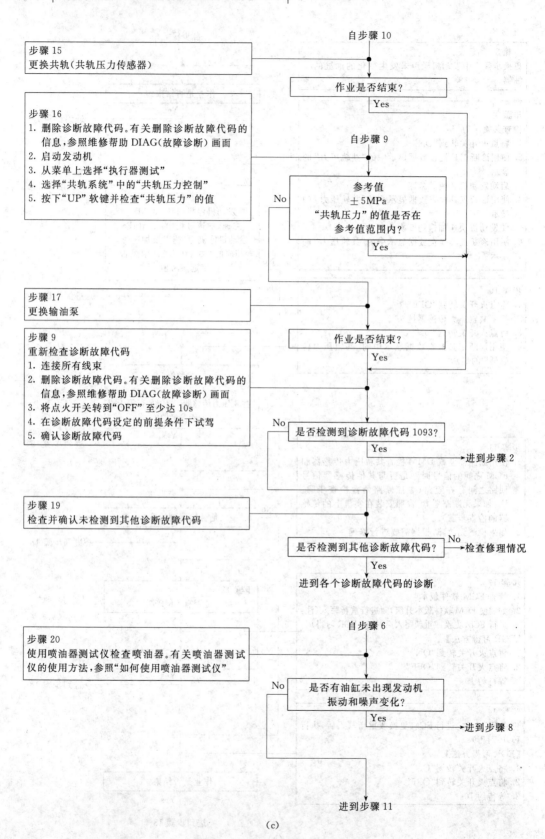

(c)

图 6-36　油泵不泵送压力诊断步骤

表 6-62　油泵不泵送压力故障诊断

状态电路图	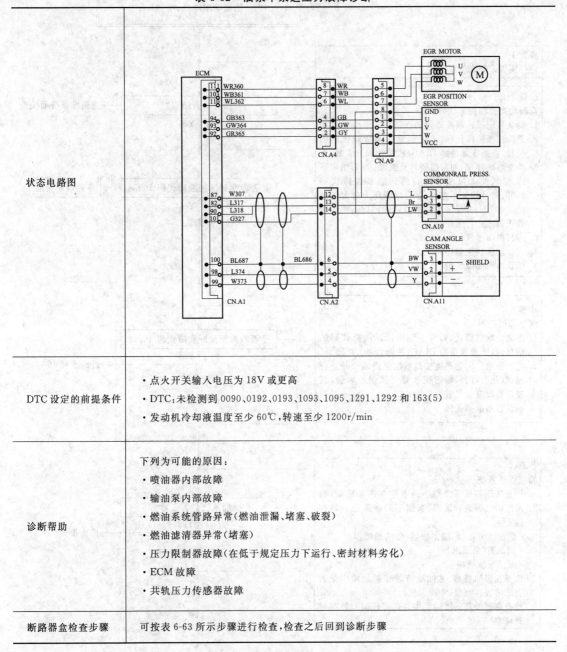
DTC 设定的前提条件	・点火开关输入电压为 18V 或更高 ・DTC：未检测到 0090、0192、0193、1093、1095、1291、1292 和 163(5) ・发动机冷却液温度至少 60℃，转速至少 1200r/min
诊断帮助	下列为可能的原因： ・喷油器内部故障 ・输油泵内部故障 ・燃油系统管路异常(燃油泄漏、堵塞、破裂) ・燃油滤清器异常(堵塞) ・压力限制器故障(在低于规定压力下运行、密封材料劣化) ・ECM 故障 ・共轨压力传感器故障
断路器盒检查步骤	可按表 6-63 所示步骤进行检查，检查之后回到诊断步骤

表 6-63　1093 断路器盒检查步骤

步骤	检查项目	检查方法	测量条件	测量端子编号	正常值	异常值
11	与其他信号回路短路	测量电压	・拆下传感器接头 ・点火开关转到"ON"	82-GND 90-GND	0V	1V 或更高

（37）DTC：1095

压力限制器开放诊断步骤如图 6-37、表 6-64 所示。

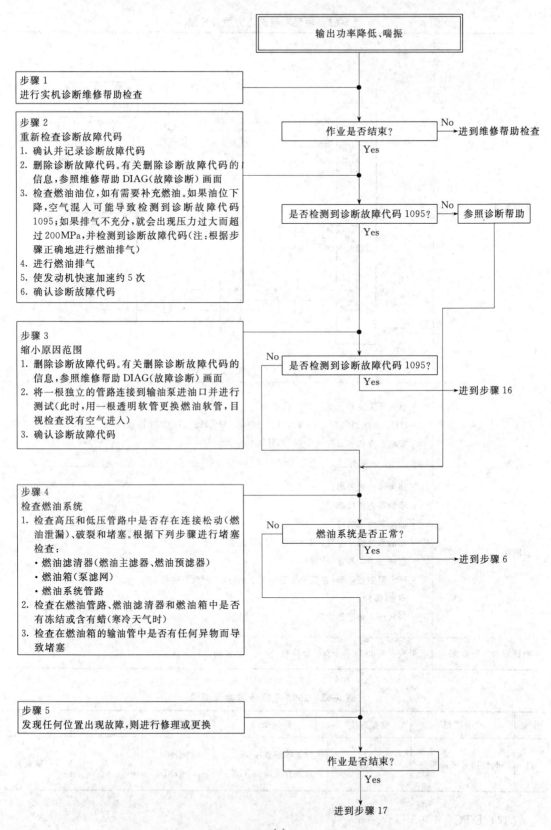

输出功率降低、喘振

步骤1
进行实机诊断维修帮助检查

作业是否结束？ —No→ 进到维修帮助检查
↓Yes

步骤2
重新检查诊断故障代码
1. 确认并记录诊断故障代码
2. 删除诊断故障代码。有关删除诊断故障代码的信息，参照维修帮助 DIAG（故障诊断）画面
3. 检查燃油油位，如有需要补充燃油。如果油位下降，空气混入可能导致检测到诊断故障代码1095；如果排气不充分，就会出现压力过大而超过200MPa，并检测到诊断故障代码（注：根据步骤正确地进行燃油排气）
4. 进行燃油排气
5. 使发动机快速加速约5次
6. 确认诊断故障代码

是否检测到诊断故障代码1095？ —No→ 参照诊断帮助
↓Yes

步骤3
缩小原因范围
1. 删除诊断故障代码。有关删除诊断故障代码的信息，参照维修帮助 DIAG（故障诊断）画面
2. 将一根独立的管路连接到输油泵进油口并进行测试（此时，用一根透明软管更换燃油软管，目视检查没有空气进入）
3. 确认诊断故障代码

是否检测到诊断故障代码1095？ —No→
↓Yes
进到步骤16

步骤4
检查燃油系统
1. 检查高压和低压管路中是否存在连接松动（燃油泄漏）、破裂和堵塞。根据下列步骤进行堵塞检查：
  · 燃油滤清器（燃油主滤器、燃油预滤器）
  · 燃油箱（泵滤网）
  · 燃油系统管路
2. 检查在燃油管路、燃油滤清器和燃油箱中是否有冻结或含有蜡（寒冷天气时）
3. 检查在燃油箱的输油管中是否有任何异物而导致堵塞

燃油系统是否正常？ —No→
↓Yes
进到步骤6

步骤5
发现任何位置出现故障，则进行修理或更换

作业是否结束？
↓Yes

进到步骤17

（a）

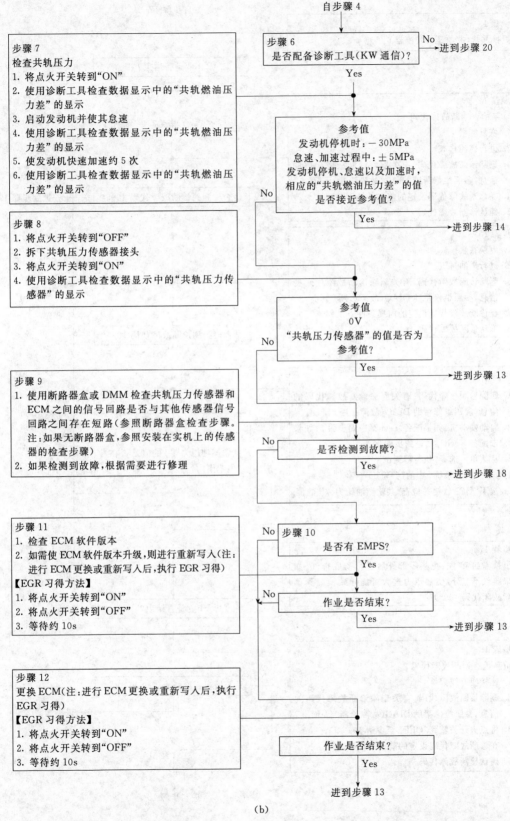

自步骤4

步骤6
是否配备诊断工具(KW通信)？ —No→ 进到步骤20

Yes

步骤7
检查共轨压力
1. 将点火开关转到"ON"
2. 使用诊断工具检查数据显示中的"共轨燃油压力差"的显示
3. 启动发动机并使其怠速
4. 使用诊断工具检查数据显示中的"共轨燃油压力差"的显示
5. 使发动机快速加速约5次
6. 使用诊断工具检查数据显示中的"共轨燃油压力差"的显示

参考值
发动机停机时：−30MPa
急速、加速过程中：±5MPa
发动机停机、急速以及加速时，相应的"共轨燃油压力差"的值是否接近参考值？

No
Yes → 进到步骤14

步骤8
1. 将点火开关转到"OFF"
2. 拆下共轨压力传感器接头
3. 将点火开关转到"ON"
4. 使用诊断工具检查数据显示中的"共轨压力传感器"的显示

参考值
0V
"共轨压力传感器"的值是否为参考值？

No
Yes → 进到步骤13

步骤9
1. 使用断路器盒或DMM检查共轨压力传感器和ECM之间的信号回路是否与其他传感器信号回路之间存在短路（参照断路器盒检查步骤。注：如果无断路器盒，参照安装在实机上的传感器的检查步骤）
2. 如果检测到故障，根据需要进行修理

No
是否检测到故障？
Yes → 进到步骤18

步骤11
1. 检查ECM软件版本
2. 如需使ECM软件版本升级，则进行重新写入（注：进行ECM更换或重新写入后，执行EGR习得）
【EGR习得方法】
1. 将点火开关转到"ON"
2. 将点火开关转到"OFF"
3. 等待约10s

No | **步骤10**
是否有EMPS？
Yes

No
作业是否结束？
Yes → 进到步骤13

步骤12
更换ECM（注：进行ECM更换或重新写入后，执行EGR习得）
【EGR习得方法】
1. 将点火开关转到"ON"
2. 将点火开关转到"OFF"
3. 等待约10s

作业是否结束？
Yes

进到步骤13

(b)

图 6-37

自步骤 12

步骤 13
更换共轨（共轨压力传感器）

作业是否结束？

Yes

步骤 14
重新检查诊断故障代码
1. 恢复实机
2. 进行燃油排气
3. 删除诊断故障代码。有关删除诊断故障代码的信息，参照维修帮助 DIAG（故障诊断）画面
4. 在诊断故障代码设定的前提条件下试驾
5. 确认诊断故障代码

自步骤 7

是否检测到诊断故障代码 1095？　　No　→ 进到步骤 19

Yes

步骤 15
1. 更换共轨
2. 进行燃油排气
3. 删除诊断故障代码。有关删除诊断故障代码的信息，参照维修帮助 DIAG（故障诊断）画面
4. 在诊断故障代码设定的前提条件下试驾
5. 确认诊断故障代码

是否检测到诊断故障代码 1095？　　No

Yes

步骤 16
1. 删除诊断故障代码。有关删除诊断故障代码的信息，参照维修帮助 DIAG（故障诊断）画面
2. 启动发动机。如果配备 Tech2，进到步骤 3；如果未配备 Tech2，则进到步骤 17
3. 从菜单上选择"执行器测试"
4. 选择"共轨系统"中的"共轨压力控制"
5. 按下"UP"软键并检查"共轨燃油压力差"的值

参考值
±5MPa
"共轨燃油压力差"的值是否在参考值范围内？
No

Yes

步骤 17
更换输油泵（注：更换零部件后进行彻底排气。如果排气不充分，燃油压力过大可能导致检测到诊断故障代码 1095）

作业是否结束？

Yes

步骤 18
重新检查诊断故障代码
1. 连接所有线束
2. 删除诊断故障代码。有关删除诊断故障代码的信息，参照维修帮助 DIAG（故障诊断）画面
3. 将点火开关转到"OFF"至少达 10s
4. 在诊断故障代码设定的前提条件下试驾
5. 确认诊断故障代码

是否检测到诊断故障代码 1095？　　No

Yes
→ 进到步骤 2

进到步骤 19

(c)

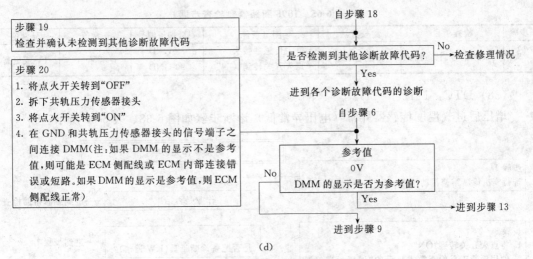

图 6-37 压力限制器开放诊断步骤

表 6-64 压力限制器开放故障诊断

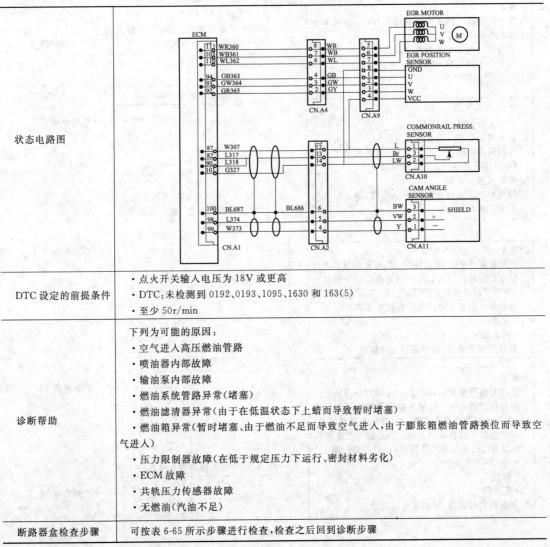

状态电路图	
DTC 设定的前提条件	·点火开关输入电压为18V 或更高 ·DTC:未检测到 0192、0193、1095、1630 和 163(5) ·至少 50r/min
诊断帮助	下列为可能的原因: ·空气进入高压燃油管路 ·喷油器内部故障 ·输油泵内部故障 ·燃油系统管路异常(堵塞) ·燃油滤清器异常(由于在低温状态下上蜡而导致暂时堵塞) ·燃油箱异常(暂时堵塞、由于燃油不足而导致空气进入,由于膨胀箱燃油管路换位而导致空气进入) ·压力限制器故障(在低于规定压力下运行、密封材料劣化) ·ECM 故障 ·共轨压力传感器故障 ·无燃油(汽油不足)
断路器盒检查步骤	可按表6-65所示步骤进行检查,检查之后回到诊断步骤

表 6-65　1095 断路器盒检查步骤

步骤	检查项目	检查方法	测量条件	测量端子编号	正常值	异常值
9	与其他信号回路短路	测量电压值	·拆下传感器接头 ·点火开关转到"ON"	82-GND 90-GND	0V	1V 或更高

（38）DTC：1112

增压后进气温度传感器异常（电压异常低）诊断步骤如图 6-38、表 6-66 所示。

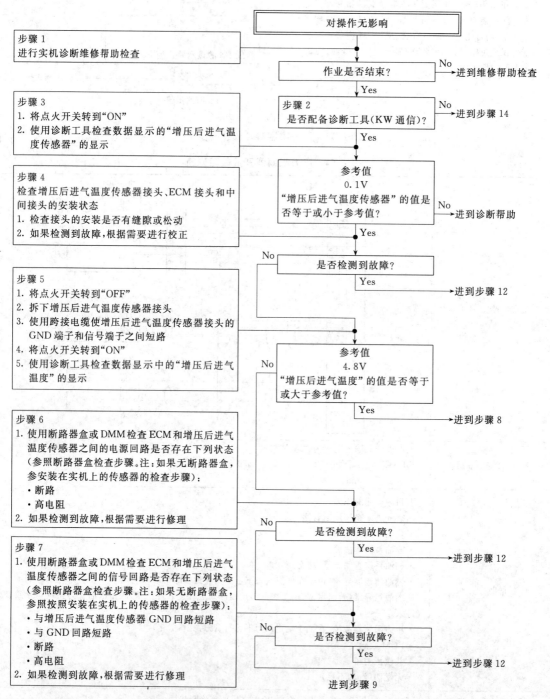

（a）

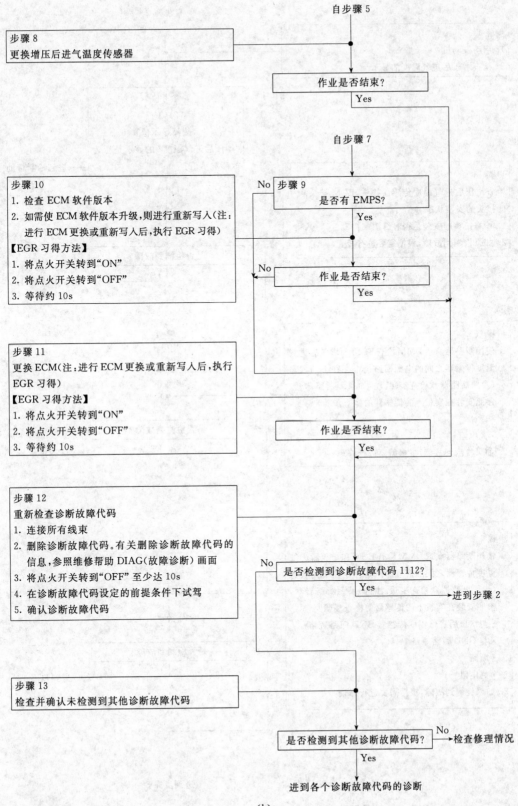

(b)

图 6-38

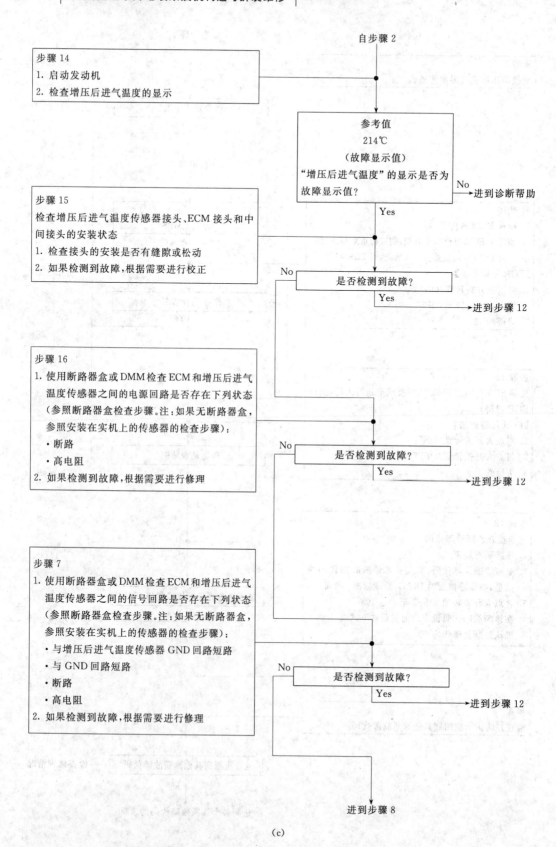

(c)

图 6-38　增压后进气温度传感器异常（电压异常低）诊断步骤

表 6-66 增压后进气温度传感器异常（电压异常低）故障诊断

状态电路图	
DTC 设定的前提条件	• DTC 设定开关输入电压为 18V 或更高 • 点火开关输入电压为 18V 或更高 • DTC：未检测到 163(4)
诊断帮助	①如果怀疑为间歇性故障，则可能是下列任一原因引起： • 线束接头连接故障 • 线束路径故障 • 因摩擦导致的线束包皮破损 • 线束包皮内导线断裂 ②为检测这些原因，必须进行下列检查： • 线束接头和 ECM 接头连接故障 —端子从接头中脱出 —不匹配的端子连接 —接头锁损坏 —端子和导线连接故障 • 线束损坏 —通过外观检查判断线束是否有损坏 —移动连接到传感器的接头和线束时，确认诊断工具数据显示中的相关项目的显示信息。显示变化指出了故障的位置
断路器盒检查步骤	可按表 6-67 所示步骤进行检查，检查之后回到诊断步骤

表 6-67 1112 断路器盒检查步骤

步骤	检查项目	检查方法	测量条件	测量端子编号	正常值	异常值
6	断路/高电阻	测量电压	• 拆下传感器接头 • 点火开关转到"ON"	74-传感器接头信号端子	100Ω 或更低	10MΩ 或更高
7	与 GND 回路/GND 短路	测量电阻	• 拆下传感器接头 • 点火开关转到"OFF"	74-109 74-GND	10MΩ 或更高	100Ω 或更低
	断路/高电阻	测量电阻	• 拆下传感器接头 • 点火开关转到"OFF"	74-传感器接头 GND 端子	100Ω 或更低	10MΩ 或更高

（39）DTC：1113

增压后进气温度传感器压差（电压异常高）诊断步骤如图 6-39、表 6-68 所示。

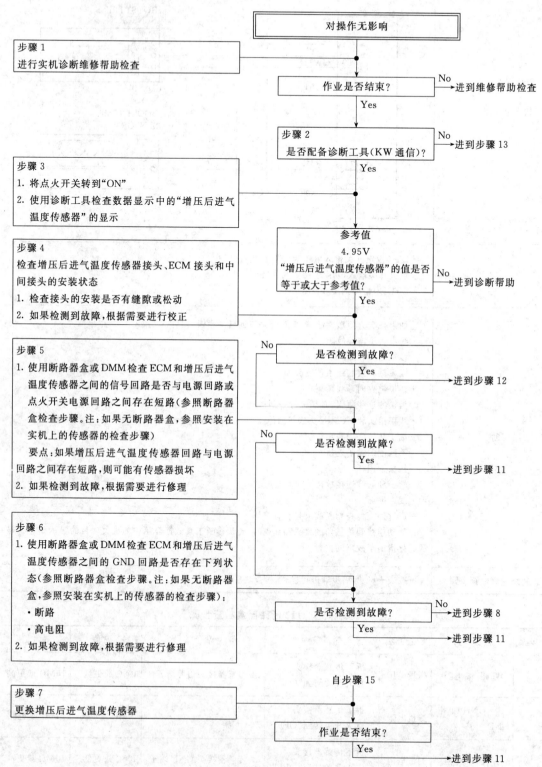

（a）

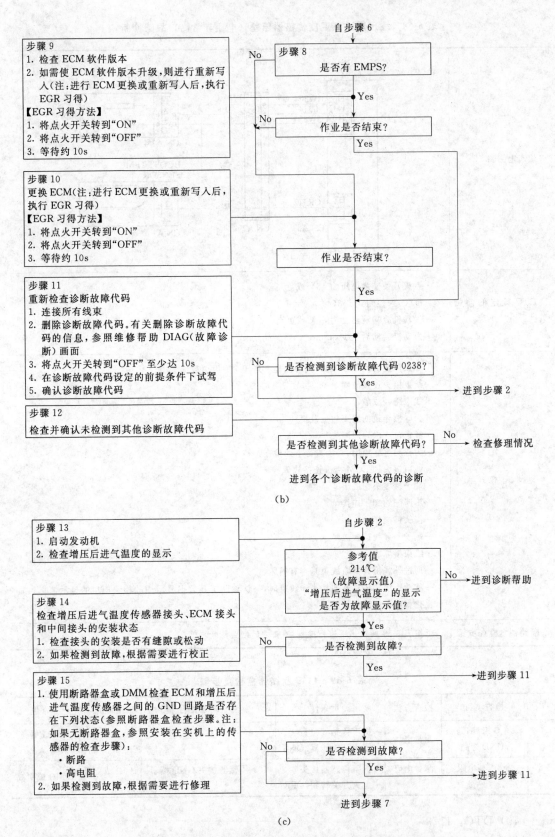

自步骤6

步骤9
1. 检查 ECM 软件版本
2. 如需使 ECM 软件版本升级，则进行重新写入（注：进行 ECM 更换或重新写入后，执行 EGR 习得）
【EGR 习得方法】
1. 将点火开关转到"ON"
2. 将点火开关转到"OFF"
3. 等待约 10s

步骤8
是否有 EMPS？
No →
Yes ↓

作业是否结束？
No →
Yes

步骤10
更换 ECM（注：进行 ECM 更换或重新写入后，执行 EGR 习得）
【EGR 习得方法】
1. 将点火开关转到"ON"
2. 将点火开关转到"OFF"
3. 等待约 10s

作业是否结束？
Yes

步骤11
重新检查诊断故障代码
1. 连接所有线束
2. 删除诊断故障代码。有关删除诊断故障代码的信息，参照维修帮助 DIAG（故障诊断）画面
3. 将点火开关转到"OFF" 至少达 10s
4. 在诊断故障代码设定的前提条件下试驾
5. 确认诊断故障代码

是否检测到诊断故障代码 0238？
No
Yes → 进到步骤 2

步骤12
检查并确认未检测到其他诊断故障代码

是否检测到其他诊断故障代码？
No → 检查修理情况
Yes

进到各个诊断故障代码的诊断

(b)

步骤13
1. 启动发动机
2. 检查增压后进气温度的显示

自步骤2

参考值
214℃
（故障显示值）
"增压后进气温度"的显示是否为故障显示值？
No → 进到诊断帮助
Yes ↓

步骤14
检查增压后进气温度传感器接头、ECM 接头和中间接头的安装状态
1. 检查接头的安装是否有缝隙或松动
2. 如果检测到故障，根据需要进行校正

是否检测到故障？
No
Yes → 进到步骤 11

步骤15
1. 使用断路器盒或 DMM 检查 ECM 和增压后进气温度传感器之间的 GND 回路是否存在下列状态（参照断路器盒检查步骤。注：如果无断路器盒，参照安装在实机上的传感器的检查步骤）：
   • 断路
   • 高电阻
2. 如果检测到故障，根据需要进行修理

是否检测到故障？
No
Yes → 进到步骤 11

进到步骤 7

(c)

图 6-39 增压后进气温度传感器压差（电压异常高）诊断步骤

表 6-68　增压后进气温度传感器压差（电压异常高）故障诊断

状态电路图	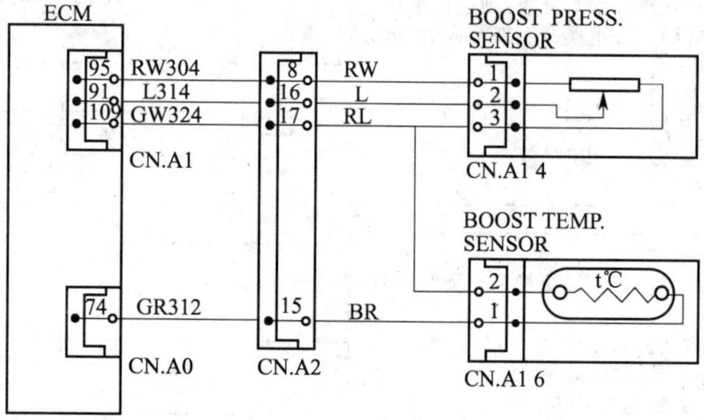
DTC 设定的前提条件	·点火开关输入电压为 18V 或更高 ·DTC：未检测到 163（4） ·发动机冷却液温度为 50℃ 或更高 ·发动机启动后至少 5min
诊断帮助	①如果怀疑为间歇性故障，则可能是下列任一原因引起： ·线束接头连接故障 ·线束路径故障 ·因摩擦导致的线束包皮破损 ·线束包皮内导线断裂 ②为检测这些原因，必须进行下列检查： ·线束接头和 ECM 接头连接故障 —端子从接头中脱出 —不匹配的端子连接 —接头锁损坏 —端子和导线连接故障 ·线束损坏 —通过外观检查判断线束是否有损坏 —移动连接到传感器的接头和线束时，确认诊断工具数据显示中的相关项目的显示信息。显示变化指出了故障的位置
断路器盒检查步骤	可按表 6-69 所示步骤进行检查，检查之后回到诊断步骤

表 6-69　1113 断路器盒检查步骤

步骤	检查项目	检查方法	测量条件	测量端子编号	正常值	异常值
5	与 GND 回路/GND 短路	测量电压	·拆下传感器接头 ·点火开关转到"ON"	74-GND	0V	18V 或更高
6	断路/高电阻	测量电阻	·拆下传感器接头 ·点火开关转到"OFF"	109-传感器接头 GND 端子	100Ω 或更低	10MΩ 或更高

（40）DTC：1173

过热诊断步骤如图 6-40、表 6-70 所示。

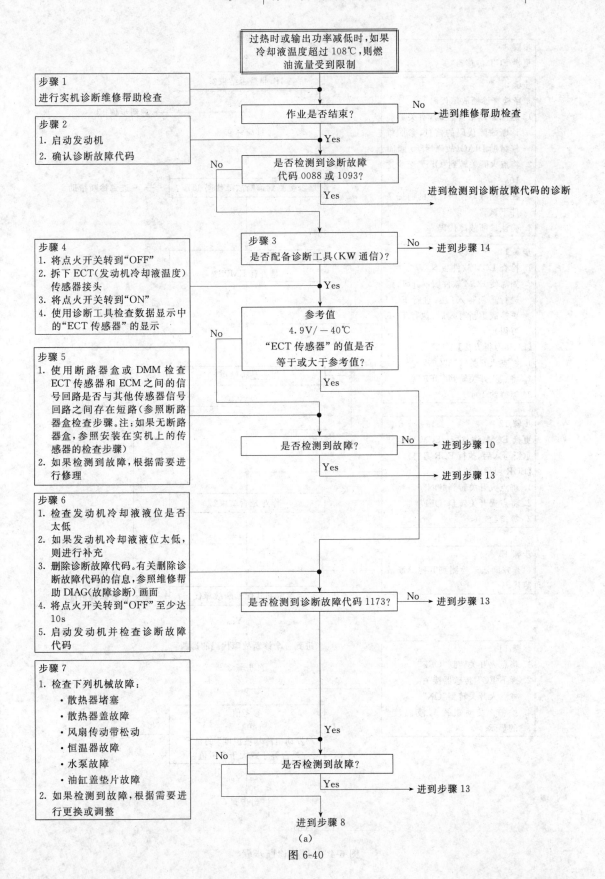

步骤1
进行实机诊断维修帮助检查

步骤2
1. 启动发动机
2. 确认诊断故障代码

步骤4
1. 将点火开关转到"OFF"
2. 拆下ECT(发动机冷却液温度)传感器接头
3. 将点火开关转到"ON"
4. 使用诊断工具检查数据显示中的"ECT传感器"的显示

步骤5
1. 使用断路器盒或DMM检查ECT传感器和ECM之间的信号回路是否与其他传感器信号回路之间存在短路(参照断路器盒检查步骤。注:如果无断路器盒,参照安装在实机上的传感器的检查步骤)
2. 如果检测到故障,根据需要进行修理

步骤6
1. 检查发动机冷却液液位是否太低
2. 如果发动机冷却液位太低,则进行补充
3. 删除诊断故障代码。有关删除诊断故障代码的信息,参照维修帮助DIAG(故障诊断)画面
4. 将点火开关转到"OFF"至少达10s
5. 启动发动机并检查诊断故障代码

步骤7
1. 检查下列机械故障:
   · 散热器堵塞
   · 散热器盖故障
   · 风扇传动带松动
   · 恒温器故障
   · 水泵故障
   · 油缸盖垫片故障
2. 如果检测到故障,根据需要进行更换或调整

过热时或输出功率减低时,如果冷却液温度超过108℃,则燃油流量受到限制

作业是否结束?　No → 进到维修帮助检查
Yes

是否检测到诊断故障代码0088或1093?　No
Yes → 进到检测到诊断故障代码的诊断

步骤3
是否配备诊断工具(KW通信)?　No → 进到步骤14
Yes

参考值
4.9V/−40℃
"ECT传感器"的值是否等于或大于参考值?
Yes

是否检测到故障?　No → 进到步骤10
Yes → 进到步骤13

是否检测到诊断故障代码1173?　No → 进到步骤13

是否检测到故障?　Yes → 进到步骤13
No

进到步骤8

(a)

图6-40

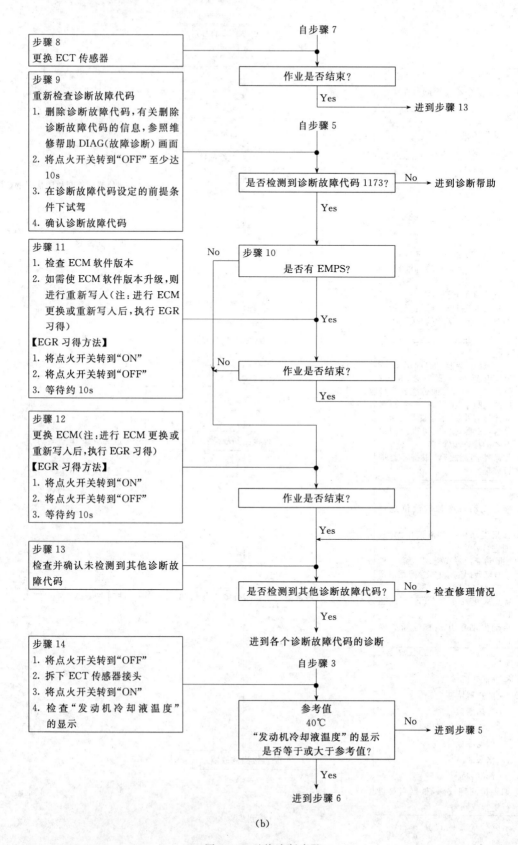

(b)

图 6-40 过热诊断步骤

表 6-70 过热故障诊断

状态电路图	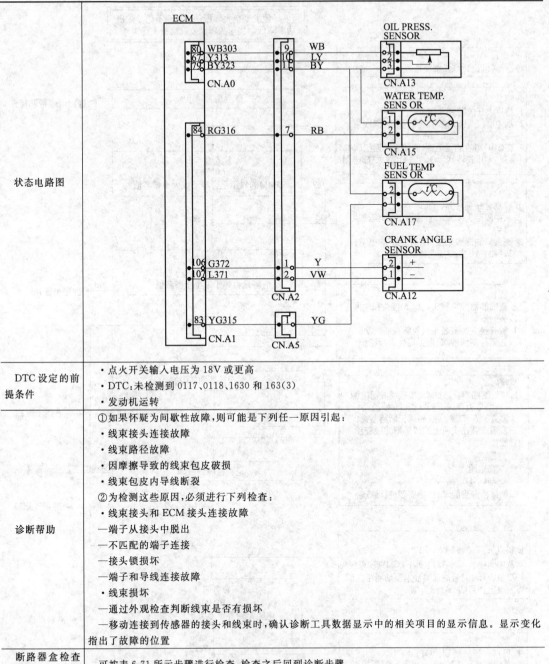
DTC设定的前提条件	·点火开关输入电压为18V或更高 ·DTC:未检测到0117、0118、1630和163(3) ·发动机运转
诊断帮助	①如果怀疑为间歇性故障,则可能是下列任一原因引起: ·线束接头连接故障 ·线束路径故障 ·因摩擦导致的线束包皮破损 ·线束包皮内导线断裂 ②为检测这些原因,必须进行下列检查: ·线束接头和ECM接头连接故障 —端子从接头中脱出 —不匹配的端子连接 —接头锁损坏 —端子和导线连接故障 ·线束损坏 —通过外观检查判断线束是否有损坏 —移动连接到传感器的接头和线束时,确认诊断工具数据显示中的相关项目的显示信息。显示变化指出了故障的位置
断路器盒检查步骤	可按表6-71所示步骤进行检查,检查之后回到诊断步骤

表 6-71 1173 断路器盒检查步骤

步骤	检查项目	检查方法	测量条件	测量端子编号	正常值	异常值
5	与其他信号回路短路	测量电压值	·拆下传感器接头 ·点火开关转到"ON"	84-GND	0V	1V或更高

(41) DTC:1261

喷油器1号共轨驱动系统异常诊断步骤如图6-41、表6-72所示。

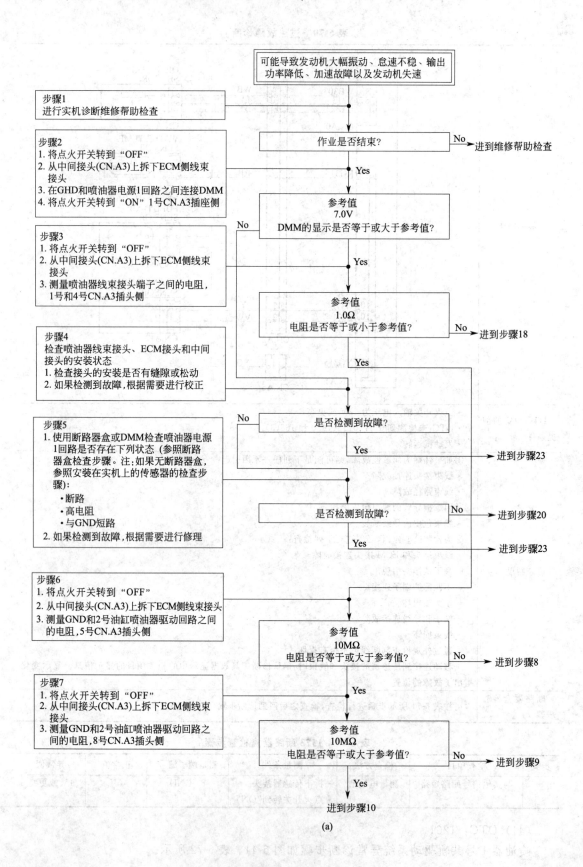

可能导致发动机大幅振动、怠速不稳、输出功率降低、加速故障以及发动机失速

步骤1
进行实机诊断维修帮助检查

作业是否结束？ —No→ 进到维修帮助检查

步骤2
1. 将点火开关转到"OFF"
2. 从中间接头(CN.A3)上拆下ECM侧线束接头
3. 在GHD和喷油器电源1回路之间连接DMM
4. 将点火开关转到"ON" 1号CN.A3插座侧

↓Yes

参考值
7.0V
DMM的显示是否等于或大于参考值？ —No

步骤3
1. 将点火开关转到"OFF"
2. 从中间接头(CN.A3)上拆下ECM侧线束接头
3. 测量喷油器线束接头端子之间的电阻，1号和4号CN.A3插头侧

↓Yes

参考值
1.0Ω
电阻是否等于或小于参考值？ —No→ 进到步骤18

步骤4
检查喷油器线束接头、ECM接头和中间接头的安装状态
1. 检查接头的安装是否有缝隙或松动
2. 如果检测到故障，根据需要进行校正

↓Yes

是否检测到故障？ —No

↓Yes
进到步骤23

步骤5
1. 使用断路器盒或DMM检查喷油器电源1回路是否存在下列状态（参照断路器盒检查步骤。注：如果无断路器盒，参照安装在实机上的传感器的检查步骤）：
· 断路
· 高电阻
· 与GND短路
2. 如果检测到故障，根据需要进行修理

是否检测到故障？ —No→ 进到步骤20

↓Yes
进到步骤23

步骤6
1. 将点火开关转到"OFF"
2. 从中间接头(CN.A3)上拆下ECM侧线束接头
3. 测量GND和2号油缸喷油器驱动回路之间的电阻，5号CN.A3插头侧

参考值
10MΩ
电阻是否等于或大于参考值？ —No→ 进到步骤8

步骤7
1. 将点火开关转到"OFF"
2. 从中间接头(CN.A3)上拆下ECM侧线束接头
3. 测量GND和2号油缸喷油器驱动回路之间的电阻，8号CN.A3插头侧

↓Yes

参考值
10MΩ
电阻是否等于或大于参考值？ —No→ 进到步骤9

↓Yes

进到步骤10

(a)

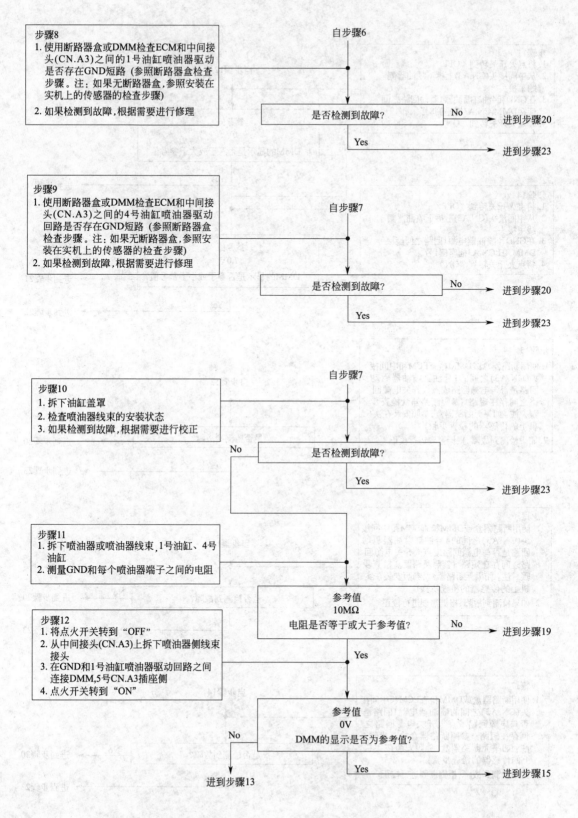

步骤8
1. 使用断路器盒或DMM检查ECM和中间接头(CN.A3)之间的1号油缸喷油器驱动是否存在GND短路 (参照断路器盒检查步骤。注：如果无断路器盒，参照安装在实机上的传感器的检查步骤)
2. 如果检测到故障，根据需要进行修理

自步骤6

是否检测到故障？ — No → 进到步骤20

Yes → 进到步骤23

步骤9
1. 使用断路器盒或DMM检查ECM和中间接头(CN.A3)之间的4号油缸喷油器驱动回路是否存在GND短路 (参照断路器盒检查步骤。注：如果无断路器盒，参照安装在实机上的传感器的检查步骤)
2. 如果检测到故障，根据需要进行修理

自步骤7

是否检测到故障？ — No → 进到步骤20

Yes → 进到步骤23

步骤10
1. 拆下油缸盖罩
2. 检查喷油器线束的安装状态
3. 如果检测到故障，根据需要进行校正

自步骤7

No — 是否检测到故障？

Yes → 进到步骤23

步骤11
1. 拆下喷油器或喷油器线束，1号油缸、4号油缸
2. 测量GND和每个喷油器端子之间的电阻

参考值
10MΩ
电阻是否等于或大于参考值？ — No → 进到步骤19

Yes

步骤12
1. 将点火开关转到"OFF"
2. 从中间接头(CN.A3)上拆下喷油器侧线束接头
3. 在GND和1号油缸喷油器驱动回路之间连接DMM，5号CN.A3插座侧
4. 点火开关转到"ON"

参考值
0V
DMM的显示是否为参考值？

No → 进到步骤13

Yes → 进到步骤15

(b)

图 6-41

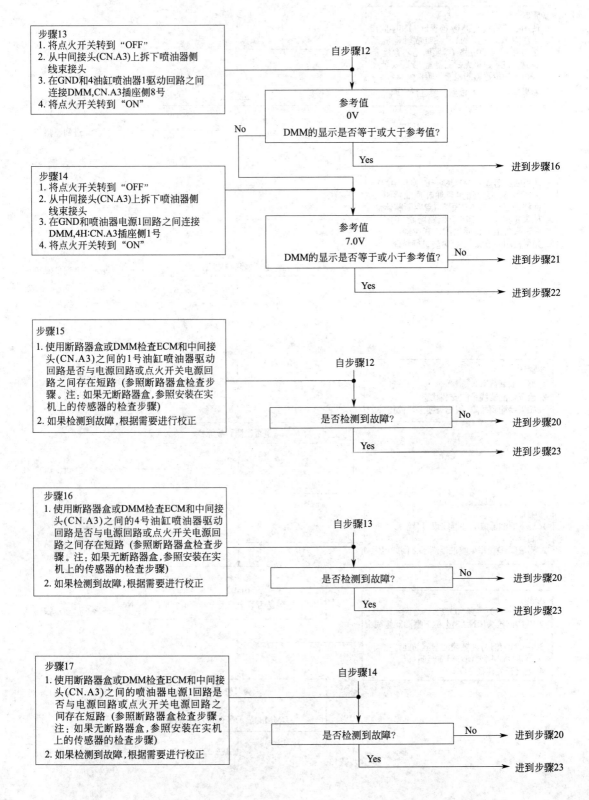

步骤13
1. 将点火开关转到"OFF"
2. 从中间接头(CN.A3)上拆下喷油器侧线束接头
3. 在GND和4油缸喷油器1驱动回路之间连接DMM,CN.A3插座侧8号
4. 将点火开关转到"ON"

自步骤12

参考值
0V
DMM的显示是否等于或大于参考值?

No

Yes → 进到步骤16

步骤14
1. 将点火开关转到"OFF"
2. 从中间接头(CN.A3)上拆下喷油器侧线束接头
3. 在GND和喷油器电源1回路之间连接DMM,4H:CN.A3插座侧1号
4. 将点火开关转到"ON"

参考值
7.0V
DMM的显示是否等于或小于参考值?

No → 进到步骤21

Yes → 进到步骤22

步骤15
1. 使用断路器盒或DMM检查ECM和中间接头(CN.A3)之间的1号油缸喷油器驱动回路是否与电源回路或点火开关电源回路之间存在短路(参照断路器盒检查步骤。注:如果无断路器盒,参照安装在实机上的传感器的检查步骤)
2. 如果检测到故障,根据需要进行校正

自步骤12

是否检测到故障?

No → 进到步骤20

Yes → 进到步骤23

步骤16
1. 使用断路器盒或DMM检查ECM和中间接头(CN.A3)之间的4号油缸喷油器驱动回路是否与电源回路或点火开关电源回路之间存在短路(参照断路器盒检查步骤。注:如果无断路器盒,参照安装在实机上的传感器的检查步骤)
2. 如果检测到故障,根据需要进行校正

自步骤13

是否检测到故障?

No → 进到步骤20

Yes → 进到步骤23

步骤17
1. 使用断路器盒或DMM检查ECM和中间接头(CN.A3)之间的喷油器电源1回路是否与电源回路或点火开关电源回路之间存在短路(参照断路器盒检查步骤。注:如果无断路器盒,参照安装在实机上的传感器的检查步骤)
2. 如果检测到故障,根据需要进行校正

自步骤14

是否检测到故障?

No → 进到步骤20

Yes → 进到步骤23

(c)

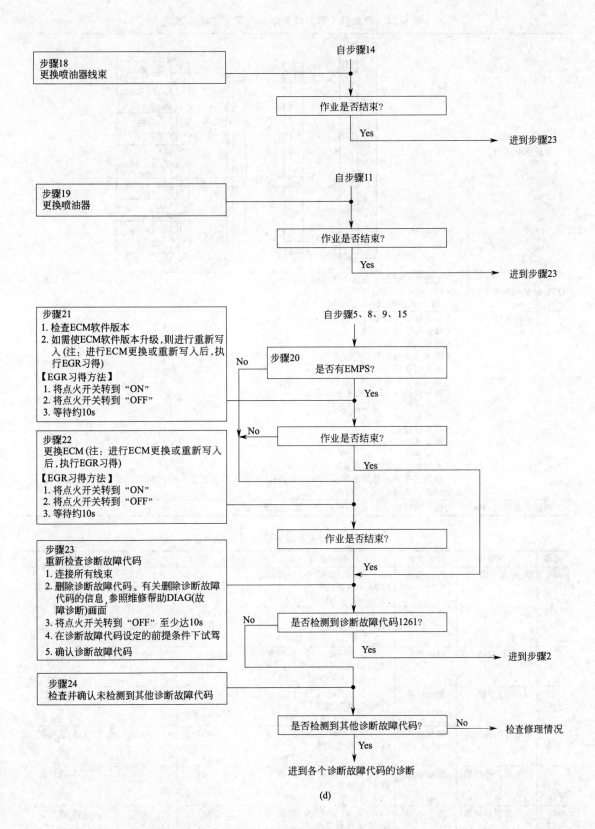

图 6-41　喷油器 1 号共轨驱动系统异常诊断步骤

表 6-72   喷油器 1 号共轨驱动系统异常故障诊断

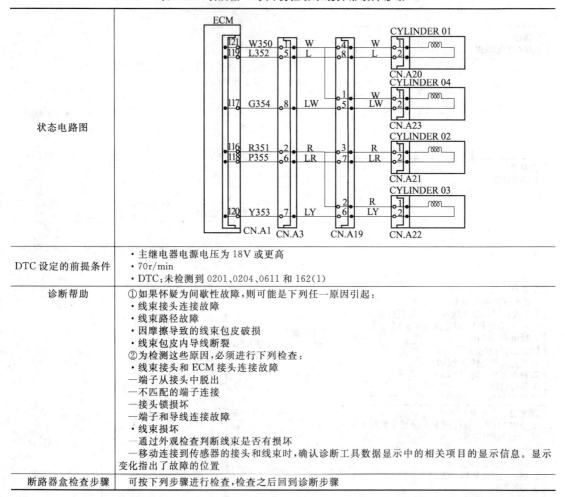

状态电路图	
DTC 设定的前提条件	· 主继电器电源电压为 18V 或更高 · 70r/min · DTC:未检测到 0201、0204、0611 和 162(1)
诊断帮助	①如果怀疑是间歇性故障,则可能是下列任一原因引起: · 线束接头连接故障 · 线束路径故障 · 因摩擦导致的线束包皮破损 · 线束包皮内导线断裂 ②为检测这些原因,必须进行下列检查: · 线束接头和 ECM 接头连接故障 —端子从接头中脱出 —不匹配的端子连接 —接头锁损坏 —端子和导线连接故障 · 线束损坏 —通过外观检查判断线束是否有损坏 —移动连接到传感器的接头和线束时,确认诊断工具数据显示中的相关项目的显示信息。显示变化指出了故障的位置
断路器盒检查步骤	可按下列步骤进行检查,检查之后回到诊断步骤

表 6-73   1261 断路器盒检查步骤

步骤	检查项目	检查方法	测量条件	测量端子编号	正常值	异常值
5	断路/高电阻	测量电阻	· 从中间接头上拆下 ECM 侧线束接头 · 点火开关转到"OFF"	121-插座式端子 (1 号 CN. A3)	100Ω 或更低	10MΩ 或更高
5	与 GND 短路	测量电阻	· 从中间接头上拆下 ECM 侧线束接头 · 点火开关转到"OFF"	121-GND	10MΩ 或更高	100Ω 或更低
8	与 GND 短路	测量电阻	· 从中间接头上拆下 ECM 侧线束接头 · 点火开关转到"OFF"	119-GND	10MΩ 或更高	100Ω 或更低
9	与 GND 短路	测量电阻	· 从中间接头上拆下 ECM 侧线束接头 · 点火开关转到"OFF"	114-GND	10MΩ 或更高	100Ω 或更低
15	与电源回路短路	测量电压	· 从中间接头上拆下 ECM 侧线束接头 · 点火开关转到"OFF"	119-GND	0V	18V 或更高
16	与电源回路短路	测量电压	· 从中间接头上拆下 ECM 侧线束接头 · 点火开关转到"OFF"	114-GND	0V	18V 或更高
17	与电源回路短路	测量电压	· 从中间接头上拆下 ECM 侧线束接头 · 点火开关转到"OFF"	121-GND	0V	18V 或更高

(42) DTC：1262

喷油器2号共轨驱动系统异常诊断步骤如图6-42、表6-74所示。

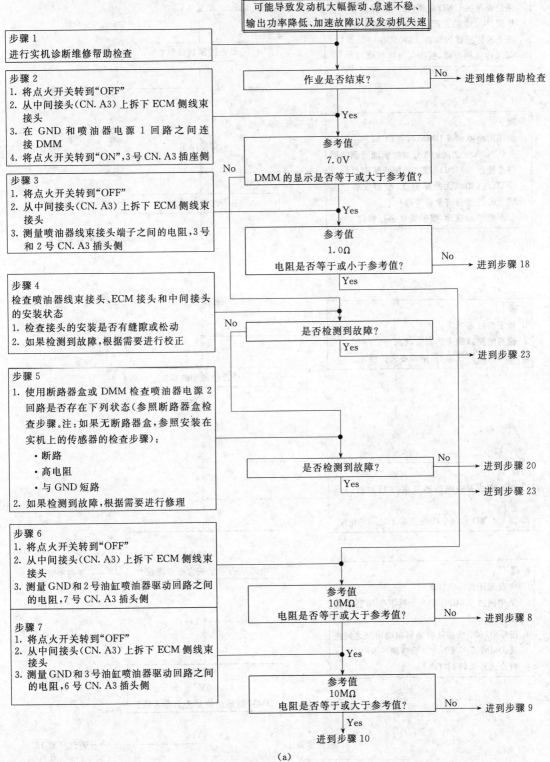

(a)

图 6-42

步骤 8

1. 使用断路器盒或 DMM 检查 ECM 和中间接头(CN. A3)之间的 2 号油缸喷油器驱动回路是否存在 GND 短路(参照断路器盒检查步骤。注：如果无断路器盒，参照安装在实机上的传感器的检查步骤)

2. 如果检测到故障，根据需要进行修理

自步骤 6

是否检测到故障？ — No → 进到步骤 20

Yes → 进到步骤 23

步骤 9

1. 使用断路器盒或 DMM 检查 ECM 和中间接头(CN. A3)之间的 3 号油缸喷油器驱动回路是否存在 GND 短路(参照断路器盒检查步骤。注：如果无断路器盒，参照安装在实机上的传感器的检查步骤)

2. 如果检测到故障，根据需要进行修理

自步骤 7

是否检测到故障？ — No → 进到步骤 20

Yes → 进到步骤 23

步骤 10

1. 拆下油缸盖罩

2. 检查喷油器线束的安装状态

3. 如果检测到故障，根据需要进行校正

自步骤 7

No — 是否检测到故障？

Yes → 进到步骤 23

步骤 11

1. 拆下喷油器或喷油器线束，2 号油缸、3 号油缸

2. 测量 GND 和每个喷油器端子之间的电阻

参考值

$10M\Omega$

电阻是否等于或大于参考值？ — No → 进到步骤 19

步骤 12

1. 将点火开关转到"OFF"

2. 从中间接头(CN. A3)上拆下喷油器侧线束接头

3. 在 GND 和 2 号油缸喷油器驱动回路之间连接 DMM，7 号 CN. A3 插座侧

4. 将点火开关转到"ON"

Yes

参考值

0V

DMM 的显示值是否为参考值？

No → 进到步骤 13

Yes → 进到步骤 15

(b)

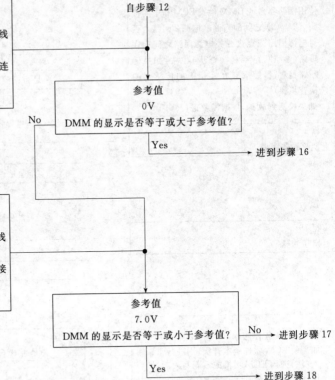

步骤13

1. 将点火开关转到"OFF"
2. 从中间接头（CN. A3）上拆下喷油器侧线束接头
3. 在GND和3号油缸喷油器驱动回路之间连接DMM, 6号CN. A3插座侧
4. 将点火开关转到"ON"

自步骤12

参考值
0V
DMM的显示是否等于或大于参考值?

No

Yes → 进到步骤16

步骤14

1. 将点火开关转到"OFF"
2. 从中间接头（CN. A3）上拆下喷油器侧线束接头
3. 在GND和喷油器电源2回路之间连接DMM, 3号CN. A3插座侧
4. 将点火开关转到"ON"

参考值
7.0V
DMM的显示是否等于或小于参考值?

No → 进到步骤17

Yes → 进到步骤18

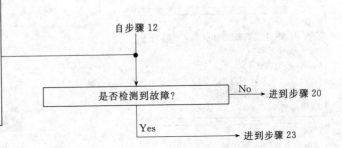

步骤15

1. 使用断路器盒或DMM检查ECM和中间接头（CN. A3）之间的2号油缸喷油器驱动回路是否与电源回路或点火开关回路之间存在短路（参照断路器盒检查步骤。注：如果无断路器盒，参照安装在实机上的传感器的检查步骤）
2. 如果检测到故障，根据需要进行校正

自步骤12

是否检测到故障?

No → 进到步骤20

Yes → 进到步骤23

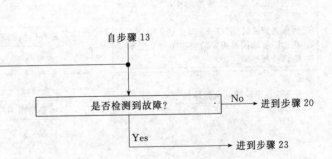

步骤16

1. 使用断路器盒或DMM检查ECM和中间接头（CN. A3）之间的2号油缸喷油器驱动回路是否与电源回路或点火开关电源回路之间存在短路（参照断路器盒检查步骤。注：如果无断路器盒，参照安装在实机上的传感器的检查步骤）
2. 如果检测到故障，根据需要进行校正

自步骤13

是否检测到故障?

No → 进到步骤20

Yes → 进到步骤23

(c)

图 6-42

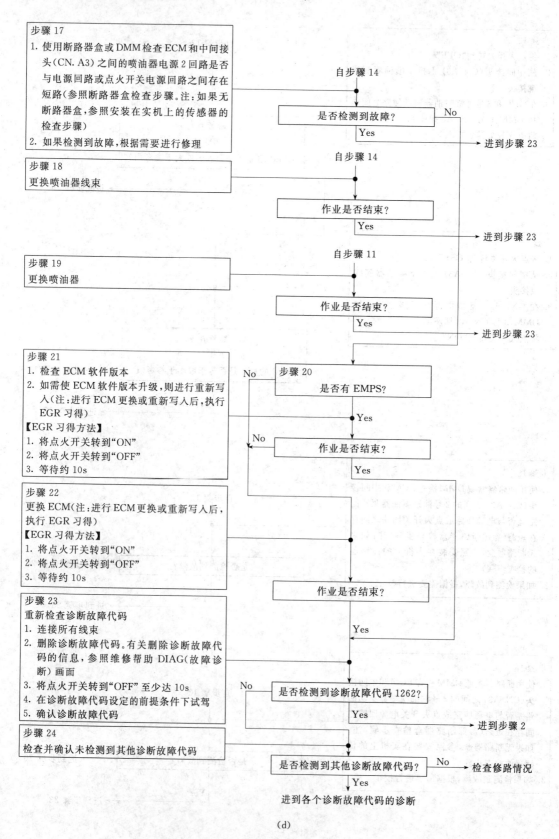

步骤 17
1. 使用断路器盒或 DMM 检查 ECM 和中间接头（CN. A3）之间的喷油器电源 2 回路是否与电源回路或点火开关电源回路之间存在短路（参照断路器盒检查步骤。注：如果无断路器盒，参照安装在实机上的传感器的检查步骤）
2. 如果检测到故障，根据需要进行修理

自步骤 14

是否检测到故障？
Yes　No

进到步骤 23

步骤 18
更换喷油器线束

自步骤 14

作业是否结束？
Yes

进到步骤 23

步骤 19
更换喷油器

自步骤 11

作业是否结束？
Yes

进到步骤 23

步骤 21
1. 检查 ECM 软件版本
2. 如需使 ECM 软件版本升级，则进行重新写入（注：进行 ECM 更换或重新写入后，执行 EGR 习得）
【EGR 习得方法】
1. 将点火开关转到"ON"
2. 将点火开关转到"OFF"
3. 等待约 10s

步骤 20
是否有 EMPS？
No

Yes

作业是否结束？
No

Yes

步骤 22
更换 ECM(注：进行 ECM 更换或重新写入后，执行 EGR 习得)
【EGR 习得方法】
1. 将点火开关转到"ON"
2. 将点火开关转到"OFF"
3. 等待约 10s

步骤 23
重新检查诊断故障代码
1. 连接所有线束
2. 删除诊断故障代码。有关删除诊断故障代码的信息，参照维修帮助 DIAG（故障诊断）画面
3. 将点火开关转到"OFF"至少达 10s
4. 在诊断故障代码设定的前提条件下试驾
5. 确认诊断故障代码

作业是否结束？
Yes

是否检测到诊断故障代码 1262？
No　Yes

进到步骤 2

步骤 24
检查并确认未检测到其他诊断故障代码

是否检测到其他诊断故障代码？
No　检查修路情况

Yes

进到各个诊断故障代码的诊断

(d)

图 6-42　喷油器 2 号共轨驱动系统异常诊断步骤

表 6-74 喷油器 2 号共轨驱动系统异常故障诊断

状态电路图	
DTC 设定的前提条件	· 主继电器电源电压为 18V 或更高 · 70r/min · DTC：未检测到 0202、0203、0612 和 126(2)
诊断帮助	①如果怀疑为间歇性故障，则可能是下列任一原因引起： · 线束接头连接故障 · 线束路径故障 · 因摩擦导致的线束包皮破损 · 线束包皮内导线断裂 ②为检测这些原因，必须进行下列检查： · 线束接头和 ECM 接头连接故障 —端子从接头中脱出 —不匹配的端子连接 —接头锁损坏 —端子和导线连接故障 · 线束损坏 —通过外观检查判断线束是否有损坏 —移动连接到传感器的接头和线束时，确认诊断工具数据显示中的相关项目的显示信息。显示变化指出了故障的位置
断路器盒检查步骤	可按表 6-75 所示步骤进行检查，检查之后回到诊断步骤

表 6-75 1262 断路器盒检查步骤

步骤	检查项目	检查方法	测量条件	测量端子编号	正常值	异常值
5	断路/高电阻	测量电阻	· 从中间接头上拆下 ECM 侧线束接头 · 点火开关转到"OFF"	116-插座式端子（2 号 CN. A3）	100Ω 或更低	10MΩ 或更高
	与 GND 短路	测量电阻	· 从中间接头上拆下 ECM 侧线束接头 · 点火开关转到"OFF"	116-GND	10MΩ 或更高	100Ω 或更低
8	与 GND 短路	测量电阻	· 从中间接头上拆下 ECM 侧线束接头 · 点火开关转到"OFF"	115-GND	10MΩ 或更高	100Ω 或更低
9	与 GND 短路	测量电阻	· 从中间接头上拆下 ECM 侧线束接头 · 点火开关转到"OFF"	120-GND	10MΩ 或更高	100Ω 或更低
15	与电源回路短路	测量电压值	· 从中间接头上拆下 ECM 侧线束接头 · 点火开关转到"OFF"	115-GND	0V	18V 或更高
16	与电源回路短路	测量电压值	· 从中间接头上拆下 ECM 侧线束接头 · 点火开关转到"OFF"	120-GND	0V	18V 或更高
17	与电源回路短路	测量电压值	· 从中间接头上拆下 ECM 侧线束接头 · 点火开关转到"OFF"	116-GND	0V	18V 或更高

（43）DTC：1345

CMP（凸轮位置）传感器相位错位诊断步骤如图 6-43、表 6-76 所示。

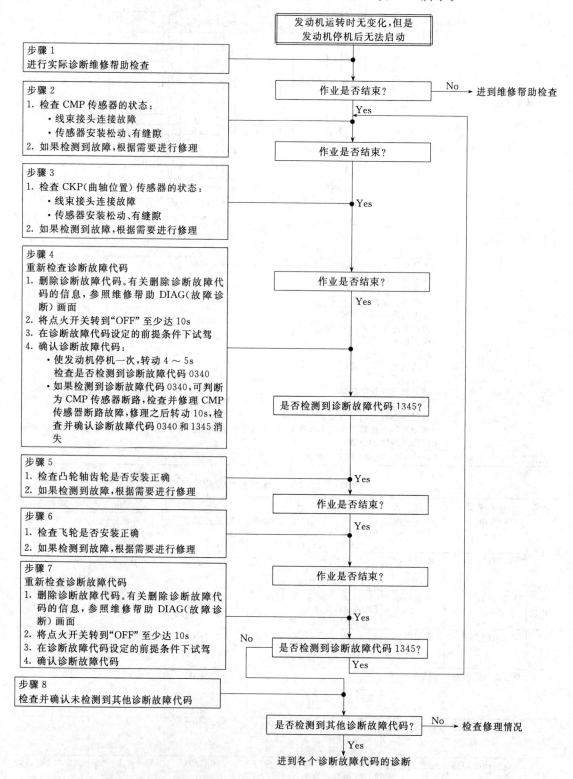

图 6-43　CMP（凸轮位置）传感器相位错位诊断步骤

表 6-76 CMP（凸轮位置）传感器相位错位故障诊断

状态电路图	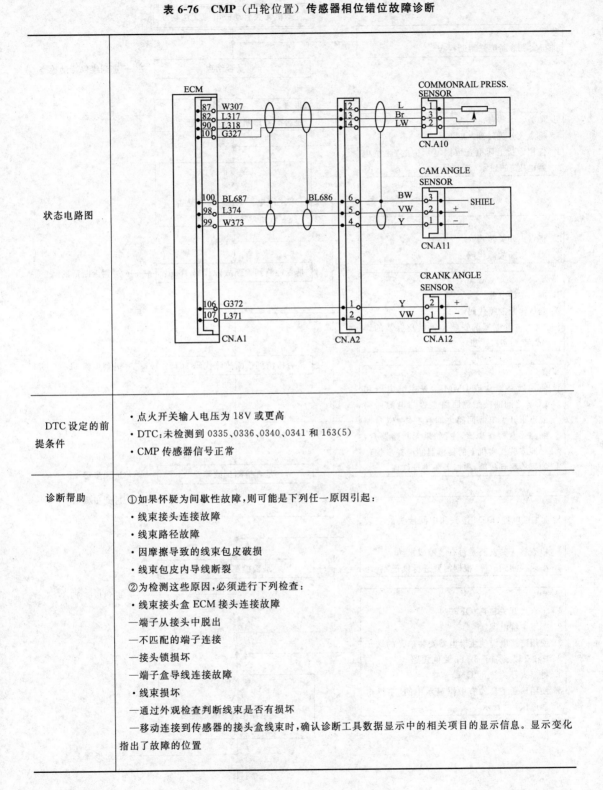
DTC 设定的前提条件	• 点火开关输入电压为 18V 或更高 • DTC：未检测到 0335、0336、0340、0341 和 163(5) • CMP 传感器信号正常
诊断帮助	①如果怀疑为间歇性故障，则可能是下列任一原因引起： • 线束接头连接故障 • 线束路径故障 • 因摩擦导致的线束包皮破损 • 线束包皮内导线断裂 ②为检测这些原因，必须进行下列检查： • 线束接头盒 ECM 接头连接故障 —端子从接头中脱出 —不匹配的端子连接 —接头锁损坏 —端子盒导线连接故障 • 线束损坏 —通过外观检查判断线束是否有损坏 —移动连接到传感器的接头盒线束时，确认诊断工具数据显示中的相关项目的显示信息。显示变化指出了故障的位置

(44) DTC：1625

主继电器系统异常诊断步骤如图 6-44、表 6-77 所示。

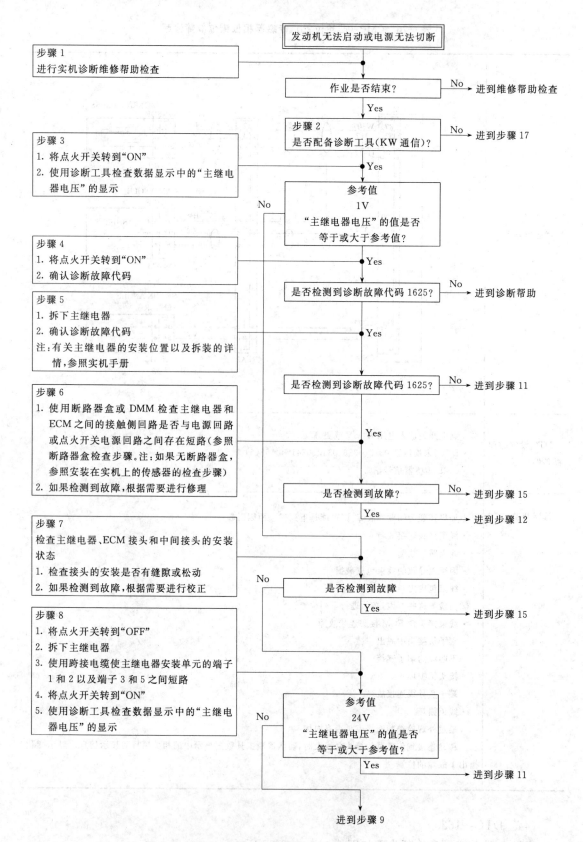

（a）

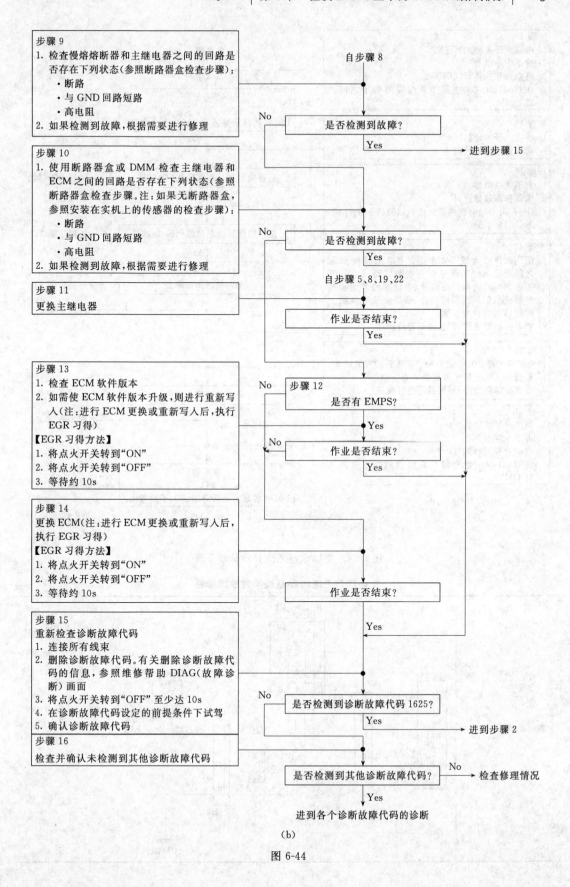

步骤9
1. 检查慢熔熔断器和主继电器之间的回路是否存在下列状态(参照断路器盒检查步骤):
   - 断路
   - 与 GND 回路短路
   - 高电阻
2. 如果检测到故障,根据需要进行修理

自步骤8

是否检测到故障?

No

Yes → 进到步骤15

步骤10
1. 使用断路器盒或 DMM 检查主继电器和 ECM 之间的回路是否存在下列状态(参照断路器盒检查步骤。注:如果无断路器盒,参照安装在实机上的传感器的检查步骤):
   - 断路
   - 与 GND 回路短路
   - 高电阻
2. 如果检测到故障,根据需要进行修理

是否检测到故障?

No

Yes

步骤11
更换主继电器

自步骤5、8、19、22

作业是否结束?

Yes

步骤13
1. 检查 ECM 软件版本
2. 如需使 ECM 软件版本升级,则进行重新写入(注:进行 ECM 更换或重新写入后,执行 EGR 习得)
【EGR 习得方法】
1. 将点火开关转到"ON"
2. 将点火开关转到"OFF"
3. 等待约 10s

步骤12
是否有 EMPS?

No

Yes

作业是否结束?

No

Yes

步骤14
更换 ECM(注:进行 ECM 更换或重新写入后,执行 EGR 习得)
【EGR 习得方法】
1. 将点火开关转到"ON"
2. 将点火开关转到"OFF"
3. 等待约 10s

作业是否结束?

Yes

步骤15
重新检查诊断故障代码
1. 连接所有线束
2. 删除诊断故障代码。有关删除诊断故障代码的信息,参照维修帮助 DIAG(故障诊断)画面
3. 将点火开关转到"OFF"至少达 10s
4. 在诊断故障代码设定的前提条件下试驾
5. 确认诊断故障代码

是否检测到诊断故障代码1625?

No

Yes → 进到步骤2

步骤16
检查并确认未检测到其他诊断故障代码

是否检测到其他诊断故障代码?

No → 检查修理情况

Yes

进到各个诊断故障代码的诊断

(b)

图 6-44

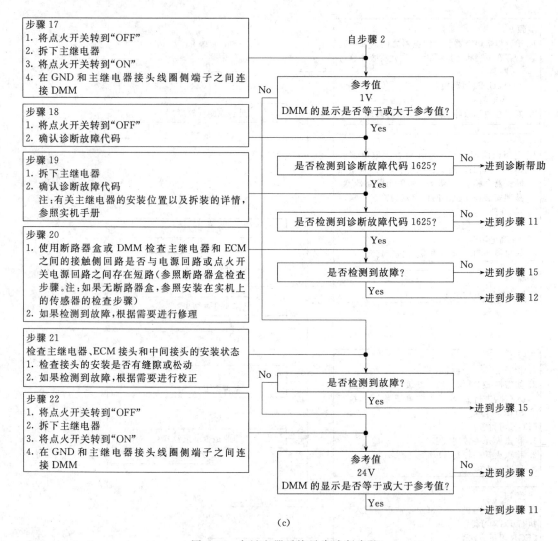

图 6-44　主继电器系统异常诊断步骤

表 6-77　主继电器系统异常故障诊断

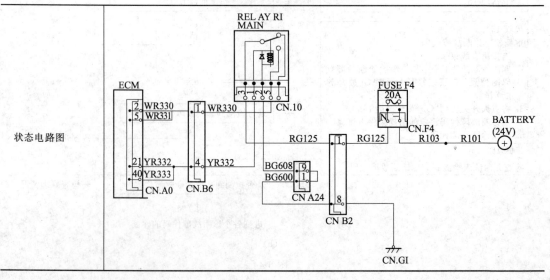

续表

DTC 设定的前提条件	・点火开关输入电压为18V或更高 ・DTC:未检测到1630 ・点火开关转到"ON"后3s或更长时间 ・DTC:未检测到0606和162(5)
诊断帮助	①如果怀疑为间歇性故障,则可能是下列任一原因引起: ・线束接头连接故障 ・线束路径故障 ・因摩擦导致的线束包皮破损 ・线束包皮内导线断裂 ②为检测这些原因,必须进行下列检查: ・线束接头盒ECM接头连接故障 —端子从接头中脱出 —不匹配的端子连接 —接头锁损坏 —端子盒导线连接故障 ・线束损坏 —通过外观检查判断线束是否有损坏 —移动连接到传感器的接头盒线束时,确认诊断工具数据显示中的相关项目的显示信息。显示变化指出了故障的位置
断路器盒检查步骤	可按表6-78所示步骤进行检查,检查之后回到诊断步骤

表6-78 1625断路器盒检查步骤

步骤	检查项目	检查方法	测量条件	测量端子编号	正常值	异常值
6	与电源回路短路	测量电压	・拆下继电器 ・点火开关转到"ON"	2-GND 5-GND	0V	18V或更高
10	断路/高电阻	测量电阻	・拆下继电器 ・点火开关转到"OFF"	2-继电器安装单元 2号端子 5-继电器安装单元 2号端子 21-继电器安装单元 5号端子 40-继电器安装单元 5号端子	100Ω或更低	10MΩ或更高
	与GND短路	测量电阻	・拆下继电器 ・点火开关转到"OFF"	2-GND 5-GND 21-GND 40-GND	10MΩ或更高	100Ω或更低

(45) DTC:1630

A/D转换异常诊断步骤如图6-45所示。

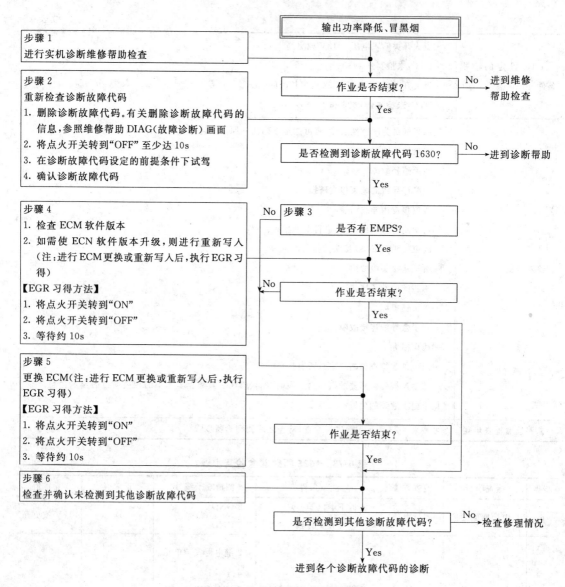

图 6-45　A/D 转换异常诊断步骤

（46）DTC：1632

5V 电源 2（大气压力传感器电源）电压异常诊断步骤如图 6-46、表 6-79 所示。

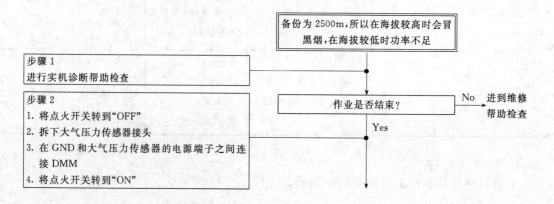

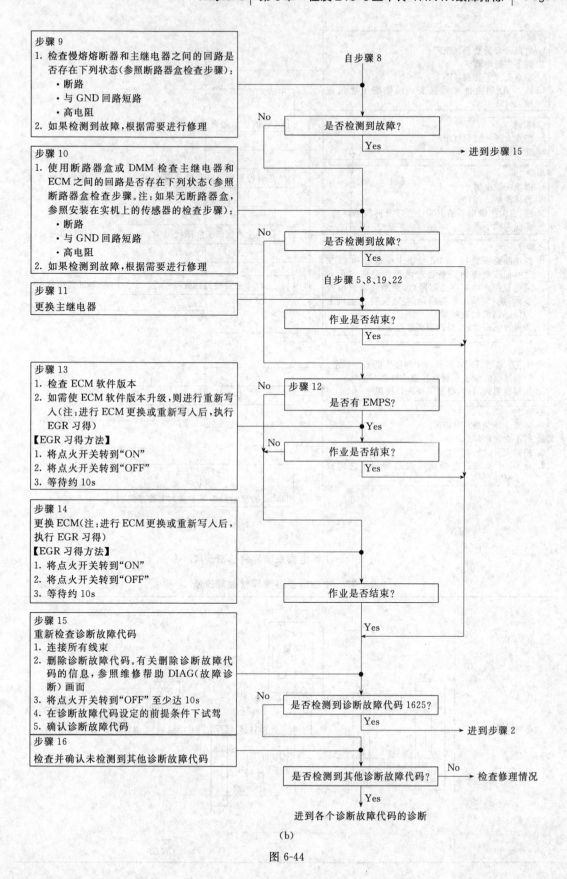

步骤 9
1. 检查慢熔熔断器和主继电器之间的回路是否存在下列状态(参照断路器盒检查步骤):
   • 断路
   • 与 GND 回路短路
   • 高电阻
2. 如果检测到故障,根据需要进行修理

自步骤 8

是否检测到故障?

No

Yes → 进到步骤 15

步骤 10
1. 使用断路器盒或 DMM 检查主继电器和 ECM 之间的回路是否存在下列状态(参照断路器盒检查步骤。注:如果无断路器盒,参照安装在实机上的传感器的检查步骤):
   • 断路
   • 与 GND 回路短路
   • 高电阻
2. 如果检测到故障,根据需要进行修理

是否检测到故障?

No

Yes

自步骤 5、8、19、22

步骤 11
更换主继电器

作业是否结束?

Yes

步骤 13
1. 检查 ECM 软件版本
2. 如需使 ECM 软件版本升级,则进行重新写入(注:进行 ECM 更换或重新写入后,执行 EGR 习得)
【EGR 习得方法】
1. 将点火开关转到"ON"
2. 将点火开关转到"OFF"
3. 等待约 10s

步骤 12

是否有 EMPS?

No

Yes

作业是否结束?

No

Yes

步骤 14
更换 ECM(注:进行 ECM 更换或重新写入后,执行 EGR 习得)
【EGR 习得方法】
1. 将点火开关转到"ON"
2. 将点火开关转到"OFF"
3. 等待约 10s

作业是否结束?

Yes

步骤 15
重新检查诊断故障代码
1. 连接所有线束
2. 删除诊断故障代码。有关删除诊断故障代码的信息,参照维修帮助 DIAG(故障诊断)画面
3. 将点火开关转到"OFF"至少达 10s
4. 在诊断故障代码设定的前提条件下试驾
5. 确认诊断故障代码

是否检测到诊断故障代码 1625?

No

Yes → 进到步骤 2

步骤 16
检查并确认未检测到其他诊断故障代码

是否检测到其他诊断故障代码?

No → 检查修理情况

Yes

进到各个诊断故障代码的诊断

(b)

图 6-44

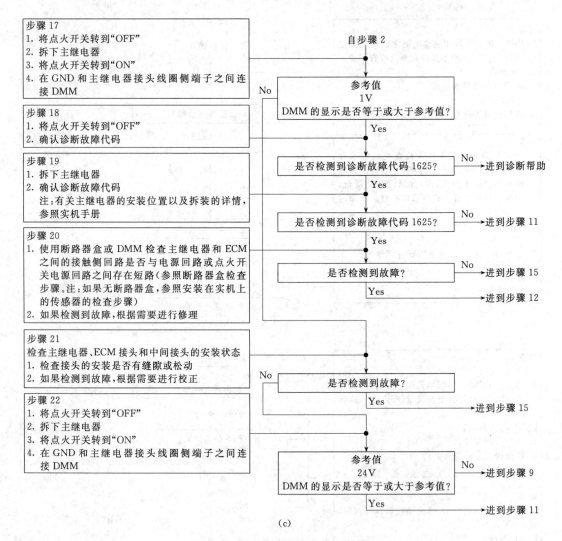

图 6-44　主继电器系统异常诊断步骤

表 6-77　主继电器系统异常故障诊断

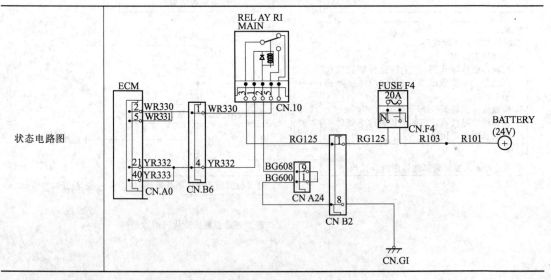

DTC 设定的前提 条件	·点火开关输入电压为 18V 或更高 ·DTC：未检测到 1630 ·点火开关转到"ON"后 3s 或更长时间 ·DTC：未检测到 0606 和 162(5)
诊断帮助	①如果怀疑为间歇性故障，则可能是下列任一原因引起： ·线束接头连接故障 ·线束路径故障 ·因摩擦导致的线束包皮破损 ·线束包皮内导线断裂 ②为检测这些原因，必须进行下列检查： ·线束接头盒 ECM 接头连接故障 —端子从接头中脱出 —不匹配的端子连接 —接头锁损坏 —端子盒导线连接故障 ·线束损坏 —通过外观检查判断线束是否有损坏 —移动连接到传感器的接头盒线束时，确认诊断工具数据显示中的相关项目的显示信息。显示 变化指出了故障的位置
断路器盒检查步骤	可按表 6-78 所示步骤进行检查，检查之后回到诊断步骤

表 6-78 1625 断路器盒检查步骤

步骤	检查项目	检查方法	测量条件	测量端子编号	正常值	异常值
6	与电源回路短路	测量电压	·拆下继电器 ·点火开关转到"ON"	2-GND 5-GND	0V	18V 或更高
10	断路/高电阻	测量电阻	·拆下继电器 ·点火开关转到"OFF"	2-继电器安装单元 2 号端子 5-继电器安装单元 2 号端子 21-继电器安装单元 5 号端子 40-继电器安装单元 5 号端子	100Ω 或更低	10MΩ 或更高
	与 GND 短路	测量电阻	·拆下继电器 ·点火开关转到"OFF"	2-GND 5-GND 21-GND 40-GND	10MΩ 或更高	100Ω 或更低

（45）DTC：1630

A/D 转换异常诊断步骤如图 6-45 所示。

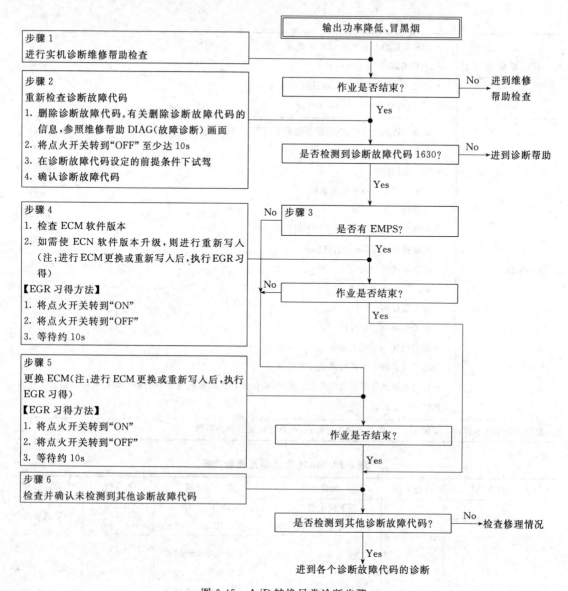

图 6-45　A/D 转换异常诊断步骤

（46）DTC：1632

5V 电源 2（大气压力传感器电源）电压异常诊断步骤如图 6-46、表 6-79 所示。

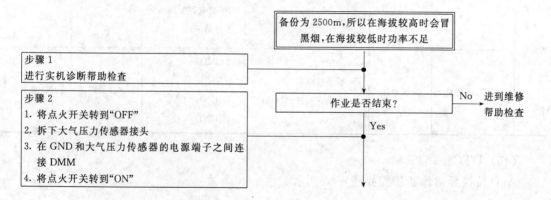

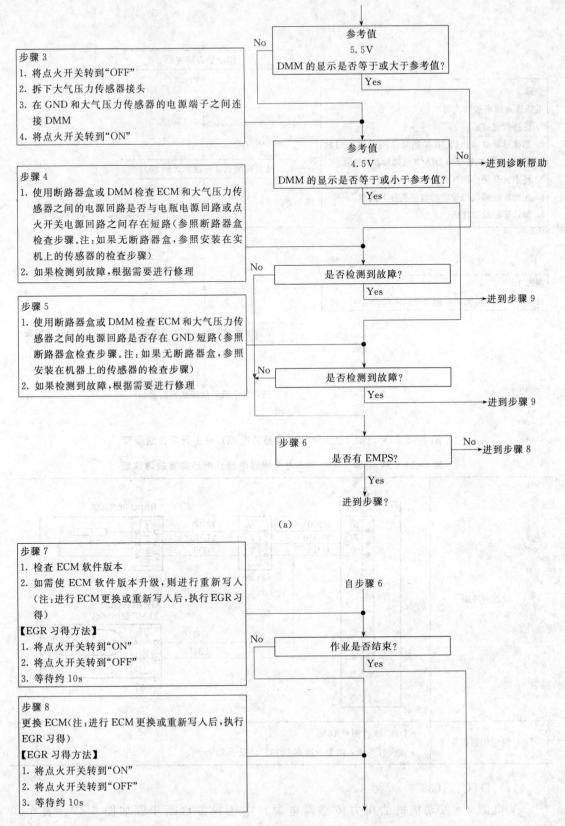

步骤3
1. 将点火开关转到"OFF"
2. 拆下大气压力传感器接头
3. 在 GND 和大气压力传感器的电源端子之间连接 DMM
4. 将点火开关转到"ON"

参考值
5.5V
DMM 的显示是否等于或大于参考值?

步骤4
1. 使用断路器盒或 DMM 检查 ECM 和大气压力传感器之间的电源回路是否与电瓶电源回路或点火开关电源回路之间存在短路(参照断路器盒检查步骤。注:如果无断路器盒,参照安装在实机上的传感器的检查步骤)
2. 如果检测到故障,根据需要进行修理

参考值
4.5V
DMM 的显示是否等于或小于参考值? —No→ 进到诊断帮助

是否检测到故障?
Yes → 进到步骤9

步骤5
1. 使用断路器盒或 DMM 检查 ECM 和大气压力传感器之间的电源回路是否存在 GND 短路(参照断路器盒检查步骤。注:如果无断路器盒,参照安装在机器上的传感器的检查步骤)
2. 如果检测到故障,根据需要进行修理

是否检测到故障?
Yes → 进到步骤9

步骤6
是否有 EMPS? —No→ 进到步骤8

Yes

进到步骤?

(a)

步骤7
1. 检查 ECM 软件版本
2. 如需使 ECM 软件版本升级,则进行重新写入(注:进行 ECM 更换或重新写入后,执行 EGR 习得)
【EGR 习得方法】
1. 将点火开关转到"ON"
2. 将点火开关转到"OFF"
3. 等待约 10s

自步骤6

作业是否结束?
Yes

步骤8
更换 ECM(注:进行 ECM 更换或重新写入后,执行 EGR 习得)
【EGR 习得方法】
1. 将点火开关转到"ON"
2. 将点火开关转到"OFF"
3. 等待约 10s

图 6-46

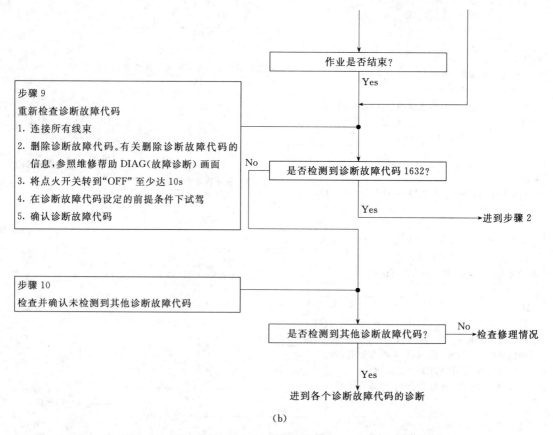

（b）

图 6-46　5V 电源 2（大气压力传感器电源）电压异常诊断步骤

表 6- 79　5V 电源 2（大气压力传感器电源）电压异常故障诊断

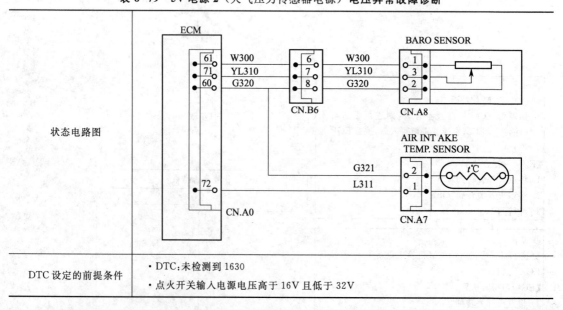

状态电路图	
DTC 设定的前提条件	· DTC：未检测到 1630 · 点火开关输入电源电压高于 16V 且低于 32V

（47）DTC：1633

5V 电源 3（发动机机油压力传感器电源）电压异常诊断步骤如图 6-47、表 6-80
所示。

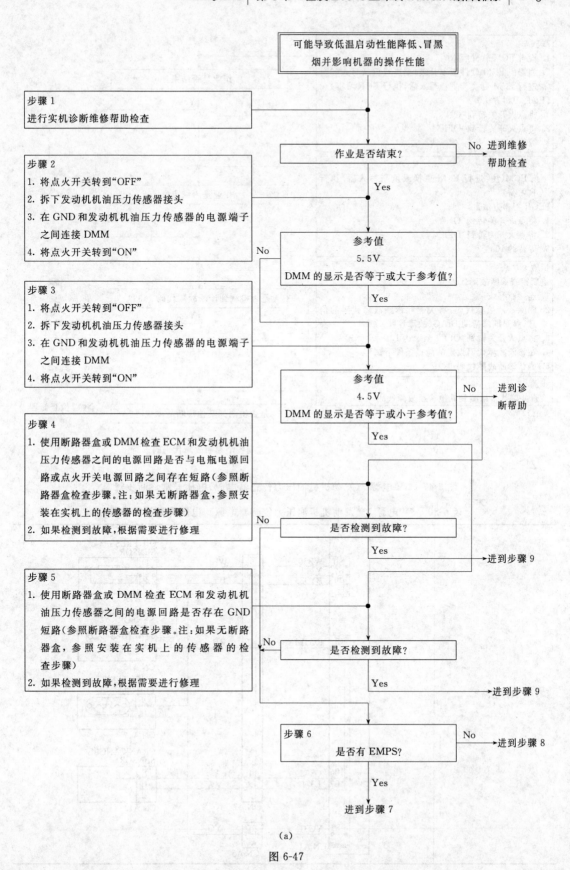

(a)

图 6-47

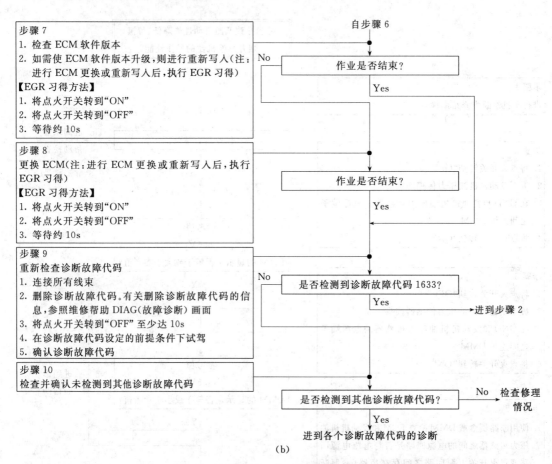

（b）

图 6-47　5V 电源 3（发动机机油压力传感器电源）电压异常诊断步骤

表 6-80　**5V 电源 3（发动机机油压力传感器电源）电压异常故障诊断**

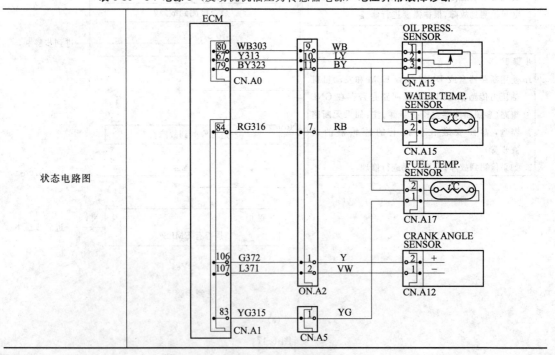

续表

DTC 设定的前提条件	· DTC：未检测到 1630 · 点火开关输入电源电压高于 16V 且低于 32V

（48）DTC：1634

5V 电源 4（增压后进气压力传感器电源）电压异常诊断步骤如图 6-48、表 6-81 所示。

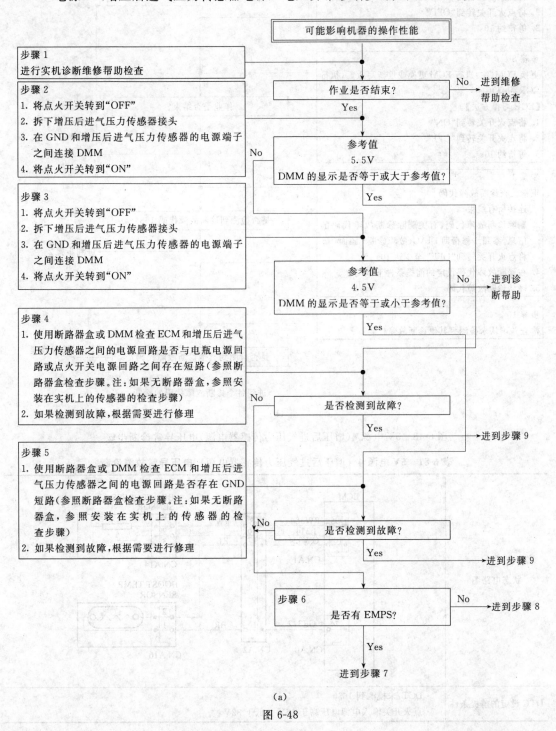

(a)

图 6-48

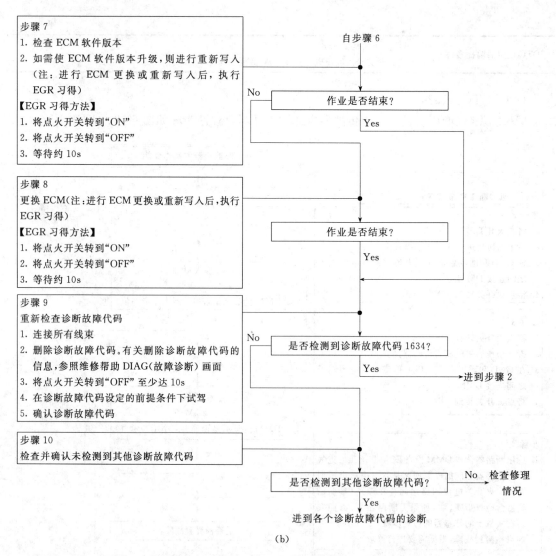

（b）

图 6-48　5V 电源 4（增压后进气压力传感器电源）电压异常诊断步骤

表 6-81　5V 电源 4（增压后进气压力传感器电源）电压异常故障诊断

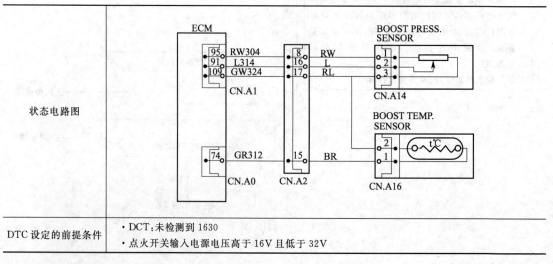

状态电路图	
DTC 设定的前提条件	• DCT：未检测到 1630 • 点火开关输入电源电压高于 16V 且低于 32V

(49) DTC：1635

5V电源5（共轨压力传感器、EGR位置传感器电源）电压异常诊断步骤如图6-49、表6-82所示。

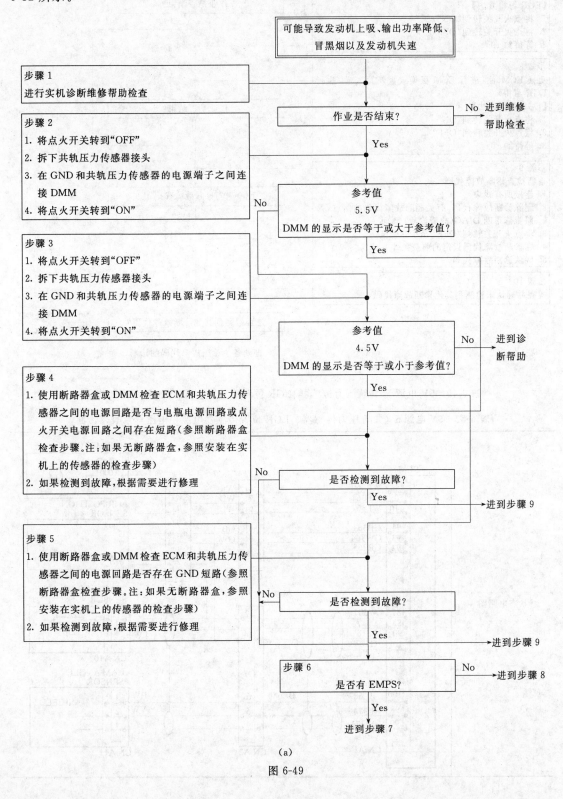

(a)

图 6-49

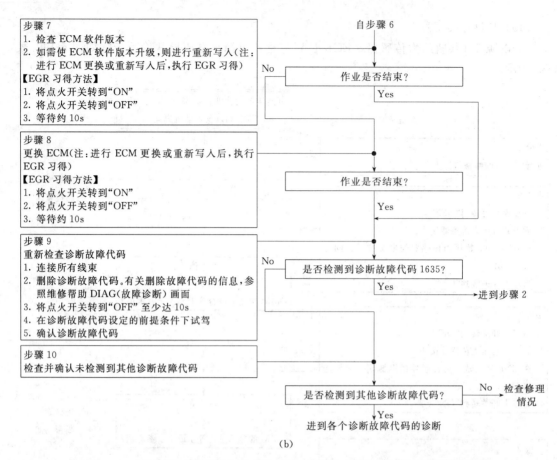

步骤7
1. 检查 ECM 软件版本
2. 如需使 ECM 软件版本升级,则进行重新写入(注:进行 ECM 更换或重新写入后,执行 EGR 习得)
【EGR 习得方法】
1. 将点火开关转到"ON"
2. 将点火开关转到"OFF"
3. 等待约 10s

步骤8
更换 ECM(注:进行 ECM 更换或重新写入后,执行 EGR 习得)
【EGR 习得方法】
1. 将点火开关转到"ON"
2. 将点火开关转到"OFF"
3. 等待约 10s

步骤9
重新检查诊断故障代码
1. 连接所有线束
2. 删除诊断故障代码。有关删除故障代码的信息,参照维修帮助 DIAG(故障诊断)画面
3. 将点火开关转到"OFF"至少达 10s
4. 在诊断故障代码设定的前提条件下试驾
5. 确认诊断故障代码

步骤10
检查并确认未检测到其他诊断故障代码

自步骤6

作业是否结束？ No / Yes

作业是否结束？ Yes

是否检测到诊断故障代码 1635？ No / Yes → 进到步骤2

是否检测到其他诊断故障代码？ No → 检查修理情况 / Yes

进到各个诊断故障代码的诊断

(b)

图 6-49　5V 电源 5(共轨压力传感器、EGR 位置传感器电源)电压异常诊断步骤

表 6-82　5V 电源 5 (共轨压力传感器、EGR 位置传感器电源) 电压异常故障诊断

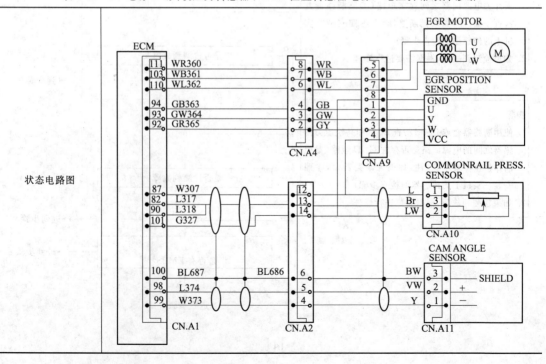

状态电路图

续表

DTC 设定的前提条件	・DTC:未检测到 1630 ・点火开关输入电源电压高于 16V 且低于 32V

（50）DTC：2104

CAN 总线异常诊断步骤如图 6-50、表 6-83 所示。

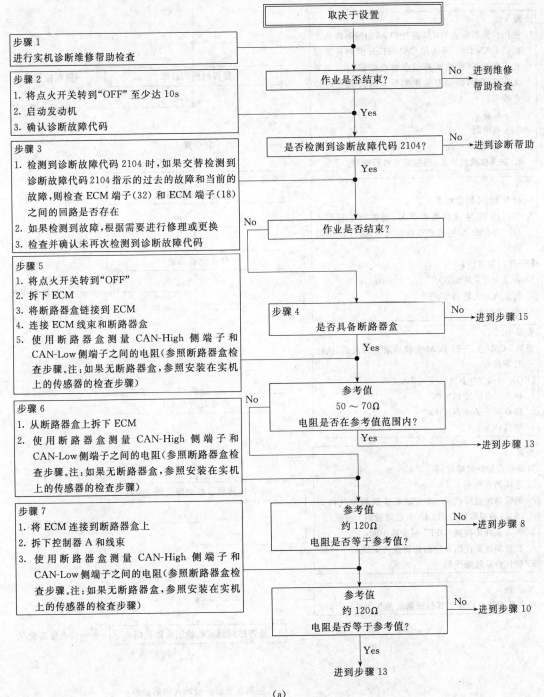

(a)

图 6-50

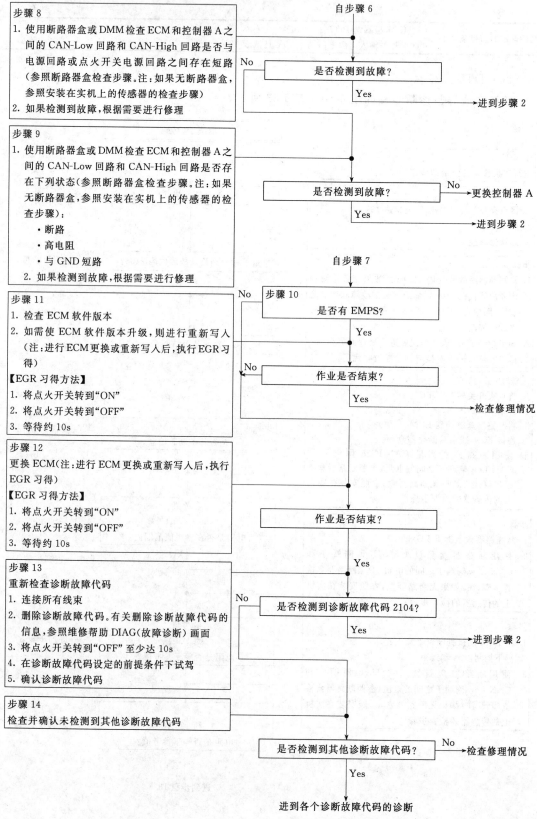

自步骤 6

步骤 8

1. 使用断路器盒或 DMM 检查 ECM 和控制器 A 之间的 CAN-Low 回路和 CAN-High 回路是否与电源回路或点火开关电源回路之间存在短路（参照断路器盒检查步骤。注：如果无断路器盒，参照安装在实机上的传感器的检查步骤）

2. 如果检测到故障，根据需要进行修理

是否检测到故障？　No

Yes → 进到步骤 2

步骤 9

1. 使用断路器盒或 DMM 检查 ECM 和控制器 A 之间的 CAN-Low 回路和 CAN-High 回路是否存在下列状态（参照断路器盒检查步骤。注：如果无断路器盒，参照安装在实机上的传感器的检查步骤）：
   · 断路
   · 高电阻
   · 与 GND 短路

2. 如果检测到故障，根据需要进行修理

是否检测到故障？　No → 更换控制器 A

Yes → 进到步骤 2

自步骤 7

步骤 11

1. 检查 ECM 软件版本

2. 如需使 ECM 软件版本升级，则进行重新写入（注：进行 ECM 更换或重新写入后，执行 EGR 习得）

【EGR 习得方法】

1. 将点火开关转到"ON"

2. 将点火开关转到"OFF"

3. 等待约 10s

步骤 10　是否有 EMPS？　No

Yes

作业是否结束？　No

Yes → 检查修理情况

步骤 12

更换 ECM（注：进行 ECM 更换或重新写入后，执行 EGR 习得）

【EGR 习得方法】

1. 将点火开关转到"ON"

2. 将点火开关转到"OFF"

3. 等待约 10s

作业是否结束？

Yes

步骤 13

重新检查诊断故障代码

1. 连接所有线束

2. 删除诊断故障代码。有关删除诊断故障代码的信息，参照维修帮助 DIAG（故障诊断）画面

3. 将点火开关转到"OFF"至少达 10s

4. 在诊断故障代码设定的前提条件下试驾

5. 确认诊断故障代码

是否检测到诊断故障代码 2104？　No

Yes → 进到步骤 2

步骤 14

检查并确认未检测到其他诊断故障代码

是否检测到其他诊断故障代码？　No → 检查修理情况

Yes

进到各个诊断故障代码的诊断

(b)

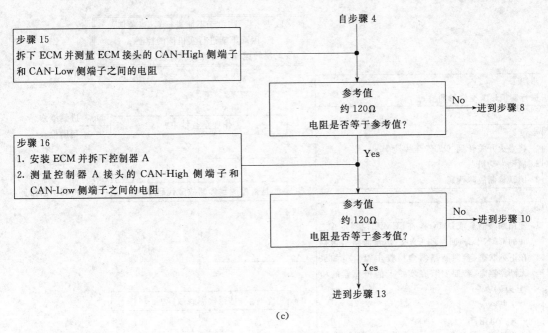

图 6-50 CAN 总线异常诊断步骤

表 6-83 CAN 总线异常故障诊断

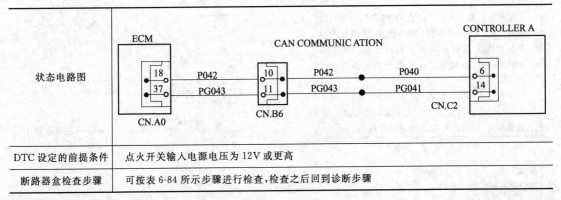

DTC 设定的前提条件	点火开关输入电源电压为 12V 或更高
断路器盒检查步骤	可按表 6-84 所示步骤进行检查,检查之后回到诊断步骤

表 6-84 2104 断路器盒检查步骤

步骤	检查项目	检查方法	测量条件	测量端子编号	正常值	异常值
8	与电源回路短路	测量电压	·拆下所有与 ECU 相关的接头 ·点火开关转到"ON"	18-GND 37-GND	0V	18V 或更高
9	断路/高电阻	测量电阻	·拆下所有与 ECU 相关的接头 ·点火开关转到"OFF"	37-控制器 A 18-控制器 A	100Ω 或更低	10MΩ 或更高
	与 GND 短路	测量电阻	·拆下所有与 ECU 相关的接头 ·点火开关转到"OFF"	18-GND 37-GND	10MΩ 或更高	100Ω 或更低

(51) DTC：2106

CAN 超时异常诊断步骤如图 6-51、表 6-85 所示。

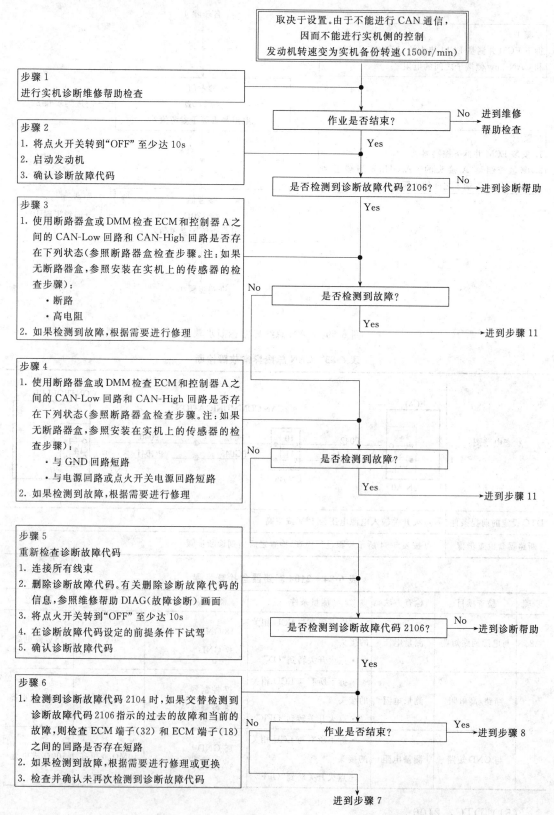

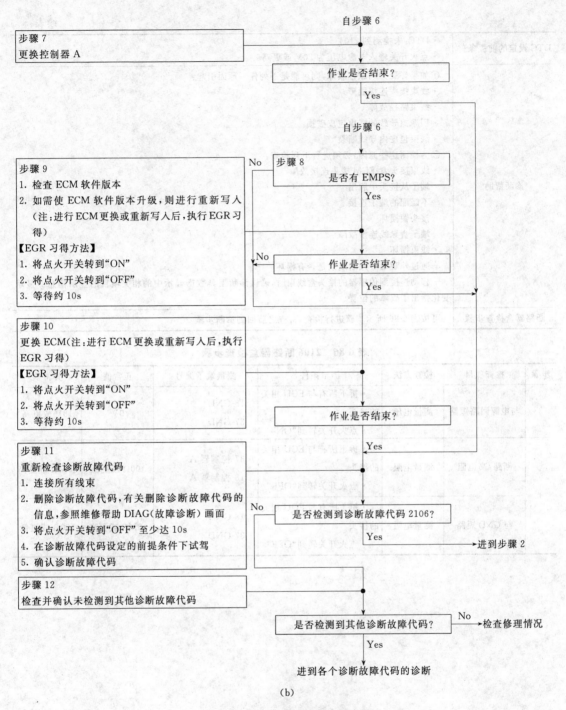

图 6-51　CAN 超时异常诊断步骤

表 6-85　CAN 超时异常故障诊断

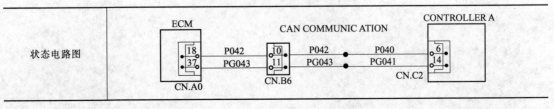

DTC 设定的前提条件	· DTC：未检测到 2104 · 点火开关输入电源电压为 20V 或更高
诊断帮助	①如果怀疑为间歇性故障，则可能是下列任一原因引起： · 线束接头连接故障 · 线束路径故障 · 因摩擦导致的线束包皮破损 · 线束包皮内导线断裂 ②为检测这些原因，必须进行下列检查： · 线束接头盒 ECM 接头连接故障 —端子从接头中脱出 —不匹配的端子连接 —接头锁损坏 —端子盒导线连接故障 · 线束损坏 —通过外观检查判断线束是否有损坏 —移动连接到传感器的接头盒线束时，确认诊断工具数据显示中的相关项目的显示信息。显示变化指出了故障的位置
断路器盒检查步骤	可按表 6-86 所示步骤进行检查，检查之后回到诊断步骤

表 6-86 2106 断路器盒检查步骤

步骤	检查项目	检查方法	测量条件	测量端子编号	正常值	异常值
3	与电源回路短路	测量电压	· 拆下所有与 ECU 相关的接头 · 点火开关转到"ON"	18-GND 37-GND	0V	18V 或更高
4	断路/高电阻	测量电阻	· 拆下所有与 ECU 相关的接头 · 点火开关转到"OFF"	37-控制器 A 18-控制器 A	100Ω 或更低	10MΩ 或更高
	与 GND 短路	测量电阻	· 拆下所有与 ECU 相关的接头 · 点火开关转到"OFF"	18-GND 37-GND	10MΩ 或更高	100Ω 或更低

参 考 文 献

[1] 王国荣，宋正臣，黄福献. 新型柴油车结构与维修. 广州：广东科技出版社，2009.

[2] 邓东密，邓萍. 柴油机喷油系统. 北京：机械工业出版社，2009.

[3] 李鲲. 电控发动机原理与维修. 济南：山东科学技术出版社，2010.

[4] J. F. Dagel，R. N. Brady. 柴油机燃油系统结构及维修. 司利曾译. 北京：电子工业出版社，2004.

欢迎订阅工程机械类图书

书号	书名	定价/元
11970	挖掘机五十铃电喷柴油机构造与拆装维修	79.00
12145	工程机械液压系统及故障维修(第二版)	58.00
12707	混凝土机械构造与维修手册	58.00
11726	小型液压挖掘机维修手册	78.00
11157	起重机械钢结构设计	49.00
11237	图解叉车构造与拆装维修	98.00
10700	起重机构造与使用维修手册	98.00
10757	装载机构造与维修手册	58.00
09049	液压挖掘机构造与维修手册	68.00
10583	卡特挖掘机构造原理及拆装维修	58.00
07673	神钢挖掘机构造原理及拆装维修	68.00
06929	沃尔沃挖掘机构造原理及拆装维修	68.00
06163	小松挖掘机构造原理及拆装维修	68.00
04947	现代挖掘机构造原理及拆装维修	56.00
07985	零起点就业直通车-叉车驾驶作业	16.00
07503	零起点就业直通车-装载机驾驶作业	16.00
07504	零起点就业直通车-挖掘机驾驶作业	16.00
04404	工程机械液压、液力系统故障诊断与维修	58.00
04039	挖掘机液压原理与拆装维修	59.00
03888	最新挖掘机液压和电路图册	68.00
06336	工程机械概论	39.00
05093	工程机械结构与设计	48.00
03214	工程起重机结构与设计	49.00
03465	起重机操作工培训教程	29.00
03215	叉车操作工培训教程	26.00
02683	挖掘机操作工培训教程	26.00
03216	装载机操作工培训教程	24.00
02234	液压挖掘机维修速查手册	68.00
08395	斗轮堆取料机使用、维护与检修	39.00
06141	工程机械驾驶室设计与安全技术	58.00
03011	桥式起重机构造与检修	20.00
06599	图解工程机械英汉词汇	49.00
03001	移动式工程起重机操作与维修	28.00

如需以上图书的内容简介、详细目录以及更多的科技图书信息，请登录www. cip. com. cn。
邮购地址：(100011)北京市东城区青年湖南街13号　化学工业出版社
服务电话：010-64518888，64518800（销售中心）
如要出版新著，请与编辑联系。联系方法：010-64519270，zxh@cip. com. cn